Prohibida su reprodu...  ...iento de su autora. Todos los d... ...ayo 2013. Doncellas Cautivas ...zon kindle edition. Tercera edici...

e-mail: cathryndebourgh@gmail.com

Diseño portada Margareth in the Catedral Daniel Maclise.

DONCELLAS CAUTIVAS

LA SAGA I Y II

INDICE GENERAL

Tabla de contenido

DONCELLAS CAUTIVAS 1

Enemigos Apasionados (Saga doncellas cautivas I) 1

Cathryn de Bourgh 1

Nota de la autora 2

Ciudad de Milán Año de Nuestro Señor de 1408 3

Prólogo 3

PRIMERA PARTE 6

EL RAPTO DE LA BELLA DONCELLA 6

SEGUNDA PARTE 58

El pretendiente apasionado ... 58

TERCERA PARTE ... 72

EL ARDIENTE ENEMIGO ... 72

CUARTA PARTE ... 82

LA VENGANZA DE LOS GOLFIERI ... 82

QUINTA PARTE ... 110

CARTAS DESDE EL CONVENTO ... 110

SEXTA PARTE ... 151

CAUTIVA ... 151

SEGUNDA PARTE – SAGA DONCELLAS CAUTIVAS ... 210

PASIONES SALVAJES ... 210

PASIONES SALVAJES ... 211

SAGA DONCELLAS CAUTIVAS II ... 211

Cathryn de Bourgh ... 211

Prefacio. ... 211

Ciudad de Milán año de Nuestro Señor de 1422 ... 214

Prólogo ... 214

1. LA DONCELLA DEL JARDIN SECRETO ... 218

2. Una boda malograda ... 267

3. MUERTE EN EL CASTILLO CILIANI ... 302

4. Un esposo ardiente ... 316

5. El pícaro doncel ... 331

6. Los Golfieri viajan a Paris..348

7. El hijo de Elina..402

8. Un secreto funesto 415

9. En el castillo Blanco de Tourenne...450

Enemigos Apasionados (Saga doncellas cautivas I)

Cathryn de Bourgh

Nota de la autora

Esta es el primer libro de la saga romántica medieval llamada: "doncellas cautivas" compuesta por dos novelas: "Enemigos apasionados" y "Pasiones Salvajes" (de pronta aparición en amazon). Es la historia de dos damas (madre e hija) que son raptadas a la edad casadera (en el Medioevo la edad casadera era 14, 15 años) por diferentes motivos. La primera Isabella Manfredi será raptada por una vendetta entre su familia y la de los demonios Golfieri, poderosos condes de Milán. Y la segunda será raptada por razones románticas.

Ambientada en el Norte de Italia durante el siglo XV con pasajes eróticos y picarescos que disfrutarán los amantes del género. En ella encontrarán: caballeros, cortesanos capaces de arriesgar sus vidas por tener el corazón de su dama, bribones, traidores, mentirosos y una gama de personajes que completarán este paisaje de otros tiempos. Es ante todo una historia de pasiones y rescataré el refrán de una talentosa escritora inglesa llamada Jane Plady "otros tiempos, otras costumbres".

Es también una historia romántica con pasajes eróticos explícitos pero subjetivos, procurando usar metáforas y los términos adecuados para trasmitir erotismo no sólo entre sus protagonistas. Espero disfruten esta saga. Cathryn de Bourgh, encantada recibiré sus comentarios en mi blog cathryndebourgh. Blogspot .com.

Ciudad de Milán Año de Nuestro Señor de 1408

Prólogo

Enrico Golfieri observó a la joven que se dirigía en procesión por la plaza de Milán con expresión alerta. Todo estaba listo para vengar la muerte de su hermano Giulio a manos de sus enemigos: la casa Manfredi y sin inmutarse avanzó, seguido por sus caballeros y escuderos.

Debía impedir esa boda de sus enemigos con los poderosos Visconti y tenía todo listo para la venganza, nada le detendría. Raptaría a la bella damisela y se vengaría de la muerte de su hermano en manos de los malnacidos Manfredi.

Una bella dama sería un bocado apetitoso.

Decían que era la joven más bella de la ciudad, ¡al diablo! ¿Qué importaba eso? La tendría en su lecho y la sometería a sus deseos hasta enloquecerla de miedo y luego, la enviaría de regreso con su familia.

No era un novato, sabía lidiar con las mujeres.

Esa bella le importaba un rábano, debía ser odiosa cómo todos los miembros de su familia. Había visto de lejos a sus hermanas y eran feas cómo varones, ¿a quién le harían creer que era hermosa? Al tonto de su prometido tal vez. Sólo al imbécil Giulio Visconti.

Una unión con los Visconti fortalecería a los Manfredi, y eso era lo que menos deseaban sus enemigos.

Tal vez fuera tan fea que su verga no pudiera hacerle ningún daño y se quedara flácida y avergonzada entre sus piernas. Bueno, en tal caso pediría ayuda a su amigo Galeazzo ese sí que era capaz de mantener su vara firme con cualquier mujer porque todas le gustaban. Apenas estar cerca de una dama se excitaba tanto que su miembro permanecía alerta por si acaso alguna accedía a sus deseos.

Se encaminó con sus largas piernas, largas y fuertes y con paso ligero avanzó entre el gentío. Era tiempo de tomar su caballo y esperar a que la joven Isabella Manfredi abandonara su hogar: Castello vecchio, a la orilla del río Navigli.

Todo estaba listo para la venganza, nada podía fallar.

PRIMERA PARTE

EL RAPTO DE LA BELLA DONCELLA

La ciudad de Milán se vestía de gala y se preparaban para los festejos de la boda entre la casa Manfredi y los poderosos Visconti, estos durarían días.

Todos los ciudadanos y curiosos se acercaron a la calle sólo para ver a la bella novia que pasaba cubierta con un velo custodiada por una veintena de criados robustos y fieros caballeros a su alrededor, que no hacían más que apartar a empujones a los curiosos y echar miradas torvas de advertencia a los imbéciles que quisieran acercarse.

Decían que era hermosa y querían verla y muchos jóvenes atrevidos le gritaban "bella, bellísima Isabella Manfredi" y uno de ellos recibió azotes en sus piernas por haberse atrevido a acercarse demasiado.

Decían que era hermosa pero el velo cubría su rostro, así que bien podía ser un monstruo, cómo sus hermanas Manfredi: gordas, de facciones varoniles, feas cómo el espanto, las pobres seguían la procesión con la miraba baja y enfurruñada. Sabían que sólo su hermana menor Isabella se casaría ese día, ellas jamás tendrían esposo y todas estaban destinadas al convento pues sabrían que ninguna sería capaz de encontrar marido a pesar de dote que ofrecería su familia. Por eso Isabella, hermosa y de cabello color oro, era la única esperanza de la casa Manfredi.

La joven novia sólo tenía quince años y estaba asustada. Había pasado ocho años en un convento dónde había aprendido latín, lenguas y álgebra. Sus ojos color topacio observaron el gentío con inquietud: había muchos jóvenes observándola con una expresión que ella no entendía pero la asustaba.

Pero ese día se casaría con el heredero Visconti porque su familia así lo había dispuesto y ella prefería casarse que vivir encerrada el resto de su vida en un convento. En realidad su vida en el convento había sido apacible, pero cuándo cumplió catorce años comenzó a soñar con un esposo, y un bonito castillo, ser una dama de ricos vestidos y joyas.

Los escuderos y caballeros la rodeaban y sus hermanas seguían la procesión con expresiones de envidia y maldad. La odiaban, siempre la habían detestado por ser hermosa y ellas tan poco agraciadas… Cómo si fuera su culpa nacer bella en una familia de damas feas…

—¡Apresúrate hija!—dijo su madre.

Ella apuró el paso y se mantuvo erguida y orgullosa, no por ser bella sino por ser una Manfredi y ser además la única hija de sus padres que tendría esposo. Sus hermanas irían a un convento al año siguiente y lo sabían.

Su hermano Pierre se acercó, guapo y alegre se sentía orgulloso de tener al menos una hermana bonita que despertara miradas de lujuria por doquier. Debía cuidarla y alejarla de los peligrosos raptos, tan frecuentes en esos tiempos. Por eso la casaban con prisa sin haber visto siquiera a su novio ni una vez. Pero los padres de Giulio Visconti sí habían ido a verla para dar fe de que era hermosa. No habrían aceptado la boda de haber sido tan fea cómo sus hermanas.

—Hermosa doncella déjame mirarte sólo una vez—dijo un atrevido doncel mientras se acercaba a ella y le quitaba el velo con atrevido ademán.

La joven gritó al sentir las manos del joven sobre ella pero no pudo llegar más lejos y robarle un beso cómo planeaba pues cayó de bruces al piso y recibió una paliza de los caballeros que la cuidaban.

El incidente la dejó tan alterada que sintió deseos de llorar.

Su hermano la ayudó a colocarse el velo nuevamente mientras dejaba escapar una maldición y el gentío exclamaba: "Es realmente hermosa, es la más bella de la ciudad. Los Manfredi no mentían".

Aturdida miró a su alrededor un instante antes de que su hermano la cubriera con su velo y la ayudara a caminar sin tropezar.

—No temas hija mía, matarán al primer atrevido que vuelva a acercarse a ti—dijo su padre.

Isabella lo miró agradecida y su mano temblaba cuándo tomó la suya para llevarla a la puerta de la Iglesia dónde un gentío aguardaba para presenciar la boda entre Giuliano Visconti y la dama Manfredi.

Lo vio a la distancia y notó que era un joven alto y de semblante agradable, y vestía con sobriedad y elegancia. Sus ojos la observaron con ansiedad y temor. Su padre le había asegurado que era hermosa pero luego de ver a sus futuras cuñadas sentía pavor de que Isabella fuera cómo ellas. Y hablando con su sirviente le había rogado que le quitara el velo a la novia, pues temía que su familia intentara engañarlo, y se juró que la encerraría en una torre, si descubría que era una dama horrenda cómo las damas de su familia. El resultado fue nefasto para su criado por la paliza que recibió de los guardias de la novia, pero muy positivo para él que pudo observarla a la distancia y contemplar embelesado sus rasgos delicados y su figura esbelta y femenina.

Ahora la joven novia avanzaba temblorosa pero emocionada al saber que su marido sería guapo y muy rico: un Visconti, la familia más importante del ducado de Milán. "¡Qué afortunada era!" Pensó y mientras se disponía a subir los escalones de mármol un grupo de jinetes inundó las calles y rodeó a la bella Manfredi matando a criados y caballeros que intentaron defenderla del feroz ataque.

La multitud observaba el espectáculo entre risas y gritos, creyendo que tal vez era una chanza, una broma de la familia del novio; pero al ver que muchos jóvenes escuderos caían muertos cubiertos con la sangre de sus tripas, el gentío se alejó asustado.

Nadie pudo ayudarla, y la pobre dama quiso correr pero un joven alto la atrapó y otro le frenó el paso y lo primero que hicieron fue arrancarle el velo. La belleza rubia y radiante de la novia los dejó deslumbrados, esa no podía ser hija de los Manfredi, debía ser una parienta o una amiga. Era hermosa y delicada, femenina. Tal vez ni siquiera fuera de ese país.

—¿Eres Isabella Manfredi, hermosa damisela?—preguntaron.

Ella los miró desafiante.

Pudo engañarles pero estaba muy orgullosa de ser una Manfredi y no la negaría aunque esos rufianes la mataran en ese acto.

—Así es y si no me soltáis enseguida vuestras cabezas colgarán mañana del sendero: ¡palurdos imbéciles!—les gritó furiosa.

No estaba asustada, les hacía frente y a juzgar por su bravo carácter sí era una Manfredi. Las mujeres de esa familia eran casi tan belicosas cómo los hombres: intrigantes, chismosas, y con una lengua de víboras.

Pero esa era hermosa, cómo sapo de otro pozo. ¿Quién habría engendrado a esa hermosa criatura? Porque su madre era horrenda y su padre también.

—Muy bien preciosa, entonces si eres la novia Manfredi deberemos llevarte—anunciaron con calma.

—No me llevarán a ningún lado—chilló la joven y uno de ellos recibió un puntapié y el otro un empujón, la jovencita era brava cómo todas las de su sangre y no fue sencillo atraparla y amordazarla pues se echó a correr cómo una gacela entre el gentío mientras la muchedumbre de ciudadanos gritabas y aguardabas más emociones sangrientas ese día.

Isabella se abrió paso entre los curiosos y corrió hacia la Iglesia, su novio la esperaba allí y la ayudaría, estaba segura.

Pero un nuevo grupo de enemigos le cerró el paso cuándo se proponía llegar a destino y finalmente fue atrapada y envuelta en una capa cómo si fuera una fiera peligrosa y atada de pies y manos mientras pateaba y gritaba.

El novio observó la escena horrorizado, y demasiado asustado para intentar defender a su desdichada prometida Manfredi, y sólo lamentó que en el instante en que descubría al fin a su hermosa novia le era arrebatada por un grupo de salvajes rufianes, y la guardia de su casa no pudo evitar que se la llevaran. Y cuándo su conciencia lo llamó mozalbete cobarde y su tío le gritó "ve por ella" y tuvo suficiente coraje para correr a auxiliarla cómo era su deber, recibió un palo en la cabeza que lo dejó tendido y desmayado en el piso.

****

Horas después la novia raptada llegó a un bosque sombrío y oscuro. Iba montada en la grupa de uno de los escuderos villanos, y este no había dejado de mirarla y al saber que pronto deberían dejar a la bella dama en su cautiverio acarició su cintura y besó su cuello despacio sólo para sentir ese perfume de flores tan suave. Ella quiso apartarle pero tenía las manos atadas y sólo pudo mirar a su alrededor en busca de ayuda pero no vio a nadie. El bosque parecía desierto, silencioso… Sólo se oían los cascos de la comitiva de rufianes.

Y de pronto sintió sus manos rodeando su cintura apretándola contra su pecho y se movió furiosa y asustada.

—Déjala Giaccomo, será para Enrico y no le agradará saber que tocaste a la Manfredi antes que él—dijo un joven de cabello oscuro y mirada ceñuda.

—Es muy bella, quiero tenerla ahora—insistió el joven.

—No puedes tocarla, se ha desmayado estúpido, despiértala imbécil. Enrico la quiere para él y si la tocas lo lamentarás— insistió Fulco hermano del mencionado.

Cuándo Isabella despertó iba montada al caballo de un jinete, con las manos atadas y una mordaza en su boca.

Sus raptores no dejaban de mirarla y reírse de ella, comentando que era bonita pero con el genio endiablado de las brujas Manfredi.

—Nuestro señor Enrico es afortunado, tomará a la única Manfredi que no es un monstruo—dijo uno de los caballeros.

Ella los miró furiosa y asustada, sabía lo que significaba "ser tomada" y se preguntó quién sería se Enrico, amo de esos canallas. Todos recibirían su merecido, su familia sería alertada de inmediato y ninguno podría salvar su pescuezo. Sólo rezaba para que llegaran a tiempo.

De pronto observó el paisaje y suspiró, el bosque se hacía espeso y sombrío, ¿a dónde diablos la llevaban? ¿Pedirían un rescate o acaso simplemente querrían vengarse?

Su familia tenía muchos enemigos, demasiados y en los últimos años había protagonizado sangrientas vendettas. Ella había estado en un convento educándose así que no sabía mucho del asunto más que por los comentarios de sus hermanas mayores.

La visión de ese castillo negro en medio de un bosque la llenó de angustia. Era valiente pero sabía que estaba a merced de esos hombres y que podían hacerle cosas horribles. Ellos o su señor. Porque la habían raptado siguiendo sus órdenes.

Rezó en silencio a pedir ayuda al señor para que la salvara del difícil trance que la esperaba.

—Bueno, hemos llegado, nos libraremos de esta carga y regresaremos—dijo uno de ellos señalando a la joven.

—Oh, yo me quedaré, tal vez pueda compartir un poco de cama y disfrutar los despojos del banquete —dijo otro dirigiéndole una mirada atrevida.

Ella no entendió la chanza de lo contrario se habría horrorizado de su significado.

El joven que la llevaba la miró con torvo semblante.

—Le aflojaré un poco las cuerdas si promete no escapar—le dijo.

Ella asintió incapaz de pronunciar palabra.

El doncel le quitó la horrible capa que la dejaba prensada cómo un jamón y sólo ató sus manos con suavidad mientras un criado se llevaba su caballo y otro caballero de noble semblante la escoltaba respetuoso hasta su destino.

De pronto sintió sus miradas y cierta vacilación en su torvo gesto. ¿Qué demonios estaría pensando? ¿Acaso estaría arrepentido de su mala acción?

El cabello de la joven caía cómo cascada a ambos lados y pasaba sus hombros. Lacios, brillante y del color del oro parecía una madona de un retrato de la capilla Sixtina, bella y etérea, sus rasgos eran delicados y perfectos. Y ese joven doncel la miraba embelesado y tal vez la ayudaría a escapar…

Isabella había visto esa mirada una vez, en una ocasión un joven escudero había pasado por su ventana en su caballo, a media tarde y se había quedado prendado de su belleza y le preguntó su nombre. Ella huyó sin responderle pero jamás olvidaría la expresión soñadora del joven contemplándola desde la calle.

Y notó que el caballero que la escoltaba la cuidaba del resto y en ningún momento la dejaba sola, excepto cuándo fue a hablar con su señor.

Enrico Golfieri lo recibió en el solar principal.

—¿Me has traído a la bella Manfredi, Ercolano?

—Sí, lo he hecho mi señor conde pero le ruego que… No sea cruel con ella, es… Una chiquilla.

Esas palabras causaron estupor en Enrico.

—¿Una chiquilla? ¿Qué quieres decir con eso?—dijo.

—Es muy delicada y muy tierna… Quiero que me prometa que no le hará daño.

Enrico miró a su primo sorprendido "¿Qué diablos le estaba diciendo ese primo suyo?" pensó.

—Oh, esa Manfredi te ha embrujado y espera seducirte para que la ayudes a escapar, una astuta harpía, cómo todas las de su casa.

—Yo jamás traicionaría a mi familia Enrico, pero esa pobre joven está muerta del susto y te ruego que no le hagas daño.

Enrico se acercó a su primo con una sonrisa torva.

—Es mi venganza primo, no la tuya, fue mi hermano al que mataron por eso puedes mostrarte tierno y sentimental.

Y sin más ordenó que le trajera a su prisionera.

Isabella avanzó con paso firme, con toda la dignidad de una Manfredi sin demostrar el terror que aquejaba a su corazón en ningún momento.

Se detuvo frente al amo de los rufianes en el lugar más luminoso del salón y el joven la observó perplejo pensando que debía estar viendo visiones. La figura hermosa y esbelta de la joven: su cabeza, la dorada cabellera cómo un manto, brillaba cómo una imagen sagrada y etérea en un rostro redondo y rosado de facciones delicadas. Los ojos de mirar sereno color cielo lo observaron con sorpresa y temor, la nariz pequeña y los labios rojos… Parecía un ángel, esa joven no podía ser Isabella Manfredi. Alguien le había jugado una broma, o esos imbéciles habían raptado a la joven equivocada.

—¿Usted es Isabella Manfredi?—preguntó dudando.

El vestido que lucía la joven estaba bordado en piedras y lucía un rosario de oro y un anillo en su dedo. Además lo miraba con orgullo sin bajar la mirada.

—Soy Isabella Manfredi ¿y usted quién es señor?— preguntó desafiante.

Enrico no le respondió y simplemente se quedó recorriéndola con la mirada. Era hermosa y perfecta y ahora comprendía las palabras de su primo y las bromas de sus criados.

—Enrico Golfieri bella dama, encantado de conocerla y de raptarla—dijo haciéndole una reverencia mientras la miraba burlón con esos ojos de un tinte azul oscuro.

La mención de ese nombre le provocó un sobresalto, eran acérrimos enemigos de su familia desde cientos de años y aunque en varias ocasiones fueron castigados por sus querellas los episodios de paz duraron poco tiempo. Nunca los había visto, pero eso no era extraño, luego de su regreso del convento pasaba el día encerrada y sólo salía para asistir a misa todos los domingos.

Observó a su enemigo con curiosidad. Era muy alto y delgado y lucía calzas negras y un jubón y una camisa justa cómo solían llevar los condotieros. Su cabello era oscuro y sus rasgos afilados, comunes en esas tierras, excepto por los ojos, inesperadamente azules, de un tinte oscuro muy raro de verse, que resaltaban por las pestañas y las cejas negras cómo su cabello.

—¿Ha oído hablar de los Golfieri damisela?—preguntó él mirándola con intenso deseo. Disfrutaba atormentándola, era la hija de su peor enemigo pero le gustaba y disfrutaría especialmente de su venganza. Muy pronto la tendría en su lecho y la sometería a su indomable lujuria.

—Usted es enemigo de mi casa signore. Mi padre dijo que… Eran ustedes crueles cómo demonios y deformes cómo ratas malnacidas—la joven sentía sus miradas en ella y temblaba mientras pronunciaba esas palabras.

—¿De veras? Pues cómo ve no somos deformes ni demonios, sólo defendemos a los nuestros y su familia mató a mi hermano mayor a sangre fría. Ahora he ocupado su lugar y planeo vengar su muerte y destruir a su familia hasta que no quede uno vivo dama Isabella.

—No podrá hacerlo, mis parientes darán cuenta de usted y de sus familiares, si me hace daño no habrá lugar dónde pueda esconderse señor Golfieri.

Sus palabras eran una provocación y acercándose a la dama la atrapó contra su pecho y la miró con odio y deseo. Isabella quiso gritar asustada pero no pudo hacerlo porque ese demonio enemigo cubrió su boca con un beso introduciendo su lengua en ella. El sabor de su boca y de su piel embriagó sus sentidos y la excitación de su miembro fue instantánea y en poco segundos su vara era firme cómo una roca mientras apretaba el cuerpo suave de la hermosa dama contra el suyo.

Isabella nunca había estado en los brazos de un hombre de esa forma y se estremeció de horror al comprender lo que planeaba ese demonio y sólo pudo forcejear y apartarle furiosa para descubrir que su adversario era muy fuerte y podría tomarla cuándo se le antojara y sin esfuerzo.

Pero todavía no lo haría, la atormentaría un poco más. Y sujetando sus muñecas para que no pudiera golpearle la miró con sorna sin dejar de sonreír.

—Isabella Manfredi es usted mi cautiva ahora y la tomaré las veces que yo desee y luego la regresaré a su familia. Saciaré mi sed de venganza en usted y su familia maldecirá el día que mató a mi hermano—dijo sin piedad.

Ella lo miró horrorizada y mientras forcejeaba se juró que no derramaría una sola lágrima y que se defendería cómo una gata cuándo ese hombre intentara tomarla por la fuerza, pero estaba asustada, aterrada y Enrico vio esos bellos ojos color cielo llenos de rabia y cubiertos de lágrimas.

Pero no la tendría en esos momentos, la haría sufrir un poco más, quería ver a esa altiva dama Manfredi suplicándole piedad antes de apoderarse de ella cómo pensaba hacerlo, sin prisa y disfrutando cada segundo acariciando su bello y esbelto cuerpo de doncella…

Al verse libre, Isabella hizo un gesto de rabia y huyó pero unos caballeros le cerraron el paso y la joven doncella se detuvo y los miró sin saber quién la asustaba más: ese joven Golfieri o sus sirvientes.

—Lleven a la cautiva a su celda, y que nada le falte, será mi huésped por algún tiempo—dijo ese demonio a sus espaldas.

Isabella abandonó la habitación aliviada.

Esa noche se hincó a rezar desesperada, el señor la salvaría, había pasado tantos años en el convento, no podía abandonarla en ese lugar. Ni sus familiares… Oh sabía que la encontrarían y darían cuenta de ese joven necio que se había atrevido a raptarla.

Pero estaba exhausta y las rodillas le dolían por estar hincada rezando así que decidió tenderse en ese camastro.

****

Días estuvo encerrada sin verle, y la joven lloraba al quedarse sola porque temía que ese Golfieri entrara de un momento a otro para cumplir sus amenazas. No hacía más que rezar y aguardar angustiada esperanzada en que sus parientes fueran a rescatarla, pero a medida que pasaban los días temía que eso no ocurriera jamás.

Enrico Golfieri entró en su habitación es noche, y la encontró profundamente dormida.

Se detuvo a contemplar las suaves líneas de su cuerpo a través del vestido ligero color blanco.

No podía ser una Manfredi, al menos sería la perla entre las brujas.

Y era rubia, de un tono dorado brillante casi rojizo, cómo una hechicera.

Sus parientes le habían animado a llevar a cabo su venganza con la sabrosa cautiva esa noche y él bebió dos copas llenas de vino para darse ánimo.

Había cortado pescuezos, destripado enemigos y envenenado a un Manfredi en una ocasión pero nunca había forzado a una mujer. Todas solían rendirse sin demasiado esfuerzo. ¿Cómo sería atrapar a esa bella cautiva y arrebatarle el vestido y recorrer su cuerpo con caricias?

Porque primero debía tocarla…

Siguiendo un impulso acarició su cabello y su mejilla sintiendo un deleite extraño, era tan suave y delicada. Tenía suerte, llevaría a cabo su venganza sintiendo mucho placer al hacerlo.

Ella abrió los ojos y lo vio: al malvado Golfieri mirándola de forma extraña.

Se cubrió con la manta y le gritó encolerizada y asustada:

—¿Cómo se atreve a entrar en la habitación de una dama? Márchese en seguida—le ordenó cómo si fuera un criado.

Enrico rio tentado.

—Este es mi castillo donna Isabella y usted mi cautiva, puedo hacer lo que me plaza aquí y en esta celda—le respondió.

La doncella enrojeció haciendo que sus ojos celestes se vieran más luminosos.

—Pues primero deberá matarme antes: ¡despreciable Golfieri!— le respondió.

—Mida sus palabras chiquilla, no olvide que es mi prisionera y podría perder la paciencia y hacerle mucho daño ahora mismo— dijo su raptor mirándola con una mezcla de rabia y deseo.

—Usted no me hará nada, no es más que un cobarde cómo todos los de su familia. Y si acaso se atreve a hacerme daño signore, le aseguro que los Manfredi se lo harán pagar con su vida.

Esas palabras lo enfurecieron y atrapando a la diablesa Manfredi la tendió en la cama sujetando sus manos para que no pudiera arañarle. Y mientras la retenía en su poder la miró furioso.

—¿De veras cree que no sería capaz de hacerle mucho daño con mi vara, bella damisela? Claro que lo haré, ¿para qué diablos cree que la traje aquí? ¿Para que diera un paseíto antes de casarse? La traje para vengarme de toda su familia, no sólo impedí esa boda ventajosa sino que impediré que vuelva usted a casarse con nadie más. ¿Quiere ver cómo me atrevo a cumplir mis amenazas ahora donna Isabella?

Ella lo miró furiosa y desafiante, no se rendiría, no le suplicaría sólo buscaría la forma de confundirle.

—Si algo me ocurre mi hermana María ocupará mi lugar, no podrá arruinar el matrimonio con el signore Visconti. Pero si me hace algún daño mi familia no descansará hasta que su cabeza cuelgue en una pica en las murallas de la ciudad.

—¿Espera asustarme con eso, bella damisela?

Al estar tan cerca de la joven sintió el aroma de su piel, de su cabello perfumado con agua de rosas y toda su rabia se esfumó transformándose en deseo. Un deseo sensual y latente, el de tener a esa hermosa dama rendida bajo su peso, domada y ansiosa de recibirle en su delicioso rincón.

Pero eso no ocurriría ahora, y su trabajo para domar a esa fierecilla sería arduo…

Isabella estaba aterrada pero procuró mantenerse fiera y desafiante, nunca un caballero se había subido encima de ella cómo lo hacía ese tunante y se preguntó si realmente sería capaz de hacerle daño o sólo quería atormentarla.

Sintió sus besos en su cuello, y sus manos la acariciaron con atrevimiento y ella lo mordió demostrando que era brava y no podría tomarla sin que clavara en él sus dientes y uñas.

Enrico gritó de dolor. Era la primera vez que una dama lo mordía pero no estaba enojado, sólo divertido al ver ese rostro blanco enrojecido de furia mientras sus ojos eran cómo dos llamaradas de fuego salvaje.

Y sosteniendo sus muñecas la miró y rio.

—Oh, vaya que eres brava Isabella Manfredi, por fuera eres una Madonna pero por dentro eres una fiera que hace honor a la sangre que lleva—le dijo y observó cómo subía y bajaban sus pechos redondos y la piel del cuello tan blanca y suave…

—Si usted me hace daño lo llenaré de mordidas Enrico Golfieri, no crea que podrá tenerme sin sufrir ningún daño.

Sus amenazas no lo asustaron demasiado.

—Bella doncella cautiva, cuándo decida tomarla la ataré de pies a manos y pondré una mordaza en su boca para que no pueda morderme, se lo aseguro—dijo yo se alejó de la joven de forma inesperada, despacio, sin dejar de mirarla.

Esa noche no podría hacerlo y lo sabía, pero mañana sí lo haría sólo que antes debía embriagarla o dormirla, pues sabía que sería incómodo atarla cómo había amenazado.

Ella lo vio alejarse aturdida pero aliviada, agradecida de que la hubiera dejado en paz.

Oh, ¿dónde diablos estaban sus familiares? ¿Por qué no la habían rescatado todavía? No podían dejarla a merced de ese loco ni de sus parientes, pues sospechaba que ese castillo estaba repleto de Golfieri y que no sólo ese malvado le haría daño. Se volvería loca si eso llegaba a ocurrirle.

Isabella lloró mientras se cubría con la manta de pieles, observando su vestido roto y los brazos con marcas rojas que ese demonio le había dejado. Luego pensó que nadie sabía que habían sido los Golfieri, fueron con el rostro cubierto cómo bandidos a buscarla.

En la soledad de su celda la joven lloró hasta quedar exhausta y se durmió después de rezar sus oraciones y pedir al señor que la salvara de un destino tan cruel.

****

En el castillo Vechio de la familia Manfredi reinaba el caos. Habían raptado a su hija Isabella casi a los pies de la iglesia cuándo iba a casarse con Giulio Visconti y no tenían consuelo.

El novio y sus familiares la habían buscado en vano, pero sólo supieron que se la habían llevado un grupo de feroces caballeros y siguieron rumbo al Sur.

Donna Manfredi no hacía más que llorar y lamentarse. Nadie podía consolarla, su pequeña hija, oh, el señor no podía permitir un horrible rapto.

¡Quién sabe qué cosas horribles debería estar soportando la pobrecilla en manos de esos bandidos! No se atrevía siquiera a imaginarlo.

Su esposo llegó en esos momentos con expresión sombría, echando maldiciones.

—Pietro ¿has sabido algo de nuestra hija?—preguntó Beatrice Manfredi.

El hombre se sentó, con expresión torva y cansada.

—No la hemos encontrado mujer, estoy furioso, no recibimos mensaje ni pista… Temo que esto sea una venganza de nuestros enemigos Golfieri.

—¿Los Golfieri? ¡Dios mío! Esos bellacos matarán a nuestra pobre hija, debes encontrarla Manfredi.

—Envié a mis hombres al castillo negro a espiar, pero tardarán horas en llegar y tal vez no puedan entrar en ese recinto sombrío. Nos culpan de la muerte de su primogénito, siempre nos han culpado de un crimen… Ese joven murió envenenado, cualquier enemigo de esos Golfieri pudo hacerlo. Son temidos y odiados en todo el ducado.

—¿Y Giulio Visconti?

Su marido palideció.

—Ha desistido de la boda Beatrice, dijo que no tomará por esposa a una joven raptada y deshonrada por unos bandidos.

Beatrice no dijo palabra, lo que más temía había ocurrido, pues no había peor deshonra para una familia que una de sus hijas fuera raptada. Y debió tomar a la más bella y joven, a la más buena de sus hijas... Beatrice lloró, adoraba a esa niña rubia cómo un ángel y había estado tan contenta de que hiciera un matrimonio tan brillante con los Visconti. Su pobre Isabella...

—¿Y crees que acepte a María en su lugar?—preguntó poco después esperanzada.

No podían perder una unión tan brillante.

—Claro que no lo hará tonta, ¿crees que querrá desposar a una joven tan fea cómo María? Pronto las enviaré a un convento, he esperado demasiado tiempo para encontrarles un esposo y ninguno se ha interesado en ellas.

Su esposa no dijo nada, pero sus hijas que escucharon a la distancia lloraron desconsoladas. Triste destino habían tenido: nacer tan feas y que ningún hombre las quisiera de esposa a pesar de tener sangre Manfredi en sus venas.

—Bueno, al menos no deberemos soportar que esos rufianes nos tomen cómo a nuestra pobre hermana pequeña—dijo la mayor, llamada Giuliana con un con gesto torvo.

Una de ellas se escandalizó de oír esas palabras.

—¿Crees que la hayan...deshonrado?

—Por supuesto idiota, ¿para qué diablos se la llevarían sino? La habrán violado todos sus captores y tal vez la pobre esté muerta o loca de susto. ¿Os imagináis lo que habrá sufrido nuestra pobre

hermana Isabella? Agradeced que no os llevaron también porque sufrir un ultraje es lo peor que puede ocurrirle a una dama de noble cuna.
—Pobrecita.
Todas hicieron silencio. Siempre habían envidiado con rabia y dolor la belleza de su hermana menor, hermosa y rubia, mientras que ellas eran feas y de facciones poco delicadas. Los donceles morían por Isabella pero su padre la mantenía alejada y confinada en el castillo vechio. Y ahora veían que había sido esa belleza la causante de su ruina y se alegraban de no haber sido ellas.
Esa noche en el solar principal el matrimonio y sus hijas cenaron en silencio cómo si estuvieran de luto. Pietro Manfredi sospechaba de los Golfieri por supuesto, pero no eran sus únicos enemigos y la familia Visconti sugirió que podía tratarse de los De la Torre, enemigos acérrimos de la familia Visconti.
Lo difícil era escoger quién de sus enemigos había cometido el bárbaro acto raptando a la joven y no era sencillo.
El rastro de Isabella no los llevaba a ninguna parte y no habían recibido mensaje alguno exigiendo rescate.
Su esperanza era recuperarla viva pero si se trataba de una cruel venganza cómo temía Pietro Manfredi, entonces su hija estaba perdida para siempre. Sólo les quedaba rezar y seguir esperando.
Estaba harto de esa riña intestina, de que los Golfieri clamaran venganza.
¿Es que nunca terminaría esa horrible querella? Su pobre hija raptada… Frente a la Iglesia, ¿sería posible que esos malnacidos no respetaran nada?

Ahora debía calmar a su familia y tener fe en que encontraran a su hija.

****

Isabella bebió el vino mientras cenaba sin sospechar que contenía una sustancia que la dejaría con los sentidos embotados por un buen rato.

Era necesario para dominar su genio y así lo había planeado su raptor.

A fin de cuentas para eso la había raptado.

Luego la enviaría de regreso a su casa con una carta ruin y nefasta contando lo que había hecho y estampando el sello de su familia.

Porque era lo que se estilaba en las venganzas.

De nada servía hacer un mal si nadie se enteraba de ello.

—Enrico, tal vez necesites ayuda amigo—dijo su primo Giovanni.

El joven lo miró furioso.

—Ni te atrevas, nadie tocará a la cautiva. Es mi venganza, no la vuestra.

—Bueno, sería mejor venganza si la compartieras con nosotros una noche—insistió el atrevido.

Enrico lo amenazó con un puño.

—¡Ni se te ocurra, bandolero del diablo! Ninguno de ustedes tocará a la Manfredi, sentirá el terror y el odio en mis brazos. Y mataré al que intente tomarla después—exclamó.

Sus primos bromearon.

—¡Oh miren nuestro primo Enrico se ha enamorado de la brava Manfredi…!

—O tal vez no se anime a tomarla y sea ella quien termine dándole una paliza. Cuídate la espalda primo: podría clavarte un puñal, es lo que hacen los de su familia.

Las burlas lo enfurecieron y tras vaciar su copa se marchó, dispuesto a llevar a cabo su cometido esa misma noche.

Debía hacerlo y demostrar que era un Golfieri maschio y le daría una lección a esa pequeña insolente Manfredi, hija de su peor enemigo.

Al entrar en la celda encontró a la joven dormida.

Se acercó cauteloso por si acaso intentaba defenderse…

Dormía tan profundamente que parecía muerta. No podía ser…

Se había vaciado la copa la signorina y había caído en un sopor del que no podía despertarla. ¡Vaya contratiempo!

Su plan había salido exactamente al revés y cuándo todos aguardaban afuera para felicitarle debió admitir que estaba tan dormida cómo una marmota y en ese estado era imposible llevar a cabo ninguna venganza. Porque quería que estuviera despierta y aterrorizada con sus caricias lascivas.

Sus primos y amigos se miraron y rieron a carcajadas.

—Tal vez deberías enviarla a un monasterio Enrico, seguro que allí encontrará algún cura más hombre que tú, o menos tonto.

—¡Cállate Giaccomo o juro te rebanaré el pescuezo!

Enrico se alejó furioso sin poder soportar más las burlas de sus parientes.

Pero no esperaría a la noche siguiente, la atraparía antes.

****

Isabella se había cambiado el vestido luego de darse un baño en el tonel que le había llevado una criada.

No tenía espejo dónde mirarse pero las criadas peinaron su cabello admirando su brillo y suavidad y lo trenzaron con mucha habilidad.

Ella se quedó mirando el trozo de cielo que se veía desde la tronera. ¿Hasta cuándo la tendrían en esa horrible celda?

Un sonido en la puerta hizo que perdiera la calma que había logrado con ese baño refrescante.

Era su raptor y tuvo la absurda esperanza de que hubiera cambiado de parecer.

—Buenas tardes, donna Isabella—dijo y la visión de la joven con el cabello trenzado y la expresión serena capturó su atención un instante. Estaba hermosa… Oh, sería delicioso desarmarle esas trenzas y quitarle el vestido lentamente.

—Usted debe liberarme signore, debe hacerlo, tengo un mal presentimiento ¿sabe?—dijo ella distrayendo su atención.

—¿De veras?

—Sí… Escuche, temo que su cabeza y la de sus amigos está en mis visiones… Las veo una a una, colgadas en las troneras del Castello vechio—dijo.

Enrico sonrió.

—Mi cabeza no estará allí, donna Manfredi—dijo y avanzó lentamente hacia ella.

La joven adivinó sus intenciones y se estremeció.

—Todavía está a tiempo de detenerse y evitar el horrendo acto que piensa perpetrar signore. Piense que la vida es efímera y un infiero lo espera si comete un acto de crueldad con una joven inocente que no ha hecho mal a nadie—su voz era suave y sus ojos lo miraban nerviosos.

Estaba asustada, por primera vez comprendía que estaba a su merced y que era un hombre fuerte: sus brazos, sus piernas parecían de piedra, ella los había sentido contra su cuerpo... Y pensó que no sería tan sencillo resistirse y enfrentarle.

Enrico no dijo palabra y de pronto la atrapó entre sus brazos y ella gritó aterrorizada y su boca no pudo escapar de ser invadida por su lengua ávida y feroz. Isabella se estremeció de terror al comprender que ese joven estaba decidido a seducirla en ese momento. Porque luego de besarla la tendió en el camastro atrapando su cuerpo con el suyo, sintiendo que estaba a su merced, cautiva bajo su cuerpo fuerte y viril.

Pero no se rendiría tan pronto, daría pelea...

Cuándo soltó su boca la miró sosteniendo sus brazos, oh, era hermosa, fresca, tan suave...

Una mordida en su cuello y en su brazo lo obligó a soltar a su presa, esa gata sí que sabía morder. Y la feroz doncella corrió hacia la puerta dando alaridos.

Enrico la dejó correr, mejor sería cansarla o volvería a morderlo.

—Venga aquí doncella, no sea tonta, no quiero lastimarla, sabe que no podrá escapar de esta celda. Es mi cautiva y me pertenece. No la traje aquí de paseo, la traje para llevar a cabo una pequeña venganza.

Ella lo miró sin decir palabra, y cuándo quiso atraparla le tiró un puntapié y volvió a correr pero terminó en sus brazos, a su merced, una vez más.

Pequeña y furiosa, no pudo resistir mucho más y cuándo la tuvo bajo su peso supo que ya no podría dar pelea. Estaba exhausta y agitada, respirando con dificultad.

Isabella lo miró implorante y derramó unas lágrimas, suplicándole que no le hiciera daño.

El forcejeo y el deseo por ella lo habían dejado excitado, loco de deseo de llevar a cabo la feroz seducción. Había sencillo hacerlo, ella no podría detenerlo, no tendría fuerzas para hacerlo. Así que la besó y acarició su cabello suspirando.

Pero no podía hacerlo. Maldición, esa gata lo había hechizado.

No era tan cruel cómo todos creían, ni tan salvaje de forzar a una dama tan bella y delicada. Ella era inocente de cualquier vil acción de su familia.

Isabella rezó en silencio con el corazón aún palpitante. Se había detenido, el demonio Golfieri la mantenía atrapada entre sus brazos pero no le había hecho nada. Sólo la miraba en silencio con expresión atormentada.

No podía hacerlo, no era un malvado cómo los de su familia.

El señor la había salvado, era un milagro. Un milagro de la virgen. No había otra explicación.

Enrico se alejó de la joven y se sentó en el camastro dándole la espalda.

De pronto sacó una daga y se cortó la mano despacio.

Isabella lanzó un gemido y se alejó de su raptor. ¿Qué estaba haciendo? ¿Acaso se había vuelto loco?

Vio cómo las gotas de la sangre caían en la sábana hasta formar una pequeña mancha.

Sus miradas se encontraron, la suya era fiera, no sentía dolor alguno, su rabia era por esa joven y la mezcla de extraños sentimientos que despertaba en su corazón.

Y haciéndole un gesto le pidió que se acercara.

Isabella obedeció trémula: aún tenía la daga en su mano y por un instante creyó que la lastimaría en vez de tomarla. Esos Golfieri eran muy malos y estaban locos de remate, era lo que siempre decía su padre.

Cerró los ojos y se quedó inmóvil pensando que tal vez fuera mejor que la hiriera hasta matarla en vez de someterla a su lujuria.

—No tema, no voy a lastimarla Manfredi. Abra los ojos—le ordenó.

Ella obedeció y lo miró. El joven raptor sostenía la sábana y se la enseñaba.

—Esta es la prueba de mi venganza signorina, y de que usted no podrá casarse nunca más, ¿comprende? Si me delata, la mataré a usted y al Manfredi que tenga más cerca.

—No entiendo, ¿qué planea ahora, signore?—Isabella estaba aturdida.

—Dirá que yació en mi cama y que yo la forcé aunque no sea verdad. Y lo hará para salvar mi honor y en gratitud por haberla respetado. No le haré nada tonta, en dos días la regresaré con su familia y diré a todos lo que he hecho y usted no me desmentirá o juro que cumpliré mis amenazas.

Soltó la sábana y la atrapó.

—¿Acaso no entiende? Debí manchar esa sábana con su virtud, es la prueba de que he fornicado con usted. Y se la mostraré a mis parientes para que me dejen en paz y a los suyos para que sepan que he vengado la muerte de mi hermano. Debe confirmar esto o juro que lo lamentará. ¡Prométalo!

Estaban muy cerca el uno del otro, sus ojos azules estaban clavados en los suyos cómo dagas, no se apartaban de ella, estaban tan furiosos que se oscurecieron de golpe.

Isabella comprendió finalmente sus planes y lloró.

—Pero todos me despreciarán, y me enviarán a un convento—se quejó ella.

La rabia de sus ojos se suavizó y una extraña sonrisa se dibujó en su rostro anguloso y atractivo.

—Pasó usted gran parte de su vida en un convento, así que imagino que no le importará regresar a él.

Isabella dejó escapar un gemido. No, no quería regresar, quería casarse con Giulio Visconti y vivir en un hermoso palacio.

—Usted me raptó, me utilizó para su venganza, pudo tomar a otra de mis hermanas, ¿por qué me escogió a mí? No voy a mentir, es un pecado, ni dejaré que arruine mi boda con Visconti—exclamó ella furiosa y acorralada.

Quiso apartarle pero ese hombre era fuerte y sabía que no la soltaría, planeaba algo.

—Debe hacerlo, obedézcame pequeña tonta. ¿Prefiere que todos sepan la verdad y vuelvan a raptarla y luego cumplan lo que yo no pude hacer? Mis parientes aguardan afuera esta prueba y usted no dirá una palabra, es por su propio bienestar. Y en cuanto a su brillante boda: olvídela, una joven raptada es una joven perdida para siempre, ese Visconti jamás querrá casarse con usted.

Sus ojos miraron sus labios con deseo y de pronto mientras ella se resistía le robó un beso ardiente y apasionado.

¡Oh, cuánto odiaba a ese hombre, lo odiaba! La había raptado y ahora había arruinado el matrimonio que tanto había soñado.

Y él estaba loco por esa bella rubia, esa pequeña bruja que había evitado su seducción. Pero no la dejaría ir, no lo haría, era suya, su cautiva…

Y tendiéndola en el camastro siguió besándola mientras acariciaba su cintura y la mantenía atrapada en su cuerpo.

¡Oh, cuánto deseaba hacerla suya en ese instante y cumplir la misión de arrebatarle la virtud! El sabor dulce de su boca, el aroma de su piel, todo lo embrujaba y volvía loco. ¿Por qué demonios no podía tenderla y hacerle el amor? Tal vez si fuera paciente…

—Suélteme por favor, dijo usted que no me haría daño. Lo prometió Golfieri—le recordó ella.

Él la observó pero la retuvo entre sus brazos un poco más.

—Debe darme su palabra signorina de que no me delatará—dijo entonces.

Isabella lo aceptó derramando abundantes lágrimas.

Enrico acarició su mejilla y sin poder resistirlo volvió a besarla sintiendo cómo crecía su deseo por esa joven, sintiendo que enloquecería si no la hacía suya muy pronto. Pero no lo haría, no era un rufián… Debía lograr que ella cediera a sus deseos y eso no ocurriría nunca, así que mejor alejarse despacio.

Lentamente la liberó y la joven se dejó caer en la cama exhausta. Habían tenido una feroz batalla ese día y no hacía más que pensar en su futuro, encerrada en un convento, regresando a su casa, dañada para siempre por la mentira de ese hombre. No quería mentir, quería escapar y que su vida fuera cómo antes de ese feroz rapto.

Se durmió poco después y tuvo extraños sueños: soñó que estaba entre los brazos del Golfieri y la hacía suya. Y ella no se resistía, eso era lo más extraño sino que disfrutaba los deleites de la pasión. Sus besos la estremecían y suspiraba sintiendo sus besos...

Despertó agitada, aturdida…

Una criada le llevó la cena, queso y pan de centeno, cerveza y una pata de pollo con nabos y guisantes.

Devoró todo hambrienta y se preguntó por qué habría tenido ese extraño sueño. Debió ser el diablo que vivía en ese castillo intentando tentarla.

****

Pasaron los días y el raptor no se decidía a entregar a la joven a su familia, a pesar de saber que no podía hacer otra cosa.

Todos los días iba a verla y ella parecía aguardar su llegada, nerviosa y expectante.

—Signore Golfieri, usted dijo que me llevaría con mi familia—le recordó en esa ocasión su cautiva.

—No puedo hacerlo ahora, donna Isabella—dijo sin darle más explicaciones y se marchó dejando a la joven consternada.

¿Es que nunca la regresaría a su casa?

Luego temía que si lo hacía la encerraran para siempre en un convento. No quería ser monja, era una vida aburrida, quería tener un esposo noble y muchos niños, un hermoso jardín…

Además él la obligaría a mentir, por una triste y absurda venganza. ¿Es que nunca terminaría esa horrible querella entre sus familias?

Mientras recorría la habitación angustiada con estas cuestiones pensaba en Enrico, no podía entenderle, al principio tuvo mucho miedo al saber que estaría a su merced, y había intentado arrebatarle su virtud en dos ocasiones sin poder hacerlo.

Todos decían que era un joven despiadado y odiaba a los Manfredi, los acusaba de haber matado a su hermano y de ocasionar las peores desgracias a su familia. Y sin embargo y a pesar de su crueldad ella no había recibido ningún daño, ni había vuelto a besarla ni a intentar siquiera tocarla.

El señor la había ayudado, pero había algo más que no podía entender.

Tal vez no fuera tan perverso cómo decían sus familiares.

Una fuerte detonación hizo que cayera al suelo. ¿Qué demonios era eso?

La joven doncella corrió hasta la tronera para ver que ocurría y de pronto vio a un grupo de caballeros trepando por los muros, mientras una lluvia de flechas caía sobre ellos desde la atalaya. El castillo estaba siendo asaltado, asediado…

Isabella tuvo miedo, debía esconderse por si esos bandidos la encontraban, pensó, pero no había lugar dónde esconderse en esa celda medio vacía y momentos después la puerta fue abierta con un gran estruendo. Y ante ella apareció un joven alto y fornido de cabello oscuro y mirada vidriosa. La buscó cómo si supiera dónde encontrarla.

—Buenos días bella Manfredi, hemos venido a rescatarla de su cautiverio—dijo avanzando hacia ella con tres largas zancadas.

—¿Quién es usted, signore?—preguntó pensando que ese muchachote rudo y feo no le gustaba para nada. Sus facciones eran toscas, y sus ojos negros la miraban de una forma desagradable.

—Pietro Malatesta, amigo y servidor de la familia Manfredi—respondió haciendo una reverencia.

Los ojos del hombre observaron a la bella dama rubia comprendiendo que era verdad la leyenda de que era la más hermosa de la ciudad. Y era muy raro tratándose de una Manfredi. Sus ojos lujuriosos se detuvieron en el talle esbelto de la joven y en los abultados senos escondidos con una faja para evitar miradas indiscretas. Oh, él le quitaría esa maldita faja enseguida…

—Usted no es amigo de mi familia, nunca le he oído nombrar—estalló de ella—Aléjese de mí enseguida. ¡Enrico, Enrico!—gritó desesperada al ser atrapada por el caballero lascivo que la tomó y rompió su vestido con aviesas intenciones mientras la tendía en el camastro y liberaba sus senos de la ajustada faja.

—Tranquila preciosa, hoy tendrás tu merecido preciosa, y luego te llevaré conmigo y te dejaré amarrada a la cama hasta llenarte de hermosos bastardos. Maldita Manfredi, hoy sabrás lo que es tener un verdadero hombre entre tus muslos. Mira esto.

Isabella vio aterrorizada cómo el malnacido sacaba su horrible miembro para enseñárselo: era inmenso: grueso y cubierto de abundante vello oscuro y pasaba su ombligo.

—¿Ves esta maravilla?—dijo él con cierta arrogancia pasando su mano sobre su inmensa vara erguida—Ya verás lo que haré con esto...

Era el momento de defenderse y aprovechando ese momento de distracción la joven le propinó un puntapié y huyó, gritando desesperada.

Alguien la atrapó cuándo llegaba a la puerta, un escudero que la apretó avisándole a su captor que la tenía en su poder.

Isabella creyó que enloquecería y se defendió cómo una gata salvaje sin mucho resultado.

Hasta que una sombra oscura entro en la habitación en esos momentos y puso un puñal en el cuello del escudero que la tenía atrapada antes de cortar su cuello sin piedad y vérselas con el más grande.

—¡Malatesta rata inmunda, recibirás lo que mereces!—gritó Enrico furioso.

El fiero caballero Malatesta buscó su espada en el piso pero Enrico fue más rápido y hundió su espada en su pecho y la sacó poco después.

Nunca había visto a un guerrero defenderse con tal rapidez y notó que tenía las manos y la cara con manchas de sangre y se veía exhausto. Pero le urgía rescatar a Isabella que tenía el vestido roto y lloraba desesperada. ¡Malditos bastardos!

—¿Qué te hicieron preciosa? Habla por favor—quiso saber.

Ella dejó de llorar y dijo que intentaron someterla pero no habían podido hacerlo.

Él la cubrió con una capa, tomó vestidos del arcón y la llevó a través del caos a una celda dónde sabía estaría segura.

Era una habitación más luminosa y lujosa y la joven suspiró, secando sus lágrimas, no podía dejar de temblar pensando que el hijo de su peor enemigo la había salvado.

—Calma hermosa, todo pasó, estás a salvo aquí—dijo él.

Ella lo miró agradecida y tomó uno de los vestidos que le ofrecía y se alejó para cambiarse el que llevaba, roto por ese horrible hombre momentos atrás.

Enrico no pudo resistir verla desnuda y maravillarse de sus formas suaves y femeninas.

Ella se cubrió algo avergonzada al sentir su mirada pero él se acercó despacio y le quitó el vestido para disfrutar de la contemplación de sus pechos redondos y llenos, tentadores, hermosos… Sus caderas formadas, redondas y femeninas. Y sin poder contenerse se acercó despacio y acarició sus pechos con suavidad.

—No por favor, no me haga daño…—murmuró ella asustada.
Enrico la miró.
—Yo nunca te haría daño, hermosa—dijo.
Y lentamente tomó su cintura y la llevó a la cama dónde besó sus pechos y la llenó de caricias suaves hasta que venció su resistencia.
Oh, la tomaría en esos momentos pero no por venganza, sino porque se moría por hacerla suya. Era su prisionera, su cautiva y le pertenecía.
Pero la joven sabía que no debía entregarse a ese hombre o jamás podría casarse con un caballero.
—Deténgase por favor—chilló ella y comenzó a resistirse, a pesar de ese extraño deseo que había experimentado con sus caricias.
—Tranquila, no te lastimaré hermosa…
—No por favor, no me tome señor, si lo hace no podré casarme.
—No permitiré que te cases con nadie Isabella Manfredi, eres mi cautiva ahora—él la miró muy serio y lentamente la liberó al ver que lloraba y corría a vestirse. No podía dejar de observar su hermoso cuerpo y de sufrir por no haber podido poseerla, sintiendo una horrible puntada en su entrepierna y en su cuerpo entero.
Debía tenerla, debía ser suya para siempre. Esa dama había enloquecido su mente y su alma, lo había cautivado, embrujado cómo nunca había hecho ninguna dama hasta entonces.

****

Pero luego del asalto de Malatesta y sus hombres, Lorenzo Golfieri: señor del castillo negro y padre de Enrico, decidió deshacerse de la cautiva cuanto antes y ordenó enviar por su hijo.

Estaba furioso con Enrico por no haberla devuelto con sus enemigos cómo le había ordenado.

Este miró a su padre con la mirada baja pero las mejillas rojas de furia, no devolvería a su cautiva, maldición, no lo haría.

—¿Te atreviste a raptar a esa hija de mi enemigo y la ocultaste aquí? ¿Es que te has vuelto loco? Si eso querías hacer debiste matarla para que nadie supiera, en vez de esconderla para fornicar con ella escondido. Por su causa esa rata inmunda llamada Malatesta estuvo a punto de destruir nuestras defensas. Ahora todos sabrán que la tienes en tu poder y querrán vengarse. Jamás debiste raptarla Enrico, fue una imprudencia, una soberna estupidez hacerlo.

—Era mi venganza padre, por la muerte de mi hermano.

Lorenzo miró a su hijo y de no haber sido su predilecto lo hubiera golpeado hasta dejarlo desmayado por imbécil.

—Bueno, ya te vengaste supongo, ahora deberás devolverla con su familia cuanto antes.

—No la devolveré, es mi cautiva padre—respondió su hijo con fiero semblante.

Los ojos negros del bravo caballero brillaban de rabia.

—Grandísimo idiota, ¿ya te ha gustado prenderte a las faldas de esa Manfredi? Estás loco si crees que la conservarás cómo tu prisionera aquí. No quiero a esa joven en mi castillo y la mataré si no la devuelves enseguida con su familia.

—Padre, deja que le haga un bastardo y así la venganza será completa—dijo el joven desesperado.

—¡Oh, vaya planes que tienes! ¿No has pensado que tal vez sea estéril o te dé un monstruo por hijo? Este asunto ha llegado muy lejos, lo hiciste todo sin consultarme, me has desobedecido y casi han destruido mi castillo por tu culpa y la de esa hija de mi peor enemigo.

—Padre, quiero conservarla y no la devolveré, es mía—declaró su hijo.

—¿De veras? ¿Y esperas casarte con una esposa deshonrada: palurdo imbécil, con la hija de Manfredi, acaso has olvidado quiénes son sus padres?

La violenta discusión tuvo un final inesperado, pues ante su fortaleza llegaron emisarios del duque de Milán exigiendo que devolvieran a la joven Manfredi a su familia y repararan el daño causado a la dama.

Ni siquiera el bravo Golfieri se atrevió a desobedecer una orden del gran Duque. Y debió comparecer con su hijo, y la joven cautiva ante el Palazzo Riscoldi la mañana siguiente.

El duque estaba furioso, estaba harto de las peleas entre esas dos familias, cientos de años de crímenes y venganzas, muertes, raptos…

La belleza de Isabella lo sorprendió, y la compadeció de haber pasado tantos días prisionera de esos Golfieri.

Los Manfredi comparecieron poco después y la dama los miró suplicante, pero ninguno de ellos le prestó atención, sólo miraron con odio a sus temibles enemigos.

—Escuchen ustedes, ciudadanos de Milán: Golfieri y Manfredi. Esta horrible querella no ha traído más que desgracias no sólo a vuestra familia sino también a nuestra ciudad. Muertes, asesinatos y venganzas… Han arruinado la boda de esta pobre joven con mi pariente: Giulio Visconti y también su porvenir. Pero su injuria no quedará impune. Esta vez pagarás Enrico Golfieri.

Manfredi insultó a Lorenzo Golfieri y Enrico intervino y de pronto comenzaron a atacarse con puños, insultos, gritos… La guardia del duque debió intervenir para calmar los ánimos.

Entonces apareció en escena Giulio Visconti, antiguo prometido de Isabella y la vio, hermosa con su vestido rosa, con la mirada baja y pensó que era mucho más bella de lo que le habían dicho. "Pudo ser mi esposa, pero la han deshonrado, su destino será el convento" pensó con tristeza. Ella lo miró sin saber quién era y permaneció inmóvil aguardando la decisión del duque.

—Enrico Golfieri: has deshonrado a una joven casta y de sangre noble y tu afrenta no quedará impune. Debes ser castigado y usted signore Lorenzo deberá pagar un impuesto especial por el daño que cometió su hijo—anunció el Duque Visconti.

Enrico aceptó ser castigado pero su padre enrojeció de furia.

Isabella intervino y todos la miraron.

—No es verdad signore duque, Enrico no me hizo daño alguno, lo juro por esta cruz que llevo en mi pecho.

El duque miró a la dama Manfredi con sorpresa.

—¿Es verdad eso que has dicho Isabella Manfredi? ¿Juras que hablas con la verdad y no por amenazas de los Golfieri?—dijo dirigiéndole una mirada implacable.

Isabella notó que todos la miraban y que Enrico lo hacía con odio.

—He dicho la verdad señor duque. Enrico Golfieri no me hizo ningún daño, me mantuvo encerrada pero me alimentó y vistió y no permitió que un horrible hombre llamado Malastesta me llevara cuándo sitió el castillo. Es un joven bueno signore duque, no debe ser castigado sino indultado.

Su madre la miró con rabia y de pronto habló:

—Raptar a una dama es deshonrarla, signore duque. Nadie querrá desposar a mi hija y le ruego me permita enviarla a un convento.

El duque miró a ambos jóvenes, la doncella no mentía, lo vio en sus ojos. Tal vez su pariente quisiera celebrar sus bodas después de todo.

—¿Qué tiene usted que decir Enrico Golfieri? ¿Por qué raptó a la hija de Manfredi?

Enrico sostuvo su mirada.

—Ellos mataron a mi hermano Giulio, signore Duque.

El duque escuchó la historia y luego las protestas airadas de los Manfredi negando el hecho. Estaba harto de ese asunto, quería poner fin a esa acérrima enemistad y vio ambos jóvenes y pensó que tal vez pudieran remediar esa guerra.

—¿Cuántos hijos tiene usted Manfredi?

—Dos solteros y...

—¿Y usted cuántas hijas, Golfieri?

—Cuatro niñas casaderas.

—Muy bien, hablaré con mi pariente Visconti y luego sabrán mi decisión—anunció el duque.

Giulio Visconti se reunió con el duque algo intrigado de que lo involucraran en esa querella, era leal a los Manfredi y por esa razón había aceptado casarse con Isabella.

—¿Todavía quieres a esa joven cómo esposa?—le preguntó su tío.

—¿Habla de Isabella Manfredi?—dijo vacilante.

—Es muy hermosa.

Giulio se sonrojó, sí la quería, pero…

—Señor duque, temo que la joven ha mentido para proteger a ese Golfieri y no aceptaré a una esposa que otro sedujo y deshonró— fue su respuesta.

Era un hombre orgulloso y había notado las miradas de esos dos jóvenes cómo si tuvieran un secreto.

—Bueno, por supuesto. Si usted cree que la joven ha perdido su pureza… Pensé que tal vez la querría por esposa.

—Fue raptada, ningún caballero ni mercader la querrá de esposa. Envíela a un convento signore Duque. Es lo que su familia desea.

—Tal vez…Tengo una idea mejor que esa. Esos enemigos deben escarmentar y dejar atrás sus desmanes o los enviaré a las mazmorras sin miramientos—anunció.

Abandonó la sala y se presentó ante esos belicosos y eternos enemigos.

—Lorenzo Golfieri y Pietro Manfredi, acérquense—ordenó.

Los enemigos comparecieron de mala gana, furiosos, mirándose con rabia. Insultándose por lo bajo y debieron detenerlos para que no comenzaran a golpearse.

—He decidido poner fin a esta enemistad de la única manera posible: con una boda entre sus hijos Isabella Manfredi y Enrico Golfieri.

Los dos hombres palidecieron de horror.

—Será la primera de las bodas. Isabella Manfredi, te llamarás Isabella Golfieri luego de tu boda y honrarás y servirás a tu nueva familia y no podrás agraviar ni causar enojo alguno a tu marido Enrico o serás enviada a un convento. No podrás negarte jamás a tu esposo siempre que él así te lo pida. Y yo seré el padrino de su primer hijo.

Y una hija de Golfieri, la que Lorenzo decida, se casará con uno de los hijos solteros de Manfredi y habrá una doble boda. Si esto no pone fin a la querella que enemista a sus amigas: Lorenzo Golfieri y Pietro Manfredi serán apresados y enviados a las mazmorras. Y deberán pagar un tributo de trescientos ducados si me desobedecen.

—Signore duque, mi hija no puede casarse, le ruego que la envíe a un convento—pidió Pietro Manfredi.

Isabella se estremeció y el duque la miró.

—Donna Isabella, ¿acaso desea usted ingresar a un convento y que otra hermana suya ocupe su lugar?

Su padre la miró con fiereza, debía negarse a casarse con ese Golfieri, debía hacerlo.

Ella miró a Enrico que parecía disgustado y dijo con mucha determinación;

—Me casaré con Enrico Golfieri cómo ordena el signore duque.

El padre de la joven dejó escapar una maldición.

—Muy bien, entonces deberán preparar las bodas y les advierto que ningún daño deben recibir los miembros de la familia Manfredi ni Golfieri en sus casas. Ahora Isabella regresará con su familia y se preparará para la boda.

La doncella palideció y Enrico intervino.

—La matarán si regresa a su casa duque, esos Manfredi nos odian, jamás permitirán que sea mi esposa—dijo.

El duque miró a Manfredi y este se apuró a negar tan inmerecidas acusaciones.

—Entonces Isabella quedará en custodia de su nueva familia. Signore Lorenzo, asegúrese de que la joven no sufra ningún daño o agravio en su castillo antes de su boda ni después por supuesto.

Lorenzo aceptó de buen talante, nada lo hacía más feliz que ver rabiar y sufrir a su temible enemigo y sabía que esa boda destrozaba sus nervios. Perder a su hija más bella y que esta pariera niños Golfieri lo mataría. Pero él también sufriría su tormento al tener que entregar a una de sus hijas con esos malnacidos Manfredi.

****

Isabella regresó a su celda contenta, iba a casarse, había escapado del convento y de la venganza que tramaba su familia. Y ya no sería una cautiva, sería una dama casada y podría recorrer los jardines a su antojo.

Lo único que la atormentaba era la mirada de odio que le había dirigido su padre antes de marcharse. Debió escoger el convento, pero ella no quería regresar a ese encierro, no lo haría.

Su futuro esposo parecía enojado con ella y ese día no fue verla ni al siguiente y siguió siendo la prisionera atendida por criadas pero encerrada y sin ningún privilegio.

Llegó el día de su boda y la joven estaba feliz: tenía un bonito traje blanco bordado con piedras en su escote cuadrado, y un hermoso cinturón ceñido al busto.

Su cabello brillaba cómo una manta de oro sobre la cabeza pequeña y perfecta. Sonreía pero permanecía con la mirada baja al ver a Enrico ataviado con sus ropas más ricas en tono negro y escarlata, emblema de su casa. Él la miró con fijeza y luego esquivó su mirada furioso. Lo había dejado cómo a un tonto frente a su familia y frente a toda la ciudad. Un hábil rebañador de pescuezos pero incapaz de llevar a cabo una maldita venganza tomando por la fuerza a la hija de su enemigo.

Se casaron en presencia del duque, y a la vista de la ciudad dieron un paseo tomados de la mano, y el soberano de esas tierras dio un discurso hablando de la paz.

Más atrás iban los otros novios, su hermano Francesco y la hermana de Enrico: Simonetta. Su hermano estaba más furioso que su esposo por esa boda y de pronto sintió pena por esa joven novia hija de los Golfieri. Era bonita y menuda, con grandes ojos cafés y le sonrió en un momento. Rezó para que su hermano mayor no le hiciera daño por ser la hija de su enemigo.

Hubo un banquete de bodas y en la ciudad se acercaron a beber vino y a brindar por los novios: ciudadanos pobres, ricos, penitentes y menesterosos…

Los novios se retiraron a sus aposentos y unas criadas ayudaron a Isabella a desnudarse y Enrico aguardó. Debían consumar su matrimonio y esa idea lo excitaba y enfurecía a la vez. Ella lo había preferido al convento pero lo había traicionado ante el duque y su familia al mencionar su secreto.

La joven lo miraba desde un rincón; alejada y asustada al comprender que debía entregarse al hijo de su temible enemigo que parecía odiarla y no quería hacerlo, temía que la lastimara o la hiciera sufrir.

Enrico se acercó con paso rápido y ella tembló cuándo la tomó entre sus brazos y comenzó a besarla con rabia. No era el joven tierno que la había acariciado aquella noche, había cambiado. Al parecer sólo había querido robarle su virtud, no convertirla en su esposa. Odiaba casarse con ella cómo su hermano odiaba casarse con la pobre Simonetta Golfieri.

De pronto el notó su resistencia y creyó que lo odiaba tanto cómo su familia y buscó en sus ojos la respuesta y notó que sólo estaba asustada y temblaba cómo una hoja.

—Isabella, debes convertirte en mi esposa esta noche, deja de resistirte, no te haré daño.

Ella se alejó asustada, no quería que fuera así, algo estaba mal en su esposo esa noche y no podía entender por qué la odiaba tanto.

—Ven aquí doncella Manfredi, no puedes escapar y lo sabes.

—Pero usted me odia signore Golfieri, creí que…Usted me apreciaba, que no quería hacerme daño.

Enrico se detuvo y la miró sorprendido.

—Yo no la odio doncella, usted me traicionó al decirle al duque que no la había tocado. Me convertí en un tonto frente a mis parientes y frente a la ciudad por su culpa.

La joven abrió sus ojos asustada.

—Eso es injusto, lo hice porque pensé que el duque lo castigaría, signore. Además no quería que me enviaran a un convento.

—Oh, claro usted quería casarse con el signore Visconti, ese tonto no dejaba de mirarla. Y debió contentarse conmigo, bueno, para usted soy mejor que el convento, debería sentirme halagado. Pero le recuerdo que ha dejado de ser una Manfredi, y que me debe lealtad y que si en el futuro le digo que guarde un secreto lo hará, o juro que lo lamentará señora mía—dijo.

Ella corrió por la habitación asustada pero él la atrapó y la llevó a la cama dónde le quitó ese vestido ligero de un tirón, cómo un vándalo. En respuesta recibió la primera mordida en el brazo y rodaron por la cama combatiendo cómo dos feroces enemigos.

El forcejeo la dejó exhausta y al final debió reconocer su derrota.

Pero Enrico no estaba enojado, y de pronto rio al verla tan roja y furiosa, con el cabello rubio despeinado y los ojos echando chispas.

—Tranquilízate doncella enemiga, no te haré daño, te gustará lo que te haré, ya verás...—dijo mientras la desnudaba despacio.

Besó sus pechos con deseo, los apretó contra sus labios y sus besos siguieron más allá espantando a su inexperta novia. Pero era su noche de bodas y la disfrutaría, ansiaba dejar marcada su piel con la huella de sus besos.

—No, no—gritó ella desesperada al adivinar a dónde quería llegar con esas caricias atrevidas.

—Debo hacerlo, soy tu esposo ahora, no puedes negarte a mí, ¿o acaso prefieres que te tome cómo un bruto y te haga llorar? Quédate quieta y deja de pegarme o juro que te amarraré a la cama doncella—la amenazó.

Ella cerró los ojos avergonzada y lo soportó todo, su boca, su lengua en su monte, acariciándola, lamiéndola de forma vergonzosa una y otra vez. Y cuándo se hartó de hacerlo la abrazó y besó sus pechos y la penetró con fuerza destruyendo cualquier barrera, llenando su vientre estrecho provocándole un dolor leve y una incomodidad mucho mayor.

—No—dijo ella pero no tuvo forma de escapar, estaba atrapada y mareada por ese cuerpo fuerte y viril que la invadía con ferocidad y se fundía en ella.

—Tranquila doncella, ya pasará… —le susurró él besando su cabeza mientras la rozaba con fuerza y su sexo cedía y el dolor también. Y de pronto escuchó que gemía y su piel ardía y la penetración se volvía profunda y furiosa.

Ahora sabía de qué se trataba el matrimonio y de pronto pensó, "esto es horrible, prefiero ir a un convento".

Luego notó que sangraba y lloró, no quería volver a hacerlo nunca más. Se sintió furiosa y engañada, eso no era el matrimonio, no podía ser así.

Enrico la vio correr a la puerta envuelta en una manta y la miró sorprendido y divertido.

—Ven aquí preciosa, ¿qué haces?—dijo.

La joven comenzó a llorar despacio.

—No quiero ser tu esposa Enrico, quiero volver a mi casa, ir a un convento—se quejó—Usted me lastimó, me hizo cosas horribles y lo odio, no quiero quedarme aquí.

Él sonrió de forma extraña.

—Es un poco tarde para eso doncella, ya eres mi esposa y mi mujer y no puedes negarte a mis brazos o el duque te castigará, ¿lo recuerdas?—dijo con calma.

—Yo no sabía nada de esto, nadie me dijo que…

—Bueno, pasaste tu vida en un convento doncella. Escucha, no temas, no estás lastimada sólo que la primera vez sangras por ser una joven pura. Y no debes avergonzarte, eres mi esposa ahora. Ven aquí…

—No, no me toque, lo golpearé si vuelve a hacerlo—lo amenazó ella.

Pero a Enrico le encantaba enfrentarse con la brava doncella y someterla a su voluntad. Era una digna enemiga a decir verdad… Hermosa, brava y desafiante.

Y no se detuvo hasta arrastrarla a la cama y hacerle el amor de nuevo, ardía en deseo por esa joven, estaba loco por ella y le hubiera hecho el amor más veces pero ella lloraba y lo había arañado y mordido. No era buena idea. Debía dejar que se adaptara, que se acostumbrara y tal vez en el futuro pudiera disfrutar sus encuentros.

Isabella lloró al verse atrapada por ese hombre, sometida a sus deseos, y pensó, ahora sí soy su cautiva y jamás podré escapar mientras sentía el roce de su inmenso miembro en ella, una y otra vez inundándola con su simiente y apretándola contra su pecho hasta dejarla sin aliento. Era horrible, esa intimidad era violenta, avasallante, y dolorosa. Jamás imaginó que sería así, de haberlo sabido cuándo el duque le preguntó habría dicho que prefería el convento.

******

Isabella debió adaptarse a vivir con sus enemigos y lo primero que le dijo su suegro fueron las palabras "ahora eres una Golfieri, olvida que un día fuiste una Manfredi, no hablarás ni tendrás trato alguno con tus parientes y si lo haces cometerás una traición que no perdonaremos. Jura que no hablarás con los Manfredi jamás".

Y ella juró que jamás vería ni hablaría con sus padres.

Enrico la miró con fijeza mientras hacía ese juramento.

No era feliz. Creyó que luego de la boda sería la señora del castillo, que podría ir a dónde quisiera pero se equivocaba, la vigilaban y sus cuñadas y sus suegros la ignoraban o despreciaban. No la insultaban ni se burlaban de ella, pero cuándo aparecía durante las comidas se hacía un incómodo silencio.

Su suegra: Vanozza Golfieri era una dama alta de ojos muy oscuros y cabello ceniza, los labios apretados parecían estar siempre a disgusto con algo y, sus hijas: María y Angélica la miraban con curiosidad, pero no parecían estar interesadas en hacer amistad con ella.

Su suegro era realmente el más temible de todos y su presencia la intimidaba por completo. Un hombre alto, fornido y de mirada maligna, procuraba mantenerse alejada de él porque sabía que la odiaba y que era un hombre de mal carácter y aguerrido.

En el castillo vivían dos hermanos de su esposo: Fulco y Mateo, menores que él y dos primos Giovanni y Giaccomo: todos caballeros fornidos y deslenguados.

Isabella procuraba mantenerse alejada de esos jóvenes, no le agradaba la forma en que la miraban, no olvidaba que la habían raptado y tal vez habían planeado tomarla cómo había planeado Enrico y les temía.

Toda esa familia le inspiraba miedo, temía disgustarles o que le hicieran daño. No la querían, era la hija del enemigo y su suegro dijo una vez que su boda había sido una broma divertida y que nunca olvidaría la rabia de mi padre cuándo dije que prefería a su hijo en vez del convento.

Se preguntó si Simonetta; la hija que los Golfieri declaraban haber perdido para siempre, se sentiría igual de desdichada que ella.

Y esa noche cuándo Enrico la llevó a la cama ella lo soportó todo sin quejarse, pero sin sentir más que rabia y desilusión. Debía darle un hijo, luego la dejaría en paz, o esperaba que lo hiciera...

—Isabella, abrázame por favor, deja de entregarte a mí cómo una mártir, eres mi esposa—dijo Enrico entonces.

Ardía de deseo por ella pero quería que respondiera a sus besos, que fuera una dama apasionada y cariñosa.

Isabella obedeció y lo abrazó sin decir palabra, él la besó largamente y volvió a penetrarla con urgencia y ferocidad hasta tener el placer que deseaba y llenar su vientre con su simiente.

Nunca la dejaba en paz. Todas las noches le hacía el amor y a veces en la mañana.

Pero ella era una Manfredi y tenía sus planes. No sería una cautiva toda su vida ni viviría odiada por sus enemigos. Ellos no eran su familia, nunca lo serían.

Y Enrico tampoco la amaba, sólo quería una esposa para que le diera hijos y para saciar su lujuria imperiosa, casi diabólica que lo consumía cada vez que la tomaba.

***

Un día mientras recorría los jardines vio a un grupo de caballeros avanzando por el sendero de grava rumbo al castillo negro. Y cuándo quiso escapar se vio rodeado de ellos y los miró aterrada temiendo que fueran invasores o enemigos de los Golfieri.

—Buenos días bella dama, soy Alarico D'Alessi, busco a Enrico Golfieri—anunció el líder: un hombre alto, de cabello oscuro y ojos grises. Era muy guapo y de modales exquisitos y la miró con expresión extraña.

—Mi esposo salió hoy temprano, signore D'Alessi—respondió ella sonrojándose al notar la mirada de esos hombres y del mismo líder.

—¿Usted es su esposa Isabella?—preguntó el caballero sorprendido.

Ella asintió y se alejó incómoda y algo asustada. Eran un grupo numeroso y de pronto notó que ese caballero la seguía con la mirada.

Cuando regresaba al castillo vio a sus cuñadas María y Angélica correr y dar saltitos mientras decían entre risas: "son ellos, han llegado".

Al ver a Isabella guardaron silencio y la miraron con altanería.

No pudo escapar, los caballeros entraron en el solar y sus suegros fueron a agasajarles.

—Isabella—la llamó su suegra—Quédate con nosotros y saluda a nuestro leal amigo el conde Alaric D'Alessi.

La joven se detuvo ruborizada y regresó a la mesa sintiendo la mirada de ese joven alto y guapo, debiendo soportarlas el resto de la velada.

Su esposo llegó poco después y saludó a los recién llegados pero se mostró disgustado y furioso al notar que los caballeros del conde D'Alessi miraban a su esposa con lascivia.

—Isabella, ven aquí—dijo Enrico. Y ella fue espantada e incómoda de que la llamara frente a todos cómo si fuera su criada.

Enrico saludó a los visitantes y bebió a su salud dos copas de vino pero tenía prisa por llevarse a su esposa a sus aposentos dónde la arrastró a la cama y comenzó a desnudarla cómo un desesperado para recordarle que era suya y podía tomarla cuándo quisiera.

—No Enrico, déjame, no quiero—sollozó Isabella, asustada por ese inesperado ataque.

—Ven aquí, te dejaré en paz cuándo tenga la certeza de que estás encinta de mi hijo—dijo él furioso, loco de celos al ver que otros hombres se habían atrevido a mirar a su esposa y conversar con ella.

Ella lloró y él se detuvo.

—¿Por qué lloras, esposa? ¿Qué tienes?

—No soy feliz aquí—respondió ella sin poder contenerse—Todos me odian y tú me tomas cómo si fuera tu criada sometida a tus deseos.

Enrico secó sus lágrimas y la miró muy serio.

—Nadie te odia Isabella, ¿acaso te han dicho algo, te han lastimado mis parientes?

—Me ignoran, jamás me hablan y yo… No soy una de ellos, soy la hija del enemigo y eso nunca cambiará.

—Isabella, eres mi esposa, eres una Golfieri, tal vez deberías acercarte en vez de…

—No soy una Golfieri, soy tu esposa, y siempre seré una Manfredi para tu familia.

—Tú eres mi familia Isabella, y sabes que estoy loco por ti, deja de resistirte, de entregarte a mí fría y asustada.

Ella iba a decirle que odiaba tener intimidad con él pero se contuvo, no era prudente hacerlo, no quería enojarle. Sólo quería que la tomara y la dejara en paz. Y eso fue lo que hizo besándola con suavidad, recorriendo su cuerpo y entrando en ella con urgencia poseído por un deseo salvaje. Era suya, toda ella: hermosa, voluptuosa y perfecta para el amor… Sólo que no lo amaba, ni disfrutaba de sus caricias, y no tenía forma de conquistar su corazón ni convertirla en una amante apasionada.

Pero era suya y estaba loco por ella, nunca la dejaría ir. Y eso fue lo que le dijo cuándo el éxtasis pasó. Isabella lo miró exhausta y se durmió poco después, envuelta en sus brazos, atrapada en su cuerpo y ella pensó "nada ha cambiado, sigo siendo su cautiva, ser su esposa sólo ha logrado que me tome cuándo se le antoje".

SEGUNDA PARTE

El pretendiente apasionado

El caballero Alaric D'Alessi buscó la oportunidad de ver a la hermosa dama Isabella, sólo verla… Su marido celoso la mantenía apartada, escondido de los visitantes pero el conde D'Alessi se las ingenió para acercarse a sus aposentos, al vergel en horas muy tempranas sólo para ver un instante a esa dama hermosa que lo había cautivado.

Debía estar loco, había ido al castillo negro para pedir la mano de la hija de Lorenzo Golfieri: Angélica y se había enamorado ardientemente de Isabella, la esposa de quien debía ser su cuñado…

Cuándo cumplió su cometido se alejó con sigilo temiendo ser visto.

Ella lo vio un día mientras recogía flores, al elegante caballero de la casa D'Alessi. Sabía que se casaría con Angélica, o eso esperaban sus suegros. Él no se había pronunciado al respecto pero esperaban que pidiera su mano muy pronto.

—Signore D'Alessi—dijo ella y bajó la mirada y se alejó. Y él la siguió con la mirada hasta que desapareció. Sintió un dolor al verla machar tan pronto, habría deseado retenerla pero la dama tenía prisa y parecía evitarle. Suspiró resignado, cada vez que la veía era cómo si una luz entrara en su alma.

Luego observó a Enrico Golfieri con rabia y envidia. No era delicado con su esposa, era autoritario y ella parecía temerle y alejarse de él. Sabía que era una Manfredi, enemigos acérrimos de los Golfieri y que la boda fue celebrada por orden del Duque de Milán. Cualquier caballero se habría sentido honrado de tener a esa hermosa doncella cómo esposa. Él lo habría hecho, aunque fuera la encarnación del demonio. Pero había llegado tarde, era la esposa de Enrico y sólo podía desearla a la distancia, cómo se acarician los sueños imposibles.

Isabella sabía que ese caballero la observaba pero no dijo ni una palabra a nadie, estaba algo asustada, su presencia la inquietaba y atemorizaba. Temía que Enrico sospechara algo y la boda de su cuñada Angélica se malograra y ella fuera la responsable. Oh, la odiarían si eso ocurría. Y en los días que siguieron procuró mantenerse alejada de Alaric, pero su suegra la llamó una noche al notar su ausencia.

Sus cuñadas estaban radiantes pero al verla llegar se disgustaron pues los ojos del invitado se clavaron en la hermosa joven y aunque intentó disimular supo que estaba locamente enamorado de ella.

Isabella pensó que no podía tener tanta mala suerte. Su suegra la obligó a sentarse al lado del caballero, su esposo llegaría y notaría que ese hombre no dejaba de mirarla y…

—Donna Isabella, ¿se siente usted bien?—preguntó Alaric.

Ella lo miró espantada y él notó que era desdichada y que sufría en ese castillo. Sus cuñadas la detestaban y Lorenzo Golfieri no se fiaba de su lealtad. La pobre pasaba recluida en sus aposentos y Enrico Golfieri no era un marido considerado. Era un perfecto salvaje.

—No… Es que hace calor aquí y … A veces quisiera escapar, signore—respondió ella.

El caballero D'Alessi no esperaba una confesión tan íntima y sintió mucha pena por esa doncella y no dejó de lamentar que no fuera su esposa.

—Comprendo, usted no es feliz aquí ¿verdad?—preguntó con cautela.

Ella dijo que no lo era pero no quiso decir más que eso.

Su marido entró en la sala y la vio palidecer asustada.

—Isabella ven aquí—la llamó con un ademán autoritario furioso de ver a D'Alessi conversando con su esposa.

La joven obedeció y él la mantuvo a su lado, rodeando su cintura con su brazo y besando sus labios en dos ocasiones sin ninguna delicadeza.

—¿De qué hablabas con el conde D'Alessi, Isabella?—preguntó su marido.

Su esposa lo miró espantada.

—No lo recuerdo Enrico—mintió ella.

Luego del banquete Enrico la encerró en su habitación y la desnudó con prisa. Y ella pensó, "no puedo soportarlo más, quiero huir a un convento y que ningún hombre vuelva tocarme jamás". Enrico la atrapó besando sus pechos dejándola desnuda en un santiamén. Parecía ansioso de dejarla encinta pero su cuerpo se resistió a la feroz posesión y la dama lloró al sentirse tomada, invadida cómo una campesina indefensa. No era delicado ni tierno, ya no lo era, tal vez porque la odiaba por ser una Manfredi aunque dijera lo contrario.

Y exhausto la retuvo y ella quiso escapar porque sabía que esa noche volvería a hacerlo.

—Ven aquí hermosa, nunca me siento satisfecho contigo, eres tan fría—se quejó Enrico mirándola con fijeza.

Estaba desnuda entre sus brazos, hermosa y voluptuosa pero se resistía a sus caricias, siempre lo hacía. Pero su deseo por ella era tan ardiente que besarla despertaba su deseo imperioso. Isabella quiso apartarlo pero él atrapó sus pechos y los apretó con su boca ardiente y gimió cuándo sostuvo sus caderas para lamer su tibio y dulce rincón.

—No, no… —dijo ella.

Su rechazo sólo le animó a hundir aún más su boca en los delicados pliegues que cubrían su sexo y la mantuviera cautiva de su lengua que la saboreaba y enloquecía a su miembro que ansiaba recibir caricias pero todavía no se atrevía a pedirlas y debía contentarse con hundirse en ella una y otra vez en un ritmo loco y desenfrenado.

Isabella ya no lloraba cuándo su sexo cedió a su invasión y fue inundado con su simiente y exhausta se durmió poco después, feliz de que al fin la dejara en paz. Porque su único placer era cuándo él la abrazaba y retenía en su pecho suspirando cansado porque sabía que eso significaba que no volvería a tomarla esa noche.

******

Isabella soñaba con huir pero ¿a dónde iría? Era cautiva en ese castillo y los sirvientes la vigilaban. Sus padres no se habían acercado ni le habían enviado mensaje alguno. Estaba sola.

Y entonces apareció el guapo caballero D'Alessi y se acercó a ella en el vergel y la miró de esa forma que la hacía sonrojar.

—Donna Isabella—dijo haciendo una reverencia.

Era un joven caballero, de la edad de su esposo, alto, distinguido y vio algo en sus ojos que le inspiraban confianza.

—Signore D'Alessi—respondió ella y cuándo quiso alejarse el caballero se lo impidió.

Sabía la razón, no era tonta. Ese hombre quería seducirla cómo un cortesano.

—Déjeme ir signore, por favor—le dijo ella con firmeza.

—Si usted me lo pidiera yo la ayudaría a escapar de este castillo, donna Isabella.

Sus palabras la dejaron hechizada y lo miró perpleja y emocionada.

—Pero usted no puede ayudarme signore, usted va a casarse con una de mis cuñadas, por eso ha venido a este castillo.

—¿Y cree que podría pedir la mano de otra dama después de haberla conocido a usted Isabella Golfieri?

—Sus palabras me incomodan signore, por favor—dijo ella y cuándo quiso escapar el audaz enamorado la atrapó y la retuvo entre sus brazos robándole un beso suave y fugaz.

La dama quedó atrapada en esos labios y en ese caballero tan guapo y gentil que planeaba enamorarla hasta que lo apartó, después de disfrutar un beso tan bonito, y lo miró furiosa.

—Soy una dama casada conde D'Alessi y usted no puede atreverse…

—La amo Isabella, estoy loco por usted, desde que la vi en ese bosque la primera vez—dijo mirándola con intensidad.

—No diga eso, yo no puedo corresponderle, soy una dama virtuosa y no debió besarme ni importunarme con sus palabras caballero y le suplico que no vuelva a hacerlo.

—Perdóneme por favor, no quise molestarla, pero… Si necesita mi ayuda, si un día decide escapar o está en peligro le ruego que me deje auxiliarla donna Isabella, me sentiré muy honrado de poder hacerlo.

—Usted no puede ayudarme signore, soy prisionera de los Golfieri y nunca podré escapar, moriré aquí y si usted conserva algo de sensatez se buscará una joven de noble cuna y se casará pronto.

—No puedo hacerlo donna Isabella y usted sabe la razón.

—Por favor, no vuelva a besarme signore, mi esposo me matará y querrá vengar la afrenta.

El caballero se acercó despacio.

—Perdóneme, por favor—dijo y miró sus ojos y sus labios con ardiente deseo.

Isabella se alejó enojada y agitada, rezaba para que nadie los hubiera visto conversar ni besarse. Sus labios le ardían y no podía olvidar ese instante en que ese hombre la atrapó entre sus brazos y le dio un beso tan dulce.

Atormentada corrió de regreso al castillo y pensó, "no debo, soy la esposa de Enrico, aunque él no me ame, no puedo enamorarme de otro caballero…" Y con prisa se recluyó en sus aposentos y se tendió en la cama, una rara somnolencia la envolvió mientras pensaba "no puedo volver a verle, los Golfieri lo matarían si acaso intenta rescatarme de este castillo".

****

Ella evitaba verle porque sabía que estaba enamorándose y temía que al final huyera con él y la familia de su marido los matara a ambos.

Enrico sospecharía, era un marido celoso, y en una ocasión riñó con su hermano por su culpa. No podía creer que desconfiara de su propio hermano.

Temía ver al conde D'Alessi, su permanencia en el castillo se hacía larga y para evitarlo dejo de dar paseos por el vergel y cuándo lo veía durante la cena o el almuerzo procuraba mantenerse alejada de su compañía. Pero sentía sus miradas, sus miradas la hacían sonrojarse y se dijo "no puede ser tan tonto, alguien va a notar que me mira".

Alaric notó que la dama lo eludía decidió buscar la ocasión de reunirse con ella en privado. Y una mañana una criada entró en los aposentos de la joven dama para avisarle que su esposo quería verla en el solar de armas.

Isabella la miró sorprendida.

—Está en el solar de las armas junto a su padre, quiere verla enseguida—explicó.

La joven tembló. Su suegro la detestaba, no se fiaba de ella y tal vez alguien vio ese beso en el vergel y ahora iban a castigarla.

—Acompáñeme Signora—insistió la criada.

Isabella obedeció intrigada y asustada, siguiendo a la joven criada por los solares y escaleras hasta llegar a la habitación de las armas. Pero cuando entró en el oscuro recinto la puerta se cerró con estrépito y vio que no había nadie esperándola. ¡La habían encerrado, era una trampa! No podía ser.

Corrió a la salida y comenzó a gritar pero alguien la atrapó y cubrió su boca murmurándole al oído: —Tranquila mi bella dama, no le haré ningún daño—dijo Alaric D'Alessi.

Se estremeció al verse atrapada entre sus brazos y lo miró asustada y furiosa. Y él la retuvo y la besó con ardor, atrapando su boca con su lengua ávida, saboreando su sabor mientras apretaba su cintura contra su pecho fuerte.

Isabella se sintió hechizada por ese beso y no pudo resistirse y él la retuvo y gimió mientras la llevaba a un jergón y la apretaba contra su cuerpo y acariciaba sus senos con desesperación a través de la tela del vestido.

Ella pensó en detenerle pero no pudo hacerlo, deseaba sentir esas caricias tiernas y apasionadas y su cuerpo respondió sin que pudiera evitarlo y su sexo clamó por sentir el suyo y esa sensación de placer y desenfreno la asustó.

—No por favor, deténgase, nos matarán… No puedo entregarme a usted—dijo Isabella mareada y asustada.

El caballero se detuvo respirando con dificultad, agitado, loco de deseo por esa hermosa dama.

—Huya conmigo por favor, la convertiré en mi esposa, anularé su matrimonio—le pidió luego mirándola implorante con ojos llenos de amor y deseo.

—Mi matrimonio no puede anularse caballero, estoy atrapada en él, siempre lo estaré signore y los Golfieri me matarán si deshonro a su hijo entregándome a otro hombre. Por favor, déjeme en paz, me hace mucho daño—ella sollozó y huyó hacia la puerta.—Déjeme ir, no tiene usted ninguna esperanza caballero. Puede tener a una campesina para complacerle en este castillo, pero no seré yo su amante.

Alaric se acercó a su hermosa dama y acarició su cabello.

—Déjeme ayudarla, usted respondió a mis besos, siente algo por mí por eso se esconde y tiene tanto miedo. No me importan los Golfieri, sólo quiero tenerla a usted, liberarla de un matrimonio infeliz, de su prisión. Yo la cuidaré donna Isabella, nadie sabrá nunca dónde está y la amaré cómo ningún hombre la ha amado jamás—le dijo.

Ella sintió sus palabras al oído y su abrazo posesivo y debió ser muy fuerte para rechazarlo.

—No puedo huir con usted signore, ni seré su amante. Tengo un esposo y no puedo abandonarle ahora, déjeme ir por favor…Sólo abandonaré este castillo para ir a un convento, es lo que desea mi corazón.

Él la miró con extrañeza.

—¿Un convento? ¿Desperdiciará su vida recluida en un convento?—dijo mirando sus labios y ansiando besarlos de nuevo.

—No estoy hecha para el matrimonio ni para el amor, si usted quiere ayudarme envíeme a un convento, allí estaré a salvo de las maldades del mundo y las intrigas de ese castillo.

Alaric pensó con rapidez.

—¿Está segura de que es lo que desea su corazón, donna Isabella?

La dama asintió con firmeza.

—Ahora le ruego que me deje ir, soy una dama virtuosa y usted me ha hecho un gran daño encerrándome aquí con engaños, signore D'Alessi.

Alaric besó su cabeza despacio y prometió ayudarla.

—Si realmente es su decisión la llevaré a un convento, hermosa dama—dijo mirándola con intensidad—Debo irme mañana pero vendré a buscarla para liberarla de su cautiverio, se lo prometo.

Ella se alejó nerviosa y más asustada que antes. ¿Qué había hecho? Se había entregado a las caricias ardientes de ese hombre que no era su esposo y las había disfrutado.

Corrió a sus aposentos y rezó para que nadie la hubiera visto.

Enrico llegó entonces y la encontró rezando. Un rayo de luz alumbraba su hermosa cabellera dorada y sus mejillas tenían un tinte rosa y sus labios carnosos en forma de corazón invitaban a ser besados. Era ella, su hermosa cautiva, la hija del enemigo, su esposa…

—Deja de rezar esposa mía, jamás te dejaré ir a un convento— dijo su marido.

Ella abandonó su rezo y lo miró espantada al ver que se quitaba el jubón rojo y negro y la camisa blanca de lino. Sabía lo que eso significaba y tembló, no quería, nunca quería… Pero no podía negarse a menos que estuviera impura y eso no ocurría desde hacía más de un mes.

Sintió sus besos y cómo la desnudaba con rapidez. Ese día parecía desesperado por entrar en ella y demostrarle que era suya, pero antes la torturó con esas caricias y de pronto ella se estremeció al sentir que no era su malvado esposo quien la recorría con su boca hambrienta y apasionada, sino ese otro caballero tan guapo y delicado y de pronto gimió y un deseo recorrió su cuerpo deseando que fuera Alaric quien la tomara y no ese marido que no la amaba. Y él, ansioso de despertarla un poco más cubrió su tibio monte con su lengua y su boca hizo presión en ese lugar secreto hasta que sintió que ella gemía y respondía cómo la mujer ardiente que era. Maravillado por su respuesta la penetró con ferocidad una y otra vez hasta enloquecerla por completo. La sensación de placer fue tan fuerte que la joven dama se mareó y sintió que le faltaba el aire.

—Isabella, Isabella, despierta—dijo Enrico pero la joven se desvaneció y durante días estuvo enferma con náuseas y mareos, y se sentía tan débil que no podía salir de la cama.

Su esposo llamó al médico y este le recetó unas hierbas para las náuseas, pero los malestares continuaron y fue su suegra quien anunció triunfal que Isabella estaba encinta.

Esa noticia la entristeció, no quería un bebé, quería huir a un convento pero sabía que no había podido evitarlo.

Alaric se marchó luego de enterarse, pensando que ese malnacido Enrico había vencido la primera batalla pero no la última. Tendría a esa dama un día, no importaban los obstáculos en el futuro, lo haría… La recataría de esa prisión y sería suya para siempre.

******

Su vientre creció lentamente y rara vez salía de sus aposentos.

Su suegra solía visitarla y contarle las novedades, parecía apreciarla luego de enterarse que iba a tener un niño.

Por ella supo que Alaric se había marchado del castillo y su suegro estaba furioso porque había rechazado pedir a una de sus hijas en matrimonio. Isabella sabía la razón pero luego pensó, "es imposible, jamás volveremos a vernos, sólo fue una ilusión, debo olvidarle"…

Cuándo sus malestares desaparecieron Enrico volvió a buscarla en la intimidad y esta vez ella no lo rechazó ni se espantó de sus caricias, sino que ansiaba recibirlas, cómo si la lujuria la hubiera despertado y ya no pudiera detenerse.

Y esa noche él le pidió caricias y ella tocó su sexo inmenso y poderoso, ese miembro que le había arrebatado la virtud con impiedad y luego de acariciarlo lo besó con timidez. Pero él quería más y lo llevó a su boca despacio y ella comprendió lo que debía hacer para complacerle.

Enrico gimió y pensó con ironía que había ocurrido un milagro, que por algún hechizo alguien había cambiado a una esposa fría y gazmoña por otra apasionada y ardiente. Era un sueño hecho realidad y cuándo sintió su dulce boca en su miembro, apretándolo y lamiéndolo con suavidad creyó que se volvería loco y la tendió de espaldas y besó sus nalgas cómo había deseado hacer hacía tanto tiempo. Isabella lo apartó pero luego lo dejó que continuara ese nuevo juego de lujuria. Y gimió desesperada cuándo entró en ella y pensó, no es mi marido, es Alaric, nunca voy a olvidarle, y cuándo el placer fue intenso las lágrimas escaparon de sus ojos. Ese caballero la había embrujado con un maligno hechizo y lo amaba, siempre lo amaría en silencio y a la distancia.

—Isabella, te amo—le susurró su esposo.

Y ella lo miró sintiéndose culpable y volvió a llorar.

—¿Por qué lloras mi hermosa cautiva? ¿Sabes que nunca te dejaré ir verdad? Sólo muerto me quitarán de tu lado mi bella dama—dijo él cómo si leyera sus pensamientos.

Ella lo abrazó sin decir palabra y él volvió a besarla, a retenerla contra su pecho mientras secaba sus lágrimas.

Enrico la amaba, lo vio en sus ojos, no mentía, la amaba locamente y no le importaba que fuera la hija de su peor enemigo y escucharlo de sus labios la había conmovido. Nunca pensó que fuera así…

—Enrico, yo creí que… Nunca podrías amarme—dijo entonces.

Él besó sus labios despacio.

—Siempre te amé Isabella, desde que te rapté el día de tu boda, ¿lo recuerdas?

—Pero yo era la hija de tu peor enemigo y…

—Es verdad y me traicionaste antes de casarnos.

—Fue para que no te hicieran daño, tú me salvaste de ser atacada, cuidaste de mí…

—Lo hice porque te amaba tonta. ¿Por qué diablos lo habría hecho? Daría mi vida por ti Isabella y ahora que sé que me darás un hijo mi felicidad será completa… Sólo sueño con un día escuchar que tú también me amas, hermosa. Que me ves cómo soy y no cómo tu raptor, o el hijo del enemigo.

—Oh, Enrico yo no sabía… Pensé que estabas furioso con nuestra boda y…

Él la abrazó con fuerza y la besó y entró en ella con urgencia y desesperación. Era suya, su esposa, su amor y nunca la dejaría ir. Isabella gimió estremecida por el ardor de Enrico, que había jurado amarla hasta el fin…

TERCERA PARTE

EL ARDIENTE ENEMIGO

La tragedia golpeó a la familia Golfieri meses después, su hija Simonetta, casada con su hermano Manfredi había muerto de forma misteriosa.

Isabella se estremeció con la noticia y por las sospechas de que había sido asesinada, envenenada. Y sus parientes la miraron con rabia cómo si ella fuera culpable y de no estar encinta y ser amada con Enrico la habrían matado también.

Lorenzo estaba hecho una furia y su esposo le pidió que permaneciera en sus aposentos.

Ya no se negaba a sus brazos sino que había aprendido a disfrutar sus encuentros descubriendo nuevas sensaciones y sintiéndose muy unida a su esposo.

El nunca dejaba de buscarla y de amarla con ferocidad, haciéndola estallar una y otra vez hasta dejarla exhausta.

Pero ese día estaba preocupada, la muerte de Simonetta era inesperada y una criada le había dicho que habría una venganza.

—Enrico, lamento mucho lo de tu hermana. ¿Qué pasó?— preguntó entonces a su esposo.

Enrico parecía furioso y atormentado.

—Fueron tus parientes Isabella, la envenenaron.

—Pero ¿cómo lo sabes?

—Porque era una joven sana y vomitó hasta morir. Tal vez dejaron que muriera sin prestar asistencia, estaban furiosos con ese matrimonio y mi hermana estaba encinta.
—Eso es monstruoso Enrico.
—Lo es hermosa, pero no es tu culpa, no te atormentes con eso. La muerte de mi hermana será vengada.
—Oh, no, el duque dijo…
—El duque Visconti maldito siempre estuvo de su lado, y ha enviado investigar su muerte pero no es suficiente. No hará nada. Sólo organizó esas bodas para fastidiarnos, no buscaba otra cosa.
—Pero él dijo que no podíamos sufrir daño alguno.
—El duque tiene asuntos más importantes de lo que ocuparse, no intervendrá. Isabella, ven aquí… Dejemos ese triste asunto—dijo y la abrazó y abrió su escote para atrapar sus pechos llenos y besarlos. Tenía prisa por hacerlo, no tenía mucho tiempo y debía regresar con sus hermanos y su padre.
Ella gimió cuándo sintió sus feroces lamidas en su vientre, y Enrico sostuvo sus caderas y no se rindió hasta que la escuchó chillar desesperada. Oh, era tan hermoso darle placer y luego quedar atrapado en su pequeño sexo, siempre estrecho y delicioso para perderse en ella…
—Isabella, hermosa, te amo tanto…—gimió antes de esa liberación que lo dejó sin habla unos instantes.

****

Los Golfieri se marcharon al día siguiente y la joven quedó sola con sus cuñadas, y procuró mantenerse alejada de ellas porque no hacían más que burlarse de su vientre abultado y la odiaban en secreto.

Era una pena que ninguna hubiera conseguido un esposo a pesar de estar en edad casadera, pero no le sorprendía, eran dos víboras. Y luego de la visita de Alaric su malcontento había agriado mucho más su carácter.

Un día sin embargo su suegra le rogó que las acompañara a cenar porque había tormenta y sus hijas estaban algo asustadas.

Isabella obedeció y miró temerosa a su alrededor. La tormenta también la atemorizaba, estaba nerviosa por la tardanza de Enrico. Empezaba a quererle, iban a tener un niño y se sentía atormentada por el recuerdo distante del guapo caballero. Nunca debió permitir que la besara así... Y sin embargo esos besos la habían despertado y convertido en una esposa ardiente cómo Enrico necesitaba. Porque era un hombre lujurioso y no lo contentaba una esposa fría y gazmoña.

Sabía que con el tiempo lo amaría, y comprendía que era el único que la amaba en esa casa y la cuidaba.

Volvió al presente y observó a sus cuñadas con fijeza. Angélica la saludó con un mohín y le dijo que se sentara. Isabella observó a esa joven de cabello oscuro y ojos verdes sin vida; el cabello lacio le caía cómo ala de cuervo y habría sido bonita de no haber tenido una nariz larga y labios siempre torcidos en una mueca de desdén.

María en cambio tenía el mismo cabello, los ojos oscuros, pero tampoco era muy agraciada. Simonetta había sido la más bonita pero ahora la pobre estaba muerta y sus parientes querían vengarla.

Isabella se preguntó cuál de sus dos cuñadas la odiarían más.

Vanozza Golfieri entró en la habitación con paso majestuoso, ricamente ataviada cómo si fuera una reina con un vestido de seda azul bordado con piedras ceñido al busto y un rico sobreveste del mismo tono. Un velo cubría su cabello oscuro y plateado.

La dama saludó a Isabella con gesto altivo y se estremeció cuándo escuchó un trueno.

—¿Dónde fueron los Golfieri, donna Vanozza? —preguntó su nuera angustiada.

—Fueron a la ciudad a los funerales de mi hija y luego hablarán con el duque y le exigirán justicia—le respondió su suegra con expresión sombría.

Sirvieron la cena media docena de sirvientes pero las damas no tenían apetito, excepto Isabella.

—Cuéntame hermana Isabella, ¿cómo era la vida en el convento? ¿Te gustaba estar allí?—preguntó Angélica de pronto.

Ella la miró con expresión inocente.

—Sí, era un lugar muy bonito.

—¿Y qué hacían? ¿Rezaban todo el día y cantaban?

—Estudiaba latín y lenguas, y la vida de los santos. Algebra… Y tenía dos amigas.

—¿Las monjas les permitían conversar y tener amistad? ¡Vaya sorpresa!—opinó su suegra.

—Sin embargo preferiste casarte con mi hermano a regresar allí—apuntó Angélica.

—Quería casarme y tener muchos niños, el convento era muy aburrido—confesó Isabella.

—¿Aburrido? La vida monástica no es aburrida—la reprendió su suegra cómo si hubiera dicho algo muy grave.

Isabella se disculpó y no sintió deseos de comer más.

Un rayo hizo chillar a la menor de sus cuñadas: María.

—Oh, mamá parece la noche del diablo y estamos solas, si un hermano que nos proteja—dijo la joven.

—¿Y quién se atreverá a hacernos daño? Deja de gritar tonta, asustas a Isabella que está en estado.

Se hizo un silencio y fue Angélica quien lo rompió.

—¿Y cómo es que eres tan bella y tus hermanas tan horrendas? —dijo de pronto.

Isabella la miró espantada y su suegra hizo callar a su hija.

—Señora Golfieri, quisiera retirarme—pidió Isabela.

—Angélica, retírate tú, grandísima tonta, si tuvieras mejores modales tendrías un esposo en vez de estar soltera—dijo Vanozza a su hija dándole un pellizco.

La joven se levantó y palideció furiosa.

—¡Tendría un esposo si esa Manfredi no se hubiera robado el corazón de mi pretendiente Alaric D'Alessi! Ella lo sedujo con su belleza, porque dónde ella aparece con su cabello rubio nadie se fija en nosotras—dijo señalando a su cuñada.

—¡Oh, eso no es verdad! Cállate tonta, ofendes a la esposa de tu hermano con tus palabras. Discúlpate enseguida grandísima bruta o te daré una paliza—tronó Vanozza con el rostro encendido de ira.

Luego se acercó y alzó la mano para pegar a su hija pero Isabella chilló asustada.

Angélica temía a su madre y se apuró a disculparse.

—Isabella regresa a la mesa, tienes un bebé en el vientre, debes alimentarlo—le ordenó.

La joven no se atrevió a desobedecer, esa mujer era tan brava cómo los Golfieri hombres y temió que la golpeara también a ella si no hacía lo que le ordenaba.

Angélica no se escapó de recibir un tirón en sus trenzas y la expulsión a su cuarto sin comer. Isabella la vio irse sintiéndose enferma. No estaba Enrico para protegerla y enfrentarse con quien fuera para que nadie la molestara. Él solía reñir a sus hermanas cuándo se ponían bravas y también a su madre, y en una ocasión riñó con su padre por su causa.

Pero Vanozza cuidaba a su nuera, tenía a su nieto en la barriga y se moría porque en su casa hubiera un bebé, hacía años que no había uno. Y era el hijo de su querido hijo Enrico.

Ignoraba que Alaric se hubiera prendado de su nuera, era un comentario maligno de su hija, no podía ser verdad. D'Alessi era un caballero leal y galante, y pensó que sus hijas eran poca cosa para un caballero tan guapo y rico. Arreglarían otro matrimonio estratégico para ambas muy pronto, empezaba a hartarse de la lengua viperina de esas dos. Angélica era la peor, por eso debió disgustar a su invitado y este desistió de pedir su mano.

Isabella mordisqueó una fruta y le contó a su suegra la vida de San Agustín, ella era muy afecta a la vida de los santos. En otros tiempos había sido destinada a un convento pero luego su familia decidió casarla con Lorenzo Golfieri.

—Una pena, habría llegado a abadesa—se quejó entonces—Era estudiosa y tenía temple para gobernar un convento y mi sangre noble y posición habría sido una gran ayuda. Pero nuestra familia decide nuestra suerte y ellos querían casarme con Lorenzo.

La joven esposa escuchó a su suegra en silencio y se preguntó si esa mujer habría llegado a querer a su esposo. Solían tratarse con fría cortesía aunque en ocasiones parecían conspirar juntos. Cómo todos los Golfieri, unidos y conspiradores.

Cuándo Isabella regresó a sus aposentos se estremeció al recordar las palabras de Angélica. Ella lo sabía, había notado las atenciones de Alaric… Y ahora la odiaba más que nunca por haber arruinado su boda.

El fantasma de Alaric pareció entrar en su habitación y ella se cubrió con las mantas de lanas y pieles de oveja porque tenía frío.

La lluvia estalló entonces, una lluvia furiosa, huracanada.

Cerró sus ojos y vio sus ojos en la penumbra de su cuarto, sintió su voz y sus besos. Pero no estaba allí, sólo había sido un sueño.

****

Enrico y su familia regresaron cuatro días después más furiosos que antes de haberse marchado. Traían consigo a Simonetta en su féretro, para ser enterrada en el mausoleo familiar de la familia Golfieri.

Isabella se estremeció al ver la procesión y debió asistir a los funerales de la desdichada joven a quien había visto por única vez el día de su boda con su hermano.

Su esposo estaba muy serio y se alejó con sus parientes para hablar sobre un asunto del que jamás le dijo una palabra.

Pero en la noche la buscó, la había echado de menos, extrañaba sus besos y su cuerpo cálido y rollizo.

—Hermosa, ven aquí…—dijo atrapándola entre sus brazos.

—Enrico, te extrañé tanto…—le respondió ella mientras sus caricias la hacían suspirar.

El joven sonrió:

—¿De veras? Pues yo casi vuelco loco de nostalgia, verte, sentirte… Ven aquí.

Ella se entregó a él sin reserva, pero cuándo todo terminó él quiso saber si sus hermanas y su madre la habían tratado bien.

Isabella asintió y le contó el episodio de la tormenta pero no mencionó la acusación de Angélica. Pero se alegró de su regreso y se sintió feliz y segura entre sus brazos y volvieron a hacer el amor y un día pasearon juntos por el vergel.

Era un día hermoso de verano, hacía mucho calor y faltaba poco para que naciera su hijo. Tal vez tres semanas o menos y ella esperaba que Enrico no tuviera que marcharse porque estaba algo asustada por el parto.

Y mientras caminaban vio a su suegro se acercaba por el sendero, y unos caballeros de casaca oscura lo acompañaban. Enrico observó a los recién llegados con gesto sombrío.

—¿Qué ocurre Enrico? ¿Quiénes son esos caballeros?

Él no le respondió y de pronto vio al guapo caballero Alaric con escuderos y otros hombres de mirada adusta.

Isabella se estremeció al verle, fue cómo si viera al diablo y sus ojos la miraron embelesados, a ella y a su abultado vientre.

—Felicidades donna Isabella. —dijo besando su mano de forma fugaz. Y volviéndose a Enrico le dijo:—Felicidad amigo mío, creo que tu hijo nacerá muy pronto.

Su marido asintió y su joven esposa se sonrojó incómoda, esos brutos no dejaban de mirarla a pesar de estar en estado, cautivados por su belleza y pensó, "me matarían para robármela, no me fío de esos desalmados". Y con prisa llevó a Isabella de regreso a sus aposentos y le rogó que se quedara en ellos porque esa noche había invitados.

Enrico estaba celoso pero ella jamás le desobedecía, y se dijo "he dejado de ser una Manfredi, pero sigo sintiéndome una prisionera que debe permanecer recluida, una reclusa a la que todos aborrecen excepto mi marido."

Luego pensó en Alaric, haberle visto sólo un instante la había dejado muy nerviosa y turbada, su mirada había sido una caricia, cómo aquella vez que le tendió una trampa y la besó haciéndola sentir sensaciones desconocidas. ¡Qué guapo era, qué gentil, tan distinto a los rudos caballeros que había conocido! Pero debía desalentarle, y permanecer alejada de él todo el tiempo posible.

Y convertirse nuevamente en prisionera de ese castillo.

******

Alaric buscaba a la joven en el solar disimulando su rabia y frustración al comprender que Enrico la mantenía alejada de su familia y de él principalmente. Había sido imprudente, se había delatado y ahora su viejo amigo sospechaba de él…

Había ido a ese castillo con varios propósitos, pero el principal era ver a la dama que mantenía cautivo su corazón, la bella de dorada cabellera y labios rojos. Verla en estado de avanzada preñez lo había hecho desear con ardor que ese niño fuera suyo y ella su esposa.

No había ido a pedir la mano de esas dos jóvenes casaderas Golfieri cómo creían, ninguna era de su agrado, sólo Isabella, pero ya estaba casada y su marido la cuidaba cómo un perro guardián.

Pero se quedaría unos días, buscaría una oportunidad… Estaba locamente enamorado de la bella dama y estaba decidido a tenerla un día, no sabía cuándo, ni lo que haría por ese amor ardiente y sofocado.

Y para disimular conversó con Angélica y María y la primera lo siguió atontada a todos lados y cuándo uno de sus leales escuderos le advirtió se dijo que debía irse con cautela porque la Golfieri podía descubrir sus planes secretos con Isabella.

CUARTA PARTE

LA VENGANZA DE LOS GOLFIERI

Los Golfieri planeaban una venganza contra la familia de su amada para vengar la muerte de su hija Simonetta y Alaric lo sabía. Pero los Manfredi eran enemigos suyos, sólo sentía pena por esa joven que debió renunciar a su sangre y a su antigua familia.

Sabía cuál era el plan, y él demostraría su lealtad ayudando a los Golfieri a lograr su objetivo. Pero ella jamás debía saberlo... ¿Qué pensaría la pobre dama que le había confesado que deseaba ir a un convento? ¿Extrañaría su hogar, sus familiares o se habría resignado a su destino? Pronto nacería su hijo, y luego ese tunante le haría otro... Pero él era un hombre paciente y muy tranquilo, no tenía prisas, sabía que necesitaría tiempo para llevar a cabo sus planes secretos para apoderarse de la joven que amaba.

****

Isabella observó la estampa de Alaric desde la tronera y se estremeció, allí estaba, acompañado por esos caballeros... No pudo apartar sus ojos de la visión hasta que desaparición y pensó, "no debo verle, no debo alimentar locos sueños, Señor ayúdame, debo apartarle de mis pensamientos". Y se acercó al reclinatorio a rezar pero entonces un dolor en el vientre la hizo caer al piso.

Algo estaba pasando, y de pronto comprendió que el bebé quería nacer antes de tiempo y gritó pidiendo ayuda.

Fue su suegra quien la escuchó pues sentía pena de verla encerrada y quiso visitarla esa mañana y al escuchar los gritos se asustó y fue en busca de su hijo. Había dejado encerrada a la pobre Isabella en sus aposentos: ¡el muy bruto!

El castillo sufrió una conmoción y partera y sirvientes se acercaron a la celda intentando abrir la puerta mientras otros iban en busca de su esposo.

Pero Enrico estaba en la ciudad con su padre y fue Alaric quien ayudado por sus escuderos, picas y las armas que disponía logró abrir la puerta de hierro y liberar a Isabella.

Y desafiando cualquier prudencia la vio llorando en el piso y la levantó en brazos llevándola a la cama. Ella lo vio y pensó que era un sueño, estaba entre sus brazos y le hablaba pero no podía entender lo que decía.

Su suegra intervino poniendo fin al momento romántico.

—Isabella, ¿te caíste? ¿Te sientes bien hija?

—Sí, me duele mucho—confesó.

La partera y dos criadas entraron en acción y expulsaron a los caballeros, eso no era asunto de ellos.

Los dolores no le daban respiro y las mujeres se movilizaron y fueron en busca de mantas limpias, cuchillos, agua hirviendo…

—Tranquila Isabella el bebé va a nacer—dijo su suegra y secó su frente sudorosa con un pañuelo.

—Me duele mucho…

Los dolores la dejaron exhausta, pero la partera era muy hábil y en pocas horas nació el niño: un robusto varón hermoso y saludable que no paraba de llorar.

Isabella se emocionó al tenerle entre sus brazos.

—Felicitaciones donna Isabella, un varón, qué contento se pondrá su marido—dijo la partera—¿Cómo llamaran al angelito?

—No lo sé, Enrico dijo que si era varón se llamaría cómo él—respondió ella.

Y su suegra no hacía más que decir que era igual a Enrico.

Las criadas se marcharon luego de asear a la parturienta y dejar su cama y su cuarto limpio.

Vanozza fue en busca de la cuna.

Y la joven se quedó sola con su bebé en brazos, exhausta pero feliz. Era hermoso y su suegra tenía razón, se parecía mucho a Enrico.

Entonces lo vio parado en la habitación, desafiando cualquier prudencia. A él, al caballero Alaric D'Alessi observándola embelesado.

—Felicitaciones donna Isabella—dijo y desapareció cómo una visión.

Luego supo que él la había salvado, que Enrico la había dejado encerrada para que no saliera y nadie podía abrir la puerta.

Su marido llegó al anochecer y corrió a ver a su hijo y de pronto la joven se vio rodeada de Golfieri que querían conocer al heredero.

—Un varón—decían todos.

Enrico lo tomó en brazos y besó su cabecita con ternura.

—Miren es igual a mí. Padre, lo llamaré Enrico. Debemos celebrar su nacimiento—dijo.

—Tu hermana no se enfría en la tumba, Enrico. No podremos celebrar ahora.

Pero Enrico se embriagó y durante la cena brindó por su esposa y su hijo sin notar una mirada llena de celos y envidia.

La misma que vio Isabella días después, cuándo Angélica fue a conocer a su sobrino.

Permaneció parada en la cuna cómo un espectro, y luego miró a su cuñada, era una pena que sobreviviera al parto y que fuera Alaric quien la salvara.

Isabella se acercó y tomó en brazos a su bebé que comenzó a llorar de hambre y la joven no se movió.

—Es hermoso, hermana Isabella—dijo Angélica entonces.

Pero la joven madre no se sintió tranquila hasta que su cuñada se hubo marchado. Y cuándo Enrico fue a verla la encontró llorando.

—¿Qué ocurrió hermosa? ¿Por qué lloras?

Ella no quería decirle hasta que mencionó la visita de su hermana Angélica mirando celosa a su bebé.

Enrico detestaba a su hermana, era una víbora, pero no la creía capaz de hacerle daño a su hijo, no estaba tan loca para hacer eso. Sin embargo decidió hablar con su madre y prohibirle a Angélica acercarse a Isabella o a su hijo. Vanozza quiso saber qué ocurría y al enterarse apretó los labios furiosa y pensó que debía casar pronto a su hija o enviarla a un convento.

Habló con su marido al respecto pero este tenía otro asunto en mente mucho más urgente y le dijo que luego decidiría qué hacer con su hija.

Debían bautizar al pequeño Enrico y lo hicieron a los pocos días de nacido para consternación de su madre que vio cómo se lo llevaban con lágrimas en los ojos. Ella no podía asistir a la Iglesia por estar impura, lo haría luego de la cuarentena.

—Yo lo cuidaré mujer, no te aflijas, mataré a quien se atreva a acercarse a mi hijo—dijo Enrico.

Isabella se quedó sola y fue a dar un paseo por los jardines. Su marido no había vuelto a encerrarla luego de que naciera su hijo y quiso aprovechar la paz que había, sin sus cuñadas, ni los Golfieri, ni los caballeros de Alaric. Sospechaba que algo tramaban pero su marido jamás le contaba sus reuniones secretas. Tal vez la considerara una enemiga…

Estaba nerviosa por su bebé y rezó para que nada malo le ocurriera, era tan pequeñito, sólo tenía una semana de nacido.

Contempló el paisaje, los árboles y campos cultivados dónde campesinos trabajaban la tierra y suspiró. Era un lugar hermoso y rara vez podía recorrerlo, no hacía más que permanecer encerrada y ahora sufría porque no tenía a su bebé para consolarla.

De pronto lloró sin saber por qué sintiéndose una prisionera, vigilada constantemente, encerrada en sus aposentos y pensó que no era eso lo que había esperado de su matrimonio. No era feliz, tenía a su bebé y lo adoraba y también un esposo que la cuidaba pero algo faltaba en su vida y una extraña nostalgia la envolvió. Una añoranza de algo desconocido, de que su vida fuera diferente y ella no fuera siempre rechazada por ser la hija de un Manfredi.

Pero no podía volver atrás, Enrico la había raptado y convertido en su rehén... Al menos ahora se había adaptado a su vida matrimonial, aunque no fuera feliz.

Y mientras se internaba en el vergel poco después tuvo una sensación inquietante, cómo si alguien la vigilara de cerca. Miró a su alrededor y entonces pensó "es Angélica, se quedó aquí para lastimarme, me odia tanto"...

Apuró el paso asustada, porque podía oír con claridad las pisadas en el pasto. Corrió pero alguien salió de entre los árboles y la atrapó cubriendo su boca. Era él, Alaric y le rogó que no gritara, que no iba a hacerle daño.

—Hermosa, al fin sale usted de su escondite. ¿Acaso han vuelto a encerrarla con llave?—preguntó el guapo caballero.

—No...

Estaban muy cerca el uno del otro pero Alaric la liberó despacio sin dejar de mirarla con ardiente deseo.

—Signore, no debe usted acercarse a mí se lo ruego, mi cuñada Angélica lo ha notado y me ha acusado de arruinar su boda.

Sus palabras lo dejaron perplejo.

—¿Su boda? Jamás habría pedido la mano de esa joven, tiene mal carácter y no me agrada.

—Ella me odia signore y no deja de vigilarme, ansía mi ruina y si nos ve conversar...

—Descuide, no hay un sólo Golfieri en todo el castillo, fueron a bautizar a su hijo. Donna Isabella, estuvo usted llorando. Aguarde...—dijo y la retuvo, ella se estremeció al sentir esa caricia en su mano.

—Signore D'Alessi le ruego que se aleje de mí, soy la esposa de Enrico y usted amigo de su familia. Por favor, déjeme en paz. Se lo ruego.

Pero el enamorado no iba a rendirse y tomándola entre sus brazos la besó con suavidad. Había esperado tanto ese momento, no pudo contenerse. La joven se resistió despertando aún más su deseo y sujetó su cintura y su espalda sólo para sentir su cuerpo más cerca del suyo.

Ella se resistió, luchó pero de pronto se quedó inmóvil disfrutando ese beso que despertaba en ella sensaciones nuevas y desconocidas. Hasta que recuperó la sensatez y lo empujó con todas sus fuerzas.

—Usted ha cautivado mi corazón mi bella dama, y tal vez he llegado al suyo por asalto… Lo veo en sus ojos donna Isabella.

—No vuelva a besarme, soy una mujer casada y no estoy interesada en sus atenciones. Yo no lo amo, y tengo un esposo y un hijo a quien cuidar. Y si acaso siente algo por mí deje de ponerme en peligro con sus arrebatos amorosos signore D'Alessi—exclamó y quiso correr pero el volvió a atraparla y la mantuvo cautiva un instante más sólo para murmurarle a su oído con suavidad: "Usted no es feliz con su esposo, no lo ama, y yo no tomaré esposa porque sólo sueño el día en poder liberarla de su prisión hermosa doncella cautiva. Espere mi regreso, no importa cuánto tiempo deba esperar, usted será mi esposa un día."

Su promesa la hizo estremecer, su voz, su mirada y de pronto volvió a besarla y la dejó ir una vez más con la certeza de que un día sería suya para siempre.

****

El bebé regresó sano y salvo y fue bautizado con el nombre de Enrico Lorenzo Golfieri y se convirtió en el amor de sus padres y parientes Golfieri. Alaric se marchó una semana después y donna Isabella lo vio partir desde la tronera de su habitación sintiendo una tristeza inesperada. Amaba a ese caballero, lo amaba sin saber por qué, pero debía olvidarle. No había esperanzas para ellos, estaba casada con Enrico y sabía que tendrían otros niños y jamás podría abandonarle.

Pasó el tiempo y el pequeño cumplió seis meses y al castillo llegó la triste noticia de la muerte de su hermano Francesco, casado con Simonetta.

Isabella se alejó para llorar en su habitación sin poder soportar las miradas de sus suegros y parientes Golfieri. Porque entonces intuyó que ellos sabían algo o simplemente disfrutaban de la desgracia de su familia. Pero Francesco seguía siendo su hermano y en ocasiones pensaba en sus padres y hermanas sabiendo que formaban parte de su pasado.

Estaba muy abatida y no escuchó cuándo Enrico entró y se acercó a ella despacio y la abrazó sin decir palabra. Sólo eso, cómo si se solidarizara con su pena.

Pero una sospecha creció en su mente al ver la calma que siguió a la muerte de su hermano, miradas, silencios y secretos. Estaba en el castillo de sus enemigos y no debía olvidarlo.

Sin embargo habían respetado su vida, y su familia había envenenado a la pobre Simonetta, no había dudas de ello. De pronto se reveló contra los Manfredi, ¿es que esa maldita guerra nunca tendría fin?

Ahora sus familiares querían vengar la muerte de su hermano y luego…

Se acercó a la cuna dónde dormía su bebé y acarició su cabecita pequeña. No habría futuro para el pequeño Enrico Lorenzo, una herencia de odios y enemistades y un matrimonio que no había traído paz. ¿Qué ocurriría con su hijo en el futuro? Era un angelito indefenso, inocente, tan vulnerable…

Una voz la sobresaltó.

—Hermana Isabella—dijo Angélica entrando en su habitación.

Tenía prohibido hacerlo y tal vez por eso lo hizo, aprovechando la ausencia de su padre y hermanos.

Ella sostuvo a su bebé y la miró asustada.

—Lamento la muerte de tu hermano, pero tu familia mató a mi hermana Simonetta.

El bebé comenzó a llorar de hambre y tal vez asustado de la maligna presencia en sus aposentos. Isabella se sentó en su cama y lo acarició, pero la boquita roja y hambrienta buscaba alimento y no se calmó hasta que lo tuvo.

Angélica sonrió al ver la escena.

—Isabella, me iré en unos días, mi padre me ha conseguido un esposo—anunció la joven con expresión radiante y entonces su cuñada notó el cambio en ella.

—Felicidades Angélica, no sabía…

—Es Pietro Sismondi, sólo lo vi una vez, me iré muy lejos, a Ferrara. Mis padres están complacidos y yo también. Tendré mi propio castillo y estaré a salvo de las intrigas de mis parientes.
—Me alegro Angélica, te deseo toda la felicidad.
La expresión de la joven cambió.
—¿Ahora eres tú quien me envidia no es así? Porque yo me iré y tú siempre serás prisionera de mi hermano.
Isabella tragó saliva, era una triste verdad pero estaba resignada a su suerte.
—No temas, mi hermano siempre cuidará de ti, vive prendido a tus faldas ¿no es así? Te hará un montón de niños y mis padres… Creo que no te harán nada porque eres fértil y prudente. Procura obedecer siempre a mi madre, ella puede ser muy cruel a veces.
—Angélica, vete por favor—le rogó Isabella.
Pero la joven estaba inquieta, había sido su feroz enemiga mucho tiempo y no perdería la oportunidad de clavar su ponzoña. Sin embargo tuvo un momento de vacilación y antes de marcharse le preguntó:
—Mi madre dijo que debo entregarme a mi esposo pero yo… Estoy algo asustada.
Isabella se sonrojó cuándo su cuñada quiso saber cómo había sido su noche de bodas.
—Mis sirvientes dijeron que lloraste, ¿es verdad? ¿Fue muy doloroso?—insistió.
La joven se sintió furiosa y avergonzada, ¿acaso esos sirvientes se dedicaban a espiarla o sólo escuchaban tras las puertas?

Y mientras seguía alimentando a su bebé miró a su cuñada y le dijo con calma:

—Es un tormento Angélica, humillante y doloroso, querrás escapar y no podrás porque quedarás atrapada en su cuerpo. Gritarás, y llorarás pero nada lo detendrá porque en esos momentos no son hombres, son fieras salvajes y no te dejará en paz hasta saciarse en ti luego de besar todo tu cuerpo y si te resistes te atará a la cama o tal vez te golpee. Con el tiempo te acostumbrarás y no creas que quedar encinta te librará de compartir su cama porque no es verdad. Porque para eso se casa contigo, para poder tomarte todas las noches y a toda hora.

Su cuñada palideció al oír esas palabras y se alejó espantada dando alaridos. Isabella sonrió y se sintió vengada y rio un buen rato recordando la expresión atormentada de Angélica. Estaba segura de que no volvería a molestarla haciendo preguntas tan poco delicadas.

Después se sintió algo culpable, en realidad Angélica le había dicho la verdad, su hermano la había tomado esa noche y la había hecho llorar. Y todo ese tiempo jamás dejó de saciar su deseo en ella, sólo que él decía amarla. Amor y lujuria, porque ardía en deseo por ella y nunca parecía estar satisfecho y temía que pronto la dejara de nuevo encinta. No sabía por qué esa idea la espantaba. Mientras tuviera niños estaría a salvo en ese castillo. Pero había sufrido tanto al dar a luz que no quería tener un hijo muy pronto…

Angélica partió con sus arcones repletos de vestidos y un cofre de joyas de la familia. Y un cargamento de mobiliario que sería parte de la dote. No fue a despedirse y la vio en el salón más pálida que de costumbre y con los ojos hinchados por haber llorado.

Isabella se sintió atormentada por la culpa, pero la joven quería casarse y alejarse de ese castillo y tal vez sí la envidiaba por poder marcharse lejos mientras que ella siempre sería prisionera de Enrico. Atrapada en sus gruesos muros y en su cuerpo ardiente, insaciable… Sometida a sus deseos cómo una esclava que sólo existía para darle placer y niños.

Y esa noche luego de entregarse a él lloró pensando en Alaric, su fantasma llegaba en ocasiones para atormentarla en los momentos más inoportunos. Había prometido llevarla consigo y convertirla en su esposa pero eso no era más que un vano sueño. Era la esposa de Enrico, su amante y cautiva y sabía que jamás la dejaría ir.

Sólo muerto lo apartarían de su lado, y él jamás le haría daño ni permitiría a sus parientes que lo hicieran, porque la amaba y la deseaba tener para sí, cómo su prisionera para siempre.

Pero Enrico seguía siendo el hijo del enemigo, y tenía sus secretos. Debía saber quién había matado a su hermano y muchos otros ardides que ella desconocía. Jamás hablaba de esos asuntos ni ella se habría atrevido a preguntarle. Habría detestado ayudarlos en su querella, era una Manfredi y siempre lo sería, una Manfredi tomada de rehén, jamás sería una de ellos. Sin embargo debía mostrarse leal y permanecer en sus aposentos sin dar disgustos a nadie.

Y esa noche Enrico estuvo más ardiente que nunca, insaciable; porque deseaba dejarla encinta de nuevo y llenar el castillo de niños, Isabella lo soportó todo sin quejarse pero sin el entusiasmo de antes. No quería pensar en Alaric, le hacía daño y de pronto se durmió en su pecho y él la abrazó y besó con ardor.

—Isabella, te amo tanto… Mi hermosa cautiva—le susurró y sus palabras la estremecieron porque sabía que era verdad. Y a pesar de su descontento, de soñar con una vida distinta ella había empezado a quererle, a necesitarle. Y no verle por horas o a veces por días la llenaba de angustia porque pensaba, si algo le ocurre a mi esposo los Golfieri me matarán.

Meses después supo que estaba nuevamente encinta y no le sorprendió y se sintió feliz pensando que tendría otro bebé. Angélica ya no estaba para atormentarla y María se había acercado a ella por el pequeño Enrico y su suegra se había convertido en su más fiera defensora.

Cuándo Enrico supo la noticia la abrazó y besó con suavidad. Luego fue a ver a su primogénito que dormía cómo un santito en su cuna de madera.

Fueron tiempos felices y alejada de Alaric Isabella pudo entregarse a su esposo en cuerpo y alma y sentir que había empezado a amarle y era feliz en el castillo con sus parientes enemigos y de pronto comprendió que sus padres jamás habían intentado acercarse a ella, ni sus hermanas. Que ya no era uno de ellos y que no les debía lealtad alguna.

Pero se sentía insegura, temía la venganza de sus familiares, y más muertes, intrigas… ¿Es que nunca tendrían paz?

Cuándo se lo dijo a su marido él la miró con expresión ausente.

—Tu antigua familia jamás lo permitirá Isabella. Mientras haya un Manfredi habrá guerra.

—Pero ellos querrán vengar la muerte de mi hermano, ustedes le mataron ¿verdad?—por primera vez se atrevió a hacer esa pregunta.

Enrico se acercó y la besó, y le dijo:

—Hermosa, no pienses esas cosas.

—Pero era mi hermano. ¿Por qué…?

—Matar a una mujer es una cobardía y los Manfredi envenenaron a mi hermana Simonetta que no hacía mal a nadie, ¿lo olvidas?

—Tal vez fue un accidente…

—No lo fue, yo vi sus labios negros Isabella, y no te contaré más porque no quiero asustarte. No querían entregarnos su cuerpo, lo habían enterrado con prisas ¿sabes? Nunca te he contado ni te contaré cómo mataron a mi hermano Giulio hace años, pero yo tengo más hermanos mientras que a ellos sólo les queda un primogénito y dos sobrinos. Somos superiores en número y los extinguiremos hasta que no quede uno sólo.

Las palabras de su marido dichas con tanto odio la hicieron estremecer y de pronto lloró al comprender que ella no sabía nada de asesinatos y venganzas y que el odio entre ambas familias sería inextinguible.

Su esposo la abrazó y la besó lleno de amor y de deseo por su doncella cautiva, a quien había raptado por venganza y de quien se había enamorado ardientemente.

—Tú no eres cómo ellos Isabella, y he olvidado que tienes su sangre. Estarás a salvo en este castillo, nadie te hará daño, te lo prometo. Pero sólo puede haber un vencedor en esta guerra y seremos nosotros.

—No hables así Enrico, me asustas. No quiero pensar en guerras y venganzas, sólo quiero vivir en paz sin sentirme prisionera en este castillo.

Él cerró sus labios con un beso dulce y apasionado y la llevó a la cama dónde comenzó a desnudarla. Amaba cada rincón de su cuerpo y sólo cuándo le hacía el amor sentía paz y satisfacía ese deseo arrollador que lo consumía.

Y ella respondía porque lo amaba pero estaba asustada, era la primera vez que él le hablaba de los planes de su familia de exterminar la casa Manfredi y aunque no lo había confesado sabía que ellos habían matado a su hermano.

Habían debilitado a los Manfredi impidiendo su boda con Visconti y matando a su hermano. Los Golfieri eran superiores en número y estaban decididos a vencer. Y ella presenciaría el fin de su casa sin poder hacer nada.

Enrico acarició su vientre que comenzaba a crecer y deseó tener otro varón, porque los Golfieri engendraban varones y ella era una esposa fértil. Isabella suspiró y quiso dormirse pero Enrico la despertó con caricias y volvió a entrar en ella con urgencia cómo si quisiera hacerle otro bebé ese día.

Y cuándo el éxtasis pasó besó su cabeza diciéndole que nada debía temer, que siempre cuidaría de ella. Isabella se refugió en su pecho y él la abrazó con mucha fuerza.

—Te amo Enrico—le dijo entonces y lloró, porque la perseguía el recuerdo de Alaric cómo una sombra de pecado y aunque había hecho penitencia para ser perdonada su alma no tenía paz. Nunca la tendría.

Él tomó su rostro y dijo acariciando su rostro.

—Isabella, dilo de nuevo por favor…

—Te amo Enrico, siempre te he amado.

Sus ojos se emocionaron y la atrajo contra su pecho.

—Moriría feliz luego de haber escuchado esas palabras mi hermosa cautiva Manfredi…—dijo y la besó.

—No digas eso, por favor—respondió Isabella alarmada porque pensó que su familia podía acaso… Y entonces lloró porque tuvo un mal presentimiento.

—Nunca viviré tranquila Enrico, cada vez que te vas temo no volver a verte—confesó ella.

—No me matarán, soy demasiado malo y ni el diablo me quiere en su infierno—bromeó él.

—No hables así, es pecado—dijo ella.

—Pecado es no hacerte el amor y hacerte diez niños Isabella. No necesito el perdón divino, mi alma está perdida y no temo a la muerte, porque siempre estaré a tu lado amada Isabella.

****

Un mes después fue el cumpleaños de su suegro y hubo muchos invitados en el castillo negro, amigos y aliados de los Golfieri y Alaric apareció con su séquito de caballeros y escuderos para rendir homenaje a su amigo Lorenzo.

Isabella estaba muy hermosa con su vestido escarlata y dorado, y una toca cubriendo su dorada cabellera, reunida con su suegra y sus cuñadas y no notó su presencia hasta que él se acercó a saludar a las damas.

La joven se estremeció y permaneció con la mirada baja y su suegra fue la que intervino conversando con el caballero D'Alessi, era una pena que no se casara con una de sus hijas, era un hombre muy guapo y agradable. Y muy tonto al mirar a su nuera. Pero todos los caballeros notaban su presencia a pesar del velo.

Angélica entró en escena con su marido y la pobre Isabella se sintió muy mal al verla. Se veía radiante y feliz, pero seguramente no la habría perdonado por haberle hablado con tanta crudeza sobre la noche de bodas.

Tuvo ganas de marcharse, el guapo caballero no la dejaba de mirar y debió conversar con él por mera cortesía. Pero no podía escabullirse, era el cumpleaños de su suegro y todos lo notarían.

Y cuándo estuvieran a solas, luego de que Vanozza se llevara al caballero D' Alessi a otro lugar, Angélica la miró con maligna satisfacción.

—Bueno, ese caballero sí que es osado y paciente. Me pregunto qué diría mi hermano si supiera que su bella esposa tiene un admirador tan ardiente—dijo Angélica.

Isabella palideció nerviosa. Enrico no debía saberlo nunca.

—Angélica, soy una dama casada y jamás haría nada para lastimar o avergonzar a tu hermano. Deja de decir esas tonterías—dijo la joven.

Su cuñada miró a su alrededor con expresión maliciosa.

—Es un hombre peligroso Isabella, y aunque es leal a mi familia creo que sería mejor que mi hermano supiera esto.

—¿Y qué debe saber? Jamás lo he alentado Angélica ni él me ha dicho palabra—mintió ella alterada.

—Bueno, es una descortesía cortejar a la esposa de un amigo leal ¿no lo crees así? Porque Enrico y él son amigos y aliados contra los Manfredi y otros enemigos menores.

Isabella sabía que su cuñada tenía razón y se quedó mirándola sin decir nada. Sintió deseos de llorar y se alejaba cuándo tropezó con Enrico y él la abrazó.

—¿Qué tienes hermosa, estás llorando?—dijo.

Ella no le respondió y él miró a su alrededor furioso y decidió llevársela a sus aposentos para conversar con tranquilidad.

En el solar ella se quitó la toca y él vio su cabello dorado y su esbelto talle y le costó poner en orden sus pensamientos.

—¿No vas a decirme por qué llorabas hermosa? ¿Acaso algún caballero os ha importunado con atenciones?—preguntó.

Isabella lo miró y trató de fingir sorpresa mientras pensaba con desesperación alguna excusa razonable.

—No, eso no ocurrió Enrico sólo que estoy algo cansada y no me sentía cómoda.

—¿Entonces fue Angélica, acaso esa víbora ha vuelto a molestarte?

—No, no déjala, yo me lo merezco ¿sabes?

Él la miró sorprendido.

—¿Por qué dices eso Isabella?

Ella estaba algo avergonzada.

—Antes de marcharse tu hermana vino aquí y dijo que yo la envidiaba porque ella podría marcharse del castillo y yo siempre sería cautiva de ti. Y luego quiso saber de lo que ocurría en la intimidad y…

Enrico rio sin poder contenerse.

—No debí hacerlo, ella estaba muy asustada cuándo se fue.

Su esposo la abrazó y besó sus labios.

—Se lo merece por malvada, no te atormentes con eso. Escucha, quédate aquí si no quieres estar en el salón, los festejos durarán muchas horas.

Enrico iba marcharse pero ella lo retuvo asustada, temía que Angélica le contara de sus sospechas sobre Alaric y lo abrazó y le pidió que se quedara un poco más y le hiciera el amor. Él sonrió encantado de la invitación y aunque tenía prisa por regresar acompañó a su esposa al lecho y comenzó a desnudarla con prisas mientras la besaba y recorría su cuerpo con caricias.

Ardientes y apasionados, los amantes se internaron en su mundo privado de locura y placer sin oír los gritos desde el salón.

Isabella gimió y lo abrazó y él sintió que no podría moverse y regresar a la fiesta, se quedaría con su hermosa cautiva y le haría el amor otra vez. Esa noche había estado tan ardiente y apasionada…

Pero unos golpes en la puerta pusieron fin al romántico encuentro.

—Enrico, Enrico—gritó la voz de su padre—Han envenenado a tu primo Giacomo.

Enrico se vistió a prisa, se puso las calzas, la camisa.

—Ya voy papá, aguarda—respondió. Tenía el corazón palpitando y su esposa lo miró aterrada.

—Quédate aquí Isabella, echa el cerrojo—dijo y le dio un beso fugaz—Vendré en cuanto pueda.

Al regresar al salón su primo estaba agonizante y poco pudieron hacer. Había bebido una copa envenenada de la mesa, del lugar dónde siempre se sentaba Enrico, que él quiso ocupar cuándo todos se sentaron por hacer una broma.

Los sirvientes retiraron las copas y las vaciaron y la fiesta se convirtió en tragedia.

Su primo había vaciado la copa con prisa porque tenía sed, eso dijo su madre llorando, su pobre primo alegre y amigo de la jarana, murió poco después.

Pero lo más inquietante fue saber que la copa había sido destinada a Enrico y que en el castillo había un espía de los Manfredi.

Todos los sirvientes y criados fueron interrogados pero juraron ser inocentes y el conde Golfieri les creyó, muchos habían nacido en el castillo Negro. Pero alguien debió infiltrarse, algún espía.

Envió a sus caballeros a buscar al responsable creyendo que tal vez hubiera huido a los jardines y pudieran encontrarle.

El encargado de servir el vino fue interrogado pero él sirvió todas las copas y muchos habían bebido un sorbo de vino y todos estaban perfectamente bien.

—¿Quién repartió las copas? —insistió Lorenzo Golfieri.

Pero los invitados estaban distraídos: acomodándose en la mesa, charlando y nadie prestó atención a los sirvientes.

El conde Golfieri estaba furioso, esa copa envenenada había sido destinada a su hijo Enrico, y sólo podía ser la venganza de esas ratas Manfredi. Y habían perdido a Giaccomo, a su querido sobrino y su pobre madre; prima de su esposa y presente esa noche, estaba desconsolada.

Todo el clan Golfieri había palidecido. Creían estar a salvo de los venenos pero al parecer uno de los invitados lo había hecho. No había otra explicación. Así que uno de ellos no era leal sino un traidor, tal vez aliado secretamente con la familia Manfredi.

Pero eso no podía ser.

Enrico dijo a su padre:

—Isabella me salvó esta noche.

Lorenzo lo miró sorprendido.

—La llevé a sus aposentos porque no se sentía bien y luego…

—Quedaste prendido a sus faldas cómo siempre supongo— respondió su padre.

—O tal vez ella sabía que su familia intentaría matarte—apuntó Angélica que había escuchado la conversación.

Enrico la miró con odio.

—Calla bruja desgraciada, mi esposa me salvó y ella nunca me haría daño. Me ama ¿sabes? Y sufre cada vez que me alejo del castillo porque no puede estar sin mí.

Lorenzo reprendió a su hija por hablar de esa forma. Su nuera no tenía trato alguno con sus parientes, no podía siquiera imaginar que intentarían matar a su esposo.

—Fue un milagro hijo y siempre estaré en deuda con tu esposa por haberte salvado pero debemos ser cautos. Tu primo murió y esos malnacidos sabrán que han fallado y querrán asesinarte de nuevo.

Angélica se marchó furiosa y entonces vio al caballero D'Alessi que permanecía en la sombra con gesto torvo y pensó "él también quiso sentarse en la silla de Enrico, pudo verter el veneno cuándo nadie lo vio, odia a mi hermano y codicia a su esposa, no deja de mirarla con deseo y lujuria".

Pero nadie le creería y tuvo miedo, tal vez la matara a ella si intervenía en ese asunto. Enrico la odiaba por culpa de Isabella, y sus padres también. Pero era una Golfieri y nadie haría daño a su familia.

Y decidida fue a hablar con su hermano en privado.

—Enrico escúchame por favor, debo advertirte.

Él la miró alerta.

—Si dices que fue mi esposa, te mataré Angélica.

—Perdóname, no quise decir eso, ¿tú la amas verdad? Sé cuánto amas a esa bella Manfredi, por eso no pudiste vengarte la primera vez.

—¿Y qué quieres hablar conmigo? No tengo tiempo para tus tonterías, hay trabajo que hacer.

—Espera por favor, Enrico. Debo advertirte, tengo horribles sospechas.

Su hermano se detuvo y la miró ceñudo.

—¿Y de quien sospechas ahora, hermanita?

La presencia de Alaric hizo palidecer a la joven.

—Hemos encontrado a un espía intentando fugarse del castillo Enrico—dijo y miró de forma extraña a la joven.

Enrico miró a su viejo amigo y sonrió y le agradó saber que al fin habían encontrado al culpable. Y Angélica pensó que era una tonta por haber pensado que Alaric lo había hecho y se alejó asustada.

Enrico olvidó lo que su hermana iba a decirle.

Isabella se durmió esperando a Enrico luego de rezar inquieta durante horas. Algo muy horrible había pasado en el castillo, escuchó las voces, los gritos y rezó porque nada malo le hubiera pasado a su esposo.

****

Al día siguiente enterraron a Giaccomo en la cripta familiar y celebraron una misa por su alma.

Los Manfredi negaron ser responsables de la muerte de Giaccomo Golfieri pero nadie creyó en su inocencia y tramaron una nueva venganza.

Isabella se enteró de lo ocurrido a la mañana siguiente por Angélica y sufrió un desvanecimiento.

Alaric, que estaba cerca la sostuvo justo a tiempo y la llevó a sus aposentos y Angélica los siguió a corta distancia furiosa.

Ese malvado hombre siempre aprovechaba que su hermano estaba lejos para acercarse a su esposa en vez de llamar a los sirvientes.

Angélica buscó a su madre y a las criadas para que ayudaran a su cuñada.

Isabella volvió en sí y vio al caballero D'Alessi mirándola embelesado.

—Yo no lo hice donna Isabella, se lo juro—dijo él con expresión atormentada.

Y entendió por qué le decía esas palabras.

—Si mi esposo muere yo me iré a un convento signore D'Alessi, yo lo amo ¿entiende? Enrico siempre ha sido bueno conmigo y me ha cuidado. Moriré de pena si algo le ocurre y no querré tomar marido ni seguir viviendo. Se lo juro por lo más sagrado. Aléjese de mí, se lo ruego—le susurró.

Sus palabras lo conmovieron.

—Lo haré donna Isabella, se lo prometo—dijo y se alejó silenciosamente sin mirar atrás.

Unas criadas entraron en la habitación para atenderla.

—¿Dónde está mi esposo?—les preguntó Isabella.

—Está en el funeral de su primo, Signora.

La joven se angustió pensando que su pobre esposo pudo ser asesinado anoche, con una copa envenenada. Y Angélica había insinuado que Alaric pudo hacerlo y eso fue lo que le provocó el desmayo.

Y ese caballero la había llevado en brazos y su presencia en su habitación la turbaba. No quería verle ni estar cerca de él, estaba furiosa por lo que había hecho. Y de pronto se sintió atormentada por la culpa.

En el solar Angélica vio al caballero d'Alessi acercándose a ella con expresión sombría. No le agradaba ese hombre, era guapo pero malvado y tramaba algo, lo intuía.

—Signora Angélica, ¿puedo preguntarle por qué odia tanto a su cuñada Isabella? ¿Acaso envidia su belleza?—le dijo Alaric.

Ella se sonrojó.

—La belleza no es una virtud caballero D'Alessi, sino que causa más disgustos que felicidad a las damas que la poseen en exceso cómo mi cuñada.

—Pues debería ser más cuidadosa con su rabia, no olvide que donna Isabella está en estado y puede perder a su bebé si usted insiste en atormentarla. Tal vez es lo que usted desea.

—Eso no es verdad, jamás desearía dañar a un hijo de mi hermano.

Esas palabras hicieron que el caballero sonriera de forma extraña.

—Bueno, usted también me acusó ante su cuñada sin ninguna prueba. Han encontrado al espía de los Manfredi y usted iba a acusarme ante su hermano de haber intentado matarle.

—Los Manfredi lo han negado y ese pobre tonto confesó porque lo ataron a un caballo. Yo no creo ni una palabra de lo que dijo. Usted lo hizo, no hace más que suspirar por mi cuñada, lo he visto y espera robársela a mi hermano. Pero yo lo detendré, soy una Golfieri no lo olvide y aunque mi hermano sea un bellaco no merece morir porque un hombre desee a su esposa.

Alaric se acercó aún más a la joven y la miró con una mirada maligna y asesina.

—Si lo hace sellará su suerte donna Angélica. No escapará de mi venganza.

La joven tembló al sentir el frío de la muerte en su espalda, y comprendió que ese hombre hablaba en serio y la mataría si decía una palabra.

Y esa misma tarde huyó despavorida del castillo con sus sirvientes y regresó con su marido a Ferrara. No quería morir, y rezó en silencio para que nada malo le ocurriera a Enrico ni a su familia.

Los Golfieri regresaron del funeral y permanecieron tristes y sombríos, apreciaban mucho a Giaccomo, y para Enrico era cómo su hermano.

—Su muerte no quedará impune, padre—declaró entonces.

Luego fue a visitar a su esposa y la encontró alimentando a su hijo. Besó la cabeza de ambos y pensó que esa imagen le daba paz en medio de su dolor.

—Enrico, anoche… Quisieron matarte, Angélica dijo…

Un gesto de rabia cambió la expresión de su marido.

—Esa bruja nunca aprenderá a cerrar su bocaza.

—Dijo que una copa…

Él se acercó y la abrazó y se hizo un silencio interrumpido por el rollizo bebé alimentándose con desesperación. Enrico sonrió al notarlo.

—Es muy glotón mi primogénito—dijo—Te está haciendo adelgazar, ¿por qué no dejas que lo amamante la nodriza? Tal vez no sea bueno ahora que estás encinta.

Isabella sonrió.

—Me gusta hacerlo Enrico, él extraña y no quiere tomar cuándo lo amamanta la nodriza—respondió.

—Angélica, ya puede caminar, no debe seguir prendido cómo un bebé pequeño.

El niño no dejó de hacer ruido hasta vaciar los senos de su madre y luego se durmió y su madre esperó a que eructara. Le gustaba sentir su olor y ese calorcito en su pecho. Era cómo un ángel y en ocasiones la angustiaba el futuro de su hijo y ahora de su marido.

—Enrico, ¿quién lo hizo?—preguntó luego.

—No estamos seguros, hermosa, tu familia lo ha negado pero tal vez nunca digan la verdad. Pero no pienses en eso, tú me salvaste ¿sabes? Cuándo me pediste que me quedara y te hiciera el amor anoche… De no haberte visto llorando y haberte traído, y haberme quedado contigo… Sólo lamento que fuera mi pobre primo quien muriera, jamás debió ocurrir.

—Pero pueden hacerlo de nuevo Enrico, yo estoy muy asustada. Nuestro bebé, nuestro futuro… Temo que algo horrible te ocurra, anoche pudiste morir, tu primo murió…

Isabella dejó al bebé en la cuna y lo observó dormir cómo un angelito inocente.

—No temas mi amor, no me matarán, no me iré de este mundo hasta haberte amado muchos años, y ver a nuestros niños correteando en los jardines. Te lo prometo.

—Pero no depende de ti Enrico. Esta guerra sólo traerá muertes, ¿es que no lo entienden? Se matarán unos a otros hasta que ya no quede ninguno.

—No pienses en eso hermosa, ven aquí, déjame besarte y festejar que tengo toda una vida para amarte.

Ella se dejó arrastrar a la cama pero lloró cuándo hicieron el amor, no pudo evitarlo, estaba asustada y no podría soportar que algo le pasara a Enrico. Era su marido, su amor, y protector, él y su hijo era todo cuándo amaba en ese castillo, se moriría de tristeza si algo les ocurría. Las palabras dichas al caballero Alaric eran sinceras, aunque fuera inocente de tan malvada acción y seguramente lo era, debía comprender que jamás cedería a sus deseos y que debía dejar de importunarla con sus atenciones.

—Isabella, no llores por favor, nada malo pasará te lo prometo… —le susurró Enrico.

Pero ella nunca olvidaría lo ocurrido esa noche durante el cumpleaños de suegro cuándo un desconocido vertió veneno en la copa de su marido y ella sin saber lo retuvo porque estaba asustada y salvó su vida… Y pensar que pudo morir, que la muerte lo rozó tan de cerca la angustió y aumentó su temor.

 No creía que Alaric fuera capaz de un acto tan cruel pero lo había alejado de sus pensamientos y no quería volver a verle. Enrico era su esposo y lo amaba y no quiso pensar por qué ese guapo caballero la había deslumbrado en el pasado con sus atenciones. Era un imposible, y esa noche estaba aterrada porque pensó "si Angélica le dice a su hermano sus sospechas lo matará… Enrico era celoso y no soportaba que ningún hombre admirara la belleza de su esposa.

Alaric había sido loco, imprudente, jamás debió dejar que la besara aquella vez, no había podido resistirse, no sabía por qué.

QUINTA PARTE

CARTAS DESDE EL CONVENTO

Siguieron meses de calma aparente.

Isabella aguardaba impaciente la llegada de su segundo hijo mientras cuidaba al primero y acompañaba a su suegra y cuñada en sus paseos. Vanozza siempre le estaría agradecida por haber salvado la vida de su hijo y reconocía que la joven era un ángel y que no se llamaba Manfredi. Su hijo la amaba pero ella había desconfiado de esa joven, demasiado bella para que su belleza no causara problemas, por eso su hijo la mantenía alejada de los caballeros que visitaban la fortaleza.

Pero ese día Vanozza estaba preocupada. Acababa de recibir carta de su hija Angélica anunciándole que estaba encinta de su primer hijo y estaba algo asustada, pero eso no era lo más inquietante sino lo que le confesó después.

"Madre, no dejo pensar en Enrico y en temer por Isabella. Sospecho que quien intentó envenenar a mi hermano fue Alaric D'alessi y lo hizo porque está locamente enamorado de Isabella. Enrico no quiso escucharme, pero tú debes advertirle madre, por favor, si algo me ocurre en el futuro".

Vanozza había notado las miradas de los hombres en la bella Isabella pero no creyó que ese caballero estuviera interesado al punto de intentar matar a su hijo.

Eso sólo podía ser una idea descabellada de Angélica celosa de la belleza de su nuera y resentida de que Alaric no pidiera su mano. ¿Pero y si tenía razón? Angélica había cambiado luego de su matrimonio, lo había notado. ¿Sería capaz de hacer una acusación semejante sin pruebas? ¿Por qué estaba tan convencida de que había sido Alaric y no la familia Manfredi?

Ellos lo habían negado y también habían negado haber matado a su hijo Giulio. Malnacidos Manfredi. Mataron a su hija Simonetta, la preferida de sus niñas, la más buena y tranquila. No era justo, el duque jamás debió ordenar esa boda. ¡Que el señor los castigara por tanta maldad!

Isabella juntaba flores cuándo vio llegar a Enrico con sus parientes a caballo.

Su hijo se acercó al galope y ella fue a recibirlo sonriente, feliz y Vanozza vio cuanto se amaban y pensó que era una ironía que siendo ambos de familias enemigas se amaran tanto y ese amor, bendecido por el matrimonio no hubiera traído paz sino nuevas venganzas y odios.

Los Manfredi habían dicho que Isabella ya no pertenecía a su familia, que había perdido su nombre y protección cuándo escogió casarse con el hijo de su enemigo en vez de ir a un convento. No tendría herencia ni seria enterrada en su mausoleo, para ellos esa joven de dorada cabellera estaba muerta. Eso habían dicho. Eran crueles y no tenían piedad de nadie. Su pobre hija envenenada… Su sobrino y pudo ser su hijo. Enrico. Eso era llegar demasiado lejos.

Luego pensó en la carta de Angélica y en el caballero D'Alessi sin decidirse a hablar del asunto con su marido o con Enrico. No tenía pruebas de su veracidad y conociendo a su hijo sabría que querría matarle o tramaría una venganza.

Isabella también estaba mortificada con ese asunto, pero nunca se atrevió a contarle a su marido, no creía que D'Alessi fuera un malvado, sólo que temía volver a verle y que intentara acercarse a ella y la perjudicara. Ese hombre estaba loco o era muy audaz, no encontraba otra explicación. Pero no debía pensar en ello, y sí disfrutar de esa calma. La presencia de ese hombre la atormentaba, ¿es que nunca la dejaría en paz?

El tiempo pasó y donna Isabella dio a luz otro varón fuerte y rollizo, sólo que este era parecido a su madre y tenía el cabello rubio y los ojos azules, y desde niño le llamaron el principito Antonino Golfieri porque no había en esa generación un sólo Golfieri con cabellos de ese color.

Lorenzo y Vanozza celebraron el nacimiento dando un banquete para todos sus familiares sin invitar a nadie más. Otro varón, sí que eran afortunados. Y había nacido sin esfuerzo, en pocas horas. Isabella estaba exhausta pero se recuperó tiempo después.

Enrico se quedó más tiempo con su esposa para cuidarla y no le importó que sus familiares se burlaran, siempre lo habían hecho.

La notaba algo pálida y débil, cómo si ese parto hubiera sido distinto al anterior y temió que apareciera la fiebre y entonces…

La esposa de su primo había muerto al dar a luz hacía un mes y Enrico temía que lo mismo le ocurriera a Isabella. Rezó durante días en la capilla y por primera vez en tiempo se acercó a Dios y dejó de hacer bromas funestas sobre su alma ganada por el diablo. Ella le sonreía feliz cada vez que lo veía aparecer. Enrico solía correr a la habitación de sus padres en busca de su madre. Era idéntico a su padre y también había heredado su mal genio pues cuándo la nodriza lo atrapó el niño empezó a golpearla y huyó refugiándose en los brazos su madre.

Enrico observó la escena riendo, luego vio con sorpresa que su hijo mayor quería mamar y empujaba a su hermano para que no pudiera hacerlo.

—Enrico, sal de ahí, deja en paz a tu madre—le gritó.

Su hijo, que era un niño de dos años lo miró furioso y gritó cuándo su padre lo apartó de Isabella.

La nodriza observaba la escena avergonzada.

—Este gordinflón está grande para vivir prendido a su madre, nodriza llévalo a su habitación y que tome su biberón—dijo enojado el caballero Golfieri.

Su esposa intervino.

—Déjalo Enrico, está celoso por su hermano—dijo—Déjalo que se quede.

—No lo malcríes, es un Golfieri y debe ser criado entre hombres. Lo llevaré conmigo cuándo tenga más edad y lo entrenaré en las armas.

Esa idea la espantó y le rogó a la nodriza que trajera al niño que lloraba furioso al verse apartado así de su madre. La mujer no supo qué hacer, miró a uno y a otro y esperó una señal de Enrico para entregar al niño a Isabella.

El pequeño se refugió en su madre y luego buscó su alimento y se durmió poco después. Isabella acarició su cabello, adoraba a sus hijos, pero su primogénito era especial para ella pues había sido el primero y además era idéntico a su padre.

—Lo consientes Isabella, eso le hará daño en el futuro—dijo Enrico cuándo la nodriza se marchó.

—Es tan pequeño Enrico, y yo no puedo verle sufrir, es casi un bebé él también. Debe adaptarse a que tiene un hermano.

—Está bien, por unos años vivirá pendiente de ti pero luego vendrá conmigo y se hará hombre—declaró Enrico y luego se detuvo a contemplar a su hijo de cabello rubio cómo el oro.

—Y el pequeño Antonino será demasiado guapo para ser un buen guerrero Golfieri, enamorará a las doncellas y no pensará en otra cosa que en retozar en los vergeles—dijo luego.

Isabella rio pero él notó su palidez y no permitió que siguiera amamantándolo. Había una criada joven que tenía un bebé en el castillo de seis meses, ella debería alimentarlo.

Algunos días después Enrico se acercó al cuarto de los niños y vio a sus hijos y pasó media mañana jugando con su primogénito, viendo a su bebé rubio en la cuna pensando en el futuro. Isabella entró en la habitación y le sonrió y él sintió un temblor. Era tan hermosa y la amaba tanto y no dejaba de recordar la otra noche cuándo habían hecho el amor. Había pasado una semana y se preguntó si esa noche podrían hacerlo de nuevo… Pero había algo más que lo preocupaba y se sentía algo atormentado al respecto y jamás diría una palabra a su esposa porque se trataba de los Manfredi, su antigua familia.

Había hablado con su madre y le rogó que no dijera una palabra y que advirtiera a los criados.

Vanozza asintió impresionada.

—Ella lo sabrá un día hijo y no podrá perdonarte.

—No, nunca debe saberlo madre—dijo Enrico—Es mi esposa ahora, es una Golfieri.

—Pero se trata de su padre, tú no debes intervenir en ese asunto.

—Esa casa enemiga será destruida madre, es sólo cuestión de tiempo. Han perdido poderío y cometieron la torpeza de enemistarse con el duque.

Recordó la conversación con su madre y su expresión de "no debes intervenir en ese asunto, ella nunca te lo perdonará si llega a enterarse" y se acercó a su esposa que acababa de dejar al bebé en la cuna y la besó. La besó con ardor y decidió llevarla a sus aposentos y hacerla suya.

Cuándo la puerta se cerró con cerrojo Isabella rio contenta de ver que su marido había vuelto a ser ese toro sensual y apasionado que la tomaba a toda hora. Y gritó cuándo entró en ella y la poseyó con desesperación, luego de besar su cuerpo y llenarla de caricias ardientes, suspirando y con el pecho agitado. Y luego volvió a hacerle el amor y a aprisionarla cómo si temiera perderla, cómo si no pudiera resistir la tentación de hacerle el amor una y otra vez y sentir que era suya en esos momentos y para siempre. Su hermosa doncella cautiva.

******

Dos meses después Isabella recibió un extraño mensaje. Era un trozo de pergamino anudado con un cordón negro y estaba en su lecho vacío.

Lo tomó intrigada.

"Hija mía, te escribo desde el convento de Santa Margarita, en dónde me he recluido para pasar mis últimos días con tus hermanas ahora que la tragedia se ha cernido sobre nuestra casa.

Tu padre, hermano y primo Godofredo murieron envenenados en manos de los temibles Golfieri. Ellos tramaron un complot para destruirles y ahora al fin han terminado con nuestra casa. Nuestras propiedades han sido confiscadas por el duque, él siempre fue enemigo nuestro.

Sólo quiero decirte que nunca he dejado de rezar por ti y de comparecerte por haber sido entregada a ese rudo Golfieri y decirte también que no fuimos responsables de la muerte de Simonetta, que ella ingirió un veneno destinado a tu hermano al beber de su copa. Nadie creyó en nuestra inocencia y la trágica muerte de esa joven sólo ha sido una piedra más para hundirnos. Los Golfieri siempre han querido nuestra ruina, su odio encarnizado parece obra del diablo, ellos son hijos del demonio y Dios se apiade de su alma impía cuándo les llegue el momento de rendir cuentas...

Ahora sólo pienso en encontrar la paz entre estos muros grises, la paz que nunca tuve estando casada con vuestro padre.

Ellos han vencido ahora, y se han vuelto tan poderosos que serán temibles, pero los Golfieri tienen enemigos secretos, traidores entre sus leales amigos, y no podrán escapar a recibir su merecido un buen día. Confío en la justicia divina Isabella, y al Altísimo recomiendo mi vida, mi alma y sólo reclamo lo que es justo.

Rezaré por ti hija, nunca he dejado de hacerlo y quise escribirte antes pero tu padre me prohibió hacerlo y yo debía obedecerle.

Quisiera verte un día, pero temo que los Golfieri no lo permitirán, aunque esté en un lugar sagrado, siempre nos odiarán hasta el fin.

El señor nos proteja, la paz sea contigo Isabella".

Cuándo la joven terminó de leer la carta lloró y al verla la criada avisó a Vanozza.

Esta acudió a sus aposentos y leyó la carta a pedido de su nuera preguntándose cómo demonios había llegado al castillo negro.

—Isabella, cálmate, tal vez no fue tu madre quien escribió esta carta.

Isabella la miró sin comprender y entonces apareció Enrico, alertado por un criado y Vanozza pensó que era mejor dejarlos solos, Enrico podría consolarla y calmarla.

—Mataron a mi padre, a mi hermano, por eso festejabais el otro día Enrico y estabais tan felices. Os embriagasteis de felicidad, celebrasteis la ruina de vuestros enemigos sin pensar jamás que yo era una de ellos.

Isabella estaba furiosa y herida, desesperada, su madre y hermanas encerradas por siempre en un convento, sus bienes confiscados por el codicioso duque. Tal vez él los había ayudado, su familia tenía tesoros escondidos en ese castillo y ahora…

—Ellos te abandonaron Isabella, te odiaron por casarte conmigo, por escogerme a mí en vez de un convento. Tú renunciaste a tu familia luego de la boda.

—Pero esto es terrible Enrico, los mataron… Los arruinaron ¿y pretendes que celebre con ustedes y me sienta feliz? Leed la carta de mi madre, os lo ruego.

Enrico obedeció pero no creyó ni una palabra de las confesiones de la dama Manfredi.

—Ellos mataron a mi hermana, la maltrataban y no tuvieron piedad de ella, no fue un error que muriera envenenada, mi hermana no bebía vino ¿sabes? No le gustaba. Debieron obligarla a beber, porque en el vino ese veneno queda diluido y no puedes notar su presencia. Pero vuestra madre defiende a los suyos y cree todas las mentiras que debió contarle su marido. Lamento esto pero jamás tendríamos paz mientras vivieran los Manfredi Isabella.

Ella se alejó despacio.

—Me horrorizas Enrico, tú y tus parientes, no puedo pensar que acaso tú…—Isabella lloró y abandonó los aposentos. Corrió por el castillo y fue a los jardines. Estaba furiosa, triste y herida, no quería quedarse en ese castillo y saber que vivía con los causantes de la muerte y la ruina de su familia.

Enrico corrió a buscarla pero su madre lo detuvo un instante.

—Debes darle tiempo hijo, es muy difícil para ella. Debiste decirle, y que no lo supiera así por su madre.

Enrico miró a su alrededor.

—Madre, esa carta no la escribió donna Manfredi, ¿crees que puedan enviarse cartas desde el infierno?—dijo con cautela.

—¿Qué quieres decir hijo?

—Su madre se arrojó por la atalaya al enterarse de la muerte de su marido, madre. No enfrentaría la ruina ni iría a un convento cómo le dijimos.

—Enrico, ella cree…Dijo que quería ir a ver a su madre al convento. Debes decirle.

—Ahora no madre, me odiará mucho más si se entera que... Cuándo fuimos al castillo vecchio había desaparecido, no estaba por ningún lado.

—¿Y las hermanas de Isabella?

—Se escondieron cómo ratones pensando que tal vez queríamos matarlas, pero se mostraron muy razonables y fueron al convento luego de enterrar a su madre.

Vanozza suspiró.

—Entonces, ¿quién escribió esa carta? ¿Y cómo llegó a los aposentos de Isabella?

—Alguien la escribió y la envió aquí madre, y ese enemigo sabe cuánto amo a mi esposa y cuánto sufriría ella al enterarse de la verdad—dijo Enrico.

Y fue a buscar a Isabella pensando que tal vez debía dejarla sola. Pero no podía llegar al bosque ni alejarse, sabía que no podía hacerlo y temía que su enojo la obligara a cometer una locura.

—Isabella, Isabella—la llamó.

Uno de los mozos se acercó y dijo que había visto a la señora dirigirse al bosque a caballo.

—Maldita sea, ¿por qué diablos la dejó montar?—Enrico estaba furioso y fue en busca de su caballo.

Isabella nunca montaba, y los caballos del establo eran muy briosos. Montó su semental negro y pidió ayuda a sus caballeros para que buscaran a su esposa.

Caía la tarde y la luz de ese sol de otoño se extinguiría rápidamente y la joven esposa seguía sin aparecer, atormentando a Enrico y a su familia entera al enterarse de la trágica fuga.

Isabella se detuvo exhausta y bajó del caballo, estaba harta de correr y de pronto pensó en sus hijos tan pequeños y pensó, "no puedo escapar, no puedo abandonarles. Pero necesito estar lejos de Enrico. Ya no es mi marido, es mi enemigo y siempre lo fue, a pesar de amarme, nada lo detuvo para llevar a cabo su venganza que era destruir su casa hasta extinguirla".

Y mientras le hacía el amor y la enloquecía con sus besos y juraba amarla planeaba el complot y la ruina de su casa.

Pero debía visitar a su madre, reconfortarla, le había escrito esa carta y estaba preocupada por ella.

—¡Isabella!—gritó Enrico furioso.

Y entonces la vio escondida en un árbol, dormida cómo una chiquilla envuelta en su capa. Parecía una niña perdida y triste.

Su rabia se evaporó cuándo se acercó a ella y la alzó en brazos.

La joven despertó cuándo él la llevaba en su palafrén y sus miradas se unieron. Estaba triste y debía entenderlo.

Regresaron al castillo sin decir palabra y al llegar a sus aposentos Isabella quiso sumergirse en una tina.

Enrico la observó a la distancia pensando si sería capaz de abandonarle, no podía hacerlo, era su esposa. Pero estaba furiosa y herida, le llevaría tiempo aceptarlo, tal vez su madre tuviera razón.

La joven dama no quiso cenar con su familia ni probó bocado de la bandeja que le habían enviado con pollo en salsa de legumbres. Cuándo Enrico entró en la habitación la encontró rezando y su mirada se detuvo en la imagen y de pronto deseó abrazarla, besarla pero ella no lo permitiría, estaba seguro sin embargo algo lo inquietaba y le habló:

—Isabella, ¿por qué huiste hoy, a dónde ibas a ir?—dijo observándola con fijeza.

Su bella esposa lo miró con expresión triste y cansada.

—No lo sé, sólo quería alejarme de este castillo y de ti Enrico—dijo al fin.

—No quiero que vuelvas a hacerlo hermosa, no quisiera volver a encerrarte con cerrojo.

Ella se sonrojó furiosa.

—Siempre he sido tu cautiva Enrico, y todo este tiempo, sólo pensabas en destruir a mi familia. Dijiste amarme pero eso no es verdad, o al menos eso no impidió que dejaras a mi familia arruinada.

—Yo te amo Isabella, siempre te he amado pero tú no eras cómo ellos, luego de ver a tus hermanas temo que debiste ser hija de otro hombre, hermosa.

—¿Cómo te atreves a decir eso? Mi madre es una dama honesta, jamás…

—Pero tú no te pareces a nadie de esa casa, hermosa. No lo he dicho para ofenderos, pero es verdad.

Isabella abandonó el reclinatorio y decidió no dirigirle más la palabra y comenzó a desnudarse con prisa y se metió en la cama furiosa.

Enrico no se atrevió a hacer lo que deseaba, no esa noche…

Pero el disgusto de su esposa duró semanas y aunque pasaba gran parte del día en la habitación con sus hijos en las noches se dormía temprano para no tener que verle.

Enrico quería acercarse a su esposa pero no encontraba oportunidad ni modo de hacerlo, quería que fueran de nuevo esos amantes apasionados, no podía soportar su indiferencia, su frialdad.

Y una noche al verla levantada con una criada cepillando su cabello pensó que esa noche sería suya.

Isabella lo vio y la criada se marchó con prisa. Su cabello brillaba y sus labios rojos eran una invitación a ser besados.

Pero ella se volvió despacio y se alejó de él.

—Isabella—dijo él.

La joven se detuvo temblando, no quería volver a sus brazos, no podría hacerlo. Estaba furiosa con él, todavía lo estaba y su pobre padre…

Y cuándo quiso rechazarle él la atrapó en un arrebato y la besó con ardor y la empujó a la cama y no la dejó en paz. Forcejearon pero ella sabía que estaba perdida.

—Eres mi esposa Isabella, y eso nunca cambiará.

Ella dejó de resistirse y lloró sintiendo que nada volvería a ser cómo antes. Estaba furiosa con Enrico y no podía perdonarlo, ni asimilar la horrible tragedia ocurrida a su familia.

Estaba desnuda entre sus brazos y él entró en ella con urgencia y desesperación. Necesitaba sentir que era suya de nuevo, ya no podía resistir su frialdad, ella volvería a amarle estaba seguro, sólo necesitaba tiempo y tal vez dejarla nuevamente encinta…

—Isabella, deja de llorar—le ordenó furioso al sentir sus lágrimas.

—Me forzaste Enrico—lo acusó ella herida.

—Eres mi esposa, no puedes negarte a mí Isabella. Me perteneces.

—Pensé que me amabas, pero soy tu prisionera, tu esclava, no soy tu esposa ni me amas. Eres un demonio Enrico—lo acusó.

—Tú debes entregarte a mí, eres mi esposa y es tu deber darme hijos y compartir mi lecho. No debiste resistirte—dijo.

—Yo no quiero darte hijos, no quiero ser más tu esposa Enrico, te odio—respondió ella y quiso abandonar su cama pero él la retuvo furioso.

—Tranquilízate Isabella, ven aquí, deja de llorar. No puedes negarte a mí y jamás te dejaré ir y lo sabes.

Ella lo miró y él volvió a besarla con ardor y supo que volvería a tomarla, lo haría, estaba loco por ella, loco de deseo y de hacerle sentir su poder y someter su rabia, su rencor. Isabella dejó que lo hiciera, no podía negarse a él, era su esposa, su cautiva, pero no la obligaría a amarle de nuevo porque estaba furiosa con ese hombre y por momentos lo odiaba.

—Isabella, amore—dijo él acariciando su cabello y besándola mientras gemía de placer al sentir su cuerpo fundido al suyo.

No tuvo respuesta, pero notó que se acurrucaba contra su pecho y se dormía poco después.

El enojo de Isabella aumentó cuándo una mañana fue a buscarle para pedirle que la dejara ir al convento a ver a su madre.

No era la primera vez que se lo pedía y Enrico volvió a negárselo.

—Hiciste una promesa Isabella Golfieri, cuándo te casaste conmigo, ¿lo has olvidado? No puedes tener trato con tu madre ni con tus hermanas, además…

—Oh, basta de eso, ¿qué daño puede haceros mi madre? Quiero verla, es mi madre y debe estar triste y desesperada. Sólo una vez, por favor.

Enrico no le respondió y de pronto la tomó entre sus brazos y la besó y le dijo la cruel verdad. Que esa carta era falsa y que su madre se había quitado la vida luego de la muerte de su marido.

La joven palideció y se desmayó y Enrico debió despertarla y pedir ayuda al mozo para llevarla de regreso a sus aposentos.

Al volver en sí Isabella lloró y le preguntó por qué se lo había ocultado, por qué dejó que creyera la maligna carta…

Su esposo la miró con fijeza.

—No quise causarte más dolor hermosa, sólo eso, iba a decírtelo pero nunca parecía ser el momento.

Ella permaneció pensativa y dijo con pena.

—Creí que mi madre quería verme Enrico, que me había perdonado…

—Lo lamento Isabella. Tal vez quiso verte pero tu padre se lo impidió. No pienses en eso ahora, debes mirar al futuro. Eres mi esposa y tenemos una familia, tu familia somos nosotros ahora. Siempre hemos cuidado de ti y yo te amo hermosa, tú lo sabes. Por favor, deja de odiarme de Isabella, yo no lo hice.

Ella lloró despacio.

—Eran mi familia Enrico, no merecían morir ni mi madre tener un final tan horrible. Su pobre alma irá al infierno por haberse quitado la vida. Y tu alma Enrico, no me atrevo a pensar lo que ocurrirá con ella…

—Mi alma la reclamará el diablo hermosa, pero eso no me afecta demasiado ¿sabes? A mi hermano lo mataron y jamás había hecho daño a nadie. Por eso se lo llevó tu Señor al cielo, a mí no me quiere por eso sé que me quedaré mucho tiempo en la tierra antes de visitar a mi amigo allá abajo.

—No hables así Enrico, por favor, una eternidad de fuego y tormentos no puedes siquiera imaginarlo.

Él sonrió y besó sus manos.

—Pero estaré aquí para amarte y cuidarte Isabella—dijo y esa noche quiso hacerle el amor pero ella lo apartó y Enrico se alejó mortificado.

Debía darle tiempo, debía entender. Todo conspiraba en su contra, sabía que ocurriría…

Estuvo triste varios días y su madre le dijo que la veía muy pálida y había sufrido un desmayo a media mañana.

—Creo que no se alimenta bien, está muy triste—dijo.

Enrico corrió a sus aposentos alarmado y encontró a Isabella tendida en la cama, pálida, inmóvil.

—Isabella, ¿qué tienes?—le preguntó acercándose a ella sin dejar de mirarla.

Ella lo miró sin responderle, hacía días que estaba mareada y con náuseas y por eso no quería comer.

—Isabella, debes alimentarte—dijo su esposo acariciando su cabello—Te ves muy mal…

—No puedo hacerlo, todo me da asco, Enrico.

—Es porque estás débil, te has pasado llorando. Escucha, traeré una bandeja y comerás, ¿entiendes? Te comportas cómo una niñita.

—No, no soy una niñita, son mis tripas, si me obligas a comer: vomitaré.

—Y si no comes nada no podrás salir de la cama y volverás a marearte.

Enrico cumplió su promesa y volvió con una bandeja con pan de centeno, queso y un potaje que tenía un olor delicioso. Isabella miró los alimentos con desesperación y él rio pensando que parecía una niñita caprichosa.

Ella corrió para no comer y él se mantuvo firme y la atrapó, estaba realmente pálida y demacrada.

—Es por tu bien hermosa, te ves mal.

—No puedo comer nada.

—Es porque estás triste, pero si no te alimentas enfermarás, Isabella. Ven aquí.

Enrico la atrapó cuándo llegaba a la ventana y la besó. Ella no lo apartó, estaba demasiado débil para hacerlo y cuándo la estrechó con fuerza sufrió un mareo y se desmayó.

No era la primera vez que ocurría y Enrico se enfureció y ordenó a un criado que buscara al médico de la ciudad.

Este llegó al anochecer y encontró a la doncella rubia tendida en la cama con vómitos y mareos. Al parecer su marido la había obligado a comer y su estómago no lo soportó.

Se acercó y la examinó.

—Traiga agua fresca, necesita beber mucha agua. ¿Cuánto tiempo lleva así?—quiso saber.

—¿Comió algo inusual estos días?—insistió.

Luego notó que examinaba su abdomen y la piel de su rostro, sus labios.

Enrico palideció.

—¿Doctor acaso cree que mi esposa pudo ser envenenada?

El galeno lo miró y siguió examinándola y habló con la joven con voz apenas audible. Ella parecía algo desconcertada de sus preguntas.

—No la obligue a comer si no lo desea, que beba agua y caldos con sal estos días. Le dejaré una hierba para calmar los vómitos y no tema, no sufre envenenamiento. No tiene fiebre ni dolores.

—Pero se desmayó dos veces y está muy débil.

El doctor sonrió y Enrico pensó que el hombre era un tonto y se había vuelto loco.

—Bueno, espero no equivocarme pero todo esto es provocado por otro bebé signore Golfieri, lo felicito.

Enrico se acercó a su esposa, no le había dicho nada. Ella evitó su mirada incómoda.

—¿Entonces los mareos son por su estado?—preguntó.

—Sí, en ocasiones suele haber náuseas, vómitos, y debilidad general los primeros meses.

—¿Pero cuánto tiempo tiene?

—Tal vez dos meses o más.

Enrico sonrió aliviado y le dijo al médico que quería que trajera a su hijo al mundo.

—Bueno, temo que no sé si podré llegar a tiempo, avíseme un poco antes, me sentiré honrado de ayudarle caballero Golfieri.

Cuándo quedaron a solas Enrico se quedó mirando a su esposa.

—Estás encinta hermosa, y no lo mencionaste.

Ella se sonrojó.

—No estaba segura Enrico, yo olvidé… No recuerdo cuándo tuve mi regla… Todo esto ha sido muy difícil para mí. No iba a ocultártelo, no lo sabía, cuándo el doctor me preguntó yo le dije que no sabía que tal vez fue hace un mes o más.

Él se acercó y tomó sus manos.

—Descansa hermosa, me hace muy feliz esta noticia y quiero que te cuides ahora.

Fue en busca de agua fresca y le dio para beber y durante días se quedó cuidándola cómo en otros tiempos.

Pero no sólo su cuerpo estaba enfermo, su alma atormentada no tenía paz, no hacía más que pensar en su madre y en su familia.

No podía perdonarle, ni olvidar la espantosa tragedia ocurrida a sus padres.

Debía pensar en su bebé y recuperarse, el pequeño Enrico estaba muy rebelde con sus tres años y Antonino ya tenía un año y había abandonado su cuna en una ocasión porque quería caminar.

El tiempo pasaba y lentamente comenzó a resignarse y a aceptar su destino, su vida en el castillo negro con la familia más poderosa, sanguinaria y la más temida del condado.

Enrico volvió a buscarla y ella se entregó a él sin reservas una noche y volvió a sentir el placer de esos apasionados encuentros y él le hizo el amor diciéndole cuánto la amaba y la amaría siempre. Pero luego lloró al pensar en su madre. Durante meses la perseguiría su recuerdo y un día habló con Enrico sobre la carta.

Su marido la miró alarmado.

—Enrico, ¿quién la envió? ¿Acaso fue una venganza?

—Tus hermanas no están en ese convento Isabella y tu madre jamás pudo escribir esa carta y no puedo decirte quién lo hizo porque no lo sé. Quiso hacer daño y lo consiguió, por venganza seguramente y porque sabe cuánto me importas. Todos lo saben hermosa, y se burlan de mí por ello, no me importa ¿sabes?

Isabella lo abrazó siguiendo un impulso y él la besó con ardor.

—Espero que algún día puedas perdonarme hermosa, que algún día vuelva a sentir que me amas cómo me amaste una vez—le confesó él con tristeza.

Ella no respondió y esa noche se entregó a él con ardor y respondió a sus caricias y cuándo el éxtasis llegó lo hicieron también las lágrimas y pensó, no debería hacer esto, no puedo, mi familia ha muerto. Y mortificada se durmió en su pecho ocultando sus lágrimas, pero él sabía que lloraba y acarició su cabello y besó su cabeza con ternura.

Dos semanas después Isabella recibió un misterioso mensaje luego del almuerzo, cuándo quiso irse a dormir una siesta aprovechando la ausencia de Enrico.
La joven se estremeció al ver el pergamino enrollado sobre su cama pero no pudo evitar tomarlo y desenrollarlo despacio.
"Isabella

Nuestra madre no tiene descanso, no deja de atormentarme en sueños, debes hacer una peregrinación a Roma para salvar su alma del tormento eterno. Nosotras no podemos, estamos recluidas en el convento.
No comprendo cómo pudiste casarte con nuestro peor enemigo hermana, debiste escoger el convento cómo nuestro padre quería, pero el señor te juzgará. Sólo te diré que te compadezco por ser la esposa de ese demonio Golfieri.
 Tu esposo y su padre entraron en el castillo y lo tomaron por asalto y fue Enrico Golfieri quien envenenó a nuestro padre y a nuestro hermano. Y luego se llevaron los arcones con nuestros tesoros movidos por una avaricia infernal, no dejaban de reír y bailar celebrando la ruina de la casa Manfredi.
Hicieron una fiesta con nuestro vino y se rieron de nosotras por nuestra fealdad. Al ver a ese hombre me estremecí querida hermana y pensé: "es el marido de Isabella, y es el demonio encarnado, su horrible risa y la crueldad de su voz... Eran

criaturas del inferno que destruyeron nuestra casa y nuestras vidas."

Siento pena por ti hermana, atada a ese demonio cruel y malvado. Pide perdón y protección al altísimo, pide fuerzas para abandonar ese castillo y hacer una peregrinación a Roma por el alma de nuestra madre, debes hacerlo para que la pobrecilla tenga reposo. No puede descansar, no deja de atormentarme en sueños.

Por favor Isabella, te lo pido yo, Giuliana, tu hermana mayor, siempre te cuidaba de la envidia de las demás, he sido una buena hermana y una buena hija. Te lo suplico Isabella. Demuestra tu lealtad a nuestra familia, eres una Manfredi aunque te hayas casado con el hijo de nuestro peor enemigo, abandona ese castillo de inmediato porque si algo te ocurre el señor no tendrá piedad de tu alma impura hermana, al vivir con el causante de nuestra ruina. Aún estás a tiempo de arrepentirte.

Tu hermana Giuliana".

La joven se estremeció con las imágenes que describía su hermana mayor sobre su marido y los Golfieri asolando el castillo. Pensar que había sido su esposo la dejó enferma y lloró, no podía ser. ¿Es que nunca tendría paz?

—Señora Isabella, ¿qué le ocurre?—preguntó una criada entrando en sus aposentos.

—Nada, estoy bien, iré a dormir un poco Sacha—le respondió ella.

No podía hacer una peregrinación: estaba encinta, y Enrico jamás la dejaría salir del castillo. Su hermana Giuliana no sabía nada de su vida. Tal vez si le explicara... Pero Enrico no le permitiría escribirle ni acercarse...

¿Por qué le enviaban esas cartas, por qué acudían a ella cuándo nunca lo habían hecho?

Estaba exhausta y se durmió poco después, lo necesitaba.

Cuándo Enrico entró en sus aposentos; alarmado por los chismes de la criada que cuidaba a su esposa de que había estado llorando, la vio profundamente dormida y se espantó. Estaba algo pálida pero respiraba. Acarició su rostro despacio y besó sus labios. La joven despertó espantada y lo apartó creyendo que era Alaric. Era una pesadilla.

—Isabella, ¿qué tienes?—dijo Enrico.

Ella lloró sin responderle, había tenido pesadillas inquietantes con el conde D'Alessi.

—Tranquila hermosa, ¿qué te ocurre? ¿Estuviste llorando otra vez?

La joven vaciló y de pronto sin decir palabra le entregó la carta y Enrico la leyó con adusto semblante.

Una horrible misiva que destilaba veneno por todos lados. Alguien estaba empecinado en destruir su vida y su felicidad con la mujer que amaba. No era una simple venganza, había sido escrita con un propósito muy claro: conseguir que su esposa lo odiara para siempre. Y pensó, esas víboras lo hicieron desde el convento, ni siquiera en una morada sagrada dejaban de hacer daño. Traman su ruina.

—Isabella, esto no es verdad. Nada de lo que dice esta carta malvada es cierto, te lo juro hermosa. Créeme por favor.

La doncella evitó su mirada, se sentía atormentada por la muerte de su madre, su alma sin descanso y el fantasma de Alaric que había aparecido en sueños…

—Isabella escúchame, debes creerme… Esta carta fue enviada con un propósito funesto: conseguir que tú me odies y que nunca más puedas amarme cómo antes.

Ella lo miró con tristeza.

—Mis padres murieron, Enrico y el alma de mi madre no tiene descanso, tengo el corazón roto, estoy triste y desesperada porque no puedo ir a Roma, sólo rezar por todos ellos y llorar sus muertes.

—Olvídalos Isabella, ellos te olvidaron hace tiempo. Estás encinta ahora, piensa en nuestro bebé que viene en camino, tú eres una de nosotros ahora, eres una Golfieri.

La joven lloró de nuevo, sabía que tenía razón, debía enterrar la tragedia, dejar de pensar en ella pero eran su sangre y necesitaba tiempo para superarlo, para perdonar a Enrico de algo de lo cual él no parecía arrepentido.

—Yo no te odio Enrico, nunca podría odiarte pero nada será cómo antes, mi familia fue aniquilada y jamás habría deseado un fin tan trágico para ellos y nunca dejaré de honrar su memoria y rezar por sus almas. Aunque me odiaran en vida por escogerte a ti cómo esposo, elegí quedarme contigo y amarte porque fue voluntad de Dios… Pero él va a castigarte Enrico y eso me atormenta tanto cómo saber que provocaste la ruina de mi casa.

—Mi peor castigo no vendrá de tu Señor Isabella, sino de ti hermosa. No me odies por favor, soy un Golfieri, fui criado en las armas y con el odio en el corazón a los Manfredi, pero no pude evitar amarte a ti a pesar de ser la hija de mi peor enemigo. Ellos quisieron matarme hermosa y murió mi primo en mi lugar. Mataron a mi hermano Giulio hace años y a la pobre Simonetta porque estaba encinta y nos habrían exterminado de haber podido. No pudieron hacerlo. Esta historia se escribió con sangre y odio. Pero tú no eras cómo ellos, tú eres un ángel hermosa y eres todo para mí aunque los imbéciles de mi casa se burlen diciendo que vivo prendido a tus faldas. Nunca me han importado sus burlas, sólo amarte—dijo Enrico y la besó con ardor y luego fue a la puerta para echar los cerrojos. Le haría el amor, era suya y se moría por sentirla entre sus brazos y acariciarla con ardor.

Ella dejó que ocurriera porque estaba asustada y entre sus brazos se sentía segura, mientras él estuviera cerca nada malo podría ocurrirle y lo sabía. Y se estremeció cuándo entró en ella y sintió que todavía lo amaba y no quiso pensar en la horrible carta, él no era un demonio, y no quería que ese momento terminara ni que él se marchara cómo hizo rato después. Quiso retenerle y él la besó.

—Debo irme hermosa, pero regresaré temprano para amarte de nuevo—le susurró.

Y debió luchar con la tentación de volver a hacerle el amor, la tenía atrapada entre sus brazos y no podía dejar de besarla encendiendo nuevamente su deseo por ella.

—Quédate Enrico, por favor, sólo un momento más—le rogó ella.

No pudo resistirlo, nunca podía resistirse cuándo ella se lo pedía y volvió a tenderla y a llenarla de caricias y a entrar en ella con desesperación. Necesitaba tanto hacerla suya de nuevo, sentir su calor… Tanto la amaba que habría matado a quien intentara robársela y lo sabía.

Y mataría al autor de esas cartas, lo haría, pero antes necesitaba saber quién las había escrito.

Tomó la venenosa misiva y la llevó consigo para hablar con su padre y hermanos.

Debían averiguar quién demonios estaba enviando esos horribles mensajes.

—No pudo ser Giuliana Manfredi, Enrico—opinó su padre.

Todos lo miraron interrogantes.

—Me refiero a que esa joven está recluida en un convento, no tiene sirvientes ni pajes, ¿cómo haría para enviar la carta?

Enrico lo pensó con calma.

—Esta carta y la anterior llegaron directamente al cuarto de Isabella, no fue entregada por un mensajero común sino por un espía de nuestros enemigos.

Los Golfieri tenían enemigos menores, pero de muy poca monta para preocuparse por ellos, pero alguien tramaba un complot para destruir a Enrico. Y sabían la razón, era el heredero de la casa Golfieri, su futuro y esperanza.

—Debemos visitar a la hermana de Isabella y hacerle preguntas—dijo Enrico.

—¡Tú no irás!—tronó su padre—Además esas damas no dirán una palabra, morirían antes de hacerlo.

—Hablarán—dijo Enrico con voz firme—O tal vez podamos interrogar a las religiosas.

—No podemos entrar en un convento Enrico, ni hacer preguntas nosotros, ni siquiera nos dejarán entrar, hemos sido excomulgados hace años, ¿lo olvidas?.

—Entonces enviaremos a una criada, sí… Una criada de confianza.

—No hablarán con una criada Enrico, no seas ingenuo.

—Pues que vaya nuestra hermana María, es una dama y usará su nombre de casada.

La idea era buena.

Fueron a visitarla ese día y la joven los recibió sonriente aunque levemente inquieta al comprender que esa visita no era de mera cortesía a juzgar por el pálido semblante de su hermano.

Enrico le explicó lo que querían de ella y la joven no podía negarse, seguía siendo una Golfieri a pesar de su boda con Giulio Visconti.

—Alguien ha estado enviando cartas malignas a mi esposa Isabella, necesito que hables con Giuliana Manfredi y le preguntes si ella lo hizo y cómo las envió.

—¿Y si no quiere decirme, Enrico? ¿Si se niega a dirigirme la palabra?

—Convéncela hermanita, ya no eres una chiquilla, sabrás cómo… Dile que te envió su hermana Isabella, inventa algo si lo deseas.

María tragó saliva.

Pero había más y Enrico se lo dijo. María pensó que no podría lograrlo.

—Enrico por favor, yo no sé mentir ni podré engañar a nadie, lo notarán…

—Escucha María, eres una de nosotros y siempre lo serás y el destino de nuestra casa está en averiguar quién nos ha traicionado amargando mi existencia y la de mi podre esposa. Ella nunca debió enterarse de la muerte de sus padres ni de la ruina de su casa pero lo hizo por esas horribles cartas, ¿entiendes? Mi pobre esposa está sufriendo demasiado por todo ese asunto y tal vez nunca vuelva a amarme ¿sabes?

Los ojos de María se abrieron temerosos, cuándo su hermano se enojaba… Y casi sintió pena por el imbécil que había escrito esas misivas pues Enrico lo aplastaría sin compasión.

—¿Tú sospechas de alguien, hermano? —quiso saber.

—Tal vez, pero no puedo hacer justicia sin pruebas ¿no crees? Averigua quien lo hizo, quien visitó a las hermanas Manfredi y les pidió que escribieran esas cartas o…

—Enrico, los Manfredi nunca se interesaron por Isabella luego de que la raptaste, quisieron enviarla a un convento, y si le escribieron fue porque imaginaron que ella desconocía la tragedia, o para vengarse de ti. Por eso lo hicieron. Sin embargo me parece muy extraño que escribieran una carta haciéndose pasar por su madre que estaba muerta pidiéndole que fuera a un convento abandonado que fue cerrado. Parece una trampa.

—¿Una trampa?—repitió Enrico sorprendido.

—Cómo si quisieran atraerla, alejarla del castillo negro, primero rogándole que vaya a ver a su madre y luego su hermana pidiéndole que haga una peregrinación a Roma.

—Si lo hicieron para alejarla del castillo fueron muy estúpidos, mi esposa jamás me abandonaría María, ni le permitiría que lo hiciera.

—Bueno, pero te hicieron mucho daño Enrico, debiste ser sincero y decirle la verdad a Isabella y tú no querías hacerlo—puntualizó María—Muchos saben que Isabella es tu debilidad y podrían hacerle daño Enrico, no debes dejarla desamparada en el castillo, aquella vez...

—¿Cuál vez?

—Cuándo Isabella estaba encinta de tu primer hijo, hubo una tormenta y nos quedamos solas, tuve mucho miedo. Ya no debes temer de los Manfredi, pero mi esposo dijo que siempre tendréis enemigos que os envidiarán.

—Nuestros enemigos son los vuestros María, no lo olvides, eres una Golfieri y acude siempre a nosotros si nos necesitas. ¿Tu esposo te trata con dignidad?

María se sonrojó incómoda. Tenía un esposo tan guapo cómo el caballero Alaric y era muy amable con ella.

—Me alegro por ti hermana, pero si en esta familia encontráis enemigos...

Cuándo su hermano se dispuso a marcharse ella lo retuvo un momento.

—Enrico, tú crees que es una venganza de los Manfredi y lo parece, una venganza desde ultratumba, porque nunca toleraron que te casaras con su hija ni que ella tuviera debilidad por ti. Isabella corría para verte llegar y sus ojos tenían un brillo especial, ella te ama, sólo que ha vivido una tragedia provocada por nuestra familia y no podrá reponerse pronto, ten paciencia. Sólo que... No era eso lo que quería decirte. Tal vez no sea una venganza de esas mujeres, sino de un hombre que ama a Isabella y cómo no puede quitártela...

Esas palabras hicieron que la sangre de Enrico hirviera rápidamente y loco de celos increpó a su hermana y le dijo por qué decía eso, si acaso creía que un caballero amaba en secreto a Isabella.

—No lo sé Enrico, sólo fue una idea. Porque lo que querían era que ella se alejara de ti, que ya no te amara cómo antes, alejarla de ti no en forma física pero sí espiritual. Para que tu sufrieras y ella...

—Tiene sentido, es verdad... No lo había pensado. Pero tú lo has dicho por algo María, ¿acaso has visto a Isabella conversar con algún caballero?

Su hermana enrojeció incómoda.

—Enrico, Isabella es una dama honesta, jamás te engañaría. Pero su belleza despertaba miradas y nadie se fijaba en nosotras cuándo ella estaba presente y por eso Angélica la odiaba ¿sabes? Sólo que ahora que pienso sí tiene sentido pero ¿tú crees que uno de tus leales caballero se habrá enamorado en secreto de tu esposa y la pretende, y cómo no tiene esperanzas haya escrito estas cartas?

—Tal vez espere arrebatármela algún día pero deberá esperar a que esté muerto para ello María, no podrá hacerlo antes.

—Enrico, nunca podrá robarte a tu esposa pero sí pudo hacer que ella se distanciara de ti, que sintiera dolor y dudas. ¿Qué enemigo podría hacer algo cómo eso?

—Averígualo María, te lo pido. Y avísame de inmediato.

*****

María cumplió su promesa y fue al convento de hermanas benedictinas de Monte Pozzali días después. Un castillo ubicado en el corazón de Toscana, rodeado de hermosas colinas y campos fértiles de labranza dónde fue recibida con mucha reverencia por ser la esposa de un Visconti.

La abadesa y sus novicias se inclinaron ante ella con respeto y una larga reverencia.

La joven habló primero con la hermana priora: una dama de mirada sagaz hija de un caballero muy importante que la recibió encantada en su despacho.

María mencionó las cartas y preguntó si podía interrogar a las hermanas Manfredi.

—Oh, por supuesto, sólo que deberá verlas en la sala de los visitantes.

La joven asintió complacida pero no se sentía muy segura de los resultados. Una duda iba cobrando forma en su mente.

Giuliana Manfredi era una joven baja y regordeta, cabello oscuro y rasgos poco femeninos. Era tan fea que daba miedo. ¿Esa joven era hermana de Isabella? No podía creerlo.

Además la miró con expresión alerta, hostil, y soberbia.

—Señora Visconti, me honra su visita—dijo observándola con desconfianza.

—Giuliana Manfredi, soy amiga de vuestra hermana Isabella, ella me envió.

Al mencionar a Isabella la expresión torva de la joven pareció distenderse levemente.

—¿Mi hermana Isabella? Bueno, en realidad no sé de quién habla usted porque dejó de ser mi hermana el día que ese Golfieri la raptó y la convirtió en su esposa por orden del duque.

—¿Entonces usted no le escribió una carta?

—¿Una carta? ¿Y por qué habría de escribirle a Isabella, con qué propósito? Ahora es la esposa de nuestro peor enemigo, dicen que está loco por ella. Ese demonio malnacido la dejó encinta y me imagino cómo lo hizo. En realidad siento pena por mi pobre hermana, ser hermosa y caer prisionera de un Golfieri debió ser un tormento para ella.

—Isabella recibió dos horribles cartas y me pidió que averiguara. Cree que sus hermanas habrían…

—Claro que no, odiamos a los Golfieri, pero si hay justicia divina en este mundo arderán todos en el infierno por haber matado a mis padres y a mi hermano Giulio y… Y sólo agradezco al cielo no haber nacido hermosa. Porque de haber caído en las manos de esos desalmados habría enloquecido de vergüenza y horror.

Su hermano Enrico sí que había sido astuto, había raptado a la más bella, o a la única bella en esa familia.

Sus otras hermanas eran tan feas cómo Giuliana y de facciones toscas, varoniles. ¿Sería cierta la maldición que pesaba sobre las mujeres de esa familia? Se preguntó María mientras abandonaba el convento con expresión sombría.

Qué triste pasar sus últimos días recluida entre esos grises muros, pero ¿qué hombre querría desposarlas? De haber vivido sus padres tal vez…

Isabella sí que había sido afortunada al nacer tan hermosa y de pronto recordó las palabras de su hermana Angélica y fue a visitarla, vivía a escasas millas del convento.

Angélica había dado a luz una niña y su marido no estaba muy contento y no hacía más que decirle que quería un varón y no descansaría hasta tenerlo.

La pobre no se veía muy feliz ese día sino cansada y le dijo que su esposo había cambiado luego del nacimiento de la niña.

—Cómo si dependiera de mí… Sólo esa Manfredi es capaz de tener dos varones, todos hablan de la hermosa Isabella que además de bella sólo trae varones al mundo. ¿Y dime cómo está nuestra bella cuñada?

María se acomodó en la poltrona y le contó.

—Muy triste y nuestro hermano también.

Saber que Isabella estaba triste animó el semblante gris de Angélica.

—¿De veras? ¿Acaso nuestro hermano ya no la ama? Me cuesta creerlo a decir verdad.

—Su familia Angélica, imagino que sabrás que…

—Por supuesto y bebí en honor a su desaparición. Siempre fueron enemigos acérrimos nuestros.

María le habló de las cartas y de lo que había averiguado rogando que no dijera nada a nadie.

—Isabella nunca amó demasiado a Enrico, María, no creas eso. Ella nunca quería compartir su lecho y él la dejaba encerrada y la forzaba, tú lo sabes ¿verdad?

María enrojeció violentamente.

—Pero ella esperaba siempre su regreso y estaba triste en su ausencia—balbuceó.

—Bueno tal vez, pero amarlo cómo tú dices no lo creo. No olvides que la raptó y la tuvo encerrada en sus aposentos. Luego juró que no la había tocado pero en la noche de bodas dicen que lloró.

—Angélica, ¿acaso tú espiabas?

—Muchos de nosotros espiamos boba, esperábamos ese momento con ansiedad, la unión carnal de los enemigos… Enrico sí la ama por supuesto, no puede vivir sin tener a su hermosa desnuda entre sus brazos y ella le ha dado dos varones, debe adorarla ahora. ¿Dicen que está encinta de nuevo?

La joven asintió pero pensó que se distraía de lo que quería preguntarle.

—Angélica, tú siempre estuviste celosa de su belleza.

La joven la miró de soslayo.

—Bueno, ¿y quién no? Pero no era por ser bella ni por ser cómo una doncella de los cuentos, sino porque Alaric D'Alessi…

—Alaric nunca nos miró Angélica, deja de decir que Isabella te lo robó.

—Mamá siempre estuvo de su lado, y me pegó por decir la verdad—Angélica enrojeció lentamente.

—¿Cuál verdad?

—Alaric estaba loco de amor por Isabella, ¿acaso no lo notabas? Todos lo sabían pero nadie se atrevió a decir nada a Enrico. Siempre fue muy celoso y lo habría matado de haber sabido cuánto la deseaba y él… No debo decirte esto María. Por favor no cuentes nada a nuestro hermano. Dime ¿qué es ese asunto de las cartas?

María le habló de las dos cartas.

—¿Entonces tú crees que fueron las Manfredi? He oído decir que son feas cómo el espanto.

—Sí lo son—aseguró María—Pero no fueron ellas.

—¿Las has visto?

—Sí y ellas negaron haber escrito una carta, no quieren saber nada de la hermana que se casó y durmió con su enemigo.

—Bueno, no puedes culparlas. Su familia la abandonó y a nosotros no nos permitieron ver a Simonetta, los Manfredi no nos querían allí y en realidad…

—Angélica, esto es muy serio. Necesitamos saber quién es el autor de esas cartas. Isabella puede correr peligro o tal vez Enrico.

La joven palideció y se acercó a la cuna dónde su bebé lloraba con hambre. Llamó a la nodriza y la gruesa criada entró con expresión espantada y se llevó a la niña.

—Hace tiempo quise hablar con Enrico sobre eso María, pero él no me escuchó. Me odia a causa de Isabella, ella lo apartó de todos nosotros, él ya no piensa en sus hermanas ni en su familia, sólo en retozar con la hermosa de cabellos cómo el oro y lo sabes, no te engañes. Te buscó porque te necesita, no porque te quiera hermana.

—¿Y qué fue lo que quisiste advertirle?

Angélica la miró.

—No tengo pruebas para acusar a nadie María, no puedo hacerlo. Hablé con mi madre, pero nadie quiso escucharme, sólo querían deshacerse de mí para que la niña de cabellos de oro se sintiera a sus anchas en el castillo negro.

—Habla ahora, di lo que sabes.

No podía hacerlo, él la había amenazado y no quería morir.

—Enrico sabe cuidarse y nadie sería tan estúpido de intentar robarle a su esposa ¿no crees? El castillo negro es una fortaleza inexpugnable y Enrico matará sin piedad a quien ose tocar un cabello de su hermosa doncella cautiva.

—Angélica, es nuestro hermano, él vela por toda nuestra familia, y ahora Isabella lo odia por cumplir con su deber, necesita nuestra ayuda aunque tú creas que puede defenderse sólo, su amor por Isabella es su debilidad y si algo le ocurre a ella, no podrá soportarlo.

Ella la miró con expresión atormentada.

—Sólo son sospechas María, no tengo pruebas y si acuso a un inocente mi hermano no tendrá piedad de él. Además… Creo que Isabella es la culpable, embruja a los hombres, los atrapa y al parecer no sólo a nuestro hermano.

—No debemos subestimar a nuestros enemigos, los Manfredi no eran los únicos y lo sabes hermana.

Acosada y triste Angélica habló.

—Alaric D'Alessi, siempre la miraba y buscaba la oportunidad de acercarse. Y cuándo envenenaron a nuestro primo él estuvo cerca de ese escabel y luego cuándo Isabella se desmayó la llevó a su cuarto y mientras estaba dormida la estrechó contra su pecho con la pasión de un enamorado y antes de eso... Una criada confesó haberlos visto besándose en el vergel. Dijo que ella se había resistido pero luego... No pudo resistirse a él. Esa es la verdad. Isabella es tan culpaba cómo su apasionado pretendiente y si lo acuso a él, la acuso a ella. Pero también os diré que en mi presencia la vi temblar y apartarse, y la noche en que murió nuestro primo yo noté cómo la miraba y se lo dije, y ella se alejó llorando asustada y entonces la vio Enrico y pensó que lloraba por mi culpa. Isabella lo retuvo, lo sedujo bajo las sábanas porque estaba asustada y temía que nuestro hermano lo supiera, y así fue que lo salvó de morir envenenado. ¿No es una ironía hermana? Isabella la hermosa doncella Manfredi, bella por milagro, no es perfecta ni tan buena esposa cómo cree Enrico, estuvo besándose y seduciendo a Alaric, él está loco por ella, tan loco cómo lo está Enrico y sabe que sólo matándolo podrá quitársela y tal vez lo haga. Si nuestro hermano no lo mata primero.
—Angélica, tú sabías eso y jamás dijiste nada...
—Le dije a nuestra madre, y quise advertirle a Enrico pero nadie me creyó, todos creían que odiaba a Isabella, ¿entiendes? Pero es la verdad. Y no la culpo ¿sabes? Nuestro hermano la ama y siempre la ha cuidado, pero Alaric es muy guapo y seductor, muy distinto a los hombres de estas tierras María. Yo también me dejé envolver en su encanto. Alaric espera en la oscuridad, o tal vez se

ha resignado. Es extraño que no haya tomado esposa ¿no crees? Tiene una casa que conservar y es el primogénito. Tal vez espera tener a Isabella.

—Pero Enrico debe saberlo Angélica, debo advertirle.

—No te creerá, si sabe que fui yo quien te abrió los ojos pensará que es una injuria.

—Yo no creo que Isabella se atreviera a serle infiel, Angélica. Siempre la he visto muy pendiente de Enrico, cuándo los veía juntos eran felices, es lo que recuerdo.

—Él la buscaba María, le robó un beso y se acercó a ella siempre que pudo, tal vez la confundió y luego se arrepintió. No olvides que Alaric apareció en escena cuándo Isabella era recién casada y Enrico no la trataba muy bien entonces, la hacía llorar y la dejaba encerrada y le decía que era su prisionera y ni siquiera podía ir al vergel. Debió sentirse muy desdichada. Nosotras no fuimos muy buenas con ella y mamá tampoco la quería al principio ni confiaba en ella. Tal vez no sea culpable y en realidad... ¿Tú crees que pueda perdonar a nuestro hermano por exterminar a los miembros de su familia? Nunca lo hará María, ¿tú podrías perdonar algo así?

—Angélica, no puedo decirle todo esto a Enrico, no sería justo para Alaric ni para Isabella, si sólo fue un beso robado…

—El conde la ama María, estoy segura de ello, siempre iba a verla, ignoro si ella correspondía a sus ardorosos sentimientos, sólo estoy segura de Alaric. Y tienes razón en decir que no podemos acusar a Isabella, Enrico es muy celoso y ellos tienen su dolor ahora. Isabella será su cautiva pero dudo de que lo ame o que piense siquiera en amarlo luego de recibir esas cartas. Porque tú y yo conocemos a Enrico, es un demonio, aunque sea nuestro hermano y nosotras llevemos su sangre. ¿Qué mujer podría amar a un hombre tan malo?

—Eso no nos incumbe hermana, sólo ayudar a Enrico, él también lo haría por nosotras, siempre nos ha cuidado, no lo olvides.

—No menciones nada de lo que te dije, tal vez fue una venganza de un pretendiente rechazado y desairado y no ocurrirá nada más que eso. Las cartas. Separarles, generar malestar, discordia. Pero nada más que eso. Isabella jamás abandonará a Enrico, siempre estará encinta, y ella le teme a su esposo. Jamás podrá correr a los brazos de un caballero tan guapo. Eso no ocurrirá, y si algo le ocurre a Enrico la enviarán a un convento porque ahora es una Golfieri, y no permitirán que tenga otro esposo. Y D'Alessi debe saberlo y no creo que tenga sueños tan descabellados. Seguramente querría tener a la doncella en su lecho y disfrutar sus favores, cómo no pudo tenerlos...

Cuándo la joven abandonó la villa de su hermana se sintió indecisa y apesadumbrada.

Debía hablar con Enrico, advertirle, tenía un mal presentimiento con ese asunto.

No se atrevió a hablar con su esposo del asunto, solía ser muy reservada cuándo se trataba de su familia, su padre se lo había inculcado desde pequeña y se lo había recordado antes de entregarla a matrimonio a Visconti.

—No digas nada a tu esposo de nuestros problemas, y si te hace preguntas sólo di que no sabes y que los hombres de la familia jamás comentan los asuntos importantes contigo.

Su padre era un hombre cauto y sólo confiaba en los miembros de su familia, en nadie más.

María aprendió a guardar sus secretos, sólo que en esta ocasión habría necesitado la opinión de su esposo sobre ese asunto pues se sentía incapaz de tomar una decisión. ¿Debía mencionar al caballero D'Alessi? Le agradaba ese hombre, no creía que fuera malvado ¿y si acaso amaba a Isabella sin esperanzas? Tal vez sólo fueron unas cartas, no haría nada más... No se atrevería, no sería tan tonto de enfrentarse abiertamente a su hermano.

Enrico fue a verla al día siguiente, ansioso de saber las novedades.

María estaba indecisa.

—No fueron las Manfredi, hermano.

—¿Ninguna de ellas?

—No. Ninguna y por cierto que eran todas muy feas.

Enrico sonrió.

—Feas cómo demonios, yo creo que Isabella debió ser hija de otro hombre, adoptada... Seguramente la dejaron en un canasto frente al castillo viejo.

María rio.

—Es verdad... No se parece a ellas, de lo contrario no te habrías casado ¿verdad?

—Bueno, si el duque me hubiera obligado a desposar a una de esas hermanas, pues yo la habría matado la noche de bodas antes que tener que desvirgar a semejante monstruo.

—¡Qué malo eres, Enrico!—María rio tentada.

—Bueno, hemos sabido algo importante. No fueron los Manfredi.

Mientras charlaban María pensó que debía decirle la verdad pero no tuvo coraje, no quería que matara a ese caballero, tal vez fuera inocente, no tenían pruebas concretas en su contra.

SEXTA PARTE

CAUTIVA

Enrico regresó con sus parientes días después, nervioso y desconcertado con todo ese asunto. Las palabras de su hermana, sus sospechas eran una espina en su corazón. Un enamorado secreto, un enemigo suyo que codiciaba a su esposa, no podía soportarlo. Le torcería el pescuezo al malnacido, sólo debía descubrir quién era.

¿Lo sabría su esposa, tendría alguna sospecha? Lo creía improbable pero también podía preguntarles a su madre y a los criados.

Al entrar en la fortaleza la buscó con ansiedad, la había echado de menos, no podía dejar de pensar en ella esos días.

No estaba en el vergel, ni en la sala, supuso que estaba en sus aposentos.

Su madre apareció entonces y lo miró con extrañeza.

—Enrico, ¿tú aquí? ¿Por qué dijiste a Isabella que fuera a esperarte a los jardines? ¿No está ella contigo?

—¿Qué dices madre? Acabo de llegar, ¿dónde está mi esposa?

Su madre palideció.

—Isabella dijo que iría a buscarte, que la enviabas buscar.

—Yo no hice eso madre, ¿qué criado le dijo eso?

Ninguno sabía nada del asunto, su madre vio correr a Isabella con mucho entusiasmo hacia los jardines del ala norte hacía unas horas, y dijo que iba a reunirse con su esposo, que un criado le había avisado de su regreso.

Una trampa.

La doncella cautiva había desaparecido, un misterioso criado anunció su llegada antes de tiempo y la joven no estaba en el castillo ni en los alrededores.

Enrico ardía de rabia e indignación. Sus caballeros no habían cuidado a su esposa maldición, la vieron en los jardines pero no pensaron que ocurriera nada extraño.

Todos se dividieron para buscarla siguiendo pistas, no pudo ir muy lejos.

La hicieron salir con engaños, primero con esas cartas, y luego haciéndole creer que él había llegado y confiada había abandonado la fortaleza.

—Debieron escoltarla.

—Ella dijo que iba a reunirse con usted, que un mensajero había anunciado su regreso—respondieron los guardias.

¡Inútiles, imbéciles!

Su padre sabía lo que significaba.

—La han raptado hijo, pedirán un rescate o simplemente la usarán para vengarse de ti Enrico. Esos Manfredi tenían parientes y amigos, ellos debieron hacerlo, esas cartas venenosas y esto…

—Pues cortaré el pescuezo de su raptor padre, o dejaré de llamarme Enrico Golfieri.

—Todo fue planeado Enrico, alejarte del castillo siguiendo una pista que no llevaba a ningún lado, no hemos hecho más que perder el tiempo. Esto es una cruel venganza hijo, no tengas dudas de ello. Pero no temas, la buscaremos y haremos justicia.

—No pudo ir muy lejos padre, mataré a ese malnacido, lo haré…

****

Isabella despertó sin saber dónde estaba, horas había cabalgado envuelta en una manta, con la boca atada para que no gritara, atada de manos a su raptor quien había conducido su caballo cómo endemoniado durante horas.

Había sido una tonta al ir a los jardines, Enrico no la esperaba sino un grupo de bandidos que la atraparon y amarraron cómo a una oveja, y la habían llevado a una oscura celda.

La luz del día la había despertado, y se encontró tendida en un camastro cubierta por mantas y con una bandeja de alimentos deliciosos en un rincón. Tenía hambre, su bebé, esas cuerdas…

Lloró al pensar en Enrico y en esa horrible venganza. La habían raptado para castigar a su esposo o la familia entera.

Comió porque tenía hambre y debía alimentar a su hijo.

Una criada apareció con agua caliente y una tina, y otra trajo vestidos nuevos y cepillos para peinarla.

Isabella aceptó que la ayudaran a bañarse y las dos criadas la miraban con fascinación. Era realmente hermosa.

—No tema señora, nada malo le ocurrirá, nuestro señor es un caballero muy gentil—dijeron cuándo Isabella las interrogó.

No dejaban de sorprenderla esos cuidados y esas ropas nuevas, vestidos color escarlata con ribetes de oro en el escote y un gran cepillo para peinar su cabello dorado y reluciente.

—¿Dónde estoy? ¿Por qué me trajeron aquí?

Ellas se miraron sin responder. Isabella se angustió al quedarse nuevamente sola en esa celda, prisionera de su raptor.

Se acercó a la tronera pero sólo vio unos jardines espesos y muchos guardias.

Esto no puede estar pasando, no debió ocurrir, Enrico, ayúdame…

Habían viajado durante horas, pero no podían estar muy lejos, sólo que tal vez nunca la encontrarían.

La joven tuvo la sensación de que pasaban muchas horas y para calmar su angustia rezó y se durmió pensando en su esposo, en sus niños… Temía no volver a verles. El señor no podía abandonarla en esa celda. No podía hacerlo.

A la mañana siguiente despertó inquieta, había soñado con su madre que la veía llegar al castillo pero era un sueño triste, que la había angustiado.

Otro día más de cautiverio. Pero no estaba sola en la habitación, una criada la observaba a la distancia sosteniendo una bandeja con alimentos frescos.

Isabella se levantó y rezó, luego comió algo pero no tenía hambre, cada hora que pasaba la ponía triste y no dejaba de pensar en los planes de su raptor, vestirla con ricos vestidos y alimentarla sólo podía significar algo y lo sabía.

Pero él no había aparecido ante ella, no era necesario, imaginaba quién era.

Y cuándo escuchó sus pasos y sintió su presencia se estremeció y su corazón palpitó con fuerza.

—Isabella Manfredi—dijo Alaric entrando en la habitación.

No había cambiado, su voz, sus ropas, pero la expresión de sus ojos era distinta. No la miraba con simple embeleso, la miraba con fijeza, con una mirada que no pudo descifrar.

—Caballero D'Alessi, usted fue capaz…

Él se acercó despacio y luego permaneció a una prudente distancia al notar que su bella cautiva estaba asustada y le temía.

—No tema bella dama, no le haré daño—dijo y recorrió su vestido con deseo.

Estaba a su merced, pero no la tomaría cómo debió hacerlo ese malnacido Golfieri, la seduciría, la empujaría a sus brazos, con su amor…

—Usted era amigo de mi esposo y leal a su casa, no puede hacer esto caballero. Enrico lo matará. Escuche, no sé qué venganza planea usted pero está a tiempo de arrepentirse yo no diré nada, se lo prometo. Puede confiar en mí.

Él sonrió.

—Sé que es así, y sé la razón de su silencio. Usted jamás le dijo a su esposo que la había besado e importunado con mis atenciones, otra dama lo hubiera hecho. ¿Cree que llegué tan lejos para devolverla con ese demonio?

—Es mi esposo signore D'Alessi y nunca le conté nada porque Enrico lo habría matado signore, es un hombre muy celoso.

—No me matará, no tema. Un día le dije que la rescataría de su prisión y he cumplido mi promesa. Lamento haber tenido que raptarla para liberarla de su cautiverio Isabella. Tendrá todo lo que desee y tal vez un día pueda convertirla en mi esposa.

Su proximidad la inquietó.

—¿Usted hizo esto por esa promesa o para vengarse de la familia Golfieri, conde D'Alessi?

—En realidad siempre hemos tenido una amistad estratégica donna Isabella. Y usted sabe por qué la traje a mi castillo y me pregunto por qué quiere usted regresar con el asesino de su padre. ¿Todavía lo ama? Creí que era su raptor y le temía y sin embargo usted me rechazó jurando que lo amaba. ¿Puede usted amar ahora a un asesino tan despiadado? Él y su familia destruyeron su casa y provocaron el suicidio de su madre. ¿Cómo puede vivir con ese hombre y compartir su lecho?

La joven lloró lentamente.

—Estoy encinta signore D'Alessi, no puede retenerme por favor, no lo haga, morirá, nunca seré su esposa ni abandonaré a Enrico, soy su esposa.

—Su cautiva, su prisionera… Cautiva de la familia que destruyó a la suya con singular crueldad. Un asesino cruel y despiadado con muchas muertes en su haber, eso es Enrico Golfieri, igual a su padre y hermanos. Él quiso que hiciera su trabajo, me invitó a realizar la venganza pero la idea me repugnó y le dije que no debía hacerlo. Jamás le habría hecho daño a una dama, no soy un vándalo. Y no tema, no le haré ningún daño, no soy un Golfieri— dijo.

—Eso no es verdad, usted no podrá cumplir sus promesas caballero, no resistirá la tentación y sólo me arrastrará al pecado y a la desesperanza, a la tristeza que provocan la culpa por las malas acciones. Nunca debió raptarme, él me encontrará signore, jamás he podido esconderme en su casa ni en ningún lugar,

Enrico siempre me encontraba. MI cuñada Angélica mencionará su nombre, ella siempre sospechó y un día…

—No tema Isabella, nadie sabrá que he sido yo.

—Mis hijos signore, mis niños, se quedarán sin madre, ¿es que no piensa más que en sí mismo? Usted dice que no es un Golfieri pero actúa cómo ellos movido por un impulso amoroso, sabiendo que es una locura y que no tiene chance de ganar o escapar a la venganza.

—O tal vez sea yo quien tome venganza esta vez señora.

Ella se apartó y él luchó contra el deseo intenso de atraparla entre sus brazos y besarla, sentir su calor, su perfume delicado…Tanto había esperado ese momento pero no la tomaría cómo un salvaje, no lo haría. Aguardaría el momento para disfrutar la conquista, y la posesión final de la dama de sus pensamientos. Porque había jurado hacerla suya y nada podría detenerlo.

****

Día tras día iba a visitarla y conversaba con ella y notaba su pena y angustia y también el temblor de sus labios, sus manos y comprendió que su presencia la turbaba y asustaba.

¿Temía que le hiciera daño? ¿O temía seguir los impulsos de su corazón? Porque ella lo amaba, o había tenido debilidad por él, por eso no lo delató. Habría sido lo único que habría impedido ese rapto pero afortunadamente para él no lo había hecho.

Su vientre crecía y había empezado a notarse, se lo dijo la criada encargada de atenderla. Y eso debía angustiarla, estaba siempre nerviosa, atenta a sus movimientos por eso procuraba permanecer a una prudente distancia.

Esperaba que con el tiempo pudiera recuperar su serenidad y lograr su seducción, el fruto a su espera y a ese amor tan intenso que sentía en su pecho.

Pero Isabella no pensaba entregarse a sus brazos y luchaba día a día con sus tristes pensamientos y su decisión de no rendirse.

Enrico iría a rescatarla, lo sabía y entonces mataría a su raptor, no tendría piedad de él.

Pensaba mucho en Enrico no cómo Alaric creía que lo hacía, odiándolo, reprochándole la ruina de su casa. Su vida estaba ligada a la suya, había sido por voluntad del Señor y sin embargo su amor no había impedido que cumpliera su triste misión: aniquilar a sus antiguos enemigos.

En el castillo negro reinaba el caos, la rabia, indignación cuándo llegó Angélica escoltada por sus sirvientes.

Su madre fue a recibirla y la abrazó contándole la pena de su hijo.

—Han raptado a Isabella, hija, se la han llevado y no hemos podido encontrarla.

La joven lo sabía, por esa razón estaba allí, su hermana María le había rogado que fuera a visitar a su hermano y le dijera toda la verdad.

Al verla, Enrico la miró con sorpresa y observó su rostro.

—¿Has venido a celebrar que me robaron a mi esposa hermanita?
—dijo de mal talante.

Hacía días que nadie podía hablarle, tenía un humor de los mil diablos.

—Lo lamento Enrico, y no he venido a burlarme. Hace tiempo quise advertirte pero tú no me escuchaste.

Esas palabras despertaron al joven.

—¿Qué has dicho Angélica?

—¿Me escucharás ahora? Esto ha llegado demasiado lejos y tengo sospechas, he visto cosas en este castillo y mamá lo sabe. Tal vez me equivoque pero creo que a tu esposa la raptó un ardiente enamorado, y que ese hombre fue quien vertió veneno en tu copa. Aunque dijeran que habían sido los Manfredi, yo lo vi cerca de su silla esa noche. Mamá no me creyó, tú me odiabas a causa de mis peleas con Isabella y el enemigo siguió con sus planes de robártela.

—¿De quién hablas maldición? ¿Quién se llevó a Isabella? ¿Cómo has podido callar todo este tiempo?

—Tú no me creíste, ni siquiera me escuchaste.

—Habla ahora y podré saber si realmente sabes algo de este asunto.

—Fue Alaric D'Alessi hermano, sospecho que fue él, no dejaba de acercarse a tu esposa con cualquier excusa y mirarla con embeleso. Él la rescató el día que dio a luz de sus aposentos cuándo tú la dejaste encerrada por descuido. Vino a este castillo a pedir mi mano pero no pudo hacerlo, la vio a ella, la hermosa doncella de cabellos dorados y nunca más pensó en tomar esposa.

Enrico palideció.

—No puede ser Angélica, era amigo de nuestra casa, nos ayudó a matar a Giulio Manfredi y ha ayudado a buscarla estos días y puso a nuestra disposición una buena cantidad de caballeros de su casa—dijo.

—¿No me crees? Bueno, me lo esperaba. ¿Crees que hablo por despecho o celos? Aprende a escuchar a las mujeres de tu casa Enrico, no somos unas tontas, vemos cosas que ustedes ignoran.

Enrico comenzó a dudar, la casa D'Alessi siempre había sido amiga suya, y ese joven un amigo leal. No había querido participar del rapto de Isabella y quiso persuadirle de que atrapara a la hija de su peor enemigo para llevar a cabo una venganza porque los D'Alessi no eran cómo los Golfieri.

—Él siempre estaba cerca y creo que no venía a ayudarte a ti sino a ver a tu esposa y una criada que me acompaña puede dar testimonio de algo que vio en los jardines una vez. Clara, ven aquí.

La joven criada de semblante temeroso se presentó y dijo temblando la escena que había visto en los jardines.

Enrico tuvo deseos de matar a esa criada pero se controló. Su rostro quedó lívido.

—¿Y por qué diablos no dijo nada? ¿Le falta el respeto a mi esposa, la besa en mi propio castillo y ustedes que eran mis leales sirvientes lo callan? Debería darles una paliza a todos ellos por callar, estoy rodeado de traidores.

Clara lo miró aterrada incapaz de defenderse y fue Angélica quien habló por ella.

—Un servidor de Alaric la vio husmeando y la amenazó con matarla si decía algo Enrico, y ella sólo tuvo valor de contármelo cuándo vino conmigo a Ferrara.

—¿Juras que dices la verdad muchacha?

La joven asintió aterrada.

Enrico miró a su hermana y comprendió que la desunión de su familia, las tontas rencillas habían provocado que su enemigo avanzara en las sombras y llevara a cabo su vil acción de raptar a su esposa. Y en vez de descargar su ira contra lo primero que tuviera delante se detuvo a pensar.

—Alaric tiene su castillo a pocas millas de aquí, me cuesta creer que fuera tan necio de llevarla y esconderla, y que luego enviara a sus caballeros y participara de la búsqueda.

—Es un hombre extraño Enrico, no es cómo nosotros, he oído decir que tiene sangre francesa y debió estar loco para atreverse a hacer esto, pero no olvides que intentó matarte, pudo ser él, no lo vi hacerlo pero si te mataba entonces todo habría sido más sencillo. Tal vez lo intente de nuevo, procura ser cuidadoso, tu muerte sería muy ventajosa para él en estos momentos.

El joven guerrero no podía creer esa traición, ¿su viejo amigo y leal aliado robándole a su esposa, besándola en los jardines de su castillo?

De pronto recordó algo, siempre observaba a su esposa y sabía que otros la miraban y eso lo enfurecía de celos. En una ocasión los vio conversando y ella parecía incómoda.

Isabella había guardado silencio, debió acusar a ese felón, contarle a su esposo la verdad. No lo había hecho y eso le resultaba desconcertante.

—No temas hermana, no le será tan sencillo quitarme de en medio. Dime algo, ¿alguna vez hablaste con Isabella sobre Alaric?

—Ella temía que tú lo supieras, temía que lo mataras por celos, me rogó que no dijera nada una vez durante la fiesta de cumpleaños de nuestro padre. Estaba tan asustada que huyó y se refugió en tus brazos, ¿lo recuerdas?

Enrico asintió.

—¿Crees que ella correspondiera a su admiración?

Angélica pensó antes de responderle.

—Hermano, Isabella jamás se habría atrevido a serte infiel, siempre te ha temido y lo sabes. Pero el caballero Alaric es muy guapo y seductor, pudo confundirla y tal vez intentó conquistar su corazón a tus espaldas.

—En realidad no importa, me encargaré de ese traidor y agradezco que vinieras a enmendar tu silencio hermana, debo recuperar a mi cautiva, es mía y nadie tiene el derecho de robármela.

Enrico estaba loco de celos y furioso al pensar que Isabella pudiera amar a otro hombre y ese dolor rompía su corazón. Mataría a ese desalmado y luego encerraría a su esposa en una torre hasta que confesara su culpa en todo ese asunto. Tal vez lo habían planeado todo a sus espaldas. Besos en los jardines: charlas a escondidas, y su silencio que la condenaba.

Pero no la enviaría a un convento, regresaría a su castillo y seguiría siendo su esposa, cautiva en la torre secreta por el resto de sus días.

Habló con su madre y la interrogó sobre Alaric y su esposa.

—Enrico, no puedes juzgarla por las palabras de tu hermana, sabes que nunca ha sentido simpatía por Isabella. Y en cuanto a

Alaric, nunca presencié un comportamiento osado de ese caballero ni de ella… Sólo que… Tuve la sensación de que le temía y rehuía su presencia. No la juzgues con tanta prisa sin escuchar su verdad, es una joven buena y honesta, no es una coqueta Enrico. No puedes pensar eso de tu esposa, Angélica no debió acusar así sin pruebas, y me cuesta creer que Alaric… Vino aquí, trajo a sus hombres…

—No pidieron rescate madre, ni avisaron… Tienen a mi esposa por una razón y tú ya la sabes. Y tal vez sea el mismo autor de esas cartas quien lo hizo.

—Isabella es inocente Enrico, ella recibió las cartas, no las escribió. ¿Y si era culpable por qué raptarla? Yo estuve aquí con ella, Isabella estaba deseando que llegaras se sentía algo nerviosa.

—¿Y por qué estaba inquieta?

—Su madre Enrico, soñaba todos los días con ella y en sueños le pedía que hiciera una peregrinación a Roma. Sabes cuán afectada quedó con la tragedia de su familia, y sin embargo nunca escapó.

Enrico se alejó de su madre y se reunió con sus parientes para hablar en secreto ese asunto, nadie debía enterarse, tenía la sensación de que había espías en todos lados. Criados que callaban y en los que no podía uno fiarse.

Su padre estaba furioso y sus hermanos también. Ninguno se atrevió a defender a Alaric ni a dudar de su culpabilidad.

Armaron una comitiva y fueron a su castillo con mucha calma.

Enrico pensó que iba a matar a ese hombre y clavar su cabeza en lo alto de la muralla del castillo negro cuándo lo atrapara.

Pero su enemigo era poderoso y tenía numerosos espías que le avisaron de la visita de Angélica y la furia de su hermano.

—Vendrán a buscarle signore, y lo matarán y encontrarán a la dama escondida.

Alaric mantuvo su fría calma.

—No la encontrarán amigo mío, Isabella no está aquí.

Y cuándo Enrico entró en su fortaleza seguido de sus rudos parientes exigió ver al conde D'Alessi de inmediato.

Este apareció, serio, imperturbable acompañado del hermano del duque quien presenció las acusaciones del bravo Golfieri.

—Tú me robaste a mi esposa malnacido, devuélvela antes de que te corte en pedazos, si lo haces perdonaré tu vida pero si la escondes…

—Yo no robé a tu esposa Enrico, siempre he sido leal a tu casa deberías ser más cuidadoso al hacer acusaciones. ¿Acaso tienes pruebas de lo que dices? Yo que tú buscaría en tu propio clan, tus primos no dejan de codiciar a tu bella esposa, o tal vez tu hermano Fulco… Todos quieren tu lugar y una bella dama cómo premio. Uno de ellos quiso matarte Enrico, pregúntale a tu primo Galeazzo si no espiaba a tu esposa cuándo paseaba por los jardines en cada ocasión.

Enrico lo golpeó y Alaric se defendió y descargó su odio en ese malnacido largo tiempo contenido.

Lorenzo quedó muy disgustado por las palabras de Alaric, sus hijos y sobrinos se miraron avergonzados de semejante infamia.

El hermano del duque quiso detenerles y dijo que los enviaría a las mazmorras si no se calmaban.

—Busquen a donna Isabella, les ruego que lo hagan, no la encontrarán pero alguien les dijo lo contrario sin ninguna prueba. Entrad y revisad cada rincón de mi castillo—exclamó el conde D'Alessi con gesto airado.

Los Golfieri se dividieron en grupo y junto a sus caballeros registraron cada palmo del castillo.

Enrico era el único capaz de encontrarla y siguió un camino distinto a sus familiares. Alguien le había avisado a ese felón y por eso llevó al hermano del duque, porque sabía que lo matarían sin piedad.

Pero encontraría a su esposa, maldición, lo haría. Sólo debía dejarse llevar por su intuición…

Horas después debió rendirse y exhausto comprendió que Isabella no estaba en ese castillo. Pero estaba seguro de la culpabilidad de Alaric y así se lo dijo a su padre.

—¿Y dónde crees que la llevó?

—Tiene otras villas en Milán y en Toscana, padre. Iremos a Toscana, debió llevarla muy lejos.

******

Isabella supo que la llevaban a otro castillo y se estremeció. No hacía más que rogarle al caballero que la dejara ir, que Enrico lo mataría, que él la encontraría pero él no la escuchó. No iba a dejarla ir y se lo dijo con mucha calma.

La joven tembló al comprender que estaba en un lugar lejano y extraño y que Enrico jamás la encontraría. Y durante los días que no vio a Alaric se preguntó si Enrico no lo habría matado.

No tardarían en saber la verdad, Enrico descubriría que había sido él quien la raptó y entonces…

Pensó en sus niños solos en el castillo, con sus niñeras preguntando por su madre. Vanozza los cuidaría. Y Enrico estaría furioso y desesperado buscándola, sufriendo cómo ella esa separación. Oh, lo extrañaba. Era un malvado, un Golfieri pero ella lo amaba, siempre lo amaría y llevaba un hijo suyo en su vientre. No podía correr ni escapar, no podía siquiera intentarlo y ese caballero no la dejaría ir porque él también la amaba con la misma intensidad que su esposo, con la misma vehemencia y lo más triste era que ella temía sucumbir a la suavidad de su voz y sus modales de caballero, y esas miradas.

La última noche en el castillo la había besado y todavía la perturbaba ese recuerdo.

—Debo llevarte de aquí bella dama, pero no temas, estarás segura.

Y siguiendo un impulso, luego de mirarla con intensidad la había besado. Ella se resistió pero el asalto la había tomado por sorpresa y sus sentimientos eran confusos.

Aún en esos momentos sentía cómo se erizaba su piel por sus besos y caricias.

Rezó para apartar esos pensamientos, no podía tenerlos, era la esposa de Enrico y siempre lo sería, sólo la muerte podría separarles y lo sabía y rezaba para que nada malo le ocurriera a su esposo.

Tampoco quería que mataran a Alaric, por eso no quiso delatarle y porque se sentía culpable por haberse sentido enamorada al comienzo, cuándo nadie la amaba en el castillo negro. Una dulce y peligrosa tentación, eso había sido el conde D'Alessi.

Nunca esperó que cumpliera su promesa de llevarla del castillo negro, ella le había rogado que la dejara en paz, que amaba a su marido y eso debió herirlo y por eso había tramado esa venganza. Sabía que Alaric planeaba seducirla, no al forzaría pero no la dejaría en paz y ella al verse sola y desamparada, a su merced: sucumbiría a su hechizo… Pero no podía entregarse a él, Enrico nunca se lo perdonaría. Era una dama honesta, debía vencer las tentaciones, ignorar a Alaric y rezar para que su esposo la rescatara muy pronto. Él debía encontrarla, él siempre sabía dónde estaba…

*****

Enrico regresó al castillo negro y se preparó para viajar a Toscana, pero había dejado espías suyos en la fortaleza de Alaric.

—Alguien debió avisarle padre, hay espías en nuestra tierra y debemos encontrarlos. Nadie debe saber que marcharemos a Toscana.

—Hijo mío, nuestros aliados escasean y nuestros amigos más leales nos traicionan a causa de una mujer. Desconozco a ese cretino, y sólo puedo pensar que no tiene la sangre de su padre sino que es un completo imbécil. Acusar así a nuestros parientes, a tus hermanos, quiere hundir nuestra confianza y que nos matemos entre nosotros. No creas una palabra de lo que dijo, ese caballero es peor que una harpía.

Enrico se había sentido molesto por las desagradables insinuaciones de D'Alessi, conocía bien a sus primos, y sabía que ninguno de ellos sería capaz de acercarse a su esposa cómo D'Alessi lo había hecho. Él tenía a Isabella y antes de marcharse le había hecho una advertencia:

—Mi esposa está encinta, si algo le ocurre, si llegáis a tocarla juro que te mataré D'Alessi.

Y su padre le había dicho luego:

—No podemos matarle, no hasta saber dónde ocultó a tu esposa Enrico.

Al llegar al castillo su madre corrió a recibirles esperanzada.

—La tiene él madre, pero no está en su castillo, debió esconderla en la Toscana.

—Acusadle con el duque.

—No tenemos pruebas y ese malnacido lo negará hasta el final madre.

—¿Y no encontraron rastro de Isabella en el castillo?

Su hijo la miró con fijeza.

—Ella estuvo allí madre, lo sentí en una de las habitaciones, su perfume... Hubiera matado a ese malnacido madre, pero estaba el duque y ahora tampoco puedo hacer justicia hasta encontrar a Isabella.

—¿Entonces fue él? ¿Robó a tu esposa? ¿Pero por qué lo hizo?

—Madre, ¿eres tonta o qué? ¿Para qué la rapté yo la primera vez?

Vanozza se sonrojó incómoda. Ella nunca había sabido de ese asunto ni habría aprobado ese rapto jamás.

—Pero es demasiado gentil para forzarla, lo conozco, es un cobarde malnacido, tan delicado con las damas... Y sólo conseguirá que le corte el cuello y es lo que haré en cuanto pueda madre.

Enrico no se sentía tan confiado, la rabia lo consumía, todo ese tiempo su enemigo había trabajo cómo una araña, en las sombras tejiendo sus intrigas a sus espaldas, conquistando a su esposa con gentilezas, robándole besos en los jardines…

Pero si ella cedía a su seducción, si ese hombre la tocaba ¡lo mataría!

*****

Una semana después Alaric entró en su habitación y ella lo miró alerta y deslumbrada. Estaba tan guapo con las ropas de su casa y pensó: Enrico lo matará, no debo mirarle, no debo sentir la tentación de sus besos…

Él contempló a su cautiva con embeleso mientras la observaba con detenimiento.

—¿Se siente bien, bella dama?—quiso saber.

Ella asintió despacio.

—¿Por qué me trajo aquí en mitad de la noche caballero? ¿Piensa esconderme y mantenerme cautiva el resto de mi vida?

—Sólo el tiempo necesario. Imagino que su esposo se rendirá, los Golfieri no pueden descuidar sus intrigas mucho tiempo ¿sabe? Tienen muchos enemigos que aprovecharán esta distracción para atacarles.

Mientras hablaba se acercó y tocó su cintura y ella dio un paso atrás asustada.

—No tema, no le haré daño bella dama, sólo quería saber… Usted dijo estar encinta, ¿cuándo nacerá su hijo?

—En primavera signore. Por favor, le doy mi palabra que no diré nada…

—No la dejaré ir, olvídelo, no podrá convencerme bella dama. La traje para que sea mi amada, pero soy un hombre paciente, esperé mucho tiempo por este momento y no me importa esperar un poco más.

—Mi esposo me encontrará y si se entera que fue usted quien me raptó no tendrá piedad signore, entiéndalo, y si usted me arrastra al pecado con sus malas artes yo no podré vivir con la culpa de haber deshonrado al hombre que amaba.

Esas palabras eran una cruel provocación y se acercó a ella despacio.

—¿Usted ama a Enrico Golfieri?

Isabella asintió en silencio y él supo que no mentía.

—¿Y si nunca vuelve a verlo seguiría amándolo bella dama?

—Eso no es verdad signore, él vendrá a buscarme, nunca se rendirá, porque me ama mucho más.

—Nunca la encontrará Isabella, tengo mis informantes ¿sabe? Todo este tiempo me han contado sus cuitas y riñas. Usted no puede perdonar al asesino de su familia, no lo ama pero le teme, teme que la castigue por no amarlo cómo antes. Él no puede hacerle daño ahora, no puede tomarla contra su voluntad cómo hacía antes… Ese niño que lleva en su vientre no fue deseado.

—¡Oh, cállese! No tenía derecho a espiarme es usted un malvado Alaric, era amigo de mi esposo y su familia. Lamento no haberle dicho a mi esposo que me importunaba con sus atenciones, pero temí que lo matara.

—Temía que descubriera que fueron mis besos lo que la despertaron al amor donna Isabella. Podría besarla ahora hasta que dejara de resistirse y conseguiría mis propósitos, usted cedería a ellos.

—Jamás cederé a sus deseos signore.

—Sí lo hará, sólo necesita tiempo y desprenderse del fantasma de su malvado raptor. Cuándo comprenda que me ama y sólo desea ser mi dama para siempre. Jamás la dejaré ir, no importa cuánto me ruegue bella dama o cuanto se resista a mis brazos…

Ella iba a echarse a llorar pero algo la intrigaba.

—¿Usted no teme morir signore? ¿No teme a los Golfieri?

Él la miró con fijeza.

—No, no les temo es verdad, conozco muchos secretos suyos, no olvide que fuimos muy buenos amigos y aliados. Y también sé que ahora tienen más enemigos que antes, se vuelven poderosos y eso no agrada mucho a las casas más cercanas al duque. Odiados y temidos, pero nunca serán respetados.

Cuándo la habitación quedó vacía Isabella lloró, extrañaba a Enrico, a sus niños, se sentía tan sola y tan asustada. Empezaba a temer que nunca la encontraran, que muriera sola en esa celda luego de tener a su bebé. Su vientre crecía y también su tristeza, no quería una vida cautiva junto a ese caballero, no era su esposo, nunca lo sería y la llenaría de bastardos cuándo se cansara de esperar la tomaría por la fuerza, o tal vez la doblegaría con amenazas.

La joven se durmió y soñó con Enrico, lo veía entrando en el castillo, buscándola por todas partes y de pronto alguien se lanzaba sobre él y lo atravesaba con su espada: Alaric.

Despertó gritando y una criada entró corriendo a la celda y luego lo hizo Alaric alertado al oír sus gritos.

—Calma querida, no hay nadie en la habitación—dijo.

Luego quiso saber qué había soñado pero ella se negó a decirle.

Estaban a solas y tenía un vestido ligero que marcaba su abundante pecho y también ese bebé y sin poder evitarlo se acercó y la tomó entre sus brazos besándola con desesperación, movido por un deseo tan intenso que resultaba doloroso. Oh, cuánto resistiría sin tomar su cuerpo y disfrutar su calor y suavidad… Isabella lo empujó furiosa y corrió y abandonó la celda sin saber por dónde iba.

—Isabella, ven aquí—gritó Alaric.

Ella pensó que debía intentarlo, esconderse… No la tomaría, no se entregaría a él…

Alaric la encontró cuándo entraba en una habitación y la dejó que se escondiera, le dio tiempo para hacerlo. Era cómo el juego del escondite, sonrió pensando que se divertiría un rato.

Esperó un rato y se acercó sigiloso. Sabía que estaba allí, en algún rincón y debía tener el talento de su esposo para encontrarla.

Aguzó su oído y percibió un sonido leve. Fue sencillo encontrarla, no necesitaba ser Enrico Golfieri.

Tomó un cirio encendido e iluminó la habitación y allí la vio, acurrucada llorando, asustada.

—No temas Isabella, no te haré daño, sólo fue un beso. No serás mía hasta que desees serlo… —dijo acariciando su rostro.

Tan joven y tan hermosa, había sido una locura raptarla pero sabía que al final tendría su premio.

Lentamente la llevó a su celda y le advirtió que no volviera a esconderse, que podía ser peligroso en su estado.

*****

Enrico llegó a Toscana días después, y buscó la guarida escondida de su enemigo. Un castillo ruinoso y gris lo desanimó y pensó: no puede estar aquí, es un lugar espantoso, una trampa, una pista falsa…

Fulco se acercó y el resto aguardó impaciente sus órdenes.

—¿Creéis que ese tonto habría traído a mi esposa a este lugar horrible?—preguntó entonces.

—Está abandonado, no hay nadie. Sólo ratas… D'Alessi no es tan próspero cómo parecen, ¿no creen?

Enrico no perdería tiempo en buscar en ese lugar sombrío y decidió registrar los otros castillos.

Semanas sin Isabella, sin poder encontrarla y su padre se impacientaba y enfurecía.

—Tal vez la haya matado para esconder su crimen hijo—dijo sombrío diez días después.

Estaban exhaustos y furiosos.

—No puedes pasarte la vida buscando a la cautiva, tú la atrapaste un día y cometiste la imprudencia de enamorarte de la Manfredi, pero ella nunca dejó de ser una de ellas. Tal vez no desee regresar contigo.

—Eso no es verdad, padre. Y seguiré buscándola, tengo un plan. Y no está muerta ¿entiendes? ¿Crees que habría arriesgado su cuello para matarla? Nunca le haría daño, conoces a ese traidor.

—O tal vez no lo conocemos en absoluto. Sólo finge ser piadoso con las damas, pero es un guerrero y un fiero contrincante. Querrá matarte hijo para quedarse con tu esposa, ¿no lo ves? Tu vida corre más peligro que antes y si decide matarte esperará paciente la ocasión. Tal vez fue él quien te envenenó. Habrías sencillo matarte y robarte a tu esposa. Debe sufrir locura amorosa, por eso es tan temerario y además tiene aliados poderosos y espías, no será tan sencillo darle su merecido.

—Maldición, debo recuperar a mi esposa padre y lo haré.

—¿Y si ella no quiere que la encuentres y se ha enamorado del gentil caballero D'Alessi?

Enrico palideció.

—Aun así es mi esposa y tiene un hijo mío en su vientre, regresará y no ofendas su honor, no está aquí para defenderse y ella siempre fue una buena esposa y lo sabes.

—Hijo, es una dama indefensa y está asustada, ¿crees que respetará su estado o que sea tu esposa? Es un hombre, aunque no tenga tu rudeza y fue para yacer a su lado que la raptó, debes aceptarlo.

—No la forzará, lo conozco, sólo esperará convencerla y eso no ocurrirá, ella sabe que la busco.

A pesar del tiempo y la desesperación que sentía a veces, Enrico nunca se rindió y siempre supo que la encontraría. Sólo que temía que pasara el tiempo y la encontrara encinta de ese rufián.

Afortunadamente ya estaba encinta, pues linda venganza sería tener que criar al bastardo de ese malnacido.

*****

El tiempo pasaba y Alaric pensó que era tiempo de invitarla a su mesa y permitir que diera un paseo por los jardines. Esperaba que no cometiera la tontería de escapar, por si acaso se lo advirtió.

Su estado avanzaba y sólo faltaban cuatro meses para la primavera.

Isabella dio un paseo por los jardines y la luz del sol tan intensa hizo que cerrara los ojos y se sintiera incapaz de abrirlos por un buen rato. Tanto tiempo encerrada que todo cuanto la rodeaba le pareció un paraíso. Una criada la acompañaba y guiaba sus pasos. La vista era magnifica, jardines hermosos, árboles y flores por doquier cómo en su antiguo hogar y de pronto se detuvo y lloró y gritó su nombre con todas sus fuerzas. ——¡Enrico, Enrico!—y su voz se escuchó a la distancia.

Y Alaric la oyó y se acercó furioso y la llevó de regreso a su celda tras ordenarle con voz fría que dejara de llorar.

—No me lleve de nuevo a la celda por favor, moriré en ese lugar, no puedo respirar bien—dijo ella.

Él se detuvo.

—Está bien, se quedará un momento pero si vuelve a gritar regresará a su celda.

Ella lloró angustiada pensando que la belleza que le había otorgado el señor era un castigo más que una bendición, de haber sido cómo las Manfredi estaría junto a sus hermanas en el convento y no habría padecido el horrible rapto de Enrico, ni estaría a merced de ese caballero que había perdido el juicio por su causa.

Pero ya no lo amaba, tal vez nunca lo había amado, sólo había sido una ilusión romántica: el amor era otra cosa y ella lo sabía. Sólo el amor pudo unirla al hijo de su peor enemigo, a ese joven malvado y cruel, que la había raptado y tomado cómo un vándalo, que había temido, odiado y amado sin poder evitarlo. Y su mayor sufrimiento era pensar que ese caballero tan gentil y guapo tramaba apartarla de su marido para siempre y sabía que sólo podría conseguirlo si lo mataba.

Alaric, ajeno a sus reflexiones la invitó a cenar esa tarde y la joven apareció con ricas ropas y el cabello dorado cubriendo su cuerpo cómo un manto de luz sin poder llevar su velo porque él no le permitía usarlo.

Sus ojos nerviosos observaron el rico salón y la mesa y miró a su alrededor nerviosa.

Sabía que tramaba algo, no había vivido encerrada en el castillo negro sin saber qué tanta amabilidad era sólo para conseguir fines perversos.

Y no se equivocaba porque luego de probar la sopa y el vino sintió su mirada llena de deseo en ella y se estremeció y no quiso probar un sólo bocado.

—Debe alimentarse bella dama, debe pensar en el hijo de su amado Enrico que lleva en su vientre. ¿Usted lo extraña no es así? Se muere por regresar a sus brazos. Pero yo no soy un

malvado ni la retendré cómo cree. Creí que usted correspondía a mi amor y lo mantenía reprimido, sofocado por temor a su esposo. Comprendo que sus sentimientos cambiaron.
Ella lo miró alerta.
—La dejaré ir, es lo que usted anhela ¿no es así? Lo haré, se lo prometo. Pero a cambio me dará una noche en mi lecho bella dama, sólo una noche y la dejaré ir.
Isabella se incorporó furiosa.
—Jamás signore, yo hablé con usted hace tiempo, mis sentimientos por usted no cambiaron sólo creo que se dejó llevar por la loca imaginación de los enamorados. En un momento quise huir a un convento, no a sus brazos. Y no haré trato con usted, ni me entregaré cómo una ramera a cambio de mi libertad.
—Siéntese Isabella por favor, no se altere.
—No me sentaré con usted.
—Sí lo hará, ¿o acaso prefiere quedarse encerrada en esa celda para siempre? Yo la devolveré al castillo negro mañana pero antes debe darme lo que pedí y lo hará voluntariamente. La criada irá a buscarla en unas horas.
—No jamás iré a su habitación ni me someteré a usted conde D'Alessi.
—¿Acaso no confía en mi palabra? El tiempo pasa donna Isabella y no tema, nadie sabrá lo que pasó entre nosotros.
—Escuche signore, si hubiera sido sensato no me habría raptado y retenido cómo lo hizo, usted no actúa con sensatez y no me engaña, seguirá escondiéndome hasta el final y una noche en mi compañía no lo hará cambiar de idea, querrá tenerme de nuevo y

conservarme aquí de rehén hasta que nazca mi hija, o hasta que muera. Y no me iré de este mundo con la pena de haber traicionado a mi esposo. He cometido pecados, usted me envolvió con sus maneras tan agradables, y sabía que estaba triste y no era feliz. Pensó que podía conquistar mis favores y seducirme, usted planeó mi ruina sin comprender que esta locura será su fin. No puede siquiera pensar con claridad, ha perdido el juicio y retenerme aquí sólo hará que lo odie, signore Alaric.

El conde la observó con fijeza.

—Usted no me odia, bella dama, es demasiado buena para odiar a nadie, ni siquiera puede odiar al rufián que la raptó y la convirtió en su esposa. Él quiso que lo ayudara los sabe ¿verdad? Planeó someterla y engendrarle un bastardo y devolverla a su casa. Y sin embargo usted lo ama. No puedo entender que ame a un hombre cómo ese, no lo creo en realidad. No me rechaza por su causa, me rechaza porque lo considera un pecado. De ser usted mi esposa no podría negarse a mis brazos y lo sabe.

—Pero usted no es mi esposo signore, y si le hace algo a mi esposo para conseguirlo jamás se lo perdonaré. No quiero que sea mi esposo, no quiero quedarme en este castillo, sólo quiero regresar con mis hijos, y mi esposo, mi familia, es lo único que me queda en este mundo y usted me apartó de ellos y lo odio.

Sus palabras fueron una provocación para el caballero quien se acercó a ella furioso y la atrapó entrando en su boca con un beso ardiente y apasionado. Isabella se resistió pero no pudo soltarse y se asustó al comprender sus intenciones.

El caballero la arrastró a su habitación y cerró la puerta con cerrojo.

Isabella lo empujó y corrió pero no pudo abrir la celda y lo miró aterrada.

Alaric encendió cirios con mucha calma mientras observaba divertido el terror de su bella cautiva.

—Tal vez si dejo de ser tan amable y tan tonto, si la tomo cómo hizo su esposo tantas veces usted aprenda a amarme—dijo sin mirarla.

—Si me toca lo mataré D'Alessi.—chilló su cautiva furiosa.

No era la tímida doncella que se sonrojaba con sus miradas, y sostenía algo en su mano para amenazarle y había en sus ojos una fiereza que le sorprendió.

—Tranquila doncella, no le haré daño, deje eso…—dijo Alaric acercándose a la joven despacio.

—No se acerque a mí signore, si lo hace le arrojaré esto y lo lamentará.

—Oh, la brava Manfredi, ya lo había dicho Enrico una vez, que usted lo había mordido cuándo intentó besarla. Usted traicionó a su casa, a su sangre al enamorarse de su enemigo doncella, y sus padres deben estar blasfemando desde su tumba locos de rabia al verla suspirar por Enrico.

—Al diablo con eso, ellos me abandonaron, querían enviarme a un convento, nunca les importé nada signore. Me dejaron a merced de los Golfieri, no les debo lealtad alguna. Y si se atreve a tomarme juro que lo mataré signore D'Alessi, no tendré piedad de usted.

La joven estaba furiosa pero por dentro temblaba y llamaba a Enrico para que la ayudara.

El caballero la observó con mucha calma y de pronto le arrebató y objeto y lo tiró al piso con la rapidez de un rayo y sostuvo sus manos para que no pudiera encontrar un objeto igualmente peligroso y en un ademán la arrastró a su cama y cayó sobre ella con inesperado apasionamiento.

—Tranquilícese doncella, no voy a lastimarla, se lo prometo. No llore, esta noche dormirá en mi cama y sentiré su piel y su perfume…—le susurró.

Isabella se encontró indefensa y atrapada en el peso de su cuerpo.

Él cubrió su boca con un beso y la joven no pudo evitar sus besos y caricias, estaba exhausta de tanto luchar, las fuerzas la abandonaban.

—Por favor signore. Por favor…—sollozó ella.

Alaric secó sus lágrimas y miró su rostro tan bello que tanto tiempo había cautivado su corazón.

—Tranquila hermosa, no te haré daño, lo prometo—dijo y la estrechó con fuerza sintiendo que se volvería loco si no la desnudaba esos momentos y le hacía el amor. Se había rendido, estaba exhausta, no lo detendría y lo sabía.

Pero no era así cómo había soñado ese momento, sólo disfrutaba de haberla atrapado y de sentirla cerca dominando su genio Manfredi.

—Por favor, déjeme ir, no puede usted tomarme, lo odiaré si lo hace y nunca se lo perdonaré signore—dijo ella mirándole con fiereza.

Él miró sus labios y su pecho agitado, no la dejaría ir esa noche, no lo haría, dormiría en su lecho. Y siguiendo un impulso besó sus labios y luego le dijo al oído: —No lo haré bella dama, no soy un bárbaro, pero se quedará aquí y dormirá a mi lado cómo si fuera mi amante.

Isabella quiso marcharse pero él la atrapó y la llevó de nuevo a la cama.

—No se irá, se quedará aquí y dormirá conmigo, obedézcame Manfredi o tal vez cambie de opinión, sabe que podría hacerlo, está usted demasiado débil para resistirse.

Ella sabía que tenía razón y se quedó dónde estaba: agitada y llorando.

—Cálmese bella dama, ¿qué ocurre?

—No puedo respirar, este cuarto no tiene aire—dijo ella.

Asustado Alaric abrió la puerta y fue en busca de agua fresca.

Ella aceptó una copa y lo miró nerviosa y asustada. Había creído que lo haría, que no se detendría y no quería quedarse en esa habitación y estar a su merced.

Y cómo si leyera sus pensamientos fue en busca de una copa de vino, el mejor de su cosecha y se lo dio mientras acariciaba su cabello con suavidad.

—Tranquilícese, usted siempre supo que no lo haría ¿verdad?

Isabella bebió el vino y lo miró.

—Déjeme ir por favor, yo diré que usted no me hizo daño y pediré clemencia, tiene mi palabra.

—Descanse bella dama, mañana hablaremos de ese asunto.

La joven se tendió exhausta y se durmió poco después sin tener tiempo siquiera de atormentarse con lo que pudo haber ocurrido.

*****

Despertó mareada y somnolienta sin saber dónde estaba, hasta que descubrió que se encontraba entre sus brazos y se estremeció al recordar.

Lo apartó despacio y huyó, debía abandonar esa habitación cuanto antes y también ese castillo, pero ¿a dónde iría?

La puerta estaba cerrada con llave porque luego de quitar los cerrojos no abría y se desesperó. No quería estar allí cuándo ese hombre despertara.

—Buenos días mi bella dama, ¿intenta usted abandonar la habitación?—dijo él.

Isabella lo miró asustada y permaneció inmóvil observando sus movimientos.

—Tranquila, no tema, no le haré daño, puede quedarse en mi habitación, es más cálida que la suya.

—No me quedaré aquí, signore—ella lo miró furiosa y asustada.

—Oh, sí lo hará señora Manfredi, me obedecerá y terminará aceptando que no tiene más salida ni refugio que mis brazos. Con el tiempo la doblegaré a usted y a ese genio vivo que aún conserva, su hijo nacerá y necesitará mi protección y ayuda…

Sus palabras la aterraron, no quería pensar que su hijo nacería en ese castillo, lejos de Enrico, sin la partera que conocía y ese médico que Enrico iba a llamar.

Pero todavía no la había vencido, resistiría hasta el fin.

—Nunca me entregaré a usted conde D'Alessi, no importa el tiempo que pase.

—No llore, piense en el niño de su amado esposo y en su futuro. Deje de enfrentarse conmigo porque eso no la ayudará, anoche pude tomarla y lo sabe, no lo hice por respeto a su estado, luego de que el bebé nazca nada me detendrá y será mejor que lo sepa. Y cómo no puedo tenerla cómo deseo deberá dormir a mi lado, entre mis brazos y así podré cuidarla hasta que su hijo nazca y sentir su deliciosa compañía. Se quedará aquí y si huye lo lamentará.

Isabella lloró al comprender sus planes y al saber por qué no la había tomado. Su vientre había crecido y tal vez naciera antes de tiempo. Estaba asustada, aterrada y tal vez Enrico nunca pudiera encontrarla y su vida fuera vivir con ese hombre, con su niño y con los que él le engendrara en el futuro sin tener derecho a ello.

—No llore mi bella dama, con el tiempo aprenderá a amarme, seré un buen esposo con usted, muy distinto al demonio Golfieri, se lo aseguro—dijo él acariciando su cabello con suavidad.

No, nunca iba a amarle, no lo haría y viviría triste el resto de su vida.

Sintió sus besos y caricias y se estremeció, no quería que la tocara, sabía que era peligroso que lo hiciera, pero estaba atrapada y dejó que la besara y tendiera en la cama despacio un momento antes de marcharse. Sintió que gemía y luchaba por hacerla suya, pero no se atrevió a hacerlo, no hasta que ella lo recibiera gustosa en sus brazos, sabía que no tardaría en sucumbir a sus besos…

Una criada entró más tarde a la celda con su desayuno, mientras que otra llegó después con el arcón repleto de sus vestidos.

Se dio un baño en la tina de madera con un frasquito de esencia de flores y se sumergió pensando que su situación era desesperada.

—Donna Isabella, su panza —dijo de pronto una criada.

Ella vio su vientre sin comprender.

—Ha crecido de golpe, ¿qué tiempo le falta para tener a su bebé?—insistió la joven.

—Tres meses o más, no lo sé…

—Nacerá antes, está muy grande.

—Tal vez sean dos—sugirió la otra criada.

La joven lloró pensando en su bebé.

—Quiero volver junto a mi esposo, por favor, ayúdenme, yo las compensaré y él también…—dijo mirando a una y a otra.

Las muchachas la ayudaron a secarse con una sábana y a vestirse sin decir palabra, hasta que una dijo.

—Lo lamento señora Isabella pero no podemos ayudarla, no somos más que simples criadas y de nada nos serviría su recompensa si nos cortan el pescuezo ¿sabe?

La joven dama se quitó uno de sus anillos que le diera su madre antes de ir a estudiar al convento y se lo dio.

—Mi esposo vendrá a buscarme y matará a todos quienes se crucen en su camino, no tendrá piedad, pero si me ayudáis y demostráis vuestra lealtad os compensará con generosidad. Entregad este anillo.

Las criadas se miraron aterradas pero huyeron poco después sin haber aceptado ayudarla.

Isabella supo que ningún criado de Alaric la ayudaría, y fue a rezar hincada frente a su cama para pedir ayuda y protección al Altísimo.

*****

Los sabuesos perseguían a su presa desde hacía meses sin poder encontrar dónde se escondía D'Alessi.

Enrico sabía que estaba cerca de su pista y un día recibió a un mensajero que decía saber dónde estaba la joven condesa Golfieri.

Ordenó que lo trajeran de inmediato.

Era un campesino de ropas raídas que trabajaba las tierras de Alaric en Toscana y que al parecer pasaba mucha hambre y esperaba recibir a cambio de su información trabajo en las tierras de su señoría y una choza dónde guarecerse con su familia.

Enrico lo observó con fijeza, le habría entregado su alma de habérsela pedido, ¿pero sabría realmente dónde estaba su esposa?

—Habla rufián, di lo que sabes y veré si recibes recompensa o una soberana paliza—le dijo.

El hombre dijo haber escuchado a una dama de dorada cabellera gritar Enrico, Enrico y que su señor volvió a encerrarla en una celda.

Que nadie sabía que allí hubiera una dama pues el castillo solía ser usado por su señor en muy raras ocasiones. Pero que quienes vieron a la dama dijeron que era muy bella y tenía el cabello dorado muy largo y parecía muy desdichada.

Enrico se estremeció al saber que sí era Isabella, y que ella lo había llamado, había gritado su nombre.

—¿Dónde está? ¿Qué le hizo ese malnacido?

El campesino se puso muy serio.

—La tiene encerrada en las habitaciones de arriba, en una celda pero los criados dijeron que no le ha hecho ningún daño y que la joven esté encinta y muy asustada. No hace más que llorar y negarse a los brazos de su señor. El conde es muy respetuoso con las mujeres de su castillo, jamás ha tomado a ninguna de amante cómo hacen otros sin ninguna delicadeza pero…

El joven Golfieri sintió que ardía de rabia.

—¿Dónde trabajas tú? ¡Decidme dónde está mi esposa maldita sea!

Y el campesino se lo dijo con detalles.

Se trataba de la guarida oculta del truhan, nadie sabía que tuviera un castillo en esa región y no era sencillo llegar allí pero reunió a sus hombres y se dispuso a partir. Esta vez daría su merecido a ese demente desgraciado y salvaría a su esposa.

Ella lo había llamado, estaba triste, había gritado a su nombre, no lo había traicionado cómo había temido. Había sido un tonto, manipulado por sus miedos y la malicia de ese hombre.

Reunió a sus caballeros y partió con prisa a Toscana pensando qué muerte le daría al malnacido. Desesperado por encontrar a Isabella, sabría que no tendría piedad de ese hombre.

Días tardaron en llegar a la fortaleza escondida de ese truhan, cuya existencia, todos desconocían. Iban armados y dispuestos a hacer rodar cabezas.

—Hijo, aguarda, podría ser una trampa —dijo su padre cuándo estuvieron a escasas millas.

Enrico lo miró, estaba tan desesperado por encontrar a Isabella que no había pensado esa posibilidad.

—Debemos dividirnos, necesitarás escolta. Nuestro enemigo es poderoso, tiene espías en todas partes, y puede estar esperándote Enrico, no seas necio, no te arriesgues.

—Si sabe que iremos la esconderá y ninguno de ustedes podrá encontrarla padre, sólo yo.

—Te atraerá a ella y luego te matará cómo a un perro, hará que se abalancen sobre ti, es demasiado cobarde para hacerlo él. Escucha, ten calma, no debe verte. Tú irás por el otro extremo y aguardarás noticias nuestras.

Enrico se detuvo y miró a su padre.

—Toda mi vida te he servido con lealtad padre, pero si ahora muero quiero que des tu palabra que rescatarán a mi esposa de esa prisión y la regresarán al castillo negro y la cuidarán, y matarán a ese cretino sin piedad. No será suya sobre mi cadáver, es parte de tu familia padre, tiene a mi hijo en su vientre y tú la cuidarás cómo si fuera tu hija y no permitirás que nadie ose a acercarse a ella.

—Lo prometo hijo, pero no temas, no te matará, vivirás y un día ocuparás mi lugar, eres el futuro de nuestra casa Enrico, nada malo puede pasarte. Daría mi vida por ti hijo—dijo su padre emocionado.

—Escucharon ustedes hermanos y primos, tal vez sea una trampa y ese cretino me mate hoy, pero cuidarán a mi esposa y velarán por ella hasta el fin—gritó Enrico para que todos lo escucharan.

Fulco se acercó y su primo siguió su ejemplo y le dijeron:

—Lo prometemos Enrico, pero no morirás hermano y sabes que daremos con gusto nuestras vidas por ti.

—Además no olvides que eres demasiado malo para morirte ahora.

Enrico sonrió pero reiteró su pedido y todos prometieron con solemnidad que así se haría.

Luego se dispersaron y entraron con sigilo a la fortaleza.

****

Isabella estaba nerviosa, había tenido sueños inquietantes y tenía un extraño presentimiento.

Odiaba dormir en la misma cama que su raptor, abrazada a él, y soportando sus besos… Hacía tres días que la había encerrado en sus aposentos y no le permitía salir. Y en las noches, cada vez que entraba ella temblaba y se preguntaba si volvería a intentarlo, si cumpliría su promesa de no tocarla hasta que naciera su bebé. No confiaba en él. No era el mismo caballero gentil que se había acercado a ella la primera vez, había cambiado.

Rezó para alejar la tristeza y esa angustia que la envolvía y de pronto vio a Enrico, vio su mirada fiera y pensó, cuánto lo echo de menos, cuánto lo amo a la distancia y sabiendo que tal vez nunca más vuelva a verle. Entonces lloró y sintió que su bebé pateaba en respuesta, y pensó en ese ser inocente que a través de su vientre la consolaba diciéndole que debía resistir.

"Isabella, ¿dónde estás? ¡Isabella!" Dijo una voz y ella se sobresaltó. Se había dormido y no sabía de dónde se escuchaba esa voz.

Luego oyó los gritos y la puerta de la celda se abrió lentamente y apareció Alaric con torvo semblante.

—Han venido a buscarte bella dama, tu amado marido ha cortado algunos pescuezos y espera poder tener el mío en sus manos. Pero no te encontrará…

Esas palabras le dieron esperanza y comenzó a llamar a Enrico a gritos pero Alaric la atrapó y cubrió su boca.

—Guarda silencio bella Isabella o lo lamentarás. Vendrás conmigo y si intentas algo te arrastraré al jergón más cercano y tendré aquello por lo que tanto he esperado.

Isabella se calmó, había aprendido a temer a su raptor, sabía que estaba asustado y desesperado y no sólo abusaría de ella sino que la lastimaría.

La arrastró por los corredores hasta llegar al pasadizo secreto, un lugar que sólo conocían él y tres de sus caballeros y su mayordomo. Jamás la encontrarían allí y sonrió con satisfacción.

Dejó a la bella joven que lloraba sobre un jergón y pensó en saciar su deseo por si acaso se la arrebataban y de pronto se acercó y la besó atrapándola entre sus brazos.

Isabella gritó, pidió ayuda.

—Nadie te escuchará hermosa, y nadie podrá encontrarte aquí, por eso escogí esta fortaleza—dijo él y abrió su escote y besó sus pechos con desesperación y deleite. Pero cuándo rasgó su vestido ella lo mordió en el cuello y lo golpeó con sus puños cómo una fiera mientras gritaba fuera de sí. Luego corrió por la habitación desesperada buscando un objeto con qué defenderse y encontró un jarrón y buscó a su raptor.

—Deja eso doncella, sabes que no tienes escapatoria, nadie te encontrará aquí y si me matas o lastimas, ¿quién podrá rescatarte? Sólo yo sé cómo salir de aquí.

—Enrico lo encontrará y lo matará cómo a un perro signore, pero si da un paso más se lo arrojaré al rostro o a su cabeza y no podrá esquivarlo.

Sin hacer caso a sus amenazas dio un paso hacia la brava doncella.

—No creo que pueda usted hacerlo bella dama, lo más seguro será que le quite ese objeto y luego la someta a mis deseos cómo debía hacerlo hace mucho tiempo. Pero no tema, no creo que sea peor para usted que yacer con ese vándalo.

Pero Isabella estaba acorralada, era su única arma para defenderse de su enemigo y la usaría aunque pudiera errar y quedar a merced de su enemigo.

El conde D'Alessi avanzaba lentamente encendido de deseo por la bella cautiva pero listo para esquivar el golpe que intentaría darle. Tal vez no lo haría…

—Si da un paso más lo lastimaré signore, juro que lo haré.

El jarrón era pesado, de arcilla si caía en su cabeza sería cómo de piedra, Alaric midió la distancia y se detuvo.

—Deje ese jarrón señora, sabe que no tiene chance de escapar, nunca la encontrarán y cuándo esté exhausta y deje ese jarrón la haré mía y no podrá impedirlo.

Isabella sabía que tenía razón debía arrojárselo pero temía errarle y luego todo hubiera sido en vano. Mejor sería hacerle esperar...

****

Enrico estaba furioso, su esposa no estaba por ningún lado y los sirvientes huían chillando cómo ratas asustadas sin querer decir dónde estaba la dama raptada.

Habían registrado todo el castillo y sus mazmorras y no hallaron rastro de la joven.

Habló con su padre y hermanos y sin perder tiempo atrapó a una asustada criada que gritó cómo si viera al diablo.

—No me haga daño señor, por favor.

—¿Dónde tiene a mi esposa, es mi esposa sabe? Y haré pedazos a su señor y no dejaré ser viviente en este castillo si no aparece.

—Yo no sé, ella estaba en la habitación de arriba.

—Lléveme a esa celda ahora.

La criada le enseñó la celda vacía y él sintió el perfume de Isabella y registró la habitación hasta hartarse.

Y mientras estaba allí escuchó un sollozo ahogado muy leve y se estremeció. Era ella, estaba seguro. Pero dónde estaba... No había más habitaciones en ese piso.

De pronto pensó en una habitación tapiada, escondida, debía haber en ese castillo maldito una torre por la que se llegaba con un resorte secreto.

Interrogó a la criada diciendo que la mataría o la entregaría a sus hermanos para que se divirtieran un rato con ella si no le decía cómo llegar a la torre secreta de ese castillo.

—Y no mienta, acabo de escuchar a mi esposa sollozar a través de la pared.

—Signore, yo no conozco el camino secreto se lo juro, debe creerme.

—¿Es sirvienta de este castillo y no sabe cómo llegar allí?

—El conde D'Alessi jamás permite que limpiemos ni entremos a ese lugar, pero el mayordomo si sabe.

—Búsquelo inmediatamente. Si mi esposa muere no quedará un sólo ser con vida en este castillo.

La criada fue en busca del mayordomo y Enrico la siguió.

Tardaron en dar con él, el anciano se había escondido asustado en las cocinas.

Corrió escoltado por sus primos, y uno de ellos quiso adelantarse.

—Ten cuidado Enrico, podría ser una trampa, hay demasiado silencio aquí.

—Al diablo Firpo, quiero encontrar a mi esposa, enloqueceré si ese malnacido le ha hecho daño.

Al llegar a la torre se dividieron para buscar armados con espadas y puñales pero fue Enrico quien la encontró tendida en un jergón llorando. Estaba viva pero su vestido estaba roto y había sangre en sus manos.

—Isabella, hermosa—dijo y pensó que le partía el corazón verla en ese estado, sufriendo, llorando, prisionera en esa horrible torre.

Ella se incorporó aterrada y lo miró.

—¿Enrico, eres tú?—dijo ella sin poder creerlo.

Él corrió a abrazarla y besarla, y su pobre esposa no dejaba de llorar y él habría llorado pero había aprendido a frenar las lágrimas desde niño cuándo lo armaron caballero y en vez de dolor sintió rabia y quiso buscar a ese malnacido.

—Isabella, tranquila, estás a salvo, deja de llorar, te llevaré al castillo y nunca más me apartaré de ti hermosa—dijo estrechándola con fuerza.

—Buscaré a ese malnacido, no puede estar muy lejos, debió esconderse así cómo un cobarde.

—Déjalo Enrico, ha huido, él… —Isabella no pudo continuar y Enrico se enfureció al enterarse de que había intentado atacar a su esposa y ella se defendió arrojándole un jarrón de arcilla.

—Cayó y se desmayó y pensé que lo había matado y no me atreví a mirar hasta que oí su voz. Dijo que un día te mataría y vendría por mí Enrico.

—Cálmate Isabella, fuiste muy valiente hermosa, una verdadera dama Golfieri. Pero yo lo mataré primero esposa mía, lo haré y jamás podrá cumplir su inmunda promesa.

—Enrico, no puedo irme así, mi vestido…

Él acarició su mejilla y le dio su capa para que se cubriera y mientras lo hacía notó cómo había crecido su vientre. Meses sin su esposa y sólo deseaba llevarla a su castillo y abrazarla y llenarla de besos y caricias.

—Enrico, tuve tanto miedo de no verte nunca más… Pensé que moriría en esa celda, prefería morir a vivir deshonrada.

—Hermosa, yo te prefiero viva, no digas eso, nunca dejaría de buscarte y no me importaba el tiempo que pasara, sabía que te encontraría.

Emprendieron el regreso y la joven se durmió y Enrico se deleitó sintiendo su cuerpo junto al suyo, y el suave aroma de su cabello. Estaba viva, la había encontrado…

******

Pero Isabella tardó en recuperarse y durante días lloró y tuvo pesadillas y se despertaba pensando que estaba encerrada en ese castillo.

Ver a sus niños le daba paz, y también estar en brazos de su esposo, pero él no pudo acercarse a ella en la intimidad, aunque deseara hacerlo, no se atrevía.

Y cuándo despertaba llorando él la abrazaba y besaba y la calmaba con palabras suaves, besando su cabeza. Pero el miedo se había instalado en su corazón y sintió que nunca podría recuperar la paz que había perdido.

—Tranquila Isabella, encontraremos a ese maldito y recibirá su merecido, no descansaré hasta hacer justicia—le dijo Enrico una mañana cuándo despertó gritando.

Ella lo miró y él no pudo evitar besarla y desear que fuera suya, pero debía ser paciente, nunca más volvería a tomarla cómo lo hizo aquella noche.

—Pensé que nunca volvería a verte, dijo que te mataría Enrico y creo que él…

—Alaric fue quien intentó envenenarme aquella noche hermosa, y quien escribió las cartas que recibiste. No tengo dudas de que lo hizo fingiendo ser un pariente de los Manfredi. Mi hermana calló, todos callaron por temor, y sé que tú lo hiciste por temor… pero si alguien intenta besarte en el futuro o te importuna con miradas o palabras, te ruego que me lo digas, que no te lo calles. Ese hombre fue amigo mío y de mi familia, largo tiempo estuvo en este castillo y pudo hacerte mucho daño, pudo matarme y dejarte encerrada en ese castillo. No fue tu culpa Isabella, no estoy enojado contigo sólo te pido que no vuelvas a callar por miedo. Siempre tendremos enemigos, y habrá hombres que se sientas tentados por tu belleza.

—Mi belleza fue un castigo Enrico, todos decían que era afortunada por haber nacido hermosa pero mis hermanas viven tranquilas en su convento y ningún hombre querría hacerle daño.

Enrico sonrió tentado.

—Ni tocarlas siquiera. Escucha Manfredi, te amé por hermosa y olvidé que eras la hija del enemigo por esa causa, y quiero que sepas que fuiste muy valiente al enfrentarte a ese hombre. Porque tras esos modales tan refinados de su estadía en Francia supongo, se esconde un hombre cruel y despiadado. Pero yo te quería viva Isabella, no cómo una mártir, y si él te hubiera deshonrado, jamás pienses en quitarte la vida Isabella, la vida es lo que cuenta. Cuantos descansan en sus lápidas arrepentidos de haber tomado lo único bueno de este mundo: estar vivos. Qué importa el paraíso, el infierno, lo que importa es estar vivos, hermosa. Y si crees que habría preferido verte muerta a deshonrada te equivocas, te quería viva hermosa.

—Enrico... Yo creo que nunca podré ser la misma, no puedo siquiera abandonar el castillo ni ir a ningún lado sin que me asalte un temor espantoso. Y no me siento valiente sino cobarde, atormentada… Y cada vez que debas irte yo…

—No me iré hermosa, me quedaré contigo. He corrido un gran riesgo todo este tiempo sin saberlo, y hemos ganado un peligroso enemigo, pero no descansaré hasta encontrarlo. Creo que huyó al extranjero, tal vez a Francia. Tiene amigos y parientes en ese país. Lo hemos denunciado con el duque y no podrá escapar de recibir su merecido si regresa a Milán.

Isabella lloró.

—Debí matarlo cuándo lo vi en el suelo pero no tuve valor, tuve miedo de condenar mi alma al infierno si lo hacía—dijo entonces. Y ella revivió ese momento cuándo ese hombre la tenía a su merced, besando su cuerpo y llenándolo de caricias y ella lo había mordido y pateado y luego tomó un jarrón amenazante.

Enrico besó sus manos.

—Bravo Isabella Manfredi, tuve suerte de que no me mataras nuestra noche de bodas—dijo.

La joven rio mientras secaba sus lágrimas.

—No te atormentes hermosa, si lo hubieras matado su fantasma regresaría a ti para atormentarte y no habría Cristo que fuera capaz de expulsar ese nefasto espectro.

—Enrico, perdóname por haber callado, jamás creí que ese hombre fuera capaz de tanta maldad. ¿Por qué escribió esas horribles cartas?

—Para que me odiaras hermosa, y durante un buen tiempo reñimos y sé que te lastimé y no debí… Temía perderte Isabella.

Yo no quería que supieras lo de tu familia, no de esa forma y… Quiso separarnos, que dejaras de amarme…

—Yo siempre te amé Enrico y cuándo ese hombre me raptó y pensé que no te vería más supe cuánto te amaba. A pesar de nuestras peleas, yo te amo Enrico, y siempre te amaré.

Él la abrazó y besó con ardor.

—Hermosa, tuve tanto miedo de perderte, de que ese hombre te hubiera conquistado… Pudo triunfar en su maldad, te llevó a una propiedad que nadie sabía que era suya en Toscana, y en esa torre escondida… Pero no lo consiguió y lo encontraré Isabella, y llegará el día que pagará por todo el daño que nos hizo.

Isabella se refugió en sus brazos y él la besó y la llevó a la cama despacio.

—Tómame Enrico, quiero saber que soy tuya de nuevo y nunca me dejarás ir—le susurró ella al oído.

Él se detuvo y la miró con intensidad.

—Isabella, nunca más volveré a ser rudo contigo ni te obligaré… Perdóname hermosa.

—Enrico, tómame por favor, quiero volver a ser tu esposa, extrañé tanto tus besos y yacer entre tus brazos.

Enrico no pudo resistir sus palabras y la besó mientras la desnudaba despacio. Ella lo abrazó y sintió el aroma de su piel y suspiró al sentir sus caricias y gimió cuándo entró en ella con fuerza. Y sabía que al hacer el amor aparecía ese horrible fantasma y lloraría, porque él estaría allí, luchando por poseerla, besando su cuerpo y suspirando extasiado diciendo cuánto la amaba… Pero debía alejar ese desdichado fantasma y recomenzar, era Enrico no era Alaric. Y se emocionó al comprender que había sobrevivido y estaba de regreso, en los brazos del hombre que amaba y amaría siempre, no importaba las pruebas que le deparara el futuro.

—Te amo hermosa, te amo tanto…—le susurró Enrico al oído cuándo el momento de éxtasis pasó.

Y observó su cuerpo y notó su panza redonda que había crecido de prisa esos meses y la besó sintiendo cómo el bebé lo pateaba molesto.

—Está allí, pateó—dijo sonriendo—Será otro varón, ya verás…

Isabella sonrió y se durmió poco después.

Enrico pasaba mucho tiempo con Isabella y por primera vez sus parientes no se burlaron ni intentaron apartarlo de su lado. Sabían cuánto había sufrido esos meses y dejaron de ser tan belicosos por un tiempo…

Alaric continuaba desaparecido y sospechaban había hecho un viaje a Francia. Debió huir esa noche por un atajo en sus propiedades pero no perdían la esperanza de encontrarle un día y darle su merecido. Enrico esperaba ese momento con ansiedad.

Isabella no había perdido el miedo y pensó que no volvería a dormir tranquila hasta que ese hombre hubiera muerto. Enrico era su escudo y en sus brazos siempre se sentía segura, habían dejado de ser enemigos ahora se amaban sin reservas, cada día, cada instante que estaban juntos.

Una noche luego de hacer el amor él la retuvo entre sus brazos y le dijo:

—Hermosa, el día que te encontré pedí a mi familia que si algo me ocurría ese día y mis ojos no volvían a ver la luz del sol, velarían por ti y harían justicia. Y quiero que sepas que si un día muero Isabella te quedarás en este castillo y ese malnacido no te llevará ni ningún hombre osará acercarse a ti.
Ella lloró sin poder evitarlo.
—Oh Enrico, no hables de tu muerte, no querré vivir si algo te pasara.
—Debes hacerlo Isabella, nuestros hijos te necesitan, debes velar por ellos son el futuro de nuestra casa.
—Tú eres su futuro Enrico, nada malo te pasará, no hables de ello por favor te amo tanto que no podría soportar una vida sin ti.
—Tranquila, si algo me ocurre regresaré a cuidarte cómo un fantasma.
—Oh deja de decir esas cosas me haces daño Enrico.
Él la miró con fijeza y al verla tan desdichada secó sus lágrimas y la besó mientras le decía:
—Perdóname hermosa, no quise hacerte llorar… Sólo quiero vivir para amarte y cuidar de ti…
Isabella se entregó a sus brazos con ardor y se estremeció de placer cuándo entró en ella de nuevo pero no podía dejar de llorar pensando que un día podía perderlo y Enrico no volvió a decir esas palabras que tanto la habían angustiada.

*****

Una mañana Isabella despertó sintiéndose mal, los dolores habían comenzado. Enrico se asustó y pidió a los sirvientes que fueran por el doctor a la ciudad. El parto se había adelantado y eso no era bueno. Vanozza fue por la partera al enterarse y todo el castillo se convulsionó con ese parto prematuro.

Temían que no viviera, los niños que nacían antes de tiempo jamás lo hacían pero no había quien pudiera detener a ese bebé que pujaba por salir aunque la partera quisiera frenar su nacimiento, supo que era inevitable. Isabella mordía un trozo de almohada para soportar el dolor y durante horas pujó hasta quedar exhausta.

—Debe nacer—dijo una vieja sirvienta.

—Morirá si lo hace, no es tiempo—dijo la partera.

—Salve a Isabella, el amo la matará a usted si algo le ocurre a su esposa—respondió una gruesa criada.

La partera sabía que debía ayudar al bebé aunque luego… Pero su cabeza no asomaba y pensó que tal vez no estaba maduro para nacer.

—Señora respire, cálmese… El doctor vendrá en un momento y él la ayudará, ahora debe ayudar a su bebé, puje…

Lo intentó, con el rostro empapado de los nervios y el esfuerzo la comadrona intentó salvar al bebé y a la madre con los conocimientos que tenía sobre alumbramientos y que le diera el doctor en aquella ocasión.

Enrico estaba nervioso porque no escuchaba llorar al bebé ni tampoco a Isabella y sin contenerse entró en la habitación: furioso y asustado, temiendo que ocurriera lo peor.

Isabella lo vio entrar y sonrió y aunque las criadas le dijeron que se fuera él se acercó y besó la frente de su esposa y acarició su dorada cabellera.

—¿Qué ocurre partera? ¿Por qué no nace mi hijo? Mi esposa está pálida y cansada—bramó mirando a la vieja nana con mirada asesina.

—No está preparado para nacer señor, no es tiempo, está alto—dijo la partera llorando.

Enrico se estremeció.

—¿Y no puede hacer nada para ayudar a mi hijo?

—Enrico ten paciencia, reza por favor—dijo su esposa tomando su mano.

Sus palabras lo alarmaron y besó sus manos y se hincó a su lado rezando la oración que su madre le había enseñado desde niño.

De pronto se escucharon golpes en la puerta, el doctor había llegado y verle fue un gran alivio.

Al ver a Enrico hincado al lado de su esposa el médico pensó que algo no iba bien. La partera le explicó lo ocurrido y el médico lavó sus manos con agua hirviendo y no tuvo tiempo de decirle al caballero que debía marcharse. Tocó el vientre y sintió las patadas del bebé, estaba vivo… Qué alivio. Pero la partera no se equivocaba, la cabeza no había llegado a dónde debía estar.

—Señora cuándo sienta dolores puje, puje con todas sus fuerzas—dijo.

Isabella obedeció.

—Más fuerte, cada vez más fuerte, concéntrese el bebé quiere nacer debe ayudarlo. La bolsa se ha roto no puede esperar mucho más…

Ella pujó y rezó, pidió que ese bebé naciera sano y fuera un varón cómo quería Enrico.

De pronto el bebé abandonó su vientre y ella lo vio era tan pequeñito y su cabello rubio cómo el de Antonino. El médico lo sostuvo con delicadeza y lo cubrió con su manta mientras lo hacía llorar.

Enrico observó la escena, atónito: era la primera vez que presenciaba el nacimiento de un hijo suyo y lo vio tan pequeñito…

—Felicitaciones padre, su esposa le ha dado una hermosa niña— dijo el doctor.

Isabella lloró emocionada y quiso tenerla en brazos. Una niña, tan pequeñita y no dejaba de llorar…

Enrico se acercó curioso y vio espantado que su pequeña hija era igual a su madre, aun con su carita minúscula se notaba el parecido.

La partera miró al médico admirada y asustada a la vez y le preguntó en privado si la niña viviría.

—Por supuesto, está perfectamente. Es más pequeña porque se parece a su madre, pero es muy sana, crecerá con el tiempo…

Isabella miró a Enrico demasiado emocionada para poder hablar. Su hija, una hermosa niña que buscaba con desesperación algo para alimentarse.

—Debemos pensar un nombre, no esperábamos una niña—dijo poco después.

Cuándo Enrico la tuvo en brazos pensó que esa niña sería hermosa cómo su madre y la encerraría en una torre cuándo llegara a la edad casadera y que ahora no sólo debía cuidar a su esposa sino también a su hija. Tenía un olorcito especial y parecía querer decirle unas palabras...

—La llamaremos Elina cómo mi abuela, fue una dama muy fuerte ¿sabes?

Isabella se puso seria.

—Tú querías un varón Enrico...

—Es verdad pero ella es hermosa Isabella, y se parece tanto a ti que temo que me dará muchos dolores de cabeza en el futuro. Es tan pequeñita, mira sus manitos... Y tiene hambre, cree que soy su madre mírala...

La boquita roja y minúscula de Elina buscaba desesperada algo para comer y lloraba de frustración al no encontrarlo en el pecho de su padre.

Enrico dijo a la partera que buscara una buena nodriza para alimentar a su pequeña niña.

Isabella extendió sus brazos para alimentarla no soportaba ver llorar a su bebé.

Su suegra entró poco después contenta de que fuera una niña, pero Enrico dijo sombrío:

—La encerraré con siete candados cuándo cumpla los quince años madre y mataré a todo aquel que intente acercarse a ella— dijo.

—Enrico por favor, es sólo una bebita—le respondió su madre.

—Pero crecerá y será tan hermosa y brava cómo una dama Golfieri, y con la belleza de su madre. ¿Creéis que podré dejarla que corra libremente por los jardines?

Elina lloriqueó al verse privada de su madre y miró con ceño fruncido a su padre mientras le hablaba con gesto solemne.

—Tú serás una hermosa doncella y aprenderás a defenderte de nuestros enemigos y de todo aquel que pretenda acercarte a ti mi niña.

Isabella protestó y Enrico rio cuándo su hija empezó a gritar malhumorada porque tenía hambre y no quería saber nada de querellas ni de ser una guerrera sino comer, alimentarse, estaba hambrienta.

El pequeño Enrico se acercó a la cuna para ver a su hermana. No era más que una niña pero sentía curiosidad y celos al ver a su padre alzándola en brazos y se acercó curioso, con expresión ceñuda.

Su cabello era rubio y sus ojos de un azul intenso. Estaba despierta y eso lo asustó porque no dejaba de mirarlo con curiosidad.

De pronto extendió su mano y quiso tocar esa nariz minúscula y ella se asustó y comenzó a gritar delatando su presencia en el cuarto.

Enrico vio a su hijo que era su viva imagen y lo apartó de la cuna tras darle unas nalgadas.

El niño lloró y corrió a buscar refugio en su madre, sabía que ella evitaba que su padre lo castigara cuándo hacía algo mal.

Era muy veloz y no tardó en encontrarla, Isabella lo alzó en brazos riendo y al ver a su esposo que lo perseguía le dijo lo que ocurría.

—Déjalo Enrico, es un niño.

—Estaba trepado a la cuna de Elina tocando su nariz, no debe hacerlo, debe aprender a cuidar a su hermana—su marido estaba furioso, tenía debilidad por la niña y la mantenía tan vigilada cómo a su esposa cómo si temiera que Alaric pudiera robárselas.

Nadie sabía su paradero y tal vez estuviera muerto. Pero sospechaba que no, al enterarse de que sus propiedades habían sido vendidas tiempo atrás y nadie sabía dónde había ido a parar el dinero de la venta. Sus familiares lo habían dado por muerto y vendieron las propiedades y ocuparon las que quedaron en el ducado. Y cuándo fueron interrogados negaron saber dónde estaba Alaric y se aventuraron a decir que seguramente estaba muerto.

Enrico abrazó a su esposa y le dijo cuanto la amaba y la cuidaría siempre y le hizo prometer que si un día enviudaba permanecería casta en el castillo sin tomar esposo, cuidando a sus niños hasta que estos se hicieran adultos.

—No digas eso Enrico, no quiero pensar que un día no estarás junto a mí—le respondió Isabella.

Sin embargo lo prometió mientras le hacía el amor esa noche con ardiente entusiasmo sabiendo que siempre sería suya y que no quería pensar en el día que su esposo le faltara.

Era feliz, sus niños crecían sanos y la casa Golfieri era una de las más importantes del país. A veces recordaba el día en que había llegado al castillo negro, hacía años seis años atrás, había tenido tanto miedo y había sufrido tanto, pero ahora al fin sentía que pertenecía a esa familia y a ese esposo que había odiado y temido al mismo tiempo.

******

Alaric D'Alessi supo del nacimiento de la niña de Isabella y sonrió feliz. Una niña hermosa, igual a su madre, ¡qué pena no haber podido criarla cómo si fuera suya!

Pero ahora le aguardaba mucho qué hacer. Había llegado al castillo de su tío Lothaire De Harcourt en Provenza y estaba a salvo de las intrigas de los Golfieri, pero tenía emisarios que lo mantenían informado de todo lo que ocurría en el castillo negro.

Recorrió el castillo inquieto, echaba de menos a Isabella y lamentaba no haberla tenido y todavía suspiraba al recordar su último encuentro en que la tuvo desnuda entre sus brazos y ella pareció rendirse a sus besos… Era tan hermosa y suave, tan deliciosa… Pero luchando por ese deseo feroz ella lloró y se resistió y huyó… Y lo golpeó con ese jarrón. Pudo matarlo pero no lo hizo, era una dama tierna y además lo amaba.

Esperaría, no importa el tiempo que tardara en volver a sus brazos… Ahora debía permanecer escondido en Provenza, nadie sabía su verdadero nombre, sólo su tío anciano: el conde Lothaire De Harcourt. En el castillo todos creían que era un hijo perdido del conde que había regresado años después, nadie sabía por qué.

Alaric sabía que su pariente estaba enfermo y que odiaba a cierto sobrino y no quería dejarle la herencia porque dos veces había intentado matarle. Y esa noche lo llamó a su lecho para comunicarle su decisión.

—Alaric, eres un caballero noble y tienes sangre francesa en tus venas, lamento que mi hermana se casara con ese D'Alessi desafiando la voluntad de nuestro padre. Y me ha alegrado descubrir que no eres uno de ellos sino un De Harcourt, o cómo un caballero De Harcourt debería ser. Has servido a nuestro rey y me siento muy orgulloso de que mataras a esos malnacidos ingleses—dijo con expresión cansada.

No era un hombre viejo, sólo tenía cincuenta y cinco años pero estaba exhausto y sufría una enfermedad al corazón que lo había dejado postrado los últimos meses. Sabía que su fin estaba cerca y quiso alertar a su sobrino.

—He hablado con un notario que está en el castillo, he hecho un testamento y te he reconocido cómo mi hijo Alaric. Y mudarás tu nombre, nadie sabrás que eres D'Alessi, serás Henri De Harcourt y deberás tomar por esposa a una dama de noble cuna para tener buenos aliados y conservar tu castillo y estas tierras. He pensado en las hijas del barón de Vendôme, escoge a la que más te agrade. Son damas educadas y muy agradables.

Alaric asintió sin entusiasmo. Isabella debía ser su esposa, pero sabía que eso no sería posible por el momento.

—Me siento honrado de ser su heredero tío—declaró.

—Has servido a Francia y has demostrado ser un caballero De Harcourt peleando junto a nuestro rey. Pero ten cuidado con los cortesanos, hay muchos traidores entre los amigos de nuestro rey. Esta paz no durará… Dios proteja a nuestro rey. Pero hay algo que ya sabes Henri. No quiero que a mi muerte ese pervertido sobrino mío: Lucien lo herede todo.

Alaric lo sabía, era un joven depravado, bebedor y cruel villano y dos veces había intentado dar muerte a su tío sin haberlo conseguido. Decían que se había marchado al norte, pero nadie estaba seguro de su paradero.

—Cuándo yo muera Lucien querrá arrebatarte la herencia sobrino, demostrará que tiene más derecho que tú a quedarse con este castillo y sus tierras de labranza. Querrá matarte, y tal vez tenga espías en esta fortaleza. Acércate hijo.

Alaric obedeció y escuchó las palabras susurradas por su tío:—Mátalo hijo, no tengas piedad de ese malnacido. Hazlo antes de que te mate él a ti.

—Así lo haré, tío—prometió Alaric.

Pero le llevó un buen tiempo encontrar al villano, sus caballeros lo buscaron durante meses y le dieron muerte en una mísera taberna de Paris, hundieron un puñal en su garganta y huyeron sin dejar rastro.

Su tío murió meses después y Alaric desposó a la hija del barón de Vendôme: Clarise, una joven de cabello oscuro y ojos cafés muy alegre y vivaracha, viuda de su primer marido y con un hijo de tres años que criar.

La escogió por ser la más bella y porque intuía que sería una buena compañera de lecho. Había demostrado ser fértil, y le daría hijos.

Sus hermanas quedaron resentidas de no ser escogidas, pero Alaric no sintió emoción alguna el día de su boda. Sólo cumplía una promesa hecha a su tío en el lecho de muerte. Una alianza con la familia Vendôme sería muy ventajosa para él y necesitaba una esposa para ostentar el nuevo título que tendría.

Y cuándo llegó su noche de bodas tomó a la joven de castaña caballera, que no dejaba de reír mientras la acariciaba y pensó en Isabella, y durante años fue incapaz de espantar su fantasma. De olvidar las noches que había dormido abrazado a ella, su cuerpo hermoso y voluptuoso estremecido con sus besos…

La condesa De Harcourt era muy feliz, tenía un esposo muy guapo y galante y apasionado y no tardó en enamorarse perdidamente de él. Quería a su hijo Philippe cómo si fuera suyo, y lo llevaba en su caballo a dar paseos y con los años lo convirtió en un aguerrido caballero.

Y Alaric fue feliz con su nueva familia y amigos, muy pronto hizo nuevos aliados, pero jamás pudo amar a Clarise, sólo sentir un tibio cariño y gratitud por ser una esposa dulce y tranquila. Pero su corazón yacía cautivo en Milán, por la bella doncella de dorados cabellos y jamás perdería la esperanza de convertirla en su esposa un día y llevarla a Francia, dónde sabía, jamás la encontrarían…

Pero antes debía matar a Enrico y no podía hacerlo sin delatar su presencia en Provenza, además tenía otros asuntos en qué pensar en esos momentos.

Sus espías lo mantenían al tanto de lo que ocurría en el castillo negro.

Alaric había hecho una promesa a Isabella Manfredi y tenía la certeza de que un día la cumpliría.

FIN

SEGUNDA PARTE – SAGA DONCELLAS CAUTIVAS

PASIONES SALVAJES

Prohibida su reproducción total o parcial sin el consentimiento de su autora. Copyright by Cathryn de Bourgh 2013 Pasiones Salvajes. Kindle edition amazon, mayo de 2013.
Portada. La belle dame sans merci. John William Watherhouse.
e-mail autora;camilawinter2012@gmail.com

PASIONES SALVAJES

SAGA DONCELLAS CAUTIVAS II

Cathryn de Bourgh

Prefacio.

Esta obra es la continuación de Enemigos Apasionados, Saga doncellas cautivas I.

Historia ambientada en el Ducado de Milán durante el año 1422. Italia estaba dividida en reinos, condados, ducados y la historia de estas familias nobles y poderosas cómo los Visconti, Sforza y los Borgia me inspiraron para escribir esta saga.

Amores, rivalidades, traiciones y caballeros que son capaces de matar por el corazón de su dama forman un cuadro colorido y algo siniestro en ocasiones, pero esta es la Edad Media, una historia escrita con sangre, misticismo, guerras, intrigas…

Estas novelas de la saga son ante todo novelas románticas con escenas eróticas matizadas con amores, odios, intrigas y está inspirada además en historias del Medioevo: leyendas y datos recogidos de los manuscritos y las crónicas de la época.

El sentido de unión familiar que tienen los Golfieri y los Manfredi no está reñido por las intrigas y luchas por el poder que estas casas "reinantes" siempre tuvieron.

Extrañas muertes, envenenamientos, lujuria desenfrenada y secretos funestos serán los ingredientes de la segunda parte de esta saga: Pasiones Salvajes, pudiendo leerse ambas de forma independiente.

Por otra parte cómo estudiosa de la historia medieval debo destacar ciertos aspectos, tal vez al lector sorprenderá la juventud de estas damas protagonistas, llamadas casaderas a los quince años y casadas a los dieciséis y también caballeros curtidos, malvados y crueles que sólo contaban veinte y pocos años. En la edad media eran comunes los matrimonios a joven edad, porque ya rezaba el refrán: "mejor casarse que arder". Y a los veinte años un caballero había aprendido todas las artes de la guerra y peleaba y se destacaba en el campo de batalla. No olvidemos que el promedio de vida del Medioevo era de cuarenta años, y muy pocos llegaban a ancianos, sólo los monjes, confinados en el monasterio, bien alimentados y alejados de las plagas de entonces (pestes, guerras) el resto moría día a día y era voluntad de Dios y nadie lo cuestionaba.

Esta es la historia de Elina Golfieri, hija de Isabella y Enrico (los amantes apasionados de la primera entrega). La segunda doncella cautiva y es también la historia de un amor postergado del pasado que regresa para cumplir una promesa que ella creyó olvidada…

INDICE

PASIONES SALVAJES

SAGA DONCELLAS CAUTIVAS II

Cathryn de Bourgh

Prefacio.

Ciudad de Milán año de Nuestro Señor de 1422

Prólogo

1. LA DONCELLA DEL JARDIN SECRETO

2. Una boda malograda

3. MUERTE EN EL CASTILLO CILIANI

4. Un esposo ardiente

5. El pícaro doncel

6. Los Golfieri viajan a Paris

7. El hijo de Elina

8. Un secreto funesto

9. En el castillo Blanco de Tourenne

Ciudad de Milán año de Nuestro Señor de 1422

Prólogo

Isabella Manfredi condesa de la casa Golfieri dio un paseo por los jardines del castillo negro con los ojos empañados.

Muchas cosas habían cambiado esos últimos años, sus suegros habían muerto por una epidemia de disentería que asoló al castillo un verano trágico y caluroso, su cuñada Angélica había muerto el año anterior al dar a luz un varón, el ansiado heredero que anhelaba su esposo. En otros tiempos habían sido enemigas pero Isabella no pudo evitar sentir pena por esa dama que había dado a luz seis niñas durante más de diez años y su marido no dejaba de anhelar un varón. Y al final lo había conseguido, pero su anhelo se llevó la vida de su esposa, demasiado débil por la parición continuada de niños año tras año.

Su otra cuñada María en cambio había enviudado y luego de educar a sus hijas había ingresado a un convento, tal vez forzada por la familia de su marido que no quería que tomara nuevo esposo, y buscaba la forma de deshacerse de esa dama a la que no tenía demasiada simpatía por ser de la casa Golfieri.

Los Golfieri eran su familia unida, cruel y pendenciera y se habían convertido en una de las casas más poderosas de Milán y también la más temida, pero Isabella no se sentía una de ellos.

Su esposo Enrico había cambiado, y el amor que había entre ellos parecía marchito. Las marcas de su cuerpo en sus últimas riñas se lo decían.

Había encerrado a su pequeña hija en la torre secreta para evitar venganzas y ella quiso impedirlo, no soportaba verse privada de Elina. Y su marido la dejó encerrada durante días para castigarla por oponerse a su decisión y enfrentarle frente a todos sus parientes. Ella nunca lo había hecho con tanta insolencia, pero se trataba de su hija, y pensó que su marido estaba loco.

Siempre había creído que bromeaba cuándo decía que encerraría a su hija en una torre cuándo creciera pero doce años después de su nacimiento cumplió su promesa y fue el momento más difícil y doloroso de su vida.

Enrico jamás la había golpeado, pero algunas veces la había encerrado y la había tomado a la fuerza. Y en esa ocasión, furioso y herido por su rechazo, una noche entró en sus aposentos y al verla con ese vestido ligero una mezcla de rabia, y deseo se apoderó de su corazón.

Era su antigua doncella cautiva, el tiempo había vuelto sus formas más voluptuosas y ahora era una mujer de treinta y cuatro años muy hermosa y exuberante.

Notó sus pechos llenos y las caderas redondas y el hálito de su piel y tomó su rostro y la besó salvajemente.

Ella lo apartó furiosa por lo que le había hecho a su hija y lo golpeó en la mejilla.

Su marido la miró con odio y volvió a atraparla y tirándola en la gran cama cuadrada destrozó su vestido y besó sus pechos con desesperación mientras sostenía sus brazos y dejaba horribles marcas en ellos.

—Eres mi esposa Isabella, y lo serás hasta que la muerte que te lleve hermosa o el diablo reclame mi alma y yacerás conmigo y me complacerás porque ese es tu deber de esposa—dijo y besó su cuerpo poseído por un deseo salvaje. Sabía que lo haría y ella lo soportó todo sin quejarse sabiendo que si se resistía sería peor.

Isabella lloraba al recordar esa horrible noche y supo que el amor que los unía había muerto para siempre y mientras recorría el vergel las lágrimas la hacían viajar al pasado y suspirar pensando en el caballero D'Alessi: su antiguo enamorado. Y de pronto pensó "¿por qué no me rendí a sus brazos y hui cuándo me lo pidió? Mi hija habría vivido en otro país y hoy no estaría cautiva de la torre, encerrada cómo si fuera una novicia y ella no sería tan desdichada cómo esposa del conde Golfieri".

Pero ¿de qué le servía lamentarse? Sus sentimientos no tenían importancia, tampoco su infelicidad, en otros tiempos lo había amado y esa fue la razón por la que rechazó al conde D'Alessi. Y él se había marchado al extranjero o tal vez estuviera muerto y jamás volviera a verle…

La condesa contempló el paisaje a lo lejos y secó sus lágrimas para que su hija Elina no sospechara que había llorado y era tan desdichada. Debía visitarla y alegrarla con sus cuentos y regalos. Su pobre niña jamás se quejaba pero ella la echaba tanto de menos y no podía soportar verla encerrada, confinada en esos aposentos…

1. LA DONCELLA DEL JARDIN SECRETO

En el castillo negro de la familia Golfieri vivía confinada la doncella Elina, hija de Enrico e Isabella Golfieri, una de las casas más importantes de Milán.

Al cumplir los doce años, su padre: el conde Enrico Golfieri había apartado a la niña de sus familiares y juegos para recluirla en la parte más distante del castillo llamada la torre secreta, un edificio contiguo de difícil acceso por lo que su padre esperaba que estuviera segura y a salvo de las tentaciones de los hombres y las oscuras venganzas de sus enemigos. Allí pasaba los días la doncella, sin juegos ni muñecas, en compañía de criadas y su madre que todos los días iba a verla.

Enrico había planeado enviarla a un convento pero su esposa se opuso y esperaba que al confinarla en esos aposentos estuviera alejada de las miradas indiscretas, pues era una damisela hermosa y en dos años le buscarían un esposo para que estuviera a salvo de raptos y las maldades del mundo.

Ningún caballero o criado podía entrar en esa torre y si lo hacía era severamente castigado. Y durante dos años esta prohibición se respetó y ningún mozalbete tonto osó acercarse al lugar prohibido.

La doncella pasó dos años en soledad, aprendió letras, a leer y a cantar, y tenía una voz dulce y muy suave y a los catorce años era cómo una fruta madura a punto de caer del árbol: el cabello dorado le llegaba a la cintura, el talle estrecho y el indiscreto escote debió ajustarse y ocultar las redondeces que crecían no sólo allí, sino en la suave curva de sus caderas bien formadas. Pero su rostro redondo, de mejillas llenas y rosadas seguía siendo el de una niña y sus ojos de un azul muy claro tenían una expresión risueña tan infantil que quien osara ver su figura se sentía tonto al descubrir que la hermosa doncella estaba muy verde para ser tomada. Además los bravos Golfieri jamás permitirían que ninguno de ellos se acercara a la hermosa Elina, la doncella del jardín prohibido.

Su madre se asustó al ver el cambio en su niña en tan poco tiempo cuándo la ayudó a vestirse y pensó que había crecido demasiado a prisa y se lo dijo a su esposo.

—Deberé buscarle un esposo el año próximo, o enviarla a un convento dónde estará a salvo de la lujuria de los hombres—dijo este con expresión sombría.

—Enrico, no la envíes a un convento pobrecilla, es tan joven… —intervino Isabella.

Solían tratar esos asuntos en sus aposentos, allí reñían y luego hacían el amor, allí habían nacido sus hijos y allí la había tomado por primera vez…

Enrico miró a su esposa con detenimiento, sabía que su hija había heredado su radiante belleza y eso lo traía de mal talante. Era muy niña para casarla, pero se negaba a que los caballeros de su castillo posaran sus ojos en ella y pidieran su mano. Por eso la mantenía apartada de las fiestas confinada al jardín secreto mientras decidía su suerte sin calma y sin prisa.

—No permitas que tu hija salga a los jardines Isabella, nadie debe verla hasta que decida buscarle un esposo adecuado.

Ella asintió y él se acercó para robarle un beso y hacerle el amor. No había vuelto a engendrar un niño después del nacimiento de su hija pero seguía siendo hermosa y voluptuosa cómo el día en que la había raptado para llevar a cabo una fallida venganza contra su familia.

******

Los hermanos de Elina: Enrico y Antonino eran dos caballeros de dieciocho y dieciséis años, fornidos y feroces, pero de ambos, sólo el mayor era diestro con la espada.

Alto, moreno, de facciones marcadas y ojos de un tono azul oscuro, Enrico era el orgullo de su padre y a su regreso del castillo Ciliani este quiso encomendarle la tarea de cuidar a su hermana y velar por su bienestar y no permitir que nadie osara acercarse a ella.

—Sí padre, así lo haré, lo prometo—dijo Enrico Lorenzo de mal talante.

No le agradaba vigilar el jardín secreto cómo una niñera, era un caballero y había demostrado su valía en muchas oportunidades combatiendo en torneos para tener que cuidar a una niñita de trenzas rubias.

Enrico miró a su hijo de soslayo y luego a ese hijo rubio que sólo pensaba en retozar en las praderas con las mozas y jamás sería un caballero destacado.

—Y tú también deberás cuidar a tu hermana cómo te inculqué mientras decido buscarle un esposo. Nadie debe acercarse a sus aposentos jamás—ordenó con voz de trueno.

No se fiaba más que de sus hijos para ese trabajo, ningún caballero o criado sería de su confianza para cuidar a su amada hija.

Enrico Lorenzo se alejó pensando para sí "cuidar a una niña fea y boba, ¿quién querría mirarla?". Hacía muchos años que no veía a la niñita de trenzas rubias y se preguntó por qué su padre no la enviaba a un convento y se deshacía para siempre de esa molestia. No hacía más que reñir con su madre al respecto, él mismo los había escuchado hacía tiempo.

—Vamos Antonino, seremos los centinelas de la niñita tonta, es una nueva humillación para tener el respeto de nuestro padre—dijo este y se encaminó con paso lento a la torre secreta, un lugar que muy pocos conocían.

Su hermano Antonino se distraía mirando el escote de una criada rolliza de ojos muy negros que no hacía más que sonreírle con malicia desde un rincón y Enrico debió repetirle la orden para que obedeciera.

Ambos entraron en la torre y vieron a la niña de las trenzas con expresión de estupor.

—Elina, ¿eres tú, hermana?—dijo Antonino sorprendido por el cambio en ella.

Enrico miró con rabia a la bella joven que les sonreía y corría a abrazarles afectuosa.

—Antonino, Enrico, ¿sois vosotros?—Elina miró a uno y a otro, hacía ocho años que no los veía, o tal vez más y no habría podido reconocerles, estaban cambiados. Enrico llevaba el cabello oscuro pasando el cuello, alborotado y vestía cómo un caballero y era muy guapo y fiero, mientras que Antonino conservaba esa expresión risueña y alegre con el cabello del mismo color que el suyo, más bajo que su hermano.

—Bueno, no creciste demasiado, hermana y en realidad te reconocí por las trenzas—dijo este último.

Ella se volvió a Enrico esperando alguna palabra amable pero su hermano no sentía ninguna alegría de verla ni de tener que cuidarla cómo un centinela.

—¡Enrico, qué alto estás! Me han dicho que peleaste en un torneo y venciste al caballero Galeazzo, ¿es verdad?

La joven lo abrazaba efusiva y reía pero a su hermano no le agradaban esas muestras de cariño y la apartó de un empujón y Elina cayó sentada.

Enrico se burló de su hermana boba y la ayudó a levantarse mientras se disculpaba y le cinchaba de las trenzas cómo hacía de niño. La joven gritó y lloró y Antonino intervino.

—Déjala Enrico, eres cruel—dijo.

Enrico soltó sus trenzas y se alejó furioso de tener que vigilar esa torre día y noche.

Antonino ayudó a la pobre Elina a levantarse, la damisela lloró sin decir palabra y se alejó a su cuarto. Se sentía cómo un perrito que corría a recibir a su amo con entusiasmo y este lo apartaba furioso de una bofetada. Enrico siempre la había detestado y eso no había cambiado. Sin embargo un día la había defendido de un niño que le quería pegar y ella se había refugiado en sus brazos y él la había abrazado para que llorara en su pecho.

No fue la única vez que Enrico le tiró de las trenzas o la hizo caer, y se burló de ella llamándola niña tonta y fea y Elina decidió quedarse en sus aposentos lejos de sus burlas y golpes.

*****

Una tarde, aprovechando la ausencia de los guardianes decidió aventurarse por el jardín prohibido: le gustaba ese lugar y se paseaba cuándo nadie la veía, había encontrado una puerta secreta que conducía a ese lugar tan hermoso.

Caía la tarde y la luna llena se elevaba sobre el castillo y ella sintió un placer inmenso al ver el cielo del crepúsculo y a lo lejos las casitas de campesinos. Todo estaba en silencio, un silencio lleno de paz y la joven se preguntó cómo sería vivir y correr a sus anchas sin sentirse una cautiva. Y ese deseo hizo que llorara y fuera sorprendida por su hermano Enrico.

—¿Cómo saliste de la torre Elina? Niña tonta, regresa a tus aposentos enseguida—le gritó.

Ella corrió desesperada, sabía que si su hermano la atrapaba le pegaría y se apuró a buscar la puerta pero él llegó antes y la miró con maligna satisfacción.

—Así que descubriste la puerta secreta. ¡Vaya! No eres tan tonta cómo pareces—dijo y entonces vio que lloraba y lo miraba, temblando cómo un conejo asustado.

—Entra hermanita, y no vuelvas a escaparte o juro que le diré a nuestro padre—agregó y por primera vez no le tiró de las trenzas ni se rio de ella.

Elina corrió a sus aposentos temblando, sentía terror por ese hermano, era cruel y malvado y su padre lo había dejado encargado de su vigilancia y ahora ya no podría volver el jardín prohibido cómo antes.

Cumplió quince años dos semanas después y ese día le permitieron participar de un banquete a media tarde y recibió muchos regalos: vestidos nuevos, un cinturón con brillantes, una pulsera y una cadena de oro con una medalla con su nombre.

Volvía a ser la Elina alegre y risueña que corría y reía cómo chiquilla llevando sus regalos a un rincón para verlos.

Sus parientes brindaron en su honor y antes de anochecer la joven regresó a sus aposentos y se durmió poco después sin notar un par de ojos que la habían visto en el castillo y la habían seguido hasta el vergel.

Isabella sintió tristeza al ver marchar a su hija a la torre y esa noche le dijo a su marido:

—No puedes dejar a tu hija encerrada Enrico, toda su vida. Debes dejarla que viva, y buscarle un esposo bueno que sepa cuidarla.

—A ninguno confiaría la vida de mi hija Isabella. Y creo que lo mejor que puedo hacer ahora es enseñarle a defenderse cómo una doncella guerrera.

—No, Enrico, ¿qué vas a hacer?

—Es muy niña, ¿no la has visto? Tiene quince años y mira al mundo con inocencia sin ver el mal. Creo que me he equivocado al enviarla al convento a aprender salmos y oraciones tontas, debí enseñarle a defenderse cómo una dama Golfieri.

—Elina jamás será una dama belicosa, Enrico.

—Pues le enseñaré a morder y a patear, y a usar el puñal y tal vez la espada.

Esa nueva idea de su marido le pareció tan insólita que el enojo de Isabella fue vencido por la risa.

—Nuestra hija fue educada cómo una dama esposo mío y de eso me siento orgullosa, no pretendas estropearla enseñándole a pelear cómo a una campesina—dijo.

—Pues de nada le servirá ser una dama si un muchacho intenta tocarla o robarle un beso—respondió su esposo ofuscado.

Y sin perder tiempo al día siguiente fue a visitar a su hija y ella lo recibió alegre y cariñosa, pero se asustó al enterarse de sus planes.

—Vine a enseñarte a manejar el puñal y la espada, Elina.

—Padre, yo jamás podré empuñar una espada, matar es pecado—los ojos de la joven se abrieron con sorpresa.

—Olvida eso hija, vivimos en un mundo violento y sangriento, y debes aprender a defenderte. ¿Por qué crees que te he dejado recluida en la torre secreta? No conoces el mundo, el mundo no es ir a misa ni saberte de memoria los salmos, el mundo es sangre, lucha. Yo rapté a tu madre cuándo tenía dieciséis años.

Su hija palideció al escuchar la historia.

—Me enamoré de ella el primer día que la vi Elina, y no quise dejarla ir… Muchos caballeros arriesgarían su vida por tener una esposa tan hermosa y nuestra familia siempre ha tenido muchos enemigos.

—Padre, nadie se atrevería a raptarme.

—A tu madre la raptaron Elina, hace muchos años, cuando estaba embarazada de ti. Un noble amigo mío se había prendado de su hermosura y quiso arrebatármela. Intentó matarme para poder casarse con ella. ¿Tu madre nunca te habló de Alaric D'Alessi?

Ella negó asustada al escuchar la historia.

—Ese hombre intentó forzarla y ella lo golpeó con un jarrón pero no lo mató, por desgracia ese malnacido no murió. Ese hombre ha permanecido escondido y por esa razón te he criado aquí, alejada de las maldades del mundo pero debes saber los peligros que aguardan allí afuera.

Elina pensó en su madre, raptada por su padre cuándo casi tenía su edad y se estremeció. No quería ser raptada ni ingresar a un convento, sólo soñaba con poder dar paseos en los jardines del castillo en vez de contentarse con ese vergel pequeño del fondo. Ya no era una niña y había notado las miradas de los donceles el día de su cumpleaños y descubrió que le gustaba ser admirada.

—Aprende a defenderte, a morder y a patear al primer atrevido que quiera besarte hija—insistió su padre.

Pero Elina no era Isabella, no tenía su temperamento, era tranquila y dulce, soñaba con el amor y tenía cierta coquetería que su madre no tenía. ¿Por qué debía pegarle a un caballero?

Ella se moría por ser besada cómo eran besadas las criadas en el jardín prohibido cómo había visto una vez.

Y su padre pasó muchos trabajos enseñándole a manejar una espada y un puñal. No tenía fuerza, ni puntería y su cuerpo era blando y sus movimientos lentos y torpes.

De pronto pensó que comía demasiadas golosinas y pasaba mucho tiempo sentada. Y la obligó a correr un rato todos los días.

La pobre niña quedaba con la lengua afuera y cuándo su madre la vio se horrorizó y le dijo a su marido de mal talante:

—Enrico, ¿acaso quieres convertir a nuestra niña en un muchacho? Ella odia correr y jamás aprenderá a usar una espada. ¿Qué locura es esa?

Él la miró con deseo pensando que era más hermosa cuándo se enojaba, y sus enojos le recordaban a la bella cautiva que había conquistado su corazón.

—Debe aprender a defenderse, soy su padre y sé lo que es mejor para ella. Tú la echas a perder con tus libros de poesía y cuentos de doncellas. ¿Qué crees que ocurrirá cuándo un caballero se enamore de nuestra hija y quiera raptarla? Ya no es una niña, es una mujer y si no aprende a defenderse… Un día te raptaron Isabella, eras mi esposa y estabas encinta, nada lo detuvo, ese hombre estaba loco de amor por ti. ¿Crees que nuestra hija está a salvo aquí? Tal vez, pero cómo es joven y atolondrada nos dará más de un susto, ya verás.

—Elina no es cómo yo, Enrico, no puedes cambiarla. La he criado con esmero, y es una dama…

—Una dama refinada cómo si fuera francesa, ¿no es así? Eso no le servirá de nada Isabella, aprenderá a defenderse, es una doncella Golfieri y ningún tunante intentará siquiera acercarse a ella.

—¿Temes que le ocurra a tu hija lo que me hiciste a mí Enrico? Crees que el señor te castigará ¿no es así?

Su esposo la miró furioso.

—Es verdad, lo temo por eso le he dicho a mi hija que su madre dos veces fue raptada. Jamás le contaste a nuestra niña, las has criado en un mundo de fábulas tontas sin decirle la verdad, sin advertirle de los peligros.

—¿Fuiste capaz de contarle a nuestra niña lo que me hiciste hace diecinueve años?

—Lo hice sí, para que sepa que a ella puede ocurrirle lo mismo. Y creo que para evitarlo la enviaré a un convento. Es haragana y demasiado blanda y torpe para defenderse.

—Enrico, no puedes hacer eso.

—Lo haré, está demasiado verde para casarse y demasiado tonta para defenderse.

Isabella le rogó que no lo hiciera pero la decisión estaba tomada.

—Ven aquí Isabella, deja de llorar, tú no irás a un convento, tú siempre serás mi esposa… Fuiste creada para mí por ese Señor tuyo que tanto adoras y sólo por eso le doy las gracias.

—¡Suéltame Enrico, no puedes ser tan cruel con nuestra hija!—se quejó.

—Ven aquí hermosa, eres mi cautiva y siempre lo serás, ¿acaso lo has olvidado?—dijo tomándola entre sus brazos.

Forcejearon y ella dijo que no sería suya hasta que cambiara de parecer con respecto a Elina.

—Serás mía de todas formas, Isabella no me detendré hasta recordarte que soy tu marido y me debes obediencia.

—Estás equivocado Enrico, y no permitiré que encierres a mi hija en un convento y la condenes a vivir cómo una prisionera el resto de su vida.

—¿Y tú crees que prefiera a un esposo? Ni siquiera sabe lo que es un hombre Isabella, cómo tú, tampoco sabías ¿verdad? Estabas tan asustada...

—Déjame Enrico.

Pero Isabella estaba exhausta de forcejear y se rindió a sus caricias. Y Enrico besó su cuerpo suave y pensó que el tiempo no le había quitado hermosura y era tan bella cómo hacía diez años atrás. Y era suya, siempre lo sería.

******

El conde Golfieri decidió postergar su decisión de enviar a su hija a un convento. Pero se alarmó cuándo un amigo suyo pidió la mano de Elina para su hijo.

Enrico miró al joven en cuestión con antipatía y desagrado.

—No puedo aceptar a ese mozalbete para que cuide a mi hija Venditti, lo lamento, pero si tienes un hijo que sepa manejar la espada y el puñal con verdadero arte…

El hombre enrojeció.

—Mi hijo es un caballero que sabe defenderse con su espada.

Enrico lo miró con altivez.

—Muy bien, que desenfunde su espada y mediré su valor.

Así lo hizo el joven y Enrico notó que tenía cierta destreza pero no era suficientemente bueno para defender a su hija.

—¿Tú sabes quién es la joven dama con la que deseas casarte, hijo?—le preguntó entonces.

No era más que un doncel imberbe que debía tener la edad de su hijo Antonino, demasiado tierno para ser un marido adecuado.

—Sí señor, todos dicen que su hija es la doncella más hermosa del reino—respondió.

—Es verdad, pero además es una Golfieri y si cometo la tontería de casarla contigo terminará raptada por el primer tunante lascivo y oportunista que la quiera de esposa. Y tú no podrás defenderla.

El joven sostuvo su mirada y dijo que él la defendería con su vida.

—Tu vida no será suficiente muchacho, debes mejorar tu arte si quieres casarte con mi hija. Y la dama Elina es muy joven todavía, creo que necesitará madurar un poco más—Y con esas palabras dio por zanjada la cuestión.

****

Elina estaba harta de estar encerrada y un día se atrevió a recorrer el vergel y adentrarse en el jardín prohibido.

Había llorado durante días al enterarse que su padre tramaba enviarla a un convento, su madre se lo dijo y juró convencerlo y al parecer lo había hecho pero la joven se sentía insegura, asustada. No quería pasar su vida encerrada en un convento, quería un esposo y un castillo.

Un día notó que los amigos de su hermano Enrico la miraba con embeleso desde el jardín prohibido y la sensación de ser admirada por muchachos la dejó muy nerviosa y excitada. No debían acercarse a ella, su padre los mataría, sus hermanos eran descuidados. Antonino corría tras una moza y se iba a los jardines para besarla y Enrico simplemente la dejaba sola y no cumplía con su deber de cuidarla. Pero eso le daba un respiro para ir al jardín secreto.

Elina no temía a los jóvenes donceles, su presencia la excitaba y tejía sueños románticos con respecto a ellos. Se imaginaba que uno muy guapo la rescataría de ese castillo y la llevaría muy lejos. Era lo que más soñaba. Ser besada, ser amada y raptada cómo lo fue su madre hacía muchos años.

Correr aventuras, sentir esas caricias en su piel... Sabía cuánto se amaban sus padres y siendo niña había visto una escena fascinante y turbadora entre ellos. Ella estaba desnuda entre sus brazos y él estaba sobre ella abrazándola de una forma posesiva mientras besaba sus pechos y su madre suspiraba.

Turbada se había alejado para luego escuchar gemidos y palabras de amor.

Sabía que de esos abrazos nacían los niños, no era tan ignorante, sin embargo su madre no había tenido más hijos.

Esa tarde, aprovechando la ausencia de su hermano se aventuró al jardín prohibido por la puerta secreta y llegó más lejos que otras veces y se detuvo en el lago y contempló su rostro, su padre la obligaba a llevar una toca para cubrir su cabello pero Elina se la quitó para verse reflejada en el agua sólo un instante.

No era hermosa, ni se sentía feliz, sus mejillas no tenían color por estar siempre encerrada y sus ojos tenían una expresión tan triste que se apartó de su imagen furiosa. ¡Odiaba esa vida! Siempre encerrada, alejada de los demás cómo una oveja enferma. Y no podía entender por qué si su padre la amaba tanto la mantenía alejada de las fiestas, de las reuniones dónde había muchachos guapos de su edad.

Elina no tenía amigas, de niña había jugado con las hijas de las criadas pero luego al ser confinada a la torre secreta también perdió su compañía y alegres juegos. Su breve estadía en el convento había sido aburrida y la aterraba ser confinada para siempre en sus gruesos muros.

Y aunque su madre la mimaba y también su abuela y tías, ya no era una niñita y sólo quería ser cortejada y admirada, y correr aventuras cómo sus hermanos que podían ir y venir a su antojo.

Mientras se entristecía con estos pensamientos escuchó una voz.

—Aguarda doncella—dijo alguien.

Ella se detuvo asustada, cerca de allí había un joven alto, de cabello oscuro y ojos cafés que la miraba con embeleso.

Era tan guapo, pero ¿quién era? ¿Acaso el hijo de algún caballero, o uno de esos amigos de Enrico que la espiaban?

—Doncella, ¿tú eres Elina, la hermana de Enrico?—preguntó el joven acercándose con sigilo.

La damisela se sonrojó cuándo el joven se detuvo frente a ella sin dejar de mirarla cómo si fuera un ángel.

Asintió turbada y se alejó sin hablarle, no debía hablar con desconocidos.

—Aguarda hermosa, por favor, no voy a hacerte daño— insistió el doncel y le cerró el paso con atrevimiento.

Era tan alto cómo su padre y vio que tenía una espada cómo la de sus hermanos. Sus ojos cafés la miraban con deseo y de pronto tuvo miedo, porque no la dejaba avanzar, ni podía esquivarle.

—Déjeme pasar por favor caballero, debo regresar a mis aposentos, yo no debo estar aquí—Elina tembló porque nunca había estado cerca de un joven tan guapo.

El doncel sonrió al notar cómo sus mejillas se encendían. Era mucho más bella de lo que había visto escondido entre los muros, pero sabía que su padre no daría su mano a cualquier hombre y se rumoraba que tal vez la enviara a un convento.

—No temas hermosa, sólo quiero mirarte…—dijo entonces pero ella desconfió de sus palabras y cuándo quiso escapar el atrevido caballero la atrapó y le robó un beso mientras sujetaba su rostro y empujaba su cintura contra su pecho fuerte. Era tan fuerte que no pudo evitar abriera su boca y que la invadiera con su lengua.

Elina estaba tan asustada cómo excitada, nunca la habían besado antes, ni sabía que el beso era así y quiso resistirse pero el joven era muy fuerte y su pecho parecía de piedra.

Y no pudo librarse de él hasta que él mismo decidió soltarla. Lo miró furiosa, con las mejillas encendidas y quiso golpearlo cómo le había enseñado su padre pero no se atrevió.

—Mi padre lo matará cuándo se entere de lo que me hizo señor. ¡Es usted un atrevido, déjeme en paz!—dijo al fin.

Pero él tomó su rostro y volvió a besarla de forma fugaz.

—Moriré feliz hermosa doncella, luego de haberla visto y haberle dado su primer beso de amor—dijo él sonriendo de forma extraña, sin dejar de mirarla.

Forcejearon y ella huyó a sus habitaciones tan rápido cómo le fue posible y pensó que se lo tenía merecido por haber escapado al jardín prohibido.

A solas en su habitación respiraba con dificultad y la criada Imelda se acercó asustada al ver que no tenía el velo.

—Oh, señora Elina, su padre la matará no debió usted salir de aquí—dijo luego mirándola consternada.

—No le diga nada por favor, sólo fui al río a ver mi rostro y luego…

No dijo a nadie lo ocurrido, estaba asustada y emocionada a la vez. Dos veces la habían besado, dos veces rozaron sus labios y descubrió que la sensación era agradable. El joven caballero dijo que era hermosa, y sabía que había sido su primer beso… ¿Quién era ese joven caballero tan osado que había dicho que moriría feliz sabiendo que había besado a la doncella más bella del reino? ¿Sería amigo de Enrico?

Si su padre se enteraba de lo ocurrido lo mataría…

Elina pensó que no debía abandonar sus aposentos, había sido peligroso hacerlo, peligroso y emocionante. Esa noche le costó conciliar el sueño, no dejaba de pensar en ese joven tan guapo y en ese beso… Ahora sabía lo que era ser besada y estaba más decidida que antes a casarse y conseguir un esposo así de guapo…

Pero tal vez no volviera a verle y nunca supiera el nombre de ese doncel tan atrevido.

Se equivocaba porque el atrevido mozo hacía tiempo que observaba a la bella cuándo nadie lo veía y besarla había terminado de enamorarle. Su boca dulce, sus labios y su cuerpo tibio y rollizo lo habían vuelto loco de amor y deseo.

Debía verla de nuevo y pedir su mano.

Conocía a su padre, sabía que lo mataría si se enteraba que había entrado en el jardín prohibido y besado a su hija, pero debía arriesgarse…

*****

Días después Elina recorría su vergel cuándo sintió algo extraño y vio al caballero espiándola escondido entre los árboles.

Corrió espantada y pidió ayuda pero él la atrapó y le rogó que no gritara.

—Tranquila hermosa doncella, no voy a hacerte daño—dijo él.

Su proximidad la inquietó y comenzó a temblar, la besaría de nuevo…

—Estáis triste doncella, os dejan siempre encerrada… —dijo.

—¿Quién es usted caballero y cómo sabe que vivo encerrada aquí?—preguntó.

—Mi nombre es Lucio Visconti, doncella.

—No debe estar aquí signore Visconti, si mi padre lo descubre espiando… Usted es…

—Soy sobrino del duque y amigo de su hermano Enrico, vine aquí hace muchos años para aprender las artes de las armas y estar preparado para luchar por una hermosa doncella. Y no tema, sé cuidar mis espaldas.

La liberó despacio y con pesar, debía marcharse. Podrían descubrirle y no quería que lo expulsaran del castillo negro ahora que al fin podía acercaba a la hermosa doncella de la torre secreta.

—Me iré pero antes me despediré de usted.

—No… No se atreva a besarme…—dijo ella nerviosa, apartándolo.

—No me iré hasta besarla doncella, sólo una vez…

Pero ella lo empujó furiosa y huyó llamando a sus criados y esta vez el audaz caballero debió esconderse y abandonar esa zona prohibida del castillo sin haber logrado su objetivo.

Cuándo las criadas acudieron dijo que había escuchado voces pero no dijo el nombre del caballero con el que había conversado.

Entonces vivía en el castillo, era entrenado por su padre y sus tíos, debía ser uno de esos jóvenes que la espiaban cuándo salía al vergel.

Había intentado besarla de nuevo… Y ella se lo había impedido. Había escapado a tiempo y eso le daba alegría y pena a la vez.

Nunca se había sentido así, excitada y temerosa. Nunca olvidaría ese beso ni la sensación tan agradable de estar entre los brazos de un hombre, sentir su fuerza, su olor…

Ya no era una niña y a veces temía marchitarse encerrada en ese castillo hasta que fuera una anciana.

Isabella notó un cambio en su hija cuándo fue a visitarla ese día: se había vuelto reservada y tenía la sensación de que había crecido de prisa. En unos meses cumpliría dieciséis años y su padre no hablaba de casarla. Había recibido dos peticiones y las había rechazado.

—Elina, ven aquí—la llamó.

La joven acudió con expresión temerosa.

—Creo que pronto te casarás, hija—dijo Isabella acariciando su cabello. Ya no era una chiquilla, había cambiado, y necesitaba estar a salvo con un esposo y no vivir confinada en el castillo.

La joven abrió los ojos sorprendida y asustada.

—Todavía no sé a quién escogerá tu padre pero ha de ser un caballero esforzado, cuatro jóvenes han pedido tu mano Elina.

—¿Cuatro jóvenes?—repitió ella sorprendida.

—Sí y un caballero de edad madura que tu padre desechó de inmediato.

—¿Y cómo se llaman?—quiso saber.

—No lo sé… Pero deberán probar que son buenos en la espada y tener una fortuna y un castillo sólido, hija.

La joven asintió pensativa y se preguntó si sería Lucio Visconti uno de los caballeros.

—Madre, quisiera esperar, no quiero casarme todavía—dijo ella con prudencia.

Isabella notó que su hija parecía asustada.

—Creí que te alegraría la noticia Elina, tú no querías quedarte aquí ni ir a un convento.

—Tampoco quiero que me entreguen a esos rudos caballeros madre, son groseros y deslenguados y me lastimarán.

—Elina, eso no ocurrirá.

—Mi padre sólo piensa en que sea diestro en la espada, no le importa que sea rudo o feo cómo un demonio. ¡Oh madre no dejes que me entregue a un joven feo y sin modales por favor!—le rogó su hija.

Isabella la abrazó.

—Tranquila hija, eso no ocurrirá.

Ella se quedó mirando a su madre pensativa.

—Madre, ¿cuándo mi padre te raptó tuviste mucho miedo?

Isabella se sonrojó.

—Eran enemigos de mi casa Elina, temí que me mataran y…

—¿Él te lastimó madre?—insistió ella.

—No, no lo hizo. Sólo me mantuvo encerrada pero no me tocó ni me hizo nada. No pudo hacerlo… Dijo que se enamoró de mí cuándo me vio por primera vez. Era un rudo caballero, muy diestro en la espada y en la daga pero siempre cuidó de mí.

—¿Y tú lo amabas, madre?

—Al principio le temía y luego… Sin darme cuenta me enamoré tanto de él que sentí que moriría si algo le pasaba. Pero no temas Elina, siempre estarás a salvo en este castillo, todos cuidamos de ti. Sólo debes ser prudente y no abandonar tus aposentos hija, aquí estarás vigilada por tus hermanos y los centinelas.

Ella pensó en su hermano Enrico y se estremeció. Él había dejado que sus amigos se acercaran, si su padre se enteraba le daría de azotes cómo cuándo era niño.

—Madre, ¿por qué mi padre teme que me rapten? No puedo entenderlo. ¿Por qué debo vivir encerrada aquí lejos de mi familia?

—Porque eres hermosa, y también su hija, pueden raptarte por venganza hija, nuestra familia siempre ha tenido enemigos.

—Madre, habla con él, dile que me deje escoger esposo.

—Lo haré Elina. Pero antes de que eso ocurra debes saber… Estar preparada para…—Isabella se sintió en un aprieto, no era sencillo hablar con su hija, pero no quería que fuera al matrimonio ignorante cómo lo fue ella y luego se asustara y llorara en su noche de bodas. Y con mucha delicadeza le habló de lo que ocurría en la intimidad del matrimonio.

Temía que se asustara pero no lo hizo, Elina era curiosa y sabía algo del asunto pero de pronto sintió miedo.

—¿Es doloroso?—quiso saber.

—Sólo un poco, al principio, luego…

Elina recordó aquella escena de su infancia y se sonrojó y su madre pensó que estaba avergonzada.

—¿Y qué debo hacer yo madre?

Isabella demoró en responderle.

—Nada, sólo dejar que ocurra y no asustarte.

—¿Y cuántas veces ocurrirá eso? ¿Hasta que quede encinta?

Ella no quiso asustarla, Enrico jamás dejaba de hacerle el amor aunque ella ya no pudiera tener hijos, pero no todos los hombres eran iguales.

—Tal vez, pero no puedes negarte Elina ni asustarte y si no te sientes preparada debes decirlo. Hay jóvenes que prefieren el convento.

Elina frunció el ceño. Ella no era de esas por supuesto, sólo estaba algo sorprendida por las revelaciones, nunca había visto a un hombre desnudo y apenas conocía su propio cuerpo.

—¿Y tú sabías, madre? Cuándo te desposaste con mi padre ¿sabías cómo era?

Isabella lo negó.

—Por eso he querido hablarte, yo estaba muy asustada, quería casarme, pasé gran parte de mi infancia en un convento y me aburría regresar allí. Mis padres querían que fuera novicia pero yo quería casarme con Enrico. Le temía, es verdad pero la vida monástica me espantaba. Quería tener un esposo y muchos niños, ser la señora de un castillo.

Elina pensó que se parecía mucho a su madre, sólo que quería escoger ella a su esposo y ya sabía a quién escogería…

*****

Cuándo Lucio se enteró de que cuatro caballeros se disputaban la mano de la doncella Elina se enfureció. Fue su amigo Enrico quien le contó.

—Esos tontos, se pelean cómo gallos por tener la mano de mi hermana. Compadezco al tonto que la tome por esposa, mi padre le ha enseñado a luchar ¿sabes?—dijo el joven Golfieri ocultando una sonrisa.

—¿De veras?—preguntó su amigo Lucio con interés.

—Sí, pero lo hizo tan mal que mi padre casi la manda a un convento, no lo hizo porque mi madre le rogó que la dejara aquí.

Lucio miró a su amigo con rabia.

—Pobrecilla, ¿no sientes pena por ella? Confinada a un rincón apartado del castillo sólo porque es hermosa y temen que un enemigo de su familia la rapte.

Enrico miró a su amigo sorprendido.

—En verdad, nunca lo había pensado. Pero ella tiene todo cuanto desea: golosinas, libros, cuentos de la nana… Los mejores vestidos y joyas. Es muy feliz allí.

Lucio sabía que eso no era verdad, había visto a la doncella llorar en silencio y había deseado consolarla sin atreverse a acercarse. Pero ahora lo acosaba un asunto más grave.

—Enrico, escucha, ayúdame, no soportaré que se lleven a tu hermana, yo quiero que sea mi esposa—exclamó.

Su amigo lo miró cómo si hubiera perdido el juicio.

—No lo hagas, no seas tonto, lo lamentarás.

—La amo Enrico, y me casaré con ella.

—Pero tú debes casarte con la hija del conde de Ferrara.

—Al diablo con ella, no me ataré a esa joven por orden de mi tío. Quiero a Elina y pelearé con esos rufianes.

Enrico permaneció pensativo.

—Mi padre quiere el mejor guerrero Lucio y tú no eres tan bueno.

—Lo soy.

—¿De veras? Muestra tu espada amigo.

Lucio obedeció y en los jardines del castillo brillaron las espadas de los dos jóvenes.

Pero Enrico era invencible y aunque le llevó algún tiempo le quitó la espada y apuntó su cuello.

—Si yo fuera uno de esos tontos tendría la mano de la fea Elina, ¿lo ves? Necesitas entrenar.

Lucio se incorporó furioso.

—Pelearé por su mano Enrico, y si no me aceptan la raptaré.

Los ojos de Enrico se oscurecieron y se tornaron oblicuos.

—No puedes raptar a mi hermana cómo un bribón, yo soy uno de los centinelas y deberé matarte si lo intentas—le advirtió su amigo.

—Ayúdame, siempre he sido tu amigo leal. Amo a tu hermana—confesó el joven Visconti.

—¿La amas? ¿Y cuándo la has visto? ¿Acaso has entrado en la torre dónde está confinada?—Enrico se enfureció.

—No, sólo la vi en los jardines.

El joven Golfieri palideció de ira.

—Le dije que no volviera a escaparse a esa pequeña insensata. Lucio, no te acerques a mi hermana o lo lamentarás y no me importa que seas mi amigo, mi padre me matará a mí primero y luego a ti si se entera que has estado espiándola. Nadie debe verla, por eso la confinaron a esa torre.

—Perdóname amigo, pero es tarde para alejarme de ella. Será mi esposa y hablaré con tu padre, lucharé por su mano.

Y tras decir esas palabras, armándose de coraje, se presentó ante el conde Golfieri en persona y dijo que quería combatir por la mano de su hija Elina.

El conde no se burló sino que abandonó el escabel y miró al joven que era tan alto como él y era sobrino del gran duque.

—Tú ya tienes prometida, muchacho. Tus parientes tienen muchos planes para ti y no te enviaron aquí para que te enamoraras de mi hija sino para que te convirtieras en un guerrero y todavía no has pasado la prueba final.

—Señor por favor, quiero casarme con su hija, yo cuidaré de ella y la defenderé con mi vida más que esos tontos que han pedido su mano.

—¿De veras? ¿Y cómo es que ha nacido un amor tan ardiente por una joven dama a quien nadie ha visto? ¿Acaso te has atrevido a espiar en el jardín prohibido osado mozalbete?

Lucio lo enfrentó sin parpadear.

—Todos se mueren por ver a su hija signore Golfieri, pero creo que ninguno ha visto en su corazón la pena que la doncella lleva en su pecho por vivir confinada en ese lugar cómo yo la he visto—dijo Lucio desafiante.

Enrico sintió deseos de golpear a ese imberbe palurdo pero se contuvo, era el sobrino del duque, un Visconti y su huésped. Por desgracia.

—¿Pena, dices? ¿Has visto a mi hija triste?

—Así es señor conde, la he visto llorar.

—¿Y pretende usted consolarla y dejarla correr libremente por su castillo? ¿Se enfrentará a sus familiares a causa de mi hija? Porque tengo entendido que ya han escogido esposa para usted.

—Enfrentaría al diablo por su hija, señor.

Enrico meditó en el asunto.

—No será tan sencillo convencer a su tío, muchacho. No querrá verse usted en la miseria y desheredado, sometido al escarnio de sus familiares.

No le importaba, estaba loco de amor por su hija y vio en él algo que los otros no tenían. Era educado, valiente y arrojado y le recordaba a él en su juventud, cuándo raptó a Isabella y se enfrentó a su padre para conservarla y habría peleado con el demonio por hacerla su esposa.

—Primero hable con su tío hijo, y con su familia. Si ellos aprueban su petición le haré un lugar entre los caballeros que pelearán por la mano de mi hija.

Lucio aceptó el trato y le dio las gracias, pero Enrico no se hizo ilusiones, conocía a los Visconti: eran ambiciosos y despiadados y además, no quería que su hija viviera con ellos. No estaría a salvo de las intrigas. Y no le agradaba enterarse de que ese Visconti había estado espiando a su niña y llamó a su hijo Enrico de inmediato.

Este se presentó ante él con expresión ceñuda.

—Te pedí que vigilaras la torre y el jardín prohibido y al parecer tu amigo Visconti desafió la vigilancia y ha podido ver y enamorarse de tu hermana, ¿lo sabías?

Enrico lo miró inmutable y su padre sintió deseos de golpearle.

—No es mi culpa padre, Elina se escapó al jardín prohibido, le advertí que no lo hiciera y por eso… Lucio Visconti la vio.

—Ese joven no debió estar allí, sabía que no debía acercarse a la torre y lo hizo y tú no cuidaste a tu hermana cómo te pedí hijo, la dejaste sola. Y seguramente Antonino debió irse con alguna moza a divertirse a la pradera.

—Es lo único que le interesa padre, ya lo sabes. ¿Aceptarás a Lucio Visconti para que compita por Elina?—quiso saber.

—Es muy joven y no ha podido vencerte con la espada. Además su familia no lo aceptará, tiene otros planes para él. No se casará con Elina. Ahora regresa a la torre y cuídala, y si vuelves a fallar juro que lo lamentarás Enrico—gritó su padre furibundo.

***

El pretendiente enamorado regresó ese día a su castillo y visitó a su tío, el gran duque de Milán que lo había criado cómo su hijo al quedar huérfano a tierna edad.

—Hijo mío, no te esperaba hasta dentro de unos meses—dijo el duque.

Lucio lo miró con ansiedad. Era un hombre grueso de facciones italianas, nariz ganchuda y mirada de lince.

—Tío, he venido a conversar contigo, a pedirte un favor, te ruego que me escuches—comenzó el joven.

Su tío se sentó en el sillón cuadrado que lo hacía aparecer más gordo y majestuoso. Era un hombre agradable pero cerebral, y al enterarse de los impulsos amorosos de su sobrino y sus inclinaciones por la bella hija de Enrico Golfieri palideció de furia.

—¿Casarte con la hija del conde Golfieri? Querido sobrino, te envié a ese castillo para que aprendieras las artes de la guerra no para que te enamoraras locamente de la doncella Elina. ¿Qué edad tiene esa niña?

—Quince, tío.

—Bueno, ya no es una niña… ¿Pero acaso olvidas tu compromiso con Clara, la hija del conde de Ferrara? Es una joven agradable y tu matrimonio con ella…

Sería ventajoso para su tío por supuesto, eso quiso decirle.

—Quiero a Elina Golfieri tío, la amo, por favor, no quiero casarme con Clara, nunca quise hacerlo, usted lo planeó hace tiempo.

—No puedes desposar a la hija del conde y no tendrás mi consentimiento. No es más que un capricho, un deseo lujurioso. Puedes buscar a una criada o campesina para satisfacerte, olvida a esa joven. Esa familia es sanguinaria hijo mío, poderosa pero terrible y un parentesco con ello podría significar tu muerte prematura.

—Tío, no es un capricho, ni un deseo lujurioso, quiero que sea mi esposa y Enrico Golfieri me ha aceptado.

Su tío no supo qué decir.

—¿Cómo pudiste hablar primero con el conde del castillo negro? ¡Debisteis consultarme! Ahora habrá enemistad si me niego y lo que menos deseo es enemistarme con esos belicosos Golfieri.

—Debo competir tío, otros jóvenes quieren su mano y pelearemos y el mejor será el elegido.

Esas palabras le dieron un respiro. Bueno, al menos no todo estaba perdido. Buscaría la forma de sabotear esa contienda...

—Entonces debes competir, si vences conversaremos este asunto hijo.

Lucio sonrió ilusionado, tan ingenuo y regresó ese mismo día con la buena nueva al castillo negro.

Cuándo Enrico se enteró del beneplácito del duque pensó que era realmente inesperado que diera su consentimiento.

Pero Lucio necesitaba ver a Elina esa noche y se deslizó sin notar que alguien lo seguía por los jardines del vergel para espiarla.

Estaba allí, debía entrar, la llamó y ella lo miró sonrojándose intensamente.

—Hermosa, ven aquí, escucha, voy a pedir tu mano...—le gritó.

Elina se acercó intrigada.

—Competiré con cuatro caballeros en combate para tener el honor de desposarte.

La expresión en el rostro de su hija fue más que elocuente al respecto y siguió espiando a ver qué ocurría y vio al osado Visconti atravesar el muro y saltar cómo un gato para reunirse con ella.

—No me casaré con usted—dijo ella de forma inesperada.

—Oh, sí, si no lo haces te raptaré hermosa, nada me apartará de tu lado—respondió él.

Iba a besarla, no podía resistirlo pero de pronto sintió una daga en su cuello y vio al fiero Enrico apuntándole.

—Has sido osado muchacho, ¿acaso pretendías besar a mi hija?

—Perdone señor... Yo sólo iba a hablar con ella—respondió Lucio inmóvil.

Elina gritó y le rogó a su padre que lo dejara.

El conde estaba furioso.

—¿Has estado cortejando a mi hija a escondidas, la has besado? ¿Has osado besarla? Hija, ¿este joven te ha besado?

Elina respondió que no había sido así y se sonrojó, pero el joven dijo lo contrario.

—Perdóneme señor, sí la he besado, no debí hacerlo, perdóneme.

Enrico lo golpeó y el joven cayó al piso y Elina lloró desesperada pensando que su padre lo mataría.

—Te mataré si vuelves a acercarte a mi hija, sal de este castillo ahora y no regreses nunca más. No eres más que un atrevido que intenta divertirse con mi hija, no te casarás con ella, no lo permitiré.

Lucio se incorporó y lo enfrentó furioso de haberse dejado llevar por sus impulsos.

—Elina será mi esposa señor Golfieri, y nadie ni nada lo impedirá.

—¿Te atreves a desafiarme en mi propio castillo? Te haré pedazos si intentas llevártela por la fuerza, muchacho. No me asusta que te llames Visconti, te daré muerte de todas formas.

Enrico supo que al joven no le afectaban sus amenazas, amaba a su hija cómo él había amado a Isabella hacía años y supo que le ocasionaría problemas. Era el sobrino del duque…

Cuándo el joven se fue Elina lloraba a mares y lo acusó de ser malo y de odiarla.

—¿Tú quieres a ese joven, has estado viéndole y me mentiste por su causa? Debiste decirme que te había besado.

Enrico estaba furioso con su hija y de pronto entendió por qué había mentido. La había recluido para salvarla de esos caprichos amorosos pero habían fallado. Habían encontrado la forma de burlar la vigilancia y ver a Elina a escondidas. Y uno de esos fisgones la había conquistado robándole besos cómo un atrevido.

—Elina, tranquilízate, olvídate de ese Visconti, su familia jamás aceptará que se case contigo, ya escogieron una esposa para él—dijo su padre.

Pero su hija huyó y no quiso escucharle y durante días permaneció triste negándose a comer. Terca y obstinada cómo su madre.

Al enterarse de lo ocurrido Isabella se quedó con su hija y procuró consolarla.

Y luego riñó con su marido por su causa.

—¿Por qué no pueden casarse? Enrico, Elina ya no es una niña y ha escogido al joven Visconti. No comprendo ¿por qué su familia se opondría…?

—No es sólo eso, no debió espiarla Isabella. La espió y la besó, y esos criados dijeron que no vieron nada. Era mi huésped y no debió hacer eso, fue…

—Tú habrías hecho lo mismo Enrico, Lucio Visconti es joven y atolondrado, y quiere a nuestra hija, quiere casarse con ella, y ella también… ¿Por qué no pueden ser felices?

Enrico miró a su esposa con expresión desafiante.

—Si realmente ama a mi hija luchará por ella, pero si intenta raptarla: lo mataré. Tal vez sea un capricho de joven mimado, Isabella, y nuestra hija es tan joven… ¿Qué sabe ella del amor? Tal vez sólo esté confundida y me enfurece saber que ese joven la besó en mi propio castillo.

Enrico decidió celebrar los torneos sin Lucio pensando que cualquiera de los jóvenes que saliera victorioso sería apropiado para su hija.

Lucio se había marchado y tal vez no regresaría, mejor sería casarla cuanto antes y ponerla a salvo. A pesar de sus cuidados había ocurrido ese incidente y luego supo que esos jóvenes que ahora combatían también la habían espiado alguna vez.

Pero sólo el Visconti la había besado.

Elina no quería saber nada de los torneos ni de quien debía casarse con ella. Sólo pensaba en Lucio y en la forma en que su padre lo había golpeado, amenazándole, arruinando su romance sin piedad, sólo porque le había robado unos besos...

Y él había pedido su mano, quería casarse con ella. La amaba... Y había jurado convertirla en su esposa, nada ni nadie podría detenerle.

¿Sería eso lo que decían siempre los jóvenes enamorados?

Su padre era malvado, la había confinado en ese lugar y ahora debía casarse con quien él escogiera sólo para escapar a tanto encierro.

Se acercó para espiar y vio a los jóvenes y se dijo que ninguno era cómo Lucio y volvió a llorar. No podía dejar de pensar en él todo el día, su primer beso, su primer amor y debía entender que tal vez no volviera a verle...

Su padre no lo dejaría entrar, y él tenía otra joven para casarse, su familia la había escogido.

Elina pensó que no era tan divertido estar enamorada ni haber sido besada, ahora se sentía triste y desesperada pensando que debía casarse con uno de esos caballeros y ninguno le agradaba.

Cuándo el torneo terminó Isabella habló en privado con su marido.

—He dado mi palabra hermosa, no puedo faltar a ella—le advirtió.

—¿Y prefieres que tu hija sea desdichada?—insistió Isabella.

—Elina estará a salvo Isabella, con el tiempo aprenderá a conformarse, y querrá a su esposo. Tú lo hiciste.

—Pero yo nunca tuve un pretendiente Enrico, ni me besó ningún joven antes que tú. Elina está muy triste y no querrá casarse y será muy desdichada si la obligas. Por favor, escúchame, es nuestra hija, si es desdichada con ese joven… Tú has elegido al mejor guerrero Enrico, pero tal vez no sea apropiado para Elina. No me agrada ese caballero.

   El caballero en cuestión se llamaba Ercole Strozzi y era hijo de un importante barón del ducado y no era mal parecido y había demostrado ser muy diestro en la espada venciendo a todos sus enemigos. Y lo había hecho por tener la mano de la doncella más bella del reino.

   La había visto de lejos, a la bella dama de los cabellos dorados cubierta con su toca y desde entonces había soñado con tenerla en su lecho y acariciar su cuerpo suave y femenino… No podía creer su buena suerte de haber ganado una esposa tan guapa para su cama, no todos tenían ese privilegio y disfrutaba imaginando lo que haría con ella cuándo cayera en sus manos. Y esa noche se embriagó y festejó con sus amigos en el castillo hasta caer dormido en un rincón.

****

   Una semana después Elina fue llamada ante su padre para conocer al joven que sería su esposo pues ese día celebrarían la fiesta de esponsales en el castillo negro. Era la primera fiesta a la que asistía en tiempo y todos la observaban con curiosidad, deslumbrados por la belleza tierna de esa joven doncella.

   Ella avanzó con la mirada baja, dando pasos lentos. Estaba triste y su madre lo notó y miró a su marido disgustada.

—Hija, debes prometer que te casarás con el joven Ercole—le dijo su padre.

Ella miró a su futuro esposo: era un caballero alto y fuerte cómo un toro, de cabello oscuro, ojos risueños y boca con expresión lujuriosa. De pronto tembló. No se parecía a Lucio, y no dejaba de mirarla con deleite cómo si estuviera desnudándola con la mirada sin perder detalle de su figura. Y temblando cómo una hoja prometió solemnemente ser su esposa.

Ercole Strozzi sintió que su corazón palpitaba de forma acelerada al ver que era mucho más bella de lo que había visto a la distancia y observó excitado su talle menudo y senos en forma de manzana y las caderas anchas y seductoras. Era pequeñita y hermosa, oh, le gustaban mucho las pequeñitas, se sentían más en la cama…

Se sentó frente a ella y no dejó de mirarla sintiéndose afortunado, sin dejar de mirarla con deseo. Isabella lo notó y se disgustó.

Elina permaneció con la mirada fija en el plato pero no probó bocado. ¡Era tan desdichada! Su padre no podía ser tan cruel de casarla con ese hombre.

Entonces sintió una mirada y vio a su hermano Enrico sentado frente a ella mirándola de forma extraña: pena, rabia… No podía saberlo. Él detestaba cuidarla y tal vez su padre supo que había sido él quien dejó entrar a Lucio en el jardín prohibido y ahora tenía otra razón para odiarla o tal vez estaba disfrutando al verla atormentada.

Rogó a su padre que la dejara retirarse antes y este accedió. La mirada de su prometido la siguió con deseo y ella se alejó feliz del atestado salón.

Unos criados la escoltaron hasta la torre secreta, y luego se alejaron. Sólo debía ir hasta sus aposentos, nada malo podría pasarle.

La joven no notó que unos pasos la seguían a cierta distancia y se detenían en la penumbra. Continuó caminando y de pronto sintió que la jalaban y arrastraban hacia atrás, hacia la oscuridad de la torre, atrapando su cuerpo en un apasionado abrazo mientras la besaban con ardor.

—No, por favor, por favor—dijo Elina asustada y sintió esos brazos fuertes rodeándola, mientras sujetaban su cintura. No pudo ver su rostro, estaba muy oscuro pero imaginó que era su futuro esposo, no había hecho más que mirarla con insistencia toda la noche.

Y de pronto el atrevido mozo entró en su boca con una urgencia desesperada mientras sus manos acariciaban sus pechos con suavidad.

Quiso gritar, defenderse pero ese caballero era muy fuerte y la apretó contra la pared y siguió besándola, suspirando, olfateando su piel cómo un sabueso mientras gemía y volvía a besarla con una pasión salvaje, desmedida. Sintió su lengua invadiendo su boca, saboreándola desesperado mientras apretaba sus pechos contra sí y comenzaba a besarlos a través de la sobreveste.

—No señor, por favor déjeme, me hace daño—Elina estaba aterrada, temía que ese hombre fuerte la tomara allí mismo y quiso defenderse y de pronto sintió algo duro apretando su sexo a través del vestido, y supo lo que era, su madre le había contado y quiso gritar, pedir ayuda pero ese joven era muy fuerte y no la dejaba en paz... Entonces sintió que le faltaba el aire y no podía respirar, todo se oscureció alrededor y se desmayó.

El audaz cortejante dejó escapar una maldición al ver que su damisela se desplomaba entre sus brazos. La observó así dormida con embeleso y la alzó en brazos pensando en llevarla consigo y hacerla suya. Oh, se moría por hacerlo, no podía esperar, todo su cuerpo respondía cómo un hombre y hacía tiempo que observaba a la damisela del jardín prohibido. Pero no podía hacerlo, no podía...

Y recuperando la sensatez, o lo poco que quedaba de ella la llevó a sus aposentos sin que nadie lo viera. Encendió un cirio y la observó, seguía sin reaccionar, desmayada, asustada por el feroz ataque... Habría podido tenerla en ese momento, arrebatarle la inocencia, hacerla suya en ese instante en la oscuridad, cómo un demonio maligno, habría entrado en su cuerpo cómo tanto había anhelado...

El joven caballero observó su cuerpo pequeñito y tembló de rabia y deseo y la habría poseído en ese instante pero no podía hacerlo, ¡maldición!... La había besado y sentido ese olor que lo embriagaba y sus formas de mujer voluptuosa y tentadora y en un instante, estuvo a punto de cometer una locura.

No podía quedarse, si lo hacía no podría luchar contra ese deseo sobrehumano que lo poseía y entonces huyó aterrado de lo que había hecho movido por un deseo profundo y salvaje y regresó al salón.

Una criada que presenció cuándo traían a Elina desmayada se acercó intrigada desde la oscuridad. ¿Qué le había ocurrido a la pobre doncella? Tal vez bebió demasiado vino.

Imelda entró en la habitación preocupada, porque otro criado le avisó que la doncella estaba enferma.

Se acercaron y notaron que estaba pálida y desmayada.

—Hay que despertarla, se desmayó… ¿Quién la trajo a su habitación?

La criada miró a la comadrona con expresión turbada y lo dijo. Imelda no sospechó nada hasta que preguntó:

—¿Dejó a la señora Elina desmayada sin ayudarla? ¡Qué malvado es ese caballero!—comentó— Vamos, ayúdame niña debemos despertarla ahora. No es bueno que se quede así desmayada.

La criada la ayudó y juntas lograron despertar a Elina. Ella gritó pensando que ese hombre la tenía atrapada en su pecho duro y fornido, la besaba, no la dejaba en paz, tocaba su cuerpo y ella estaba asustada de que la tomara antes del matrimonio.

—Tranquila señora Elina, cálmese… No hay nadie aquí.

La doncella temblaba y comenzó a llorar aterrada confesando lo que le había ocurrido hace un momento cuándo entraba en la torre.

—Mi prometido, mi prometido me atrapó en la torre y me besó y él… Iba a…

Las criadas se miraron espantadas y observaron sus ropas.

—¿Él le hizo daño dama Elina? Dios mío, debemos avisar al conde, querrá matarlo.

Elina lloraba mientras Imelda le preguntaba si ese joven había consumado su ataque.

La joven lo negó con un gesto.

—Alabado sea el señor, pudo hacerle mucho daño. ¡Qué tunante! Pero imagino que le habrán dado su merecido. Hablaré con el conde, ese caballero no puede tocarla hasta la noche de bodas.

—No soportaré que me toque, lo odio Imelda, lo detesto— dijo Elina y volvió a llorar.

La otra criada de ojos muy oscuros guardó silencio.

—Aguarde, le traeré agua fresca... ¿Cómo estuvo el banquete señora? ¿Comió algo?

—No, no quise comer nada Imelda.

—Por supuesto, por eso se desmayó, aguarde, iré a buscar un trozo de queso y una fruta fresca señora Elina.

La joven doncella no quería comer nada pero la criada insistió y comió un poco de pan negro y queso mientras lloraba pensando en lo que ese joven le haría cuándo nadie pudiera salvarla de ese matrimonio.

La criada Imelda fue en busca de su señora Isabella para contarle lo ocurrido y observó el salón atestado de cortesanos y sintió rabia. Buscó al prometido de la joven con la mirada y la rabia se transformó en odio: maldito bribón, propasarse con su niña y luego regresar a la fiesta cómo si nada.

Cuándo Imelda quiso acercarse a Isabella tropezó con el conde, y sin dudarlo le contó del ataque que acababa de sufrir su hija.

El caballero furioso, se acercó al joven Strozzi y lo increpó frente a todos.

Estaba tan ebrio que lo miró aturdido.

—Yo no besé a su hija señor, no he salido de este salón.

—¡Te atreviste a seguirla a sus aposentos! Ella dijo que fuiste tú bribón, no dejabas de mirarla—tronó el conde Golfieri.

En el salón se hizo un silencio sepulcral.

Ercole miró al conde y juró por la tumba de su madre que él no había sido, que era respetuoso con las damas y que no había salido del salón en ningún momento.

Estaba asustado y miró a sus amigos y compinches.

—Amigos míos, ¿pueden dan fe de que no me moví del salón en toda la noche?

Ellos juraron por otros muertos con total solemnidad y convencimiento.

Giuliano Strozzi, padre del joven y amigo de Enrico intervino con gesto airado.

—Mi hijo no es un rufián, jamás haría daño a una doncella. Otro lo hizo, búsquelo en su castillo y exíjale que se case con la joven que ha deshonrado, mi hijo no tomará una esposa que ya no sea virtuosa.

Ercole miró a su padre furioso. No podía ser tan cruel de quitarle a la hermosa pequeñita.

—Yo no hice daño alguno a la hermosa, pero descubriré quién lo hizo y lo mataré señor Golfieri. Pero usted dio su palabra que me daría su mano, y quiero que sea mi esposa. En esta fiesta de esponsales hay amigos y parientes, uno de ellos lo hizo y yo lo descubriré.

—¿Juras por tu madre que jamás te acercaste a la torre ni tocaste a mi hija joven Strozzi?—El conde estaba furioso.

—Lo juro por mi vida señor, soy un caballero, usted me entrenó en las armas y me conoce. No soy un malvado, jamás deshonraría a una dama virtuosa, cuándo esa dama iba a ser mi esposa además. En una semana lo será, ¿cree que sería tan tonto o tan pérfido?

—Mi hija fue besada, no ha sido deshonrada, pero se llevó un gran susto y está en sus aposentos muerta de miedo de lo que pudo hacerle su atacante. Un desmayo la salvó, eso me contó la criada Imelda. Pero ese ataque es una ofensa para mi casa y un daño para mi hija que es una joven dulce e inocente. Y uno de ustedes lo hizo y no me detendré hasta descubrirlo.

La fiesta de esponsales quedó arruinada, los músicos se marcharon pero los invitados no pudieron marcharse hasta responder a las preguntas de su anfitrión.

De pronto uno de los invitados confesó haber visto al joven Lucio Visconti escondido en los jardines del castillo observando la fiesta con rabia.

Fue más que suficiente para declararle culpable. Lucio, el antiguo pretendiente desairado tal vez intentó raptar a su hija esa noche y se asustó cuándo se desmayó, o no tuvo tiempo de llevársela. Hablaría con ese joven de inmediato.

Ercole sin embargo continuó haciendo preguntas entre sus amigos y uno de ellos le dijo algo que lo hizo palidecer.

—¿Qué dices Manfredo, estás loco?

—Fue él amigo Ercole, pero no digas nada a nadie o te matará. Yo lo vi irse del salón cuándo Elina se marchó escoltada por los sirvientes.

—No te creo.

—No eres el único que espiaba a la bella doncella Elina amigo mío, yo lo vi espiarla y seguir sus pasos.

Hablaron en un rincón del salón dónde nadie podía escucharlos, pero una mirada oscura notó el cuchicheo y se acercó con sigilo.

—Fue él, está loco por la bella dama y la quiere cómo amante.

Ercole miró a su alrededor aturdido. No podía ser. Su amigo estaba confundido.

—Debes hablar con el conde y alertarle, decirle la verdad porque ese demonio no dejará que te cases con ella, no permitirá que nadie lo haga.

El joven Strozzi sintió un sudor frío cuándo sus ojos se cruzaron con esa mirada maligna. Tenían el mismo tamaño, más de seis pie de altura, fuertes y fornidos caballeros. Era sencillo confundirles en la oscuridad, por eso la joven confundida y aterrada dijo que había sido su prometido.

Apartó la mirada sintiendo un sudor frío. No podía ser verdad, no podía ser él...

Se alejó a sus habitaciones y pensó, "debo hablar mañana con el conde, hoy está demasiado furioso para escucharme".

Mientras se desvestía escuchó unos golpes en su puerta, fue abrir y encontró con una criada de pechos voluptuosos que llevaba una jarra de vino y dos copas. Hacía días que miraba a esa joven de cabello oscuro y tentadoras formas.

—Buenas noches señor, he venido a traerle un poco de vino—dijo con una encantadora sonrisa. Sus labios rojos, el abultado escote y las caderas anchas avanzaron hacia él cómo un diablo tentador.

—Tú eres Marina ¿verdad?—preguntó el joven mientras su lengua recorría sus labios.

Ella asintió y al estar frente a él comenzó a besarlo y el lujurioso Strozzi olvidó su antigua preocupación cuándo la dama comenzó a abrir su camisa y besar su pecho despacio dispuesta a volverle loco. Oh, lo necesitaba, toda la noche viendo a su prometida sin poder tocar ni un cabello… Atrapó a la criada y besó sus pechos destrozando su vestido cómo un salvaje, y luego los lamió y no tardó en llegar a su femineidad y arrancarle gemidos mientras sentía su respuesta de hembra ardiente.

Ella lo apartó al ver que perdía el control, pero ese joven hacía tiempo que no tenía mujer en su cama y confundía a la criada con Elina y no quería dejar de embriagarse con el aroma y el sabor de su sexo y volvió a atraparla.

Hasta que ella escapó y fue por una copa de vino y la bebió de un sorbo.

El observó fascinado su cuerpo voluptuoso y carnoso y esos labios llenos y la llamó mientras se quitaba la camisa y la calza.

Su miembro erguido e inmenso aguardaba para tener satisfacción, pero ella quería que bebiera con ella una copa de vino. Ercole no quería vino, quería a la ramera en su miembro y la arrastró sin demasiada delicadeza hacia él y la joven obedeció mientras él apretaba su cabeza para que no pudiera soltarlo mientras gemía y pedía más. Ella lo lamía con su lengua y él comenzó a mover su miembro en movimientos rítmicos, desesperados cómo si su boca fuera ese rincón femenino y no se detendría hasta terminar.

De pronto notó que la ramera caía al piso retorciéndose de dolor, maldición, no podía ser… Cortar así su placer cuándo estaba a punto de estallar.

Vomitaba y se asfixiaba, y su rostro quedó morado, los ojos vidriosos, retorciéndose en horrible agonía mientras sus uñas se oscurecían y sus labios quedaban negros.

Ercole palideció al ver la copa vacía, que ella misma había llevado para convidarle, y que él rechazó porque se había hartado de beber esa noche. Ese vino debía tener veneno y no estaba destinado a la ramera sino a él.

Recordó esa mirada maligna en el salón y se estremeció. Sabía quién le había enviado la ramera y el vino envenenado y un sudor frío lo envolvió. Cubrió a la joven con una manta y cerró sus ojos musitando una plegaria por su alma. Luego se vistió con prisa y se marchó de la habitación. Creerían que él lo había hecho, ¡por los clavos de Cristo! ¡Qué noche tan negra!

Debía salir de ese castillo esa noche y no regresar nunca más, al diablo con la boda y la bella doncella, no quería morir. Ni decirle al conde sus sospechas, no le creería, ni él podía creerlo a decir verdad. Lucio Visconti debía estar detrás de eso, estaba furioso porque no había podido competir y siempre lo había detestado. Lucio y sus secuaces. Quisieron inculparlo, eso había sido: confundir a Elina, que ella pensara que había sido él, quitarle del medio cómo diera lugar. Porque el soberbio Visconti se creía mejor que nadie por ser el sobrino del gran duque y nadie más tendría a la joven que tanto deseaba. Él debió entrar en la torre ayudado por sus amigos del castillo, y luego…

De pronto recordó las palabras de su amigo, "el la espiaba cuándo nadie lo veía, él salió del salón poco después de Elina… La quiere cómo su amante y no dejará que nadie la tome ni la tenga por esposa".

Buscó a su amigo Manfredo Galiani para avisarle que debían huir juntos y entró sigiloso en su habitación. Todo el castillo estaba en penumbras, envuelto en un silencio sepulcral.

—Manfredo despierta, debemos irnos—dijo.

No tuvo respuesta, maldición estaba dormido cómo un tronco, había bebido demasiado.

Se acercó a la cama y lo sacudió con fuerza.

—Despierta bribón, debemos irnos de aquí antes de que nos maten. Ese Visconti está loco—dijo.

De pronto sintió un sudor frío recorriendo su espalda al ver en la mesa una jarra de vino y dos copas vacías. Su amigo tenía una extraña expresión y temblando acercó la vela a su rostro para descubrir que había sido envenenado cómo la criada que estaba en su cuarto. Muerto, asesinado, cómo debió estarlo él esa noche. Pero la ramera no debió saber que ese vino tenía veneno, alguien debió pagarle bien para que representara su papel. Esa jovencita era la preferida por los caballeros del castillo y alguien la envió a su habitación para darle placer y luego matarle. Y también decidió asesinar a su amigo para que ambos guardaran el secreto que habían descubierto.

Debía escapar cuanto antes. Musitó una plegaria por el alma de su amigo y cerró sus ojos. Luego huyó de la habitación y abandonó el castillo, conocía un atajo para huir de ese lugar.

Logró llegar a las caballerizas y ensilló un caballo y corrió, perdiéndose en la oscuridad de la noche, siendo devorado por ella para siempre.

*****

Elina despertó agitada, había soñado con ese joven y lloró asustada.

—Tranquila Elina, fue sólo un sueño. Estoy aquí—dijo su madre acariciando su cabello, mirándola con expresión consternada.

—Mamá, él…

—Calma hija, tu padre no permitirá que sufras ningún daño. Sabe lo ocurrido y castigará al culpable.

—Fue Ercole madre, era muy fuerte…

—¿Viste su rostro, hija? ¿Estás segura?

La joven se sonrojó turbada.

—Estaba muy oscuro madre, no pude verle pero su olor me era familiar.

Su madre la ayudó a vestirse y la joven se levantó y quiso darse un baño en el barril de madera. Las criadas cubrieron el tonel con lienzos para que la damisela no se lastimara con las astillas del fondo.

—Hija, ¿estás segura de que fue Ercole y no Lucio?— preguntó de pronto Isabella.

Su hija la miró asustada y ruborizada. No estaba segura.

—Unos criados lo vieron anoche en los alrededores hija, estaba furioso porque te casarás con el joven Strozzi y tu padre cree que fue él quien entró en la torre.

Ella miró a su madre confundida.

—Lucio nunca habría hecho eso, ese hombre iba a tomarme, me tenía apretada contra la pared, no podía respirar.

Isabella se estremeció de horror y se enojó con los criados y sirvientes que habían descuidado la vigilancia de su hija. Y luego se enfureció aún más con su marido por haberla recluido en la torre porque al parecer era el lugar menos seguro del castillo pues en poco tiempo su hija había sido cortejada por Visconti y besada por un bandido y casi era tomada por un bribón la noche de su fiesta de esponsales.

—Lucio es un joven bueno mamá y yo lo amo, jamás me daría ese susto. Él me besó dos veces es verdad, pero sé que no fue él. Fue ese joven bruto con el que mi padre planea casarme. Por favor, no dejes que me entregue a él madre, no lo soportaré.

Isabella envolvió a su hija con una sábana y se sorprendió al notar que ya no era una niñita y que en poco tiempo su cuerpo había cambiado a pesar de que por dentro seguía siendo inocente. No estaba preparada para soportar la intimidad con un esposo, estaba asustada, necesitaba crecer un tiempo más.

—Ten calma hija, no habrá boda, tu padre ha roto el compromiso con la familia Strozzi y además... El joven huyó anoche del castillo, seguramente porque temió ser castigado por lo que te hizo. Es un joven lascivo y yo no habría permitido esa boda.

Elina se preguntó qué significaría lascivo pero se imaginó que no sería nada bueno y mientras su madre la ayudaba a cubrirse con la sobreveste sonrió feliz.

—¡Oh, gracias madre por darme tan buenas nuevas!—dijo de pronto.

Isabella se quedó el día entero con su hija, ajena a los sucesos del castillo, había reñido con su esposo y no quería verlo. Debían sacar a Elina de esa torre, no podía dejarla allí expuesta a los peligros.

2. Una boda malograda

Elina se recuperó del susto y sus parientes se turnaron para dormir en la torre para que no sufriera peligro alguno.

El conde supo de la tragedia ocurrida al joven Galiani y se estremeció al enterarse que Ercole había huido del castillo.

Su padre estaba furioso y acusó a los Golfieri de haber matado a su hijo en represalia por lo ocurrido a la doncella Elina y los viejos amigos se enfrentaron, insultaron y se alejaron convertidos en nuevos enemigos.

Uno de los jóvenes que se había batido con Ercole pensó que ahora ellos tendrían alguna posibilidad de pedir la mano de Elina, se llamaba Guido Cavalcanti y era un joven apuesto y fornido y era uno de los que espiaba a Elina cuándo podían hacerlo. Quería su mano y se había enfurecido al ser vencido por Ercole.

El conde Golfieri miró a ese muchacho moreno y fuerte cómo un toro, amigo de su hijo Enrico y también de Visconti, con un gesto torvo de desconfianza.

—No te daré la mano de mi hija, no habrá boda para Elina, la enviaré a un convento—declaró sombrío.

Guido palideció, no podía hacer eso.

—¿Tú besaste a mi hija, Cavalcanti? ¿Te atreviste a entrar en la torre la noche de los esponsales? ¿Espiabas a mi hija verdad? Todos ustedes lo hacían cómo bribones atrevidos.

El joven tartamudeó asustado y luego enrojeció. Para Enrico fue suficiente muestra de culpabilidad y le dio un puñetazo.

—Sal de mi castillo ahora, no quiero volver a verte cerca de mi hija o te mataré Guido—bramó.

Y luego la emprendió contra los donceles que habían ido a su castillo a convertirse en caballeros y habían faltado a su honor espiando a su hija. No confiaba en ninguno de ellos y los expulsó a todos ese mismo día.

Enviaría a su hija a un convento, estaba decidido. Ninguno era digno de desposarla y su esposa le había dicho que era muy joven para casarse, que su cuerpo no era el de una mujer sino el de una niña. Confiaba en la palabra de Isabella aunque riñeran con frecuencia a causa de su hija. Estaba furioso consigo mismo por no haber podido salvarla de esos mozos atrevidos, uno de ellos había tenido la audacia de intentar abusar de ella, eso era lo que más lo enloquecía de furia. Y además…

Cuándo se hartó de hallar culpables la emprendió contra sus dos hijos.

Antonino lo miró muy serio al comparecer ante su padre.

—Tú eres culpable por no cuidar a tu hermana cómo te pedí, por pensar más en tu verga que en el honor de tu familia, te irás al castillo Ciliani y aprenderás a ser responsable, a ser un verdadero Golfieri y dejarás de ser un muchacho necio y tonto que sólo sueña en hundir su vara en todas las mozas que caen en sus manos. ¡Imbécil!

Su hijo rubio y bonachón aceptó la reprimenda sabiendo que se la merecía pero no dijo palabra para no enfurecer aún más a su padre.

Luego le llegó el turno a Enrico, su primogénito y heredero, pero no era su preferido, su debilidad era Antonino, y eso lo sabía bien su hijo mayor quien se encontraba ensillando su caballo para salir a recorrer los bosques.

—Y tú eres el más responsable aquí: Enrico Golfieri, tú debiste cuidar a tu hermana en vez de ayudar a tu amigo Visconti a seducirla, a confundirla con besos y lisonjas. No cumpliste con la misión que te encomendé y me has desilusionado. Te irás de este castillo con tu hermano a Ciliani hasta que demuestres que eres digno de ser un Golfieri y ocupar mi lugar un día.

Enrico miró a su padre con odio, sus ojos se oscurecieron lentamente. Era su viva imagen pero no era cómo su padre, nunca lo sería. Su hijo era cruel y perverso, y odiaba tanto a su hermana que la habría entregado a su amigo Visconti de haber podido sólo para que le hiciera daño y esa certeza enfureció tanto al conde que golpeó a su hijo sin piedad pero este se defendió.

—No puedes contra mí muchacho, soy más fuerte que tú y te moleré a palos hasta sacarte bueno. Ya verás.

Enrico se levantó del piso y se tocó el labio manchado con sangre.

—Siempre te he complacido padre y sólo me he ganado tu desprecio. Mientras que Antonino no hace nada más que retozar con muchachas y tú lo amas. Él tampoco cuidó a Elina—estalló su hijo furioso.

Su padre lo miró con rabia.

—Tal vez él la dejó sola y por eso los dos se irán del castillo negro hasta que se conviertan en verdaderos hombres dignos de la sangre que llevan en sus venas. Pero tú Enrico, tú debiste moler a palos al primero que mirara a tu hermana y no lo hiciste, guardaste silencio, sabías que ese Lucio la besaba a escondidas y la confundía con sus zalamerías y no hiciste nada. La habrías entregado al verdugo para que disfrutara de ella cómo si fuera una mujer sin honra, sin familia, a tu pobre hermana que siempre te ha querido. Que te abrazaba y besaba cuándo llorabas cómo mujercita cuándo yo te castigaba. No tienes perdón Enrico, tus celos enfermizos te harán un hombre ruin, pero yo cambiaré tu malvada naturaleza. Aprenderás a cuidar de los tuyos y a defenderlos cómo siempre hemos hecho los miembros de esta familia o dejarás de ser mi hijo Enrico Golfieri.

El joven miró a su padre con odio pero no dijo palabra, sabía que era mejor callar y soportar sus golpes cómo siempre había hecho. Pero un día el castillo negro sería suyo y se vengaría de todas las humillaciones y golpes que había recibido toda su vida por ese hombre que siendo su padre lo odiaba y despreciaba más que nadie en ese lugar.

Isabella presenció la terrible pelea a la distancia y lloró. Quiso acercarse a su hijo, interceder por él, pero este la apartó furioso, mirándola con rabia, a ella, su madre.

—Me apartaron de ti a los cinco años y me enseñaron a no amar a ninguna mujer, ya no te necesito madre. Puedo defenderme sólo—dijo entonces subiéndose a su caballo.

Isabella lloró sabiendo que era verdad, su esposo lo había llevado a tierna edad de su lado acusándola de consentirlo, de mimarlo demasiado y echarlo a perder.

Antonino sin embargo se había quedado en el castillo con su hermana hasta los ocho años y sin Enrico se habían hecho amigos y compañeros de juegos. Y ahora su hijo rubio era un joven bondadoso y enamorado de las mujeres (tal vez demasiado) alegre, irresponsable y nada diestro con la espada mientras que Enrico era un fiero caballero lleno de impiedad que prefería pelear en combate a perder el tiempo conquistando muchachas cómo su hermano rubio.

Isabella se acercó a su hijo menor y lo abrazó llorando. Él no la rechazó cómo Enrico sino que la abrazó con fuerza.

—Madre no llores, nuestro padre tiene razón, hemos fallado. Debimos cuidar a Elina—dijo su hijo rubio tan parecido a ella.

—Tu hermano Enrico sufre mucho Antonino, lo vi en sus ojos—dijo Isabella.

—Enrico está loco madre, nunca debió permitir que Visconti entrara en el vergel y besara a nuestra hermana, nuestro padre no lo perdonará. Yo no sabía, madre… Enrico dijo que cuidaría a Elina y yo confié en él, pensé… Perdóname madre, también a ti te he defraudado y no sientas pena por nosotros, merecemos este castigo.

Y con estas nobles palabras Antonino siguió a su hermano y juntos abandonaron el castillo negro rumbo al castillo Ciliani, a muchas millas de allí.

Isabella recordó el amargo reproche de su primogénito diciendo que había aprendido a vivir sin su madre y ya no la necesitaba. Ahora comprendía por qué al crecer se mostraba tan frío y hostil con ella y ahora sabía que la odiaba. Su propio hijo.

Enrico notó a su esposa triste durante la cena y pensó que era por la partida de sus hijos, las mujeres eran muy sentimentales con esas cosas, y ella siempre había consentido demasiado a Enrico, por eso le había costado tanto enderezarlo. Era el más perverso, mal hijo, cruel con su hermana y su esposo lo amaba igual, no podía entenderlo.

—Bueno Isabella, espero que tu hijo escarmiente y regrese dispuesto a ser un Golfieri y no un bellaco traidor de los suyos— dijo entonces.

—Eres muy duro con tu hijo, Enrico. Siempre lo has sido y ahora…

—No fui duro con él, lo eduqué para ser un Golfieri cómo me educó mi padre, pero al parecer he fracasado.

—Lo apartaste de mi lado Enrico, él me necesitaba, era tan pequeño…—Isabella lloró recordando esa vieja herida que llevaría siempre.

—Tú lo consentías y se había puesto rebelde con cinco años, no obedecía. Necesitaba aprender a respetar y a ser un hombre en vez de vivir pegado a las faldas de su madre todo el tiempo cómo una niñita. No comprendo por qué tienes debilidad por él, nuestro primogénito no necesita compasión sólo aprender a ser un caballero leal con su familia.

—Soy su madre Enrico, siempre amaré a mis hijos.

—Esos muchachos saben cuidarse solos, quien me preocupa ahora es mi hija Elina. Ella sí necesita protección y cuidados.

—¿Y qué harás ahora con nuestra hija, señor Golfieri?

—La enviaré a un convento cómo debí hacerlo hace tiempo y dejé que me convencieras mujer. Ven aquí…

Ella obedeció y aunque estaba triste y furiosa con su esposo dejó que la desnudara y recorriera su cuerpo con sus besos húmedos.

Su boca se detuvo en su rincón más íntimo y hundió su lengua en ella abriéndola con brusquedad pensando que era la mujer más dulce y deliciosa que había probado en su vida. Su esposa, su hermosa cautiva de cabellos dorados.

Isabella gimió asiéndose a las sábanas, estaba lista para recibirlo y entró en ella cómo un demonio. Era suya y no perdía la esperanza de dejarla encinta de nuevo.

****

Giuliano Strozzi se presentó por tercera vez en el castillo negro con sus caballeros exigiendo saber dónde estaba su hijo Ercole. Tenía la sensación de que lo habían envenenado cómo a su amigo Manfredo y ocultado su cuerpo en algún foso del castillo.

El conde Golfieri lo recibió y se mostró acongojado con la desaparición de Ercole y puso a su disposición: mozos de cuadra y criados para buscarle. Estaba harto de ese asunto de que le acusaran de matar al bribón.

—Yo no maté a su hijo, aunque se lo mereciera por intentar abusar de mi hija. Fue él quien huyó, su cuarto está intacto— aseguró Enrico.

Bueno no tan intacto pensó después, una ramera había bebido vino envenenado y su amigo Manfredo tuvo una horrible muerte con la cantarella, ese veneno rápido y letal empleado en alguna ocasión por sus parientes.

Al diablo con ese muchacho, debió asustarse al ver que la ramera había sido envenenada y huyó muy lejos.

Cuándo el caballero se marchó cabizbajo ese día al no encontrar a su hijo por ningún lugar Enrico pensó en ese desagradable asunto. Ahora su hija no quería ir a un convento y le rogó a su padre que la dejara casarse con el joven Visconti.

—No te casarás con ese rufián hija, no lo permitiré.

Y Enrico debió soportar la mirada de dolor de su hija y verla llorar y decir que moriría de pena si su padre la encerraba para siempre en un convento.

Estaba seguro de que Lucio Visconti estaba detrás de esas muertes, porque no tenía dudas de que el antiguo prometido de su hija estaba muerto. No le agradaba su proceder, entrar en la torre cómo lo hizo. Y seguramente envenenó al joven Manfredo para que este no lo delatara. Esos Visconti siempre habían sido intrigantes y envenenadores. Pues no permitiría que se saliera con la suya, no le daría por esposa a su hija Elina. Era una joven dulce y pura, y Lucio Visconti era un malvado que no vacilaba en matar a quien se interpusiera en sus planes.

Días después su hermano Fulco se acercó con grave semblante. Enrico se encontraba conversando con sus parientes y se alejó para hablar en privado.

—Enrico, encontramos al joven Strozzi en el lago. Un caballerizo lo encontró, está muerto…

El conde tomó su caballo y corrió al galope mientras echaba maldiciones seguido por su hermano y sus primos, los que quedaban del viejo clan Golfieri.

Todos fueron testigos del horrendo crimen, el joven yacía de espaldas con el cuerpo atravesado por tres ballestas.

—Lo mataron cuándo intentó huir y calló al fondo del estanque o tal vez lo arrastraron… —dijo Enrisco señalando las huellas cerca de la orilla.

—Debemos avisar a su padre, se disgustará y creerá que lo hicimos nosotros—dijo Fulco.

Enrico lo miró.

—Esto es obra del Visconti hermano, al parecer estaba decidido a arruinar la boda de mi hija y lo ha conseguido. Y lo peor es que nadie lo acusará a él, sino a nosotros que siempre hemos tenido fama de sanguinarios. ¿Os dais cuenta, primos? Esta vez no fuimos nosotros pero nadie creerá en nuestra inocencia. Así que mejor enterremos ese cuerpo cuanto antes y no digáis una palabra a nadie de este triste asunto.

Y así enterraron el cuerpo del joven Strozzi en los jardines a escasos metros del estanque azul y profundo dónde sus tres hijos jugaban de niños. Aguas estancadas y peligrosas…

Cuándo Fulco quitó las flechas de la ballesta las estudió con curiosidad. Habían sido lanzadas con certera precisión, las tres al pecho, sólo un experto ballestero podía disparar a esa distancia, en la oscuridad y dar en el blanco.

—Lucio no pudo dispararle hermano, era bueno en la espada pero tenía muy mala puntería—dijo entonces.

—Bueno, tal vez envió a un escudero suyo, sólo te puedo asegurar que haré que pague por esto. Lo lamentará—sentenció el conde sombrío mientras regresaban al castillo.

Fulco pensó que todo era muy extraño, al parecer el asesino estaba dispuesto a terminar con la vida del joven Strozzi esa noche y lo había conseguido. Tal vez la muerte de Manfredo fue un accidente o para encubrir el otro crimen, ambos eran muy amigos y compañeros de correrías. Algo debió ver el joven esa noche, o simplemente lo mataron para impedir la boda de su sobrina Elina. Lucio Visconti se había convertido en acérrimo enemigo de su casa y su hermano tenía la culpa, debió darle a Elina cómo esposa, habría sido una boda ventajosa para su familia y habría ganado su amistad en vez de su feroz enemistad para siempre.

***

Lucio Visconti estaba muy al tanto de las muertes en el castillo negro pero no temía a los Golfieri, estaba decidido a tener a la doncella del jardín secreto y nada lo detendría.

Pero debía ser cauteloso. Tenía planes por supuesto y los llevaría a cabo en cuanto pudiera.

Un criado le avisó que su tío deseaba verle en la sala de armas y Lucio fue arrastrando las botas y sus largas piernas flacas con desgano. Sabía que le aguardaba un sermón, pues su tío no quería saber nada del asunto e insistía en casarlo con la hija del conde de Ferrara muy pronto.

Al entrar lo encontró en el trono real, sólo le faltaba la corona, su mirada de águila lo miró con fijeza sin ocultar su disgusto.

—Lucio, acércate. Acabo de recibir la visita del conde Golfieri—dijo.

El joven obedeció mirándole con ansiedad y se sentó dónde le indicaba el duque.

—Está furioso hijo mío, y te ha acusado de tramar un complot para matar al prometido de su hija: el joven Ercole Strozzi.

—Eso no es verdad, tío.

—Sí, lo imaginaba, pero los perversos Golfieri no creen en tu inocencia y en realidad los hechos te señalan cómo culpable. Quiero que me digas la verdad hijo, te he criado al morir tus padres y soy responsable por ti. No te juzgaré. Golfieri afirma que tú… Entraste la noche de la fiesta de esponsales en la torre y besaste a su hija con mucho ardor. Y luego intentaste llegar un poco más lejos.

Lucio palideció de furia.

—Yo no hice eso tío, te lo juro por la memoria de mis padres. Besé a Elina hace unos días y fue entonces que el conde me expulsó del castillo furioso. Pero la fiesta de esponsales yo estuve aquí y lo sabes.

—Bueno, al parecer hay otro más audaz que tú en esta historia hijo. Y me pregunto, ¿cómo es que una doncella encerrada en una torre escondida, es besada tantas veces y pretendida por audaces donceles frente a las narices de los rudos y belicosos Golfieri?

¿Guarda a su hija bajo siete candados y todos ven a la hermosa doncella y la besan e intentan seducirla cómo bribones? Es realmente extraordinario, ¿no lo crees?

Lucio no pudo evitar una sonrisa por la ironía de su tío.

—Y sus hermanos, ¿dónde demonios están que no cuidan a su hermana? He oído que Golfieri está furioso y los ha enviado al castillo Ciliani. Su hijo mayor es bastante malvado, y al parecer no le importa nada de su pobre hermana.

—No es verdad tío sólo que… El conde les ordenó cuidarla hace años y no lo han hecho bien, Enrico estaba furioso de tener que vigilar a una niña y no custodiaba la entrada cómo le ordenó su padre.

—Debí imaginarlo. En fin. Es una familia algo extraña. Lo que quería decirte es que te alejes de Elina Golfieri, Lucio. Su padre está furioso y no aceptará que te cases con su hija Lucio.

—Pues deberá hacerlo, tío, nunca te he pedido nada pero ahora te ruego que me ayudes. Amo a esa doncella tío por favor, quiero que sea mi esposa, ayúdame. Habla con Golfieri, él te teme y te respeta, aceptará darme la mano de su hija si tú insistes.

—No puedo complacerte Lucio, esa familia es peligrosa, ya ves lo que le hicieron al joven Strozzi, primero celebraron la fiesta de esponsales y al día siguiente lo mataron. Son gente malvada, vengativa y cruel, no quiero un parentesco con ellos. Hace muchos años causaron terror con su feroz pelea con la casa Manfredi, no había paz, muertes, riñas, venganzas… Y creí que uniendo ambas casas en matrimonio habría paz, y ordené al joven conde a desposar a la hija de Manfredi, Isabella. A quien había raptado además... Pero ese matrimonio no trajo paz sino que por el contrario, más muertes y la casa Manfredi fue exterminada por ellos, los Golfieri, y por ese hombre que esperas convertir en tu suegro. No es buena idea hijo.

—Quiero a Elina Golfieri y la tendré tío.

—Y yo no permitiré que ese hombre te mate por raptar a su hija, porque es lo que estás tramando. Estás loco hijo, esa joven sólo traerá problemas, demasiado bella para que sea de otra manera, ya ves los dolores de cabeza que le da a su padre.

—Elina es una doncella buena y honesta tío, y será mi esposa aunque deba raptarla. Habla con Golfieri, convéncele.

—No puedo hacer eso, tú ya tienes una prometida Lucio, María de Ferrara. Debes hacer un buen matrimonio, no puedes tomar cómo esposa a la hija de esos demonios, te darán su mano y luego te envenenarán. Olvida a esa damisela Lucio, sólo te traerá problemas, los Golfieri son despiadados. Ya ves lo que han hecho con el hijo de Giuliano Strozzi, lo han matado y dicen que escondieron su cuerpo.

Lucio abandonó la sala, furioso. Pero estaba decidido a pelear por tener la mano de Elina y lo conseguiría.

Y sin vacilar tomó el caballo más veloz y se encaminó al castillo Ciliani, su amigo Enrico lo ayudaría, estaba seguro.

El castillo era una fortaleza gris y sombría, pero Lucio encontró a los hermanos muy alegres jugando a las cartas con otros caballeros mientras bromeaban y charlaban.

Enrico lo miró con sorpresa y Antonino dijo con mucha dignidad que habían sido expulsados del castillo negro.

—Enrico, necesito tu ayuda.

El primogénito dejó atrás a los caballeros y se reunió en los jardines con su antiguo amigo.

—Quiero raptar a tu hermana Enrico, ayúdame. Tú conoces el castillo, necesitaré hombres y saber cómo salir de la torre evadiendo a los centinelas.

Los ojos azules del joven caballero se abrieron con estupor.

—Mi padre me matará si participo en esto amigo mío, me envió aquí por culpa de esa niña boba que se escapa a los jardines para que la besen sus enamorados. No puedo hacerlo, ni salir de aquí porque él lo sabrá y el castigo que recibiré será mayor.

—Está bien, no te pediré que me acompañes sólo que me digas qué sendero tomar para llegar a la torre. Tú tienes amigos en el castillo, si les envías un mensaje tal vez dejen la celda abierta y…

—¿Y esperes que te ayude a raptar a la pequeña tonta? Mi padre te matará Lucio, no seas tonto. Debes pedir su mano cómo un caballero bien nacido lo hace.

—Sabes que tu padre está emperrado en negármela y ha ido al castillo a decirle a mi tío que yo maté a su pretendiente. A ese joven Strozzi. Yo no lo hice. No me mires así, es la verdad. Ni tampoco besé a Elina esa noche, yo no estaba en el castillo.

—Sin embargo unos criados aseguraron haberte visto merodeando por el jardín prohibido esa noche—Enrico lo miraba con sorna, acusador y burlón—Elina dijo que era un hombre alto, fuerte, tal vez fuiste tú… No vuelvas a tocar a mi hermana Lucio, no te ayudaré a raptarla. Es una niña odiosa pero es mi hermana, mi sangre, no quiero que le hagas daño ¿entiendes?

—Yo no hice nada, sólo la besé una vez.

—Por supuesto, tenías que tocarla cómo un bribón aprovechado, y luego mi padre me golpeó por tu culpa. ¿Quién te dijo cómo llegar al jardín secreto Lucio? Porque yo no lo hice.

Lucio palideció.

—Te seguí una vez, y no fui el único que lo hizo, Ercole y Manfredo también.

—¡Malditos! Qué suerte que se fueran al otro mundo, por su culpa estoy confinado aquí lejos de mi familia y mi castillo.

—¿Entonces no me ayudarás?

—No, no lo haré y te advertiré algo amigo mío: si entras en la torre te matarán y esconderán tu cuerpo cómo hicieron con el pobre Ercole. Mi padre no puede matarte fácilmente porque eres un Visconti, pero si tú le das una excusa lo hará. Quiere enviar a mi hermana a un convento y creo que será lo mejor, no deja de enamorar y enloquecer a todos los hombres del castillo, eso no es muy bueno ¿no crees?

Lucio se alejó más furioso que antes y Enrico se quedó mirándolo con una sonrisa pérfida. Ni que fuera tan estúpido de ayudar a ese bribón a raptar a la pequeña boba de rubias trenzas, para que después su padre lo desheredada y lo moliera a palos.

Pero sacaría partido de ese asunto. Y acercándose a su más leal escudero le dio un mensaje para su padre. Necesitaba demostrar su lealtad. Al castillo Ciliani llegaban todas las noticias del castillo negro y él se enfurecía por no estar allí, era su hogar, dónde estaban los Golfieri más importantes, su padre y sus primos. No le gustaba quedarse al margen. Sólo su hermano disfrutaba ese lugar, porque podía correr libremente tras las campesinas sin que nadie lo molestara. Ese tonto de su hermano, bobo y tonto cómo la niña rubia llamada Elina.

Regresaba al castillo cuándo vio a Antonino muy entretenido con una criada, escondido en los jardines.

Era una moza rolliza y sabrosa, y al ver su rincón rosado que su hermano besaba con deleite se excitó, necesitaba una mujer, Antonino fornicaba cómo un demonio y él sólo peleaba con su espada todo el día, intrigaba y se quedaba fuera de esos juegos tan placenteros. Buscaría a una moza para satisfacerse esa noche.

Pero a diferencia de su hermano él era más selectivo y le gustaban rollizas y jovencitas. Rubias o morenas, pero bonitas, delicadas… Y se fijó en la hija de un labriego que no pasaba los quince años y tenía la carita redonda y muy tierna. Hacía días que la miraba y esa noche ordenó a su escudero que la llevara a su habitación.

La jovencita entró gritando y mordiendo al escudero que la sujetaba a duras penas y miró a su alrededor aterrada.

El escudero se sintió feliz de librarse de esa gata que no había dejado de morderlo, arañarlo y patearlo todo el tiempo.

La jovencita vio al caballero alto y moreno y se sonrojó. Era el heredero Golfieri y era muy guapo. Había notado sus miradas y se había alejado asustada, sus padres la habían mantenido escondida pero ese día no pudieron hacer nada para evitar que el escudero la llevara con su señor.

—No tema, el joven será generoso con ustedes—había dicho este.

Ambos miraron con impotencia la espada del escudero apuntándoles y cómo este se llevaba a su hija sin que pudiera impedírselo.

Ahora la jovencita lo miraba asustada y curiosa.

—¿Por qué quiere verme señor Enrico?—preguntó ella.

El caballero la miró con detenimiento: tenía la carita rosada y los ojos oscuros muy grandes y luminosos, inocentes, serviría para satisfacerle mientras permaneciera en el castillo y luego le entregaría algunas monedas para que criara a su bastardo.

—¿Cómo te llamas muchacha?—dijo avanzando despacio hacia ella.

La jovencita corrió a la puerta asustada al sentir las miradas de ese joven sobre su escote.

—Alicia señor—respondió al fin.

Estaba asustada y temblaba, seguramente era demasiado joven para saber lo que quería de ella.

—¿Qué edad tienes, Alicia?

—Quince señor—respondió.

—¿Y ningún hombre te ha tocado verdad?—dijo atrapándola entre sus brazos y besándola salvajemente.

—No, no—gritó la joven y lo mordió y pateó para poder escapar pero la puerta estaba cerrada.

Enrico asió a la jovencita del cabello.

—Nunca más vuelvas a arañarme pequeña gata salvaje, ¿has entendido? Tú te quedarás aquí hasta que yo lo ordene y me complacerás en la cama. Te enseñaré a hacerlo pero si vuelves a resistirte o a morderme juro que te mataré niñita tonta.

La jovencita lo miró aterrada, era un joven muy fuerte y estaba a su merced. La llevó a su lecho y comenzó a besarla con suavidad pero ella estaba demasiado aturdida y asustada para comprender lo que ese hombre quería hacerle.

Enrico notó que estaba desconcertada pero eso en vez de detenerlo lo excitó aún más.

—No temas pequeña, no sufrirás, seré bueno contigo—le dijo al notar que lloraba cuándo la desnudaba y acariciaba lentamente.

Pero sus ojos no veían a la joven criada, veían a esa otra joven que un día le había robado el corazón hacía años, era cómo ella, cándida, dulce y tierna, la damisela que jamás podría tener… Y cuándo la hizo suya vio a esa otra joven damisela de mirada dulce y cara de niña, y un deseo furioso lo dominó y embriagó sin notar que la jovencita lloraba y gritaba confundida al sentir esa cosa entrando en ella con un frenesí loco.

Y despertando de su ensueño Enrico vio a la jovencita y hundió aún más su miembro en ella y la besó salvajemente cómo habría deseado y hacer suya a la dama que tenía su corazón y que nunca podría tener, y gimió al sentir ese placer tan intenso cuándo el placer estalló.

La joven se quedó inmóvil mirando a ese caballero con terror. Quería irse, correr pero el caballero no la dejó hacerlo.

—Bueno, no estuvo tan mal muchacha, ahora ya sabes lo que espero de ti—dijo Enrico acariciando la mejilla ardiente de la jovencita.

Sabía que volvería a tomarla, en unas horas tal vez cuándo no estuviera tan nerviosa… Porque era cómo tener a su amada a su merced y eso le daba un placer intenso, tan enloquecedor que pensó que era lo único bueno que había tenido en su vida en mucho tiempo.

******

El conde Golfieri recibió al mensajero de su hijo con gesto sombrío, lo imaginaba, Lucio Visconti planeaba secuestrar a su hija.

Habló con sus primos y decidió enviar a Elina a un convento cuanto antes.

Isabella no pudo convencerle, últimamente vivían riñendo por su hija y eso lo tenía de mal talante.

Elina supo que iría a un convento y lloró desesperada y su madre no pudo consolarla.

—Es sólo para que estés a salvo Elina, Lucio planea raptarte.

—Oh, madre quisiera que me raptara, que me llevara lejos de aquí. Siempre he vivido encerrada en esta torre—dijo la joven.

—Hija, no es bueno ser raptada, corres muchos peligros y tú no estás preparada para el matrimonio todavía.

—¿Por qué lo dices madre?

Isabella miró a su hija.

—Eres una niña en un cuerpo de mujer hija, tú quieres jugar al escondite con Imelda y las criadas, no estás preparada para yacer con un esposo y darle hijos. Y si te raptaran llorarías más que ahora y estarías tan asustada que enloquecerías de miedo.

—No lo haré, yo quiero a Lucio madre, no quiero a otro esposo.

—¿Y estás preparada para que te tome y te haga un niño?

Elina se ruborizó intensamente, realmente no había pensado en eso, suponía que sí pero…

—Además debe casarse contigo Elina, no raptarte. Su familia no aprueba esta boda ni tu padre. No me agradó que matara a ese joven, fue un acto de mucha crueldad…

—Lucio no lo mató, madre, estoy segura.

La muerte de esos jóvenes inquietaba mucho a Isabella, no sabía quién lo había hecho ni por qué razón.

—¿Y mis hermanos madre? ¿Por qué no vienen a verme a la torre?—preguntó de pronto.

—Se han ido hija, tu padre los envió al castillo Ciliani en castigo por no haberte cuidado.

—Bueno, al menos no deberé soportar que Enrico me haga tropezar o se burle de mí. El me odia madre. No sé por qué pero siempre me ha odiado.

Esa revelación inquietó a su madre.

—No digas eso Elina, tu hermano te quiere sólo que es celoso, siempre ha sentido celos de sus hermanos y su carácter se ha vuelto rudo con el tiempo.

—Es malvado madre, Enrico es malo y me alegra que se haya marchado. Antonino es tan bueno, tan gentil, tan diferente…

Isabella sabía que su hija tenía razón pero no dijo nada. Debía prepararla para ir al convento al día siguiente.

—Hija, sólo estarás un tiempo luego podrás regresar, te lo prometo.

Pero ante la mención del convento la damisela volvió a llorar desconsolada. No quería volver a ese lugar, ni vivir recluida, prisionera.

Isabella dejó a su hija y regresó junto a su esposo. Habían reñido y no lo miró hasta que él la atrapó y besó con ardor.

—No, déjame Enrico—le dijo furiosa.

El conde la miró con malicia, mirando sus labios mientras acariciaba sus senos tentadores a través de la tela de su vestido ceñido al busto.

—Eres muy bella enojada, esposa mía.

—No es justo Enrico, que mi hija viva cómo una prisionera, que la condenes a un convento…

El conde pensó en esas palabras.

—¿Prefieres que la tome ese muchacho, o que la lleve D'Alessi para vengarse? Será una presa codiciada aquí, muchos matarían por tener una esposa hermosa Isabella y lo sabes.

La mención de su antiguo pretendiente angustió a la condesa Golfieri, nunca lo había olvidado y temblaba de pensar que pudiera hacerle daño a su hija.

Sintió los besos ardientes de su esposo en su escote y se estremeció, él la arrastró a la cama y siguió besándola, y ella pensó en Alaric D'Alessi, su antiguo enamorado, su amor secreto. ¿La recordaría cómo lo recordaba ella en ocasiones? Debía haberla olvidado, o tal vez estuviera muerto. Quince años era mucho tiempo, tantas cosas habían cambiado desde entonces…

3. EL RAPTO

Al amanecer partió la joven para el convento y un grupo de escuderos y caballeros la escoltarían, y su madre la acompañaría con otras criadas, para que no sufriera mal alguno.

Enrico no se fiaba de esos mozalbetes y aunque su niña cubrió su cabello con una toca no podría evitar despertar miradas de curiosidad.

El viaje sería largo pero no había peligro, las escoltaban los caballeros más feroces del castillo.

Elina miró el castillo negro por última vez y tuvo la sensación de que jamás regresaría. Su padre la había abrazado y besado y ella lloró triste y todavía lloraba mientras se adentraban en el bosque y pensaba, "Lucio rescátame de ir al convento, encuéntrame en el bosque, por favor…"

Isabella miraba a su hija consternada, no deseaba eso pero tampoco quería que fuera forzada a una boda para la que sabía, no estaba preparada. Ella no lo había estado a los dieciséis años y no quería que su pobre niña sufriera el asalto de un ardiente enamorado y muriera de miedo al verse atrapada, cómo lo fue ella por Enrico hacía tanto tiempo. Aunque ella dijera querer a Lucio, ¿qué sabía su hija del amor, de los hombres y de la vida misma?

Llegarían en unas horas siguiendo el atajo del bosque, no había peligro y los caballeros las rodeaban y ningún escudero ni mozo de cuadra se atrevía a mirar a su hija ni de soslayo.

Cuando llegaron al bosque Isabella se estremeció, era inmenso y los caminos eran desiguales y tuvo la sensación de que los rodeaba una masa de verde follaje que los escondía a unos de otros. De pronto escuchó ruidos a través de la maleza, voces… Y le dijo a uno de los caballeros más fieros del castillo negro.

Un hombre alto y fornido y facciones toscas, avisó a los otros para que fueran a investigar.

—¿Qué ocurre madre? —preguntó Elina al ver que los escuderos las rodeaban formando una ronda y los caballeros más bravos se adelantaban por el claro.

—No lo sé… No temas, tal vez sean sólo penitentes— respondió ella nada convencida.

De pronto se escucharon gritos y el choque de espadas, golpes… Y muchos caballos, tantos que Isabella dejó escapar un gemido.

—Madre, es Lucio, viene a rescatarme—dijo Elina esperanzada y miró al grupo de fieros jinetes que las rodearon buscando a su vehemente pretendiente. Pero estos tenían el rostro cubierto con cotas de malla y yelmos y portaban estandartes extraños.

Peleaban cómo demonios y eran un número superior a la comitiva que llevaban y la condesa se acercó a su hija temblando. No era Lucio, no podía ser el joven Visconti, eran mercenarios, malhechores… Una venganza y esos caballeros no serían suficientes para defenderlas. Si al menos pudieran escapar pero los escuderos no las dejaban avanzar y de pronto se encontraron a merced de enemigos.

Elina observo horrorizada cómo degollaban a un caballero frente a sus ojos y morían uno a uno, hasta que sólo quedaron ambas mujeres solas, indefensas.

Isabella musitó una plegaria mientras el líder de los jinetes se acercaba a ella con su robusto caballo color azabache. Sintió su mirada a la distancia y tembló, no parecía de esa tierra y escuchó que algunos hablaban en francés y señalaban a Elina.

El caballero se detuvo frente a ella y le habló con un italiano con acento extranjero.

—No tema condesa Golfieri, no les haremos daño, somos caballeros de honor y las escoltaremos a su nuevo hogar—dijo.

Isabella lo observó con fijeza, no lo conocía, y su acento era de otra tierra.

—¿Quién es usted, caballero?—le preguntó.

—Pronto lo sabrá, acompáñenos madame, y no tema, ni su hija ni usted sufrirán mal alguno en nuestra compañía—le respondió.

Estaban rodeadas, no podrían escapar.

—Lo envió Lucio, oh, madre debe ser Lucio Visconti—dijo Elina.

El caballero la miró con fijeza pero no le respondió y Elina comprendió que se equivocaba, que esos rudos caballeros no seguían órdenes de su enamorado.

Comenzaron la procesión, rodeada por los feroces caballeros que hablaban en francés y no dejaban de mirarlas con interés. Isabella tembló pensando que moriría si esos hombres se atrevían a tocarla o hacerle daño a su hija.

Recorrieron un sendero contrario al que seguían y las obligaron a apurar la marcha. Pero su hija no sabía montar tan rápido y podía caerse y la condesa desesperada pidió ayuda en francés, idioma que conocía por su educación en un convento.

El líder se detuvo y dio órdenes a sus hombres para que ayudaran a la joven a descender de su caballo y también a la dama Isabella. Ella miró a esos caballeros asustada y luego a su hija.

—No tema señora Isabella, las llevaremos en nuestros caballos para que podamos ir más a prisa. Un barco nos espera— dijo el caballero de palafrén azabache.

Y la dama vio que uno de ellos subía a Elina, pequeña y liviana sin mucho esfuerzo apretándola contra su pecho mientras la miraba con deseo. Iba a protestar furiosa cuándo unos escuderos la subieron al caballo del líder y este la tomaba de la cintura y sus ojos grises la miraban con intensidad. No podía ser él pensó y apartó la mirada ruborizada y asustada.

Llegaron al puerto al anochecer y un galeón aguardaba, inmenso y terrible. Isabella abrazó a su hija que empezaba a comprender que no eran enviados de su prometido sino raptores que las llevarían a tierras lejanas en ese barco dejando atrás su familia y sin saber qué cruel destino les esperaba.

—Calma Elina.

—¿A dónde nos llevan madre?—Elina comprendió al fin el peligro que las rodeaba, irían en un barco a un lugar extraño.

—No lo sé hija, cálmate—Isabella abrazó a su hija y juntas subieron al barco seguidas de cerca por los caballeros y escuderos.

Entonces los caballeros se quitaron los yelmos y se sentaron cansados en el piso de madera. No vio ningún rostro conocido y el líder no era quien creía sino un hombre de cabello oscuro que hablaba francés con sus hombres y reía. Por un instante había creído que se trataba de Alaric pero se había equivocado.

El caballero al verse observado la miró con una sonrisa cómplice y la condesa apartó su mirada turbada y se alejó con su hija lo más posible.

Un escudero se acercó para guiarlas a su camarote mientras miraba embobado a Elina.

Cuándo entraron al compartimento pequeño Elina se abrazó a su madre llorando.

—Oh, madre, ¿qué harán con nosotras? ¿Nos venderán cómo esclavas, nos matarán? ¡Nos harán cosas horribles, lo sé!

—Cálmate Elina por favor, no llores, reza, debemos rezar juntas para pedir protección al señor. Él no permitirá que nada malo nos ocurra.

Al día siguiente un escudero les llevó agua y pan fresco mientras observaba de soslayo a Elina que aún dormía y parecía una niñita afligida.

No podía apartarse de su hija ni un instante, temía lo que esos hombres pudieran hacerle y juró que les daría su merecido si se atrevían a tocarla.

Navegaron durante días y permanecieron juntas sin sufrir daño alguno. El líder los mantenía al margen de las damas y sus hombres parecían temerle y la condesa procuró mantenerse alejada de esos caballeros franceses que las miraban con deseo.

Las llevaban a Francia, no sabía por qué, sólo cuándo llegaron a destino recordó algo que había escuchado en el castillo negro y se estremeció. No podía ser…

Vieron el castillo llamado De Harcourt a media mañana: una inmensa fortaleza de piedra gris con hermosos bosques y campos de cultivo.

—Hemos llegado señora Golfieri—dijo el líder ayudándola a bajar del caballo.

Elina se reunió con su madre y el joven que la había llevado le dijo en francés "adiós hermosa" y se marchó con los otros caballeros.

Una criada que hablaba italiano se acercó y las condujo a sus habitaciones. Era un castillo lujoso y hermoso. Elina y su madre miraban todo admiradas.

La habitación era espaciosa y allí pudieron asearse y cambiar sus los vestidos.

—Mi señor ha dejado aquí vestidos, tal vez haya que hacer arreglos para la joven señora—dijo la criada al notar que Elina era más baja que su madre y también más delgada. Parecía una niñita en realidad y aunque se parecían no eran idénticas.

Isabella escogió un vestido rosa pálido y Elina uno blanco.

Ese día no vieron a su anfitrión pero estuvieron tranquilas en sus aposentos observando el paisaje del castillo y preguntándose por qué las había llevado tan lejos.

A la mañana siguiente, luego del desayuno el conde Henri De Harcourt las esperaba en el salón principal.

Las damas fueron escoltadas por la criada italiana, iban nerviosas y asustadas. Isabella llevaba a su hija abrazada pero la joven se echó a llorar al ver a un caballero de la edad de su padre y a uno de la edad de Lucio mirándolas de forma extraña.

—Bienvenida a mi castillo Isabella Manfredi, no ha pasado el tiempo para ti amiga mía—dijo Alaric saliendo de la penumbra de la sala.

Vestía casaca oscura, jubón azul y calzas negras y botas, elegante y tan guapo cómo siempre. El cabello oscuro y los ojos grises que la observaron con intensidad y reconocimiento.

Un joven lo acompañaba: de cabello oscuro y ojos verdes, alto y muy guapo, vestido con ricas ropas y una gruesa cadena de oro con una cruz, sus ojos risueños miraron a Elina con curiosidad y deseo.

La joven doncella permaneció apartada nerviosa.

—OH, ella es tu niña… Tuviste una niña… Qué hermosa es—dijo Alaric y le sonrió a Elina, pero al ver que lloraba tocó su rostro y le dijo:—No llores muchacha, no te haremos daño. Soy amigo de tu madre y él es mi hijastro Philippe De Harcourt.

El joven sonrió haciendo una reverencia y Elina abrazó a su madre asustada.

—Madre, ¿quién es este hombre?—le susurró.

Isabella no supo qué responder y fue Alaric quien tomó la palabra.

—En esta tierra soy Henri De Harcourt, pero en mi país me conocieron cómo Alaric D'Alessi Elina, tal vez tu padre te haya hablado de mí.

La jovencita miró al caballero.

—Usted raptó a mi madre cuanto me tenía en el vientre y mi padre lo odia... Usted es enemigo nuestro—dijo observándole con terror.

—Es verdad, faltaba poco para que nacieras, y ya habías sido raptada con tu madre, cómo ahora. Una extraña coincidencia ¿no crees? Pero no me temas, no soy enemigo de dos damas tan hermosas.

Elina miró a su madre desesperada.

—Madre, este hombre es muy malo, nos matará, no quiero morir, por favor.

Isabella miró al caballero D'Alessi con furia.

—Yo no mataré a nadie niña, no soy un malvado, jamás haría daño a una dama indefensa y tu madre lo sabe.

La damisela lo miró temblando.

—Pero usted nos raptó para vengarse de mi padre, nos matará.

—Te equivocas damisela, no os rapté para vengarme de vuestro padre. Lo hice para cumplir una vieja promesa que hice hace mucho tiempo—dijo Alaric y miró a Isabella con intensidad y deseo.

Estaba hermosa con ese vestido rosa, el cabello rubio y la mirada risueña y vital, su piel suave… Se había convertido en una mujer voluptuosa y más bella de lo que la recordaba.

—Pero les ruego que nos acompañen a almorzar hermosas damas, la comida se enfría. Son ustedes mis invitadas de honor y les agradará vivir aquí en el castillo y en Francia. Deberán aprender nuestro idioma pero eso no será difícil—agregó haciendo una reverencia.

Isabella y Elina fueron al comedor dónde había otros convidados, entre ellos el caballero líder que las había raptado llamado Etienne de Salles que miró a Isabella con una sonrisa cómplice.

No podía creer lo que había ocurrido. Alaric la había raptado de nuevo, no sólo a ella sino a su hija y hablaba cómo si fueran a quedarse a Francia para siempre.

Estaba asustada, su esposo jamás sabría que estaban en un país tan lejano, aunque sospechara que D'Alessi estaba en Francia no sabía en qué lugar encontrarle. Y de pronto recordó la promesa de Alaric y el deseo de su hija de ser rescatada por Lucio para evitar ir al convento. Ahora sabría lo que era ser raptada y rezaba para que no sufriera ningún daño.

Los caballeros hablaban en francés y Alaric lo hablaba a la perfección, Isabella sólo podía entender algunas palabras y deseó no hacerlo para no enterarse de los malignos planes de su enemigo.

No conocía a ese caballero, tenía otro nombre, vestía diferente y había cierta dureza en su mirada que antes no existía. ¿Cómo llegó a ese lugar y tuvo ese castillo y sus tierras?

Pero su marido sospechaba que D'Alessi estaba en Francia, ¿sabría él dónde encontrarle? Lo dudaba, de haberlo sabido habría ido el mismo a buscarle y lo habría matado.

Y D'Alessi envió a ese caballero, amigo suyo a raptarlas, y a un séquito de feroces caballeros mientras él aguardaba en el castillo para llevar a cabo sus planes.

—Madre, quiero irme, ¿crees que podemos irnos ahora a nuestros aposentos?—preguntó su hija, incómoda al sentir las miradas de esos jóvenes caballeros.

Isabella miró a su anfitrión y le dijo que su hija estaba cansada y ansiaba retirarse.

Él la miró con deseo y siguió cada uno de sus movimientos mientras decía:

—Por supuesto señora Isabella.

Elina avanzó con rapidez y al estar a salvo en los aposentos lloró.

—Madre, ese hombre no deja de mirarte con deseo, te hará mucho daño—dijo.

Isabella se sonrojó y Elina volvió a quejarse de que no soportaba verse rodeada de esos caballeros y sentir sus miradas atrevidas.

—Ellos nos raptaron y viven aquí, nos harán cosas horribles y yo querré morir madre.

—Elina cálmate, eso no ocurrirá, te lo prometo—dijo Isabella pero ella también lloraba porque estaba asustada al verse a merced de Alaric. No temía que la tomara, porque sabía que no la lastimaría, nunca había sido un hombre cruel con las damas, pero lo que realmente la hacía llorar era que hubiera raptado a su pobre hija y ella tuviera que soportar ese horrible rapto.

Le llevó mucho tiempo calmar a Elina y días después decidió hablar con el conde De Harcourt y dejó a la joven al cuidado de la criada italiana y le rogó que cerrara la puerta con llave. No soportaba más ese tormento de no saber qué haría con ellas y por qué las habían raptado.

Alaric se encontraba adiestrando a sus caballeros cuándo Isabella apareció.

Todos la miraron y uno de ellos distraído perdió el escudo. Era ese bribón rubio que miraba a su hija con descaro. Se sintió incómoda y molesta, estaba acostumbrada a ver caballeros y escuderos en el castillo negro, pero estos se mantenían alejados de las damas y eran más respetuosos que esos franceses imberbes en su mayoría, que no podían ver una dama bonita sin enloquecerse.

El conde De Harcourt se acercó a su bella cautiva dejando a Julien de Montville a cargo del entrenamiento de ese día.

—Señora Isabella, cuánto tiempo ha pasado y sin embargo su belleza sigue intacta—dijo con una sonrisa.

—Alaric, usted ha tramado una venganza contra mi esposo o tal vez en mi contra. Supongo que no habrá olvidado la piedra que le lancé la última vez.

El conde sonrió tentado.

—¿Y cree que la habría raptado con su hija para vengarme por esa piedra dama Isabella? No, esa no fue la razón ni tampoco lo hice por la familia Golfieri. Sólo cumplir una vieja promesa que le hice, no la habrá olvidado supongo...

Se acercó a ella con rapidez y la dama se alejó turbada y asustada.

—Usted está loco D'Alessi, traernos a un lugar extraño y raptar a mi hija... ¿Por qué la trajo a ella señor? Está muy asustada y sufre horribles pesadillas.

Alaric la miro con fijeza.

—No le haré daño a su hija ni a usted señora, soy un caballero. Están a salvo en este castillo, hable con la niña. No soy un rufián y lo sabe, de haber querido...

—¿Cómo llegó aquí? Es cierto que usted peleó con el rey...

—Sí, es una larga historia. Tenía un pariente en Provenza, un tío que me ofreció ayuda y me rogó que peleara con el rey en una batalla. Mi madre era francesa y me nombró su heredero. Luego me casé con una joven noble... Pero no tuve hijos, sólo un hijastro a quien crie cómo si fuera mío, ya lo conoció usted.

—¿Y su esposa, dónde está?—quiso saber ella inquieta.

—Murió hace años, nunca tuvo mucha salud.

Se hizo un extraño silencio en el cual se miraron largamente. Era un hombre guapo, intensamente viril, debería tener cuarenta cuatro años y se veía joven, pero algo en su mirada había cambiado y ella lo notó.

—Conde D'Alessi, le ruego que mantenga apartados a esos escuderos de mi hija, no temo a mi suerte, sé que no me hará daño pero Elina es muy joven y está asustada—dijo al fin.

—Cálmese señora, no son tan imbéciles. Es que nunca han visto a dos damas tan bellas en su vida, pero no les harán daño.

—Mi esposo sabe que está usted en Francia, me lo dijo una vez. Nos buscará y encontrará.

—Francia es un país muy basto señora, le llevaría meses años recorrerlos y nunca sabrá que está aquí. Golfieri no será su esposo nunca más ¿comprende?

Isabella palideció.

—Pero mi hija… Por favor, no le haga daño, permita que regrese al convento dónde estaría segura, dónde íbamos a dejarla cuándo esos hombres nos raptaron.

El conde meditó un instante esas palabras y observó el cielo azul a la distancia.

—Una joven tan hermosa nunca estará segura en un convento, los Golfieri jamás respetaron los lugares santos ni las doncellas virtuosas y bellas. Su hija necesita un esposo que cuide de ella cuándo crezca un poco, y para ello debe dejar de tratarla cómo una niñita. Ya no lo es —declaró.

—Elina es una joven inocente y dulce y todo esto la está volviendo loca de miedo. Y no entregará a mi niña a uno de sus leales caballeros, no lo hará.

Él la miró con intensidad y de pronto la tomó entre sus brazos y la besó con ardor invadiendo su boca a la fuerza para saborearla despacio mientras apretaba sus senos voluptuosos contra su pecho.

Isabella se resistió y lo apartó pero no pudo soltarse. Alaric la miraba con intenso deseo.

—Usted es mi cautiva y haré lo que crea más prudente. No entregaré a su hija a un rudo caballero, ¿me cree tan malvado? No soy un Golfieri hermosa dama, nunca lo fui por eso la perdí hace muchos años. Pero he aprendido la lección.

—Déjela regresar a Italia, está aterrada, por favor, no la involucre en su venganza.—Isabella lloró desesperada—Me tiene a mí y me tomará cuándo lo decida ¿verdad? Pero no le haga daño a Elina, es un ángel y ha vivido toda su vida confinada en el castillo negro, no sabe nada de las maldades del mundo.

—Su hija se quedará en Francia y le conseguiré un esposo, dejaré que ella lo elija cuándo sea el momento. Usted jamás regresará a Milán y dudo que quiera dejar de verla para siempre. No tema, he notado que su hija no está preparada para el matrimonio y debe crecer un poco más. La protegeré cómo si fuera mi hija, tiene usted mi palabra, pero a cambio he de pedirle algo a usted señora y cuándo llegue el momento no podrá negarse—dijo y volvió a besarla para sellar su promesa.

Haría lo que fuera por salvar a su hija y él lo sabía. Pero todavía no la haría suya cómo tanto deseaba, ahora que la tenía a su merced esperaría un tiempo más. Tenía otros asuntos que resolver primero…

3. MUERTE EN EL CASTILLO CILIANI

Cuándo el conde Golfieri supo del rapto se encolerizó y fue él mismo con sus hombres a buscar a su esposa y a su hija, pero llegó demasiado tarde, ni uno de sus valerosos y fornidos caballeros había logrado sobrevivir, sólo un escudero a quien interrogaron pero no pudo decir gran cosa que diera una pista sobre los raptores.

—Hicieron bien la faena, no dejaron a uno con vida—dijo Fulco mirando a su hermano.

Enrico estaba tan furioso que no dijo palabra.

Imaginaba quién lo había hecho, sólo que no entendía por qué se llevó a Isabella.

Y sin perder tiempo marchó sobre el castillo del duque Visconti.

El anciano duque apareció con su sobrino, rodeado de caballeros por si acaso y al enterarse del rapto palideció.

—Yo no lo hice señor. He estado aquí con mi tío puede entrar en el castillo y verlo con sus ojos—dijo Lucio.

Pero Enrico no se fiaba de sus palabras.

—Tú querías a mi hija y sé que planeabas raptarla—lo acusó.

—Pero yo no la rapté señor Golfieri, juro que no lo hice—Lucio palideció y enfrentó al feroz Golfieri jurándole por la tumba de sus padres que él no había sido y al verlo tan desesperado Enrico supo que no mentía.

Registraron el castillo Visconti y no encontraron rastro de su hija.

El duque consternado por lo ocurrido le ofreció la ayuda de sus hombres para buscarla.

—Yo la buscaré tío, déjame hacerlo por favor. Señor Golfieri, demostraré mi lealtad y encontraré a las damas, recorreré el reino entero buscándola, se lo prometo.

Enrico no quería saber nada del asunto pero aceptó su ayuda, tal vez la necesitara, acababa de perder a doce de sus mejores hombres y se preguntó cómo demonios fueron vencidos con tanta rapidez. Debieron ser muchos.

Semanas buscaron a las damas sin encontrar rastro del grupo de jinetes que se las había llevado, en el bosque se borraron las huellas y nadie los había visto.

Furioso y desesperado fue a buscar a su hijo Enrico al castillo Ciliani.

Lo encontró entrenando en los jardines con otros escuderos y al verle su hijo palideció de rabia.

—Deja de jugar al caballero Enrico, ¿dónde demonios está Antonino?—le dijo.

Enrico sonrió:

—¿Dónde crees tú? Fornicando en los bosques, padre.

En otra ocasión su padre habría reído pero en esos momentos le pareció un insulto que su hijo menor estuviera retozando cuándo su madre y hermana habían sido vilmente raptadas. Y sin perder tiempo fue a buscarle y lo encontró a poca distancia hundiendo su vara en una muchacha morena, oculto entre unos matorrales.

Su primogénito lo siguió y rio a carcajadas mientras veía a su padre golpear sin piedad a su hijo sacándolo de tan agradable entretenimiento mientras la pobre moza gritaba y cubría su cuerpo avergonzada para luego huir corriendo por temor a que el conde la emprendiera contra ella.

—Padre, ¿por qué me golpeas? ¿Qué ocurre?—preguntó su hijo aturdido mientras se vestía con rapidez.

—Tu hermana Elina y tu madre fueron raptadas hace semanas ¿y tú sólo piensas en fornicar a toda hora?

—¿Raptadas? ¿Qué ocurrió, quién…?—Antonino estaba aturdido, asustado.

—No sé quién lo hizo maldición. Isabella insistió en acompañarla al convento ese día, no debí permitirlo ahora me he quedado sin esposa y sin mi hija. Un villano se apoderó de las mujeres y las tiene en su poder. Por venganza supongo.

—Lucio Visconti, debió ser él—dijo Enrico consternado.

Su padre lo miró con rabia.

—No, no fue Lucio, se habría llevado sólo a Elina no a tu madre. Además él también la busca y si la encuentra esta vez le daré su mano hijo, lo haré… Fui un necio al negársela, ahora comprendo, alguien ha estado espiando en mi castillo, y mi enemigo sabía que las llevaría al convento ese día.

—Fue Giuliano Strozzi para vengarse por su hijo desaparecido—sugirió Antonino.

—Strozzi no se atrevería, no tiene caballeros tan recios, mataron hasta al último escudero Antonino, no quedó uno sólo con vida para delatarlos, fue todo muy bien planeado ¿no crees? Por un digno adversario que sabía que las mujeres abandonarían el castillo ese día. Y comienzo a creer que fue mi antiguo enemigo: Alaric D'Alessi.

—Pero dijiste que había muerto en una guerra.

—Sí, eso oí pero no estoy muy convencido, esto es obra suya, tiene a la mujer que quiere y a su hija para torturarla y someterla a sus deseos. Y mi esposa cederá, porque siempre ha tenido debilidad por Elina y no permitirá que le hagan ningún daño. Mataré a ese malnacido cuándo caiga en mis manos. Y ustedes regresarán conmigo y partirán para Paris, allí está ese malnacido en la corte francesa, es muy amigo del rey y si no vive allí averiguaremos dónde está.

Enrico y Antonino se miraron.

De pronto estalló una tormenta y debieron buscar cobijo en el castillo.

Enrico estaba furioso pero no podía hacer nada más que quedarse. Iría tras su enemigo y tendría el placer de matarle.

Durante la cena todos los caballeros bebieron y Antonino se marchó a su habitación para abalanzarse sobre una de sus criadas favoritas, de cabello oscuro y ojos muy grandes. El conde miró a sus dos hijos disgustado: uno era malvado y el otro un lujurioso que jamás aprendería a empuñar más espada que la que tenía entre sus piernas.

Recordó la imagen en el campo y sonrió, hacía semanas que no tenía a su esposa y extrañaba tener una mujer apetitosa entre sus brazos. Observó a su alrededor y buscó entre las criadas una que no fuera una niña y la llevó a su habitación. Ella acudió gustosa, tenía la edad de su esposa pero no se parecía a ella más que en eso.

Había bebido y comenzó a acariciar sus pechos antes de llegar a su habitación. Estaba tan excitado que pronto hundió su vara entre sus muslos sin pensar en nada más que en tener un placer rápido que lo ayudara a liberar la rabia y frustración que sentía. Pero no se sintió satisfecho y la moza volvió a besarle y sus besos recorrieron su pecho ancho y se detuvieron en la mitad de su cintura y lentamente comenzó a lamer su miembro que comenzaba a erguirse de nuevo. La mujer era realmente apasionada y disfrutaba mientras le daba placer y poco después hundía su boca en él lamiéndolo cómo una experta.

Pero no quería volver a fornicar contra el duro suelo, quería un colchón blando y mullido y arrastró a su compañera de aventuras escaleras arriba. La ardiente moza seguía acariciándolo pero él la apartó.

—Aguarda mujer, quiero una cama para poder retozar con comodidad—le dijo.

La mujer rio y abrió la puerta de la habitación más cómoda del castillo.

No sabían que era dónde Enrico llevaba a esa jovencita para satisfacer su lujuria y su padre no lo vio hasta que llegó hasta el lecho.

La visión de la niña atrapada entre sus brazos llorando lo aterró. No fue ver a su hijo fornicando cómo un demonio lo que lo asustó por supuesto, fue ver que tenía a una jovencita atrapada y nada contenta de la situación lo que lo llenó de espanto.

—Malnacido Golfieri, tomas a una niña para satisfacer tu lujuria, una niña de la edad de tu hermana y disfrutas cómo un demonio mientras lo haces. ¡Voy a matarte!—gritó.

Enrico se apartó de la joven, asustado y la jovencita volvió a llorar mientras la moza la ayudaba a salir de la habitación para que esos caballeros arreglaran sus diferencias. Conocía a la joven, y sentía pena por ella, sus padres no dejaban de odiar a Enrico por arrebatarle a su niña para encerrarla en sus aposentos y tomarla cuándo se le antojara.

—Tranquila Alicia, te llevaré con tus padres—dijo la moza.

La jovencita no paraba de llorar aterrada y sus padres la recibieron y arroparon.

—El conde matará a su hijo esta noche—dijo la moza sombría.

—Ojalá lo haga, es un malnacido bastardo—opinó el padre de la joven.

En la habitación de Enrico los dos hombres peleaban enfrentados.

—Eres un pervertido Enrico, tomas a una niñita para saciarte, eso no hace un caballero Golfieri.

—No es una niñita, tiene quince años.

—Es una niñita y estaba llorando aterrada, yo sé lo que vi, y lo que vi me dio tanto asco y horror que quisiera matarte ahora— estalló el conde.

—Bueno, tú raptaste a mi madre y la tomaste ¿verdad? No puedes juzgarme, soy un digno Golfieri, ¿o acaso crees que sólo Antonino tiene derecho a divertirse?

Pero el horror de esa escena hizo que dejara de golpearlo y le hiciera una pregunta que Enrico jamás respondería.

Se oyeron los gritos e insultos y la agonía del hombre que cayó al piso sufriendo un ataque del cual no podría recuperarse.

—Padre, ¿qué tienes?—su hijo quiso ayudarlo asustado, no respiraba y estaba mortalmente pálido.

Llamó a gritos a los criados y estos acudieron a la habitación pero nada pudo hacerse, había sufrido un ataque al corazón al reñir con su primogénito esa noche.

Llevaron el cuerpo del conde Golfieri al castillo negro a la mañana siguiente. Dijeron que había bebido demasiado vino y había reñido con su hijo y su corazón no resistió.

El nuevo conde Golfieri se mostró apenado y atormentado por lo ocurrido y durante días fue incapaz de decir palabra.

El castillo negro era un lugar lleno de sombras y secretos. Los primos de su padre se miraban entre sí consternados mientras Antonino lloraba cómo niña al llevar el féretro de su padre a su última morada: el mausoleo familiar.

Ahora todo cuanto le rodeaba le pertenecía y Enrico Lorenzo Golfieri miró a su alrededor con expresión torva y sombría.

Su madre y su hermana habían sido raptadas y debía obedecer a su padre aunque este ya estuviera muerto. No lamentaba su desaparición, su padre siempre lo había odiado, y sus últimas palabras habían sido de odio y desprecio. Ahora descansaría en paz y él también tendría todo cuanto había deseado: la herencia cómo primogénito de su padre. Pero quería algo más y eso también lo tendría cuándo fuera el momento.

—Antonino, nuestro padre nos ordenó ir a Francia a buscar a las damas Golfieri, debemos cumplir esa misión—le dijo entonces a su hermano.

Este lo miró aturdido.

—¿Por qué pelearon esa noche, Enrico? —le preguntó él con pálido semblante.

Los labios delgados de su hermano se cerraron herméticos.

—Lo enfureció verme fornicando con una moza muy joven, eso ocurrió. Entró en mi cuarto y dijo que era un malvado—dijo al fin.

—¿Cuál moza? Tú nunca tomaste a una moza en el castillo Ciliani.

—Lo hice las últimas semanas hermano, ¿o crees que sólo tú tienes derecho a disfrutar de una mujer?

Antonino no podía entender lo ocurrido, ¿qué había hecho su hermano para enfurecer tanto a su padre? Dijeron que se escuchaban sus gritos en todo el castillo.

—Nuestro padre había bebido y estaba furioso porque habían raptado a sus mujeres hermano, creo que se sentía atormentado y culpable y descargó en mí su rabia dándome golpes cómo siempre lo hacía, eso fue todo. Por eso tuvo ese ataque—dijo Enrico sombrío.

Esa explicación fue insuficiente para Antonino, seguía sin entender por qué su padre siempre había odiado tanto a su hermano mayor, casi sentía pena por él. Era valiente, arrojado y peleaba cómo un demonio y su padre nunca lo había valorado.

—Debemos ir a Francia hermano, hablaré con los primos de mi padre.

—Espera, no podemos ir… No sabemos si realmente están en ese país—dijo Antonino.

—Nuestro padre lo sabía y fue su último pedido antes de morir, siempre seremos sus hijos Antonino y debemos respetar su voluntad aunque ya no esté en este mundo. Traeremos a las damas de regreso y daremos muerte al villano que las raptó. Deja de pensar en tu pequeña vara insaciable hermano, necesito que seas un Golfieri una vez en tu vida y aprendas a empuñar una espada y a defender el honor de nuestra familia—estalló Enrico furioso. Apreciaba a ese tonto hermano rubio, a pesar de los celos de saber que era el preferido de su padre, nunca había llegado a odiarlo cómo a la tonta niña rubia de trenzas llamada Elina. Ahora por su culpa debía atravesar el continente cuándo lo que quería era quedarse en el castillo y disfrutar de nuevo lugar cómo jefe del clan Golfieri.

—Así lo haré hermano—respondió Antonino sombrío—Y nuestro destino será morir en tierra francesa.

—No moriremos hermano, deja de ser tan cobarde por una vez.

******

Isabella y Elina se encontraban en sus aposentos aprendiendo francés con una dama de alcurnia amiga de Alaric (y tal vez su amante) cuándo recibieron la triste noticia de que su padre había muerto.

La joven se desvaneció asustada y los sirvientes debieron llevarla a la cama y reanimarla, estaba muy pálida.

Alaric observó a Isabella con furioso deseo, había esperado demasiado para hacerla suya y la espera había terminado. La desposaría en pocos días y la tendría en sus aposentos cómo siempre había soñado.

Cuándo estuvieron a solas en los jardines ella quiso saber quién había matado a su esposo.

—¿Fue usted conde D'Alessi?—le preguntó Isabella. Tenía los ojos hinchados por haber llorado y se veía muy vulnerable y afligida.

—No, yo no lo hice. Sufrió un ataque al corazón al reñir con su hijo Enrico, eso fue lo que contaron mis espías. Al parecer su hijo mayor le dio un disgusto muy grande esa noche.

Se reservó los detalles que los conocía por sus espías. Era un triste asunto del que jamás hablaría con su bella dama.

La condesa lloró, quería a su esposo y no sería sencillo convencerla ni seducirla. Debía darle un tiempo hasta que se resignara. Su hija había dejado de llorar y había hecho amigas en el castillo con las que jugaba al escondite y al acertijo.

Fue Alaric quien invitó a sus amistades femeninas con sus hijas para que entablaran amistad con sus cautivas y le enseñaran a hablar el idioma. Debían parecer francesas, vestir cómo damas francesas: hermosas y elegantes. Además planeaba casar a Elina con el hijo de un amigo suyo cuándo llegara el momento. El joven estaba loco por la damisela pero él le había rogado esperar.

Su hijastro Philippe también la pretendía y no dejaba de mirarla, pero él se encargó de mantenerlo apartado, además estaba prometido con una joven dama y se casaría pronto, no podía desposar a una joven italiana, debía tener sangre francesa.

A diferencia de los italianos, los franceses eran más románticos y delicados con las damas, les escribían poesía y le cantaban y llevaban a cabo el cortejo cómo esos pajaritos que volaban en su antiguo castillo de Italia. Eran muy gentiles y seductores, pero cuándo se enamoraban lo hacían violentamente. Y el joven Etienne de Montfault lo estaba de Elina, nada más verla un día en los jardines jugando al escondite con sus nuevas amigas se había prendado de ella al instante.

Era una niña dulce y tierna y muy hermosa, tenía un candor que ponía freno a los deseos de los caballeros que pretendían conquistarla. Y ese joven caballero se había propuesto hacerlo, despertarla, y enamorarla para que aceptara ser su esposa. No la tomaría cómo un villano, y esperaba paciente para verla y conversar con ella.

El conde De Harcourt habló en privado con Etienne en esa ocasión mientras observaba a Isabella a la distancia.

—Hace días que te veo mirando a la hija de mi futura esposa, es muy joven lo habrás notado.

El muchacho que debía tener veinte años, no era cómo los mozos de su edad, tonto y atolondrado, era astuto, inteligente, su mismo padre lo decía.

—Yo la amo señor De Harcourt, desde que la vi por primera vez y quiero que sea mi esposa. Mi padre habrá hablado con usted de ello supongo.

—Tu padre sólo accederá a la boda después de que me case con Isabella y le dé mi apellido a la damisela Elina. No te dejaría casarte con una dama italiana aunque sea de alcurnia y lo sabes.

Los ojos castaños y almendrados del guapo doncel se abrieron con sorpresa.

—Pero usted se casará pronto con la dama italiana, ¿no es así?

—Sí, lo haré y le daré mi nombre a mi hijastra, ella se convertirá en mi hija y podrás casarte con ella sólo si conquistas su corazón muchacho. No la obligaré a una boda que no desee, he prometido cuidarla cómo si tuviera mi sangre y lo haré. Está muy verde, ha pasado su vida confinada en una torre, no sabe nada de las maldades del mundo ni creo que esté preparada todavía para convertirse en tu esposa.

Para Etienne la doncella era una mujercita pequeña y sabrosa, lista para ser devorada por él muy pronto. La tendría, no importaba si debiera hacer trampas, quería a esa hermosa doncella cómo esposa.

—Yo esperaré señor conde, esperaré sólo que ella siempre huye cuándo me ve y prefiere correr y jugar en vez de conversar conmigo.

Alaric rio.

—Está feliz hijo mío, al menos ha dejado de llorar porque extrañaba a su país, y quiero que siga así, contenta y jugando cómo una niña. No quiero que la importunes con besos y lisonjas, no tocarás a mi hijastra muchacho, ¿has entendido? Si descubro que lo has hecho a escondidas cómo villano no te daré su mano.

Etienne aceptó el trato y se alejó.

Elina vio al joven caballero y huyó. Ninguno de esos mozalbetes franceses era tan guapo cómo Lucio, ni se casaría con ellos. Su madre le había dado su palabra de que nadie la obligaría a tomar de esposo a un noble francés.

Cada vez que pensaba en Lucio se sentía triste y nostálgica, tal vez nunca supiera que estaba en esa tierra lejana, aunque no dejaba de soñar que un día llegaría y la rescataría de su raptor.

Jugaba y tenía amigas y había aprendido francés con rapidez pero no era feliz. Su padre había muerto y sus hermanos no la buscarían. Y sabía que pronto se llevaría a su madre a sus aposentos para hacerle esas cosas que se hacían para tener bebés. Tal vez se casara con ella ahora que su padre había muerto... No le agradaba ese asunto, no quería que ese hombre fuera su padre ni que yaciera con su madre. Sentía pudor y vergüenza, su padre no se enfriaba en su tumba y ese hombre quería ocupar su lugar actuando cómo si ya fuera el esposo de su madre y su padrastro.

Isabella vio correr a su hija a la distancia y sonrió a pesar de la tristeza que sentía por haber perdido a su esposo.

Empezaba a adaptarse a su nueva vida en Francia, Alaric había alejado a esos caballeros del castillo y los había confinado a la torre junto a los escuderos y mozos jóvenes que tanto miraban a su hija.

Y al castillo llegaban sus amistades: caballeros con sus esposas e hijos y era un lugar animado y feliz.

Pero sabía lo que esperaba de ella, la noche anterior la había besado en la oscuridad del salón, cuándo la acompañó a sus aposentos. Y en ese beso estaba guardado su ardor y pasión largo tiempo contenida. Quería llevarla a su lecho, aunque no se atreviera a decírselo…

4. Un esposo ardiente

Una semana después Isabella recibió un mensaje de una criada, Alaric deseaba hablarle en los jardines, lejos del castillo y las miradas indiscretas.

Ella tembló porque adivinó sus palabras antes que las dijera.

—He cumplido mi promesa Isabella Manfredi, tu hija ha sido cuidada y guardada, y ahora sonríe feliz. Ahora tú deberás cumplir tu palabra y harás lo que te pida cómo te advertí un día— dijo y acariciando su rostro la besó tomándola lentamente entre sus brazos mientras le susurraba al oído:—Cásate conmigo Isabella Manfredi, mañana en la capilla y acepta ser mi esposa y yacer en mi lecho.

—No por favor Alaric, ahora no, no podré entregarme a ti— dijo ella agitada—Toda mi vida he sido la esposa de Enrico y no soportaré…

Esas palabras enfurecieron al caballero, no se escaparía ahora que la tenía a su merced, ahora que ese malnacido Golfieri había muerto.

—Diste tu palabra Isabella y te casarás conmigo y te entregarás a mí cómo prometiste hacerlo, no querrás que falte a mi promesa y entregue la mano de tu hija al caballero de Montfault—Alaric habló con fría calma y decisión.

Isabella lloró mientras ese hombre la besaba con un deseo rabioso y desesperado y pensó aterrada que no soportaría que ese hombre la desnudara y tomara cómo lo había hecho su esposo tantas veces. Había prometido a Enrico que jamás se casaría de nuevo, que se conservaría casta a su muerte pero temía que Alaric cumpliera su amenaza y aceptó ser su esposa sabiendo que no tenía salida, había hecho una promesa y debía cumplirla. Estaba en una tierra extraña, y jamás podría escapar ni se atrevería a hacerlo. Pero si se convertía en su esposa y amante él la protegería, cuidaría de ella y de su hija y confiaba en él. En otros tiempos lo había amado tanto…

Y a la mañana siguiente se bañó y las criadas peinaron su cabello. Escogió un vestido rosado muy discreto y se reunió con Alaric en la capilla. Elina aún dormía y la observó con pena. Sabía que no le agradaría que se casara con su raptor, y que tal vez nunca pudiera perdonarla.

Entró en la capilla y vio al conde D'Alessi en compañía de sus leales caballeros y amigos. Lucía ricas ropas con el color de su nuevo apellido. Sus ojos la miraron con intensidad y afecto.

Una hora después se convirtió en la condesa Isabella De Harcourt, con un anillo de oro y rubíes y un beso discreto en sus labios.

Alaric organizó un banquete para sus amigos más cercanos en respeto a su reciente viudez y no hubo música ni jarana ni bromas groseras. Isabella se lo agradeció, no se sentía muy bien por esa boda ni deseaba festejos. Miró a su alrededor en busca de su hija y se preguntó si todavía dormía, pensó en ir a buscarla pero su esposo la retuvo conversándole en voz muy baja.

—Dale tiempo querida, Elina no se sentirá feliz con esta boda ni con saber que tendrá mi apellido. Pero lo superará.

—Temo que no sea así esposo mío. Elina nunca me lo perdonará, amaba a su padre y no te perdona que la raptaras, nunca ha entendido por qué lo hiciste—respondió Isabella.

****

Al despertar y no ver a su madre Elina se inquietó y cuándo entró una criada con el desayuno decidió interrogarla.

—¿No lo sabe damisela? Su madre se ha casado con el conde De Harcourt a horas muy tempranas—respondió la criada con expresión radiante—El señor está muy contento y debe apurarse si quiere participar del banquete.

—¿Se ha casado? Pero ella no dijo nada... —Elina no podía creerlo.

No iría a ningún banquete, estaba furiosa y al ver que las criadas se llevaban los arcones de su madre y sus vestidos a su nueva habitación tembló. Era una pesadilla pero lo había temido mucho tiempo atrás. Para eso la había raptado, para tomarla cómo su amante y demasiado tiempo había esperado para hacerlo y ahora...

Sintió náuseas al imaginar a su madre yaciendo con su raptor, el enemigo de su familia, era demasiado horrible. ¿Por qué se había casado con él? Debió negarse.

No iría a ninguna parte ese día, se quedaría en su habitación, su pobre padre debía estar ardiendo de rabia dónde quiera que estuviera...

Elina lloró hasta quedar exhausta, odiaba ese día y no volvería a dirigirle la palabra a su madre nunca más...

Isabella fue a ver a su hija a media tarde, había extrañado su presencia en el banquete y estaba preocupada, debía hablarle.

La encontró tendida en la cama, llorando furiosa.

—Elina, hija, necesito hablarte—dijo la condesa acercándose a su hija despacio.

Ella la miró con rabia y dolor.

—Te casaste con ese hombre malvado madre, debiste negarte, yo lo habría hecho—estalló la damisela.

—Hija, quise negarme pero no pude hacerlo. Soy su cautiva pero eso no me afecta pero tú también lo eres Elina y él ha cuidado de ti y no hemos sufrido ningún daño.

—¿Y por eso debes entregarte a él cómo una esclava? Pensé que amabas a mi padre y todavía no se enfría en su tumba y tú… Tú amas a ese hombre madre, no estás apenada yo no te veo llorar y tampoco estás nerviosa.

Isabella se sonrojó intensamente y no pudo sostener la mirada fiera de su hija.

—Soy su esposa ahora Elina, y eso nunca cambiará pero tú al menos podrás escoger un día un esposo que sea de tu agrado y no sufrirás daño alguno. Aquí estarás segura y Alaric te dará su nombre hija.

—¿Cuál nombre? Mi nombre me lo dio mi padre, soy una Golfieri.

—Luego hablaremos hija, ahora estás muy nerviosa y triste.

—Estoy furiosa madre, me siento decepcionada, ahora serás la esposa de nuestro enemigo y te olvidarás de mí.

—Eso no pasará Elina, yo siempre cuidaré de ti.

Pero ella no quiso que la abrazara y la apartó con rabia de su lado.

—Vete a tus nuevos aposentos madre, tu antiguo enamorado te espera para saciar su horrible lujuria contigo—dijo su hija.

Isabella quiso abofetear a su niña pero se contuvo, nunca le había pegado y no lo haría ahora. Y lentamente giró sobre sus pasos y fue a la habitación de Alaric temblando cómo joven inexperta. Sólo quería descansar pero al entrar sintió su perfume, ese olor a sándalo y madera tan intenso.

Pero Alaric no estaba allí sin embargo sabía que llegaría y debía estar preparada para recibirle.

Estaba exhausta y las criadas llegaron para desvestirla y bañarla.

El baño la hizo sentir mejor y mientras la vestían y perfumaban se preguntó si algún día su hija le perdonaría que se casara con Alaric D' Alessi.

Su esposo entró en sus aposentos rato después y se desvistió nada cansado, sino ansioso de reunirse con su esposa y deleitarse acariciando cada rincón de su cuerpo.

No esperó encontrarla dormida y la despertó.

Isabella lo miró confundida hasta que recordó que se había casado con ese caballero y esa era su noche de bodas.

Al menos no se asustaría ni correría cómo cuándo se convirtió en la esposa de Enrico la primera vez.

Se miraron en silencio y ella permaneció inmóvil mientras él comenzaba a besarla y la acariciaba sin prisas.

Notó que estaba nerviosa y fría y pensó que no era el momento de tomarla pero la deseaba tanto…

—Isabella, eres tan hermosa… Siento que no ha pasado el tiempo y soy de nuevo un doncel enamorado de ti—dijo y besó sus pechos llenos una y otra vez. Era tan suave y deliciosa y sus manos temblaban al tocarla. Su corazón latía acelerado mientras sus besos se internaban en su cintura anhelando saborear ese delicioso rincón con el que tanto había soñado.

—No, por favor, no puedo…—estalló ella apartándolo despacio.

Estaba llorando, no podía soportarlo pero no podía negarse y lo sabía. Su esposo la había tomado varias veces sin que ella lo deseara y tal vez Alaric hiciera lo mismo.

Y cómo si leyera sus pensamientos, él la abrazó despacio.

—No te forzaré Isabella, nunca te haría daño, sabes cuánto te amo mi bella dama—dijo y besó su cuello y ella sintió su cuerpo ardiendo de deseo por poseerla y dejó que la acariciara hasta que aceptara ser suya.

Y cuándo sintió que se rendía a su abrazo lo hizo, quiso entrar a ella pero sintió que su monte estaba cerrado cómo el de una doncella núbil.

—Hermosa, ábrete para mí, por favor, no quiero lastimarte… Déjame entrar en ti—le susurró.

Isabella lo miró desconcertada y el volvió a acariciarla y no pudo impedir que besara y se deleitara con ese rincón que parecía cerrado para él. Y retuvo con fuerza sus caderas cuándo ella quiso apartar su boca ardiente y no dejó de saborearla hasta lograr que se rindiera y gimiera desesperada.

Ahora estaba lista para recibirle y su cuerpo se abrió cómo una flor para que entrara en ella con una pasión abrazadora. Isabella sintió la invasión de su sexo que parecía resistirse a la feroz embestida y tuvo la sensación de que no podría adaptarse a su miembro inmenso, cómo si fuera su primera vez porque sentía un leve dolor y molestia, pero lo soportó sin quejarse mientras sentía sus besos ardientes y ese abrazo y su miembro vigoroso llenándola por completo, hambriento de ella cómo su amo.

—Hermosa, eres hermosa Isabella… Deliciosa, te amo tanto—le susurró él.

Y cuándo estalló la abrazó con tanta fuerza y fue tan dulce diciéndole cuanto la amaba pero ella no pudo sentir placer alguno, simplemente había soportado que lo hiciera y dejó que volviera a tomarla por segunda vez con urgencia y desesperación y sintió que era un hombre distinto a Enrico, era apasionado pero tierno a la vez y suave, su cuerpo era cálido, intensamente viril cómo él mismo. Atrapada en sus brazos y en su pecho con su inmenso miembro en su cuerpo sintió que su vientre respondía a él y la obligaba a estallar, a disfrutar ese segundo encuentro con un placer tan fuerte que todo su ser se llenó de calor y de una sensación de bienestar y liberación tan inesperada. Pero luego lloró sintiéndose malvada y traidora.

—Isabella, no llores mi amor, sabes cuánto te amo… —le susurró él.

Ella lo miró confundida y atormentada sin responderle y él la besó mientras la inundaba con su simiente tibio y suspiraba apretándola contra su pecho.

Cuándo todo terminó Isabella se refugió en su pecho para dormirse y él la mantuvo abrazada besando su cabeza, sintiéndose inmensamente feliz mientras ella lloraba confundida y triste por haberse entregado a su raptor y haberlo disfrutado a cada instante. Entonces recordó las palabras de su hija "tú lo amas madre, amas al enemigo de nuestra casa".

****

Elina estuvo días sin hablarle, ofuscada y triste, no jugaba con sus amigas y se negaba abandonar sus aposentos desesperando a sus pretendientes que hacían un largo viaje sólo para ver a la doncella italiana de dorada cabellera.

Al enterarse del enojo de su hijastra su esposo la abrazó y le dijo que la dejara, que ya se le pasaría.

—Ya la he anotado cómo hija mía Isabella, ahora se llamará Elina D' Hacourt cómo mi hijastro.

—Alaric, no debiste hacerlo, te rogué que no lo hicieras, eso la enfurecerá más. Se crio pensando que tú eras el enemigo de su familia y debía odiarte.

Alaric besó su cuello y la atrajo contra su miembro dispuesto a hacerle el amor aunque fuera de mañana y le aguardaran obligaciones.

—No, ahora no por favor—dijo ella intentando escapar. Pero él le robó un beso desesperado y la arrastró a la cama.

Todas las noches la hacía suya y no podía evitar disfrutar esos encuentros y desearlo.

Alaric cerró la puerta con cerrojo y se quitó la camisa blanca de lino despacio sin dejar de mirarla. No podría escapar, la arrastró a la cama y le quitó ese vestido ligero mientras besaba su escote y despertaba en ella ese deseo salvaje. No debía… Pero esta vez fue ella quien se lanzó sobre ese hombre que la enloquecía con sus juegos, y besos ardientes y besó y acarició su pecho cubierto de vello oscuro espeso y no se detuvo hasta deleitarse besando su miembro inmenso y poderoso. Sus besos lo enloquecieron tanto que la tendió y la devoró a su vez antes de entrar en ella con su inmensidad.

Isabella creyó que enloquecería de placer y estalló poco después una y otra vez mientras sentía sus besos y caricias en su piel.

Respondía cómo la mujer apasionada que Enrico había despertado, y no podía evitarlo, había sufrido el tormento de entregarse a él las primeras noches negándose al placer pero ya no podía hacerlo. Ese hombre la volvía loca, era dulce, tierno y apasionado y sabía cómo tocarla y hacerla estallar con desesperación. Lo necesitaba, lo sentía, no podía sofocar más la necesidad de amar y ser amada, su esposo había muerto y aunque su recuerdo la atormentaba, ella estaba viva y quería vivir…

—Isabella, mi amor ¿por qué lloras? Siempre lloras—le reprochó él.

La dama lo miró y secó sus lágrimas, incapaz de decir palabra.

—No te culpes mi bella dama, sabes cuánto soñé contigo, tierna y apasionada doncella italiana… Así cómo te imaginaba, no puedo creer que seas mi esposa ahora—dijo y la besó con suavidad apretando su cuerpo voluptuoso, tan sensual y femenino. Nunca había conocido placer tan intenso en toda su vida cómo cuándo le hacía el amor a Isabella, la mujer que había amado hacía ya veinte años y que tanto había esperado.

Ella se durmió exhausta en sus brazos, incapaz de abandonar la cama y enfrentar un nuevo día sabiendo que su hija no quería verla ni dirigirle la palabra.

****

Una semana después Alaric decidió tomar cartas en el asunto y hablar en privado con su hijastra. Llevaba demasiado tiempo enfurruñada y malhumorada, entristeciendo a su madre con su hostilidad.

Elina se presentó con cara de niña enojada, infinitamente mimada.

Debía casarla pronto, y que un esposo la cuidara, no dejaba de atraer pretendientes y al parecer en todo el condado se habían enterado que había una doncella hermosa y casadera en el castillo De Harcourt y eso no era bueno. La había presentado en una fiesta cómo su hija y ella fue forzada, enojada, sin bailar y sin sonreír una sola vez.

Todos debían saber que se llamaba Elina De Harcourt, hija del conde Henri De Harcourt, no quería recibir la visita de esos

Golfieri y que pretendieran llevarse a la joven o a su madre de regreso a Milán.

—Siéntate Elina por favor—le dijo señalándole la poltrona de la sala.

Ella obedeció y lo miró con hostilidad.

—Cómo sabes me he casado con tu madre y ahora seré tu padrastro. Te he dado mi apellido porque aquí será necesario para tener un esposo noble. Pienso que ya es tiempo de que te cases y dejes de mortificar a tu madre con tu desdén. No te obligaré a hacerlo por supuesto, pero creo que ya tienes edad para ello. Además necesitas un esposo que te proteja de los peligros que asolan estas tierras.

Elina tragó saliva y de pronto se echó a llorar cómo una niñita triste y desamparada.

—Usted me odia ¿verdad? Porque soy una Golfieri y usted odia a todos los Golfieri y quiere deshacerse de mí—lo acusó.

El conde vio la carita roja de ira y debió apartar la mirada para no sonreír tentado.

—Yo no la odio damisela, al contrario, sólo quiero ayudarla a que tenga un esposo adecuado que la cuide y le haga muchos niños. Me preocupa su futuro, quisiera verla bien casada cómo si fuera mi hija, y que no sufriera ningún daño. Así que le ruego que escoja usted un esposo que sea de su agrado. Etienne de Montfault ha pedido su mano damisela Elina. ¿Le agrada ese joven?

Elina secó sus lágrimas.

—Yo quiero casarme con Lucio Visconti signore, y le ruego que me permita regresar a mi país para que él me despose cómo prometió hacerlo.

Alaric meditó ese asunto un instante.

—¿El sobrino del gran duque? ¿Y por qué la enviaron a un convento si iba a desposarla?—preguntó con cautela.

La jovencita enrojeció furiosa.

—Porque mi padre se opuso señor conde y mi madre dijo que no estaba preparada para ser su esposa.

—Bueno, si se enamoró del joven Visconti entonces sí está preparada para casarse, sólo que no podrá casarse con él y le pido que no se encapriche. Se casará con un francés y lo hará pronto y no busque a su madre para atormentarla con berrinches de niña pequeña. La dejaré escoger y lo hará por su bien, no puede quedarse aquí escondida para siempre ni esperar a su novio italiano que tal vez nunca venga a buscarla.

Elina abandonó el banco furiosa.

—Es usted muy malvado, siempre supe que era malo… Me odia, sólo quiere alejarme de mi madre pero no se saldrá con la suya ni me casaré con ninguno de esos tontos franceses, no lo haré.

Alaric la miró con mucha calma.

—Si no escoge usted lo haré yo muchacha, y se casará con quien yo decida. Ahora soy su padre y me respetará y obedecerá.

Elina volvió a llorar desesperada. No quería a ninguno de esos franceses, no eran guapos cómo Lucio, ninguno de ellos lo era.

—Usted nunca será mi padre, mi padre me amaba señor y usted me odia y sólo quiere deshacerse de mí y yo le diré a mi madre lo malo que es—estalló la joven abandonando el recinto.

Más problemas, bueno, hablaría con su esposa, debía hablarle del peligro que corría su hija si no se casaba pronto con un noble que cuidara de ella.

Elina corrió en busca de su madre, ella la escucharía, no permitiría que su malvado esposo la casara con un tonto francés de lengua trabada.

Isabella se encontraba en el vergel escogiendo unas flores para su habitación con aire absorto cuándo vio a su hija.

—Madre, ayúdame por favor. Tu esposo quiere entregarme a un noble francés y alejarme de ti para siempre. Y yo quiero a Lucio madre, quiero casarme con Lucio. Convéncele de que me deje esperarlo… Quiero ir a mi tierra y casarme con Lucio, mis hermanos no se opondrán.

—Elina, aguarda, hablaré con D'Alessi, intentaré convencerle, no temas.

Isabella abrazó a su hija y se emocionó al sentir su voz, le había hablado después de tantos días sin mirarla ni dirigirle la palabra. Luego se preguntó por qué su esposo quería casar a su hija tan pronto. Ella le había pedido que esperara, que la dejara crecer.

Y esa noche luego de la cena le detuvo cuándo comenzó a besarla sentándola en sus piernas.

—Espera Alaric, necesito hablarte de mi hija.

Él besó sus pechos odiando que esa chiquilla interrumpiera el momento más maravilloso del día y resignado miró a Isabella.

—Ella quiere casarse con Lucio, su padre se oponía pero en realidad era un joven de buena de familia.

Su esposo escuchó su historia y le dijo por qué había tomado esa decisión.

—Necesita un esposo que la proteja Isabella, temo que un arrojado mozo se la lleve por la fuerza o que un noble cruel la rapte y le haga mucho daño. Corren tiempos sombríos en estas tierras y aunque tengo amigos en Provenza también hay hombres crueles y las jóvenes bellas y nobles son muy codiciadas. Convéncela Isabella, habla con ella, debe casarse y tener un esposo que la cuide. Ese joven Visconti no va a casarse con tu hija, está comprometido con la hija de un noble de Ferrara. No quise decírselo porque no me creería y no hizo más que llorar y acusarme de que la odio. Yo no la obligaré, que escoja a quien más sea de su agrado.

—Pero yo te pedí que esperaras, te rogué que no la entregaras a un esposo.

—Tu hija ya no es una niña Isabella, pronto cumplirá dieciséis años y por esa razón creo que Etienne de Montfault es el más adecuado, es un joven delicado y considerado, no le hará daño, estoy seguro de ello. Ven aquí…—dijo y asió su cintura besando de nuevo sus pechos sentada en sus piernas, acarició su femineidad sintiendo cómo se humedecía lentamente por sus caricias y no pudo esperar para entrar en ella con ansiedad. Isabella se arqueó al sentir su inmenso miembro llenándola, apretándola y comenzó a moverse mientras lo besaba con ardor. Y recién comenzaba, y no se detuvo hasta que su cuerpo estalló de placer y sentía sus besos ardientes en sus labios.

Pero no deseaba que terminara tan pronto y la tendió en la cama deleitándose con el sabor de su sexo hasta enloquecerla de nuevo. Era pura lujuria y pasión y la noche recién comenzaba…

5. El pícaro doncel

Elina observó a los muchachos que peleaban con sus espadas ansiosos de captar su atención con gesto ceñudo. Debía escoger uno, su madre le había dicho que Lucio se había comprometido y que no se casaría con ella. Y si no se casaba pronto un oscuro barón francés la raptaría y la tomaría por la fuerza sin casarse con ella.

Elina lloró y berreó pero finalmente aceptó su destino. Debía casarse y escoger de entre esos palurdos de hablar florido y algo "femenino" al que más le agradara. No sólo debía escoger al más guapo sino al más gentil y bondadoso o eso le había aconsejado su madre.

Observó al famoso Etienne de Montfault con su cabello oscuro algo largo y miró con detenimiento su pecho ancho y las piernas largas y delgadas, bonitas… Parecidas a las de Lucio y luego a esos otros: Julien de Crècy, hijo de un importante conde del reino rubio y anodino y al pelirrojo Pierre Guillaume y pensó que de todos ellos sólo Etienne tenía cierto atractivo. Sin ser tan guapo cómo Lucio por supuesto, Lucio era viril y fuerte… Y de pronto le pareció verlo a la distancia y sus ojos se llenaron de lágrimas. Nunca encontraría un joven tan guapo cómo él, con su olor y su forma de besarla.

¿Cómo podía escoger esposo si su corazón moría de pena por Lucio? Ella no era cómo su madre, no soportaría que un marido la tocara ni quisiera hacerle esas cosas que se hacían para hacer bebés. No se imaginaba en la cama con ese patudo intentando… ¿Meter su horrible cosa en ella? Pero eso era el matrimonio y Elina volvió a llorar acorralada. Debía escoger o Alaric lo haría por ella y seguramente escogería al más feo de todos porque la odiaba aunque fingiera lo contrario. No la quería y sólo pretendía apartarla de su madre.

—Buenos días encantadora damisela—dijo un joven doncel acercándose a ella.

Elina se apartó asustada porque ese muchacho estaba casi encima de ella.

—Perdone, no quise asustarla madame—él la miraba con atrevimiento.

Era muy alto y delgado y vestía cómo caballero y sus ojos de un azul oscuro la miraban con expresión pícara.

—Soy Philippe D'Tourenne, hermano de ese tonto que pelea con Montfault—explicó.

Tenía un aire a Lucio, varonil y muy guapo sólo que sus ojos eran azules en vez de castaños y Elina se sonrojó al sentir su mirada insistente y se alejó con prisa.

Planeaba regresar al castillo pues no soportaba a los atrevidos, pero ese joven le cerró el paso al llegar al vergel y Elina retrocedió espantada.

—No se vaya por favor, no quise asustarla. ¿Habla usted francés, hermosa damisela?—quiso saber.

Ella asintió despacio.

—Dicen que debe usted escoger esposo, ¿elegirá a Montfault?—quiso saber.

—No, no lo sé… ¿Quién le dijo eso?—dijo Elina.

—Todos lo saben y se pelean por ser elegidos, escójame a mi damisela, y seré un esposo tierno y apasionado—el atrevido doncel acarició su rostro y quiso besarla.

—Aléjese de mí bribón o gritaré—dijo Elina furiosa.

El joven sonrió y Elina tuvo la sensación de que el mismo diablo le estaba sonriendo.

—No elija a Etienne, es un bruto y huele tan mal que ninguna moza se le acerca. Escójame a mí, recuerde mi nombre: Philippe d'Tourenne. Hermosa, cuándo sea mi esposa la llenaré de besos y ternura…

Y el atrevido doncel la atrapó cuándo quiso escapar y le dio un beso audaz haciendo que la damisela se estremeciera de rabia y deseo al mismo tiempo. El sabor de su boca era tan suave y olía tan bien…

Era la primera vez que un pretendiente la besaba, los otros no eran tan osados y se mantenían a cierta distancia.

Pero Elina lo apartó furiosa y le dio una bofetada.

—Es usted un atrevido francés, no vuelva a besarme, no me casaré con usted y ya se me ha olvidado su nombre—dijo.

El mancebo sonrió nada ofendido de que le pegara y de pronto se puso muy serio.

—Tú serás mía pequeñita damisela, ya verás cómo haré que suspires cuándo te llene de besos y caricias—dijo.

Elina se sonrojó porque ahora sabía francés y había entendido casi cada palabra.

—Búsquese una moza para saciar su lujuria tunante, así no le habla a una dama—le respondió furiosa.

No fue el primer encuentro, hubo otros y en ellos él encendía su deseo y rabia con igual intensidad. Nunca había conocido a un mozo tan ardiente y desmedido. No parecía un caballero ni se comportaba como tal.

Debía escoger pronto esposo para que ese muchacho dejara de molestarla.

Y tuvo oportunidad de conversar con Etienne de Montfault, un joven muy agradable y sereno. Nada parecido a Tourenne por supuesto. En ningún momento intentó besarla y siempre fue muy respetuoso aunque sí sentía sus miradas, cómo la de los otros jóvenes, entre ellos el atrevido doncel.

Elina se ponía tensa y nerviosa cada vez que aparecía y acercarse a Etienne encendía sus celos y la divertía.

—No te casarás con ese tonto, pequeñita—dijo él una mañana mientras los caballeros peleaban y entrenaban en los jardines.

—No me llames pequeñita, ¡tonto francés! Me casaré con quien me plazca—le respondió ella con orgullo.

Él la miró con altivez.

—No te casarás con él doncella, yo no te dejaré—exclamó muy serio y entonces le robó un beso.

Alaric que presenció la escena corrió a defender a Elina y apartó al joven de un golpe en la quijada.

—¿Cómo te llamas muchacho?—lo interrogó el conde De Harcourt.

Él joven lo miró con insolencia.

—Philippe D'Tourenne, señor.

—Esa no es forma de tratar a una dama, muchacho, pero no puedo culparte, sé bien quién es tu padre.

Philippe lo miró con rabia.

—No vuelvas a molestar a mi hija doncel, o regresarás a tu casa sin haber participado del gran torneo—dijo Alaric.

Pero el joven caballero no se marchó ni se disculpó y cuándo Elina se alejó dijo a su anfitrión: —Me casaré con su hija señor, lo haré aunque tenga que raptarla.

—No te casarás con ella a menos que ella decida escogerte a ti y lo sabes. Y no creo que puedas conquistarla con esas maneras tan atrevidas que tienes.

El joven no respondió y habló con su padre que se encontraba en el castillo y era uno de los guerreros más feroces del condado.

—Quiero a la hija del conde De Harcourt papá, a la doncella pequeñita—dijo desesperado cómo si pidiera una espada o un caballo nuevo con el que se había encaprichado.

El hombre rudo y grandote miró a su primogénito con disgusto.

—Búscate una moza para entretenerte, yo escogeré una esposa para ti cuándo sea el momento, estás muy verde para casarte hijo—le advirtió.

—Quiero a la doncella Elina, por favor, me volveré loco si no la tengo en mi lecho en una semana. Arregle usted mi boda, De

Harcourt es un viejo amigo suyo y le debe algunos favores. Que convenza a su hija de que me acepte.

El caballero Tourenne recordó a la joven y se preguntó si sería la misma que algún tiempo atrás jugaba al escondite con sus hijas.

—Esa joven está verde todavía, escoge una más robusta. No tendrás placer alguno de esa muchachita hijo. Mira a la hija de Foucault, esa joven es alta y rolliza, será una esposa más apropiada.

—No me interesa Margarita padre, quiero a Elina, por favor. Hace tiempo que la quiero y tú lo sabes.

Su padre vaciló, tenía debilidad por ese hijo y en realidad la joven parecía sana…

Y sin perder tiempo habló con su amigo Henry al respecto días después.

Alaric suspiró.

—Me halaga su pedido caballero Tourenne, pero es mi hija quién debe escoger le he dado mi palabra.

El conde Tourenne enrojeció.

—Pero eso no se estila en estas tierras amigo mío, los matrimonio son concertados por los padres y creo que sería una buena idea un matrimonio entre nuestras casas—dijo buscando convencerlo amablemente.

—Hablaré con mi hija, pero no la obligaré.

No le agradaba ese mozo tan ardiente, asustaba a su hijastra y la inhibía al ser tan atrevido. A ninguna dama le gustaban los muchachos tan audaces y bribones.

Pero cómo su amigo Tourenne había insistido decidió acercarse a Elina durante la cena y le preguntó qué pensaba de Philippe Tourenne.

La joven enrojeció y sus ojos se volvieron brillantes y coléricos.

—Señor conde, creo que me casaré con Etienne de Montfault, es un joven amable y tranquilo, respetuoso. Y lo haré para librarme de las atenciones del caballero de Tourenne.

Esas palabras hicieron sonreír al conde De Harcourt.

—No debes escoger esposo para dar celos a un pretendiente insistente, no sería buena idea hija.

—Pues nunca escogeré a Tourenne, es un mancebo atrevido.

—Es mejor guerrero que Montfault hija, y en su castillo estarás segura. Ese joven está enamorado de ti, tal vez sea algo osado porque es muy joven y atolondrado.

Elina se estremeció al recordar esa promesa de cubrir su cuerpo con besos, ¿qué podía significar exactamente? Pensó que no le agradaría nada averiguarlo.

—Señor De Harcourt, creo que ya he decidido: me casaré con Etienne.

Esa declaración preocupó al conde, pues notó las miradas de Tourenne sobre Elina, ese mozo daría problemas, era loco y apasionado cómo su padre, no la dejaría ir y estaba furioso de saber que Elina había escogido a otro joven.

Días después Alaric pensó que era mejor casar a su hijastra con ese joven antes de que siguiera provocando pasiones violentas entre los hijos de sus amigos. Pero no anunció el compromiso con una fiesta, sino que habló primero con Elina para saber si no había cambiado de opinión y la encontró en los jardines jugando al escondite.

—Elina, ven un momento por favor—la llamó.

La joven acudió con las mejillas encendidas y cuándo se acercaba al conde tropezó con Philippe y cayó en sus brazos.

—Buenos días pequeñita, ¿no crees que eres algo grande para jugar al escondite?—le preguntó burlón.

Ella lo empujó y la presencia de Alaric hizo que el joven desistiera de robarle un beso cómo deseaba y lentamente se alejó con sus largas piernas hacia los establos.

La joven tenía las mejillas encendidas y parecía a punto de llorar.

—Nunca me deja en paz padre, el otro día dijo que si me negaba a ser su esposa me raptaría. Tengo miedo—dijo.

Alaric acarició su carita de niña, le había dicho papá, sin darse cuenta por supuesto y eso fue una satisfacción para él que siempre había soñado en tener un niño con Isabella y sentía a Elina cómo su hija.

—No temas, no se atreverá, lo dice para asustarte, para que lo escojas a él.

—No quiero aceptarlo, él me asusta, me agrada pero… Me recuerda a Lucio. No sé por qué…

—Tal vez deberías pensarlo hija, no hay prisa.

Elina miró al conde y de pronto dijo muy segura que se casaría con Etienne de Montfault.

—Elina, escucha, luego no podrás cambiar de parecer, si no estás segura…

—Señor De Harcourt, yo quería al joven Lucio, me da igual, sólo que quiero un joven respetuoso y obediente. Ese otro doncel me espanta.

—Muy bien, entonces hablaré con el padre de Etienne.

Alaric no tomó a broma la amenaza de Tourenne y decidió hablar con sus caballeros para que vigilaran de cerca a ese joven porque tramaba raptar a su hija.

Pero no habló con el padre de Etienne, ni con el joven ese día, decidió esperar.

Etienne quería a su hijastra, era un joven bueno, de buena familia, ¿por qué rayos no podía desposarla?

De pronto se acercó al joven Tourenne, que le preocupaba más en esos momentos.

—Ven aquí muchacho, quiero hablar contigo un momento.

El joven se acercó patudo y desganado, sabiendo que sería reprendido por molestar a la dama Elina en toda oportunidad.

—Escúchame con atención, mi hija ha escogido al joven Etienne de Montfault y tú deberás aceptarlo, no puedes raptarla ¿entiendes? No es de caballeros y mi hija es muy inocente y tú la asustas con tu pasión tan encendida por ella.

—No me la quite señor conde, por favor, no la entregue a ese tonto de Montfault, él no la ama cómo yo, además sospecho que se casa para disimular cierta inclinación antinatural de su carácter—dijo el joven en voz queda, mirándolo con una mezcla de rabia y desesperación.

Alaric sonrió.

—¿Estás acusando al joven de no ser hombre, muchacho?

—Bueno, yo nunca lo he visto retozar con una moza y pasamos meses aquí entrenando, usted lo recordará… Y es muy amigo de Guillaume D'Montville, y usted sabe señor que Guillaume es invertido pero se ha casado para evitar que todos se enteren…

—Me extraña, no deja de mirar a mi hija, ¿por qué crees que la miraría si no le agradan las damas?

—Porque su padre quiere que tome esposa porque sospecha de esa extraña amistad señor.

—Caramba amigo tú sí que conoces la vida de los demás y hasta adivinas sus pensamientos—Alaric rió tentado.

Ni Guillaume ni Etienne eran invertidos cómo aseguraba ese joven, él lo sabía.

—Es verdad señor, ¿por qué habría de mentirle? Todos lo saben. Creo que Etienne nunca estuvo con una dama, tal vez no pueda hacerlo, su miembro no funciona correctamente, tal vez porque tiene otra inclinación.

—¿Y tú cómo lo sabes, doncel?

—Bueno, es lo que he oído. Los hombres que no pueden usar su vara terminan enamorándose de otro hombres.

Alaric miró muy serio al mancebo.

—Escucha muchacho, sé que estás desesperado e inventarías cualquier mentira para que yo no hable con Etienne, cómo planeo hacerlo. Tú le gustas a mi hija, pero ella te tiene miedo, tú la asustas con ese cortejo atrevido y audaz. Si fueras más sutil, tal vez podrías conquistarla. Si es que realmente sientes afecto por ella y no un mero deseo lascivo. ¿Eres capaz de diferenciar eso?

El joven demoró en responderle y conde sonrió al confundirle, pues a la edad de ese joven todo era lujuria, deseo y amor.

—¿Quién le dijo que yo le gustaba señor?—preguntó entonces con cautela.

—Ella misma muchacho.

Philippe sonrió encantado, pero luego vaciló.

—¿Y por qué entonces dijo que prefería a Etienne?—quiso saber.

—Porque cree que es más tranquilo y galante que tú.

Philippe sonrió.

—Yo la amo señor conde, amo a su hija, hace tiempo que suspiro por ella pero nunca me había atrevido a acercarme. Usted no lo permitía además... Quiero que sea mi esposa y la raptaré si insiste en casarse con ese tonto.

—Conquístala entonces, ¿por qué debes raptarla?

—Porque ella se niega a mí señor, le gusto pero me ignora y corre cuándo me ve. Me tiene miedo, y no sé por qué.

—Porque le gustas tonto, no sabes nada de muchachas ¿eh? Tal vez Etienne sepa más que tú al respecto.

—Eso no es verdad. Yo he tenido más mujeres que él, el no tuvo ninguna estoy seguro.

—Bueno, retozar con una moza es una cosa, conquistar a una dama otra muy distinta. Debes ser paciente y delicado con una damisela, no puedes tomarla cómo un bárbaro, debes besarla muy despacio hasta que sientas que responde a ti. Si eres apasionado la asustarás, ella no sabe nada de pasiones, es muy joven e inexperta. Ya las has visto, prefiere jugar al escondite que besarse con sus enamorados.

—Señor, si usted me da su mano y la convence de que sea mi esposa tendrá en mi un amigo leal y un aliado para siempre.

—Lo sé hijo, hablaré con mi hija pero no espero convencerla ahora.

—Gracias señor, yo no me rendiré.

Alaric esperaba evitar el rapto, si ese joven quería tanto a Elina debía convertirla en su esposa. Él había raptado a Isabella dos veces, pero la amaba, no había sido un capricho ni un deseo lujurioso. Ese joven decía amarla pero…

Antes de terminar el día decidió hablar con Etienne de Montfault.

Era un joven muy guapo y agradable y no había nada extraño en él cómo lo acusara Philippe.

—Hace tiempo pediste la mano de mi hija, ¿sigues esperando casarte con ella?—le preguntó.

No hubo vacilación en el joven.

—Es lo que más deseo, señor conde.

—¿Y por qué quieres casarte con mi hija muchacho?

—La quiero señor conde, es muy hermosa y muy dulce.

Alaric demoró en hacer la siguiente pregunta.

—¿Has estado alguna vez con una mujer Etienne?

El joven se ruborizó cómo una doncella.

—Señor, su pregunta es algo extraña, por supuesto que sí sólo que... No me gusta hablar de ello ni alardear cómo otros caballeros—respondió sin vacilar.

Mentía. Sabía reconocer a los mentirosos y ese era uno. Mentía por vergüenza o timidez.

—¿Por qué no hablas de ello, por qué te avergonzaría?—preguntó mirándole con cautela.

—Bueno, yo no soy cómo Philippe que toma a las muchachas cómo un salvaje señor, yo nunca haría daño a una dama.

Inexperto, torpe, tímido, tal vez con inclinaciones o sin ellas, no sería adecuado para su hija o tal vez sí... Ella debió elegirle porque intuía que no iba a tocarla. Astuta Elina, no era tan ingenua cómo creía.

—Hijo, lo lamento pero Elina está indecisa y creo que tardará un poco más en tomar una decisión.

Etienne palideció, quería a esa doncella, la amaba locamente y estaba al tanto del cortejo descarado de Tourenne.

—¿Es Philippe Tourenne, verdad? Todas se mueren por él, pero ese joven no sería un buen esposo para Elina, es muy bruto y a las muchachas las toma cómo salvaje en las praderas. Señor, no case a su hija con ese caballero, será muy malo con ella.

Si no me cree espíelo, todos los días se encuentra con una moza en el bosque y hace cosas vergonzosas con ella.

¡Maldición! Ese asunto sí que se ponía divertido, o peligroso. Ninguno de los dos era adecuado.

Movido por la curiosidad fue a espiar a Philippe al día siguiente, a la hora que le dijo Etienne.

Permaneció a cierta distancia del lugar, oculto entre los matorrales y aguardó la llegada del joven Tourenne. No podía creer que estuviera haciendo eso.

Una joven criada corrió a ocultarse entre los arbustos y Philippe la esperaba cómo un lobo hambriento. Comenzó a besarla, quitándole el corpiño y entonces para horror suyo vio a Elina correr hacia los amantes y tropezar de bruces con ello. Debía estar jugando al escondite.

Al ver a Philippe besando a una joven que tenía los pechos al aire gritó aterrada y huyó sin dejar de gritar.

El joven maldijo en francés y corrió tras la doncella y la atrapó cuándo llegaba a los jardines.

—Suéltame Tourenne, estás loco de remate, déjame o gritaré de nuevo—le dijo ella furiosa y ruborizada por lo que había visto.

Philippe observó sus labios llenos y rojos y los besó llenando su boca son su lengua hambrienta.

Ella lo golpeó furiosa pero él la retuvo.

—Soy muy buen amante, hermosa, ya lo sabrás cuándo te lleve a mi lecho. Estás celosa ¿no es así? Te enfurece que bese a otra mujer.

—No me importa nada lo que hagas con las criadas, todos sois iguales, sólo pensáis en besar mujeres para saciar su lujuria. Y yo nunca estaré en tu lecho, he decidido casarme con Etienne y lo haré.

—Si lo haces te raptaré antes de la boda Elina De Harcourt, te lo advierto. Además escogiste mal, Etienne no te tocará preciosa, no puede hacerlo, le gustan los muchachos.

Esas palabras la confundieron, ella no sabía nada de esas cosas y le parecía absurda una acusación semejante.

—Escogiste al menos hombre de nosotros—insistió Philippe.

—¡Nunca te habría escogido a ti, Philippe Tourenne!

—Yo te escogí primero pequeñita y te tendré aunque tenga que hacer una locura—dijo mirándola con deseo mientras la apretaba contra su pecho.

Alaric observó la escena sin intervenir, al parecer la joven comenzaba a sucumbir al encanto viril de ese joven porque cuándo volvió a besarla no se resistió aunque luego huyera furiosa.

Era mejor que olvidara a Visconti y viviera en Francia, sólo que ahora pensaba que ninguno de los dos jóvenes parecía apropiado para Elina.

Isabella vio a su hija que corría llorando a sus aposentos y fue a ver qué le pasaba.

—Hija, ¿qué ocurrió? ¿Por qué lloras?

Ella secó sus lágrimas y miró a su madre.

—No quiero vivir aquí madre, ni casarme con un tonto francés, quisiera volver al castillo pero temo que Enrico me pegue madre. No tengo hogar y soy una prisionera aquí, cómo lo eres tú y eso me hace desdichada.

Isabella abrazó a su hija y procuró consolarla.

—¿Enrico te pegaba hija? Nunca me lo dijiste.

—Enrico me odia madre y ahora que es el conde es capaz de confinarme a la torre sólo porque sabe que me hará sufrir. Siempre me ha odiado y cuándo papá le dijo que me cuidara él me tiraba de las trenzas, y se burlaba de mí. Y sin embargo extraño el castillo y a mis hermanos madre, quisiera regresar y que mi padre estuviera vivo y tú fueras de nuevo su esposa.

Isabella la miró con tristeza.

—Eso no puede ser hija y lo sabes. Debes dejar el pasado atrás, y tratar de ser feliz. Francia es un país muy bello, y tienes muchos pretendientes, deberías sentirte contenta.

—Son horribles madre, todos ellos, muchas veces ni siquiera entiendo lo que me dicen, hablan tan rápido con un acento tan raro. Ese joven Philippe Tourenne, ¿qué piensas de él?

—Es muy guapo hija, ¿acaso te ha cortejado?

Elina se sonrojó.

—Me ha besado muchas veces y creo que me gusta porque me recuerda a Lucio, sólo que sus ojos son de un azul muy oscuro.

—¿Y no te agrada?

—Sólo porque se parece a Lucio, pero es mucho más atrevido y osado. No me gusta por él, me gusta porque todavía amo a Lucio madre y tengo la esperanza de que venga a rescatarme de mi cautiverio un día. Nunca podré querer a ese joven cómo quise a Lucio, aunque me convierta en su esposa.

Isabella se sentó en la cama junto a su hija.

—Elina, nadie sabe que estamos aquí, tardarían años en encontrarnos si es que eso ocurre alguna vez.

—Podríamos intentar escapar, llegar a la costa y pedir que nos lleven a Milán.

—Eso es una locura Elina por favor, ni siquiera lo pienses. Caerías en manos de bandidos y querrías morir antes de sufrir en manos de esos bribones. Escucha hija, lamento mucho todo esto, de veras que sí… Habría preferido que estuvieras un tiempo en un convento o en el castillo con tus hermanos, ellos cuidarían de ti… —Isabella lloró al ver a su hija tan desdichada.

—Madre, no te culpes, fue ese francés que te raptó. Está loco de amor por vos.

Pero Alaric no debió raptar a Elina, debió dejarla en el convento. Lo hizo para someterla, para tenerla a su merced y eso no podía perdonárselo.

—Hija, tus hermanos se casarán y tendrán su familia, tú debes hacer lo mismo, no querías ir a un convento y debes intentar ser feliz, cásate con ese joven tan guapo.

—¿Con PhilippeTourenne? ¡Jamás me casaré con él! Me casaré con Etienne pero mi corazón será siempre de Lucio.

—Elina, Lucio se casará con esa joven, debes olvidarle.

La joven volvió a llorar, no podía creer que su primer amor la hubiera olvidado y abandonado a su suerte. Pero tal vez no sabía dónde buscarla.

Se tendió en la cama y se durmió exhausta de tanto llorar.

Su vida había cambiado y aunque detestara a esos franceses debería casarse con uno y vivir en ese país extraño por siempre.

6. Los Golfieri viajan a Paris

Enrico y su hermano Antonino habían llegado a Paris con sus caballeros y sirvientes hacía semanas y debieron aprender francés a toda prisa y conseguir un intérprete para entender a esos galos que hablaban hasta por los codos en una lengua que no comprendían.

La compañía del distinguido Lucio Visconti los había ayudado a entrar en el palacio real, dónde fueron recibidos con suma gentileza.

Conversaron con los nobles y admiraron la belleza de las damas de la corte pero nadie conocía a ningún caballero italiano llamado Alaric D'Alessi. Pero sabían de un caballero de esa tierra que vivía en el norte con su esposa e hijos.

Los italianos que había en Paris tampoco conocían a ese hombre, ni habían oído hablar de él. Eran gente dedicada a la banca, a los negocios, nada interesados en querellas ni enemistades familiares.

Un día se dijeron que seguramente ya no usaba ese nombre.

—Jamás lo encontraremos, si es que tiene a las damas Golfieri—opinó Antonino.

Estaba harto de ese viaje, aunque disfrutaba mirando a las bellezas francesas extrañaba su castillo, su tierra y pensaba que jamás encontrarían a D'Alessi.

—Él tiene parientes y tierras en Toscana, o eso dijo mi padre una vez—dijo Enrico entonces—Debemos intentar que nos digan lo que saben. Fue muy astuto este D'Alessi ¿no creen? Seguramente se mantuvo alejado de Italia todos estos años o viajó a nuestra tierra con un nombre falso. Pero mi padre sabía que estaba en Francia.

Uno de los primos de su padre intervino.

—Huyó a Francia, a Paris y allí dicen que se alisto en el ejército del rey para pelear en una guerra y este lo compensó con títulos y tierras. Tal vez esté todavía en Paris…

—Es una ciudad inmensa, jamás lo encontraremos—insistió Antonino.

Lo buscaron durante semanas y al final se rindieron y regresaron a Toscana para interrogar a sus parientes.

Estos se mostraron hoscos y desconfiados.

—No sabemos nada de ese loco, señor Golfieri, nosotros somos gente honrada que nada queremos saber de venganzas ni querellas—aseguró un viejo de nariz ganchuda y mirada fiera.

—¿Y jamás les escribió ni una carta?

El anciano lo negó con vehemencia.

—¿Pero por qué le buscan ustedes, qué ha hecho ese imbécil ahora?

Enrico y su hermano se miraron.

—Raptó a mi madre y a mi hermana señor, y cuándo lo encontremos lo lamentará—dijo Enrico.

—¡Por santa Úrsula, Alaric realmente perdió el juicio!—opinó el anciano.

—¿Y no saben ustedes en qué lugar de Francia está? Debemos encontrar a nuestra hermana, sólo tiene quince años señor—dijo Enrico observándole con fiereza.

—Qué barbaridad, yo nunca intervine en sus asuntos, él quedó huérfano de muy pequeño y un hermano mío lo crio.

La historia de la vida del raptor no les interesaba pero el viejo siguió hablando de la infancia de Alaric.

En suma, no sabía en qué parte de Francia vivía, tal vez Paris, o Toulouse…

—Hace años que no viene, vendió sus tierras y se marchó a Francia a buscar fortuna, jamás regresó ni escribió. Tal vez esté muerto.

—No está muerto, juró vengarse y lo hizo involucrando a mi pobre hermana en su venganza, y también a mi madre—estalló Enrico.

—Lo lamento caballero, pero no puedo ayudarle.

El joven conde tuvo la sensación de que ese viejo mentía y se propuso averiguarlo y entrando en el recinto tomó su cuello y lo empujó contra la pared escandalizando al joven Visconti y a su hermano Antonino.

—Déjalo Enrico, es sólo un anciano—dijo este último.

El viejo lo miraba aterrado.

—Diga lo que sabe viejo miserable o lo enviaré derecho al infierno sin poder confesar sus pecados—lo amenazó sin soltar su cuello.

El viejo aterrado dijo no saberlo pero dio el nombre de un amigo de Alaric que vivía en Toscana, a escasas millas de allí.

Enrico soltó al anciano y este calló sentado. Lucio lo ayudó a levantarse y Enrico se burló de él. Se había sumado a la comitiva porque su padre le había prometido la mano de su hermana si la ponía a salvo pero no habían vuelto a ser amigos. Lucio no confiaba en él después de haberse negado a ayudarle a raptar a su hermana y Enrico ya no lo consideraba amigo suyo.

Abandonaron la vieja mansión de los parientes de Alaric y buscaron a su viejo amigo.

Este vivía en una bonita villa de tres plantas a escasas millas de allí. Un mercader de gruesa estampa y elegante hopalanda los recibió cordial y confiado.

Cuándo supo quiénes eran se inquietó y palideció. "Los Golfieri, dios mío, eran una familia de demonios envenenadores y asesinos," pensó.

—Yo no sé dónde está el conde D'Alessi señores, hace años que no sé nada de él—aseguró mirando a uno a otro con ojillos desesperados.

Enrico desenvainó su espada y le apuntó a la garganta.

—¿Está seguro de eso señor mercader? Porque si descubro que miente lo lamentará.

Acorralado el mercader dijo que sospechaba que estaba en Provenza pero no estaba seguro.

La espada amenazaba su garganta y los ojos de Enrico lo miraban oscuros y malignos.

—No sé en dónde amigo mío, se lo juro. Jamás lo dijo, no quería que lo encontraran…

—Lo sospechaba… Provenza…Pero no podrá alertar a su amigo signore mercader—dijo Enrico y cortó el cuello del mercader que cayó muerto al piso envuelto en su sangre.

—¿Por qué lo hiciste Enrico? Te dijo lo que sabía, nos ha ayudado—dijo Lucio espantado de la crueldad de su viejo amigo.

Enrico lo miró.

—Tú no sabes nada Lucio, no eres un Golfieri, eres un distinguido cortesano atrás de tu damisela. Evité que le avisara al conde D'Alessi que iremos a buscarle. Ahora debemos regresar a Milán y preparemos para partir en unos días. No podemos ir tan pocos, un castillo en Provenza no lo tomarás con facilidad. Pero si te asusta puedes quedarte, traeré de regreso a mi hermana y la dejaré en el castillo negro.

—No me quedaré aquí Enrico, iré a Provenza a buscar a Elina.

Enrico no dijo palabra y juntos regresaron con sus caballos a Milán.

Necesitaban descansar, estaban exhaustos después de tanto viaje y cabalgata.

Antonino le dijo durante la cena a su hermano.

—¿Dejarás que Elina se case con Lucio? Dijo que nuestro padre…

Enrico lo miró.

—Tal vez… Si es que la encontramos viva, Antonino.

—¿Y nuestra madre?

—Irá a un convento supongo, nuestro padre ha muerto y no querrá regresar al castillo que le trae tan tristes recuerdos. Sólo pienso en matar a nuestro enemigo hermano, y rescatar a esa pobre boba de rubias trenzas, no hace más que darnos dolores de cabeza ¿no crees? Tal vez la encierre en un convento para que ningún otro caballero pueda raptarla, era lo que quería nuestro padre.

—Elina odia los conventos, Enrico.

—Y yo no me pasaré la vida rescatándola de raptores, tardaremos mucho tiempo en llegar a Provenza y encontrar ese maldito castillo. No volveré a rescatarla nunca más y que conste que lo hago por la bendita promesa que me arrancó mi padre antes de morir, si de mí dependiera la dejaría raptada para siempre.

—Pobre Elina, ha vivido toda su vida encerrada y ahora raptada por ese hombre… ¿Creéis que fuera capaz de? …

Ese pensamiento enfureció a Enrico.

—Lo mataré si le hace algo a trenzas rubias hermano, será una niña boba pero es mi hermana, mi sangre, no soportaré que le hagan daño. ¡Maldición! Nuestro padre fue un tonto, enviarla a un convento con una docena de caballeros pensando que estaría a salvo del rapto de Lucio. Pues habría sido mejor que la raptara el Visconti ¿no crees? Al menos estaría más cerca.

—Lucio es un buen hombre Enrico, deja que despose a Elina si ella lo desea.

—Lucio no es uno de nosotros, nunca lo será y temo que lo arruine todo con ese sentimentalismo de muchacha que tiene. Si dudara en matar no podría ser el líder de esta casa Antonino y si mato es porque debo hacerlo. Bueno, ahora me iré a dormir hermano, estoy exhausto.

****

Elina estaba inquieta y no podía dormirse.

Mañana sería la boda con Etienne y temía que ese joven la raptara. No podría hacerlo, los escuderos y centinelas vigilaban cada puerta del castillo. Allí estaría a salvo.

Sin embargo no podía dormir, estaba asustada. Se había precipitado a aceptar a Montfault y el joven había estado muy contento de ser elegido y le había dado un beso suave en los labios la noche anterior.

"Mañana deberé dormir con él, ¿se atreverá a tocarme? Es tan bobo y respetuoso... Creo que cuándo llore me dejará en paz" pensaba la damisela con una pícara sonrisa.

Luego recordó la mirada de rabia de su otro pretendiente: el atrevido Tourenne y se estremeció. Ese sí que sería un novio osado y exigente, no la dejaría en paz hasta meter su cosa en ella. No sabía cómo lo haría pero suponía que no iba a gustarle nada. Afortunadamente no se casaría con Philippe sino con Etienne.

El sueño llegó: ligero y luego profundo y durante horas descansó y tuvo sueños extraños en los que veía a Lucio y a su hermano Enrico buscándola en los alrededores de De Harcourt. Podía oír sus voces y silbidos recorriendo los salones.

Despertó al comprender que alguien abría su puerta y entraba en su habitación y aturdida vio que era Lucio. No podía creerlo.

El joven avanzó hacia ella.

—Tranquila pequeñita, te pondré esto para que no grites—dijo y cubrió su boca con una mordaza de tela demasiado rápido para que pudiera evitarlo.

No era Lucio, era Philippe Tourenne y había ido a raptarla cómo había prometido. Aterrada quiso defenderse y lo empujó pero él la retuvo y envolvió con su capa y sostuvo sus manos.

—Quieta pequeña damisela, no voy a hacerte daño, lo prometo, pero hice una promesa y voy a cumplirla—dijo y le quitó la mordaza para poder besarla y luego cubriéndola por completo la sacó de la habitación alzándola en brazos cómo si fuera un fardo de lana.

El castillo estaba sumido en la penumbra, los centinelas y escuderos dormían y roncaban, nadie vio que se la llevaban y Philippe salió por una puerta secreta que sólo él conocía por vivir en ese castillo desde hacía meses.

Afuera aguardaban caballos y jinetes. Cuándo la subió a su caballo apretó su cuerpo contra el suyo y le quitó la mordaza.

—Ahora puedes gritar bella Elina, nadie va a escucharte—dijo mirándola con una expresión risueña.

Ella estaba tan asustada que fue incapaz de articular palabra. La había raptado y la llevaría muy lejos, no sabía a dónde y le haría esas cosas para hacerle bebés… Comenzó a llorar nerviosa y de pronto se durmió en su pecho exhausta por un viaje tan largo.

Llegaron al amanecer a la fortaleza de los condes Tourenne. Elina despertó en ese momento y vio cuándo atravesaban el inmenso castillo blanco muy bello y antiguo. Al entrar en el camino de grava vio cómo corrían patos y cerdos a su alrededor.

—Bienvenida a tu nuevo hogar, pequeñita—dijo Philippe y la besó con ardor.

Ella lo apartó furiosa y miró a su alrededor con curiosidad.

La llevo a un solar del primer piso mientras los sirvientes le hacían una respetuosa reverencia. Era una habitación lujosamente amueblada con arcones, una mesa y un camastro cuadrado inmenso. Allí la depositó quitándole la capa lentamente.

Elina gritó al ver que llevaba un vestido ligero que usaba para dormir y él lo había notado, mirándola con deseo.

Cuándo se acercó a ella con aviesas intenciones la damisela gritó aterrada.

—No por favor, no me haga daño señor, por favor…

Temblaba y lloraba y él se acercó sonriendo.

—No te haré daño pequeñita, cuándo te tome te gustará ya verás… Ahora descansa que lo necesitarás hermosa.

Elina sintió alivio cuándo lo vio irse pero luego miró a su alrededor sin poder dejar de temblar. Lo había hecho, la había llevado a su castillo y ahora la tendría a su merced y saciaría su lujuria con ella. Oh, moriría del susto cuándo eso ocurriera, no podría soportarlo.

****

Isabella se dirigía a los aposentos de su hija esa mañana cuándo supo por una criada que había desaparecido de su habitación sin dejar rastro.

No tardaron en comprender que había sido raptada y sospecharon del joven Tourenne.

Etienne de Montfault estaba furioso, le habían robado a su novia pero iría a buscarla. La recuperaría aunque tuviera que matar a ese malnacido.

Alaric habló con el joven y le recomendó prudencia, ambas familias eran amigas y estaban emparentadas.

—Yo iré a buscarla señor Montfault, hablaré con Tourenne y traeré a mi hija de regreso o lo lamentará—dijo Alaric sombrío.

Isabella se acercó llorando.

—¿Cómo pudo llevársela sin que nadie viera nada? Creí que este castillo era seguro señor De Harcourt—le dijo.

Alaric vio que su esposa estaba triste y furiosa y fue a consolarla luego de hablar con sus hombres para que se prepararan para partir al castillo blanco de la familia Tourenne de inmediato.

—Lo lamento Isabella, durmió a los guardias, echó algo en sus bebidas y no pudieron despertar con los ruidos. Además dicen que utilizó el pasaje secreto, alguien debió decirle, sólo unos pocos lo conocían.

Isabella se refugió en sus brazos.

—Encuéntrala Alaric, por favor, ese joven no me agrada, es un tunante atrevido, le hará daño—sollozó.

—La encontraré Isabella, te lo prometo.

Alaric reunió a sus caballeros y marchó poco después al castillo blanco con torvo semblante. Lo había hecho, lo que tanto temía… Debió casar a esa joven con Etienne en secreto pero tardó tanto en decidirse. Ahora sabía que llegaría tarde.

—Señor conde, se avecina una tormenta por el norte, debemos guarecernos en el bosque—le avisó un caballero.

Tenía razón, las nubes plomizas se apilaban rápidamente en cielo oscureciendo lentamente el paisaje. No llegarían a tiempo, maldita sea…Pero al menos debía intentarlo y cerciorarse de que la boda se hubiera celebrado.

****

La doncella no hacía más que llorar cuándo ese loco francés la arrastró a la capilla del castillo para casarse porque tenía mucha prisa en hacerlo.

—Deja de llorar, me avergonzarás con mis familiares—dijo él mirándola con rabia.

La joven secó sus lágrimas y tembló. No quería casarse con él, no daría su consentimiento.

Y cómo si él leyera sus pensamientos se detuvo en un pasaje dónde comenzaban a oírse los estruendos de una inesperada tormenta y la llevó contra su pecho.

—Así está mejor, eres más bella cuándo no lloras damisela Elina. Cuando lleguemos a la capilla me aceptarás cómo debiste hacerlo hace meses en vez de escoger a ese tonto Montfault.

—Yo no quiero casarme con usted señor, no lo haré y no puede obligarme. ¡Me raptó y está loco de remate francés!—dijo Elina furiosa y en un arranque de rabia lo empujó y corrió.

Corría ligero pero Philippe no tardó en alcanzarla y encontró esa corrida muy excitante y divertida y cuándo la atrapó la besó y apretó contra su cuerpo un momento que la joven sintió demasiado largo. Y reteniéndola entre sus brazos le dijo:

—Ahora vendrás conmigo y dirás que sí aceptas ser mi esposa cuándo el cura te pregunte. Sólo eso. No será difícil.

—No diré nada, me ha raptado cómo un bandido y no me quedaré atada a vos el resto de mi vida, ni siquiera me agrada: ¡tonto francés! Yo no soy francesa, soy italiana y mi apellido no es De Harcourt sino Golfieri y cuándo mi hermano Enrico me encuentre aquí juro que os matará.

Esas palabras enfurecieron y confundieron al enamorado raptor, no le agradaba que su dama lo llamara tonto francés, cuándo se sentía muy orgulloso de ser francés y heredero de la casa Tourenne. Pero las revelaciones finales lo inquietaron aún más.

—Estás mintiendo pequeñita—la acusó.

—Es verdad, De Harcourt raptó a mi madre y a mí hace meses y luego se casó con ella y no sólo cambió su apellido sino dijo que me reconocería cómo su hija para que pudiera casarme con un noble francés. ¿Acaso no lo sabía? ¿Nadie le dijo que somos damas de la casa Golfieri de Milán?

No, no lo sabía, sabía que hablaban poco francés porque habían pasado mucho tiempo en el extranjero, no sabía en qué país. El conde era muy reservado con sus asuntos, nadie sabía de su pasado ni la historia de esa misteriosa hija que había tenido escondida tanto tiempo en un convento.

—Él nos raptó porque amaba a mi madre pero no sé por qué demonios me raptó a mí también, debió dejarme en mi casa. Pero mis hermanos me buscan, no descansarán hasta encontrarme y tú lo lamentarás Philippe Tourenne.

El joven pensó con rapidez, la historia le hizo gracia, así que el honorable De Harcourt, heredero de una de las casas más antiguas era un raptor de damas indefensas. Damas italianas... Tenía en sus manos a una doncella hermosa y con sangre de los temibles Golfieri. Una casa llena de asesinos, envenenadores, pendencieros… Gente de cuidado.

—Bueno, pero ahora has cambiado tu nombre pequeñita, nadie sabe que te llamas Golfieri y tú no dirás una palabra cuándo te conviertas en mi esposa porque entonces serás Elina de Tourenne—dijo al fin.

—Yo no quiero ser una Tourenne, sólo quiero regresar al castillo negro con mi familia señor. Mi padrastro me obligó a escoger esposo, yo no quería hacerlo. Por favor, déjeme ir, usted no será feliz en mi compañía ni yo seré una esposa adecuada para su casa.

—No puede irse ahora damisela, la rapté cumpliendo una promesa y ahora es mi obligación de caballero desposarla. ¿No querrá que la tome sin estar casados, verdad?

Elina se estremeció al oír sus palabras al tiempo que un trueno estallaba en la distancia.

Él tomó su mano y ella lo siguió atemorizada de que cumpliera esa amenaza conteniendo las lágrimas que nublaban sus ojos.

La familia Tourenne aguardaba algo inquieta por esa boda con tantas prisas, los padres de Philippe la observaron con cierto disgusto pero Elina estaba demasiado nerviosa para notarlo. Se casaría con ese joven y luego debía soportar ese abrazo y lo demás, en lo que ni siquiera se atrevía a pensar.

La ceremonia fue dicha en latín excepto las palabras mágicas de "¿aceptas a este joven cómo tu futuro esposo hasta que la muerte los separe?" La joven asintió asustada por la mirada maligna que le dirigió su novio.

Luego la besó y poniéndole una sortija de bodas se convirtieron en marido y mujer.

Philippe la miraban con intensidad, malvado y triunfal y algo más que ella no pudo descifrar.

Los condes de Tourenne estaban algo disgustados con esa boda y accedieron a ella porque el loco de su hijo raptó a la hija de De Harcourt, y no querían enemistarse con un amigo del rey y noble de antiguo linaje. Había dicho a todos que esa joven era su hija y nadie dudó de su palabra.

Pero no tuvieron tiempo de avisar a sus parientes y amigos, y el banquete de bodas fue improvisado para disgusto de la condesa Tourenne que había soñado una gran boda para su hijo.

Philippe en cambio estaba de muy buen humor ese día y se sentó al lado de su esposa para poder olfatearla y besarla frente a todos.

Elina se sonrojó y miró a su suegra desesperada pero esta no le prestó ninguna atención.

Los parientes de su esposo rieron y comenzaron a cantar canciones y el tocó su cintura atrayéndola contra su regazo con una rapidez pavorosa.

—Ven aquí esposa mía, luego no podrás negarte a que llene tu cuerpito de besos cómo te prometí un día—le susurró.

La damisela lo apartó furiosa y el conde de Tourenne puso fin a las caricias atrevidas de su hijo gritándole frente a todos que dejara en paz a la pobre novia.

—Luego podrás divertirte hijo, ahora compórtate frente a nuestros parientes—dijo.

Observó a la joven con expresión pensativa y luego del almuerzo habló con su hijo en privado.

—Tu novia está asustada, creo que deberás esperar un poco para tomarla.

Philippe miró a la doncella italiana con deseo.

—No esperaré nada padre, me casé con ella y puedo tomarla cuándo quiera.

—Está bien, pero procura que beba dos copas de vino o la matarás del susto muchacho. No es de las que ceden gustosas la primera vez, ya lo verás.

El joven sonrió, ya la convencería con caricias ardientes, ninguna moza se resistía a ellas. Pero por si acaso le daría una copa de vino.

Y cuándo Philippe le ofreció una copa de vino la joven novia miró la copa con sorpresa.

—Yo no bebo vino señor Philippe, no me gusta—confesó.

—Debes tomarlo, es una tradición en nuestra familia pequeñita damisela.

Ella probó un sorbo furiosa y luego lo dejó.

—Bébelo todo, obedéceme, eres mi esposa ahora dama Golfieri—le recordó y de pronto la sentó en su regazo y comenzó a besarla.

—Suéltame, todos nos miran, me haces pasar vergüenza—dijo la joven furiosa.

Tenía un genio vivo, aunque lo disimulara bien, debía ser la sangre de esos belicosos italianos.

—Está bien, iremos a otro lugar dónde nadie nos vea—sugirió él.

—No, no, está bien, me quedaré aquí—dijo Elina a punto de llorar. No quería esa boda pero ya era tarde, estaba casada con ese francés y a su merced.

Él sonrió al sentirla entre sus piernas y contra su pecho, su pequeña mujercita, se moría por arrastrarla a su lecho y disfrutar cada momento en que la hiciera suya.

Y mientras la acariciaba le dio la copa de vino.

—Bébela damisela, te hará bien—dijo.

La joven bebió y él no la dejó en paz hasta que se bebió la copa entera, era amargo, fuerte, odiaba el vino por eso jamás bebía más que agua fresca.

Los invitados cantaban y bailaban y hacían bromas groseras que Elina no entendió. De pronto tuvo sueño y bostezó, ese vino le daba un extraño calor en la cabeza.

—Philippe, me siento mal, estoy mareada—miró a su alrededor aturdida y estuvo a punto de caer cuándo quiso levantarse.

El joven Tourenne la alzó en brazos y la llevó a sus aposentos. La ansiada hora había llegado, no importaba que fuera temprano, nadie notaría su ausencia y seguirían festejando. Meses llevaba enamorado de la tierna doncella rubia y ahora la tendría…

Al llegar a sus aposentos expulsó a las criadas diciendo que no necesitaba que nadie lo ayudara a desnudar a su esposa. Las jóvenes criadas rieron con picardía y cerraron las puertas tras de sí.

Afuera se desataba una feroz tormenta de viento y lluvia, cayendo agua a raudales.

Philippe dejó a la novia en la cama y comenzó a desnudarse despacio.

Ella estaba mareada pero despierta y lo miró aterrada.

—¿Dónde estoy? ¿Qué es este lugar?—dijo y vio a su esposo quitándose la camisa despacio. Al comprender sus intenciones un sudor frío la envolvió lentamente.

—No, no, no me haga nada por favor.

—Soy tu esposo doncella pequeñita, ¿acaso lo has olvidado? No puedes apartarme cómo si fuera un mozo atrevido, esta vez no podrás—le advirtió.

A pesar del mareo intentó salir de esa cama y corrió a la puerta desesperada mientras gritaba y pedía ayuda.

Philippe rio divertido y la atrapó cuándo intentaba esquivarle.

—Ven aquí pequeñita, ahora te convertirás en la mujer del tonto francés que te raptó y te demostraré que soy más hombre que Montfault—dijo apretándola contra su pecho y besándola lentamente.

—No, no, por favor…—Elina se resistía cómo una gata y lloraba nerviosa sin poder impedir que la arrastrara a la cama y la desnudara despacio.

—Tranquila pequeñita, no llores, te gustará, ya verás… Todas se resisten la primera vez pero después les gusta… Yo haré que te guste.

Estaba exhausta y mareada, y lloró porque no podría detenerlo, porque no era Lucio y lo odiaba por haberla raptado y arrastrado a su cama sin esperar a que estuviera preparada para recibirle. ¡Maldito francés raptor y atrevido!

Philippe ardía de deseo y estaba listo para entrar en ella pero se detuvo a contemplarla desnuda, era hermosa, de formas llenas y pequeñas. Y al ver su sexo pequeño cubierto de vello rubio gimió desesperado por besarlo sin atreverse a hacerlo. Pero deseaba tocarla y lo hizo.

Ella lo miró asustada, temblando al ver su inmenso miembro. Nadie le había dicho cómo era, y nunca había visto a un hombre grande desnudo. No podría meter eso en ella, la mataría de dolor.

—Tranquila muchacha, no temas—dijo él al sentir la mirada de la joven.

—No, no, suéltame por favor, me dolerá no quiero…—gritó aterrada y quiso escapar de la cama.

Philippe la atrapó y la retuvo con fuerza.

—Nunca viste a un hombre así ¿verdad? —dijo y rio mientras besaba su cuello y sostenía su cadera para entrar en ella. No la dejaría escapar, estaba decidido a consumar su matrimonio por si acaso ese tonto Montfault iba a rescatar a su prometida.

Un beso profundo y una mordida en el cuello fue el preámbulo. Elina no soportaba el dolor y no entendía por qué ese joven la había mordido y estaba tan furiosa y desconcertada que se distrajo hasta que sintió que la penetraba con fuerza y la invadía cómo un demonio.

Elina lo miró y volvió a llorar mientras sentía cómo invadía su pequeño monte con esa cosa inmensa y dura. Nunca le dijeron que sería así, jamás se habría casado de haber sabido que sería tan horrible y doloroso. Pero más que horrible era una experiencia atemorizante y extraña.

—Tranquila pequeñita, el dolor pasará—le susurró y volvió a besarla mientras la joven sentía ese roce que destruía toda barrera y la dejaba fundida en su cuerpo, cautiva de él por completo.

Elina supo que jamás olvidaría esa noche ni ese momento y de pronto lloró sintiendo que odiaba a ese hombre y un día le haría pagar ese rapto y ese momento tan horrible.

Y cuándo todo terminó su esposo la retuvo para hundir más su miembro en ella mientras gemía desesperado y la llenaba con un líquido tibio.

—Ven aquí pequeñita, déjame abrazarte… Ahora eres mi mujer no sólo de nombre ¿sabes?—dijo él apretándola contra su pecho.

Ella quiso apartarlo por temor a que volviera hacerlo pero el francés no la dejó en paz.

—No llores doncella, ya te acostumbrarás… Y te gustará, un día te gustará.

—No, nunca me gustara, me duele, todavía me duele y estoy sangrando por tu culpa, me lastimaste—la joven estaba horrorizada.

Él no aceptó esa acusación, había sido muy delicado al hacerlo y había esperado mucho tiempo para desvirgarla. No era justo.

—Todas las mujeres sangran la primera vez muchacha, ¿acaso nadie te advirtió? ¿Y no te dijeron lo que ocurriría?

—No me dijeron que sería así y no quiero volver a hacerlo nunca más—lloró ella dándole la espalda. Se sentía lastimada y mareada, le dolía la cabeza y no le agradaba estar desnuda con ese joven, la hacía sentir indefensa.

Philippe la abrazó y besó diciéndole algo en francés que ella no entendió, y comenzó a besar su cabello y observó su carita roja de tanto llorar, esa carita de niña tierna y deseó hacerle el amor de nuevo pero no se atrevió. Tal vez estuviera algo lastimada, triste y furiosa. Debía darle tiempo, nadie la había hablado ni preparado para ese momento. No era cómo las mozas que caían en sus manos, criadas y campesinas que retozaban contentas en la pradera sabiendo bien lo que esperaba de ellas, era una joven distinta, encerrada en un castillo, sin ser tocada ni besada, ignorante por completo de las maldades del mundo, ni de la lujuria de los hombres…

La abrazó con fuerza y ella se durmió en sus brazos sin decir nada más. Parecía una niñita dormida, una niña con cuerpo de mujer hermosa. Era extraño. La historia de su vida lo era. Nacida en una familia de condes italianos belicosos, raptada por De Harcourt y convertida en su hijastra, en un país extraño.

Elina despertó unas horas después y sintió la lluvia golpeando la inmensa fortaleza y vio al joven Tourenne mirándola con intensidad.

Ella recordó lo que había ocurrido hacía unas horas y se ruborizó.

—Ven aquí pequeñita, no temas…—dijo—Es nuestra noche de bodas y recién empieza.

La atrapó antes de que pudiera escapar y comenzó a besarla y a llenar su cuerpo de caricias tiernas y Elina supo que no podría detenerle, era un joven alto y muy fuerte. Y ella debería complacerle siempre que él lo pidiera. Pero al menos ya no tenía tanto miedo, ya sabía cómo era y esta vez no sintió dolor. Tal vez tuviera razón, se acostumbraría y no lloraría cómo la primera vez. Supo que ese día había dejado de ser una niña, él la había convertido en su esposa, y en mujer. Pero no sabía si eso le agradaba o no, se sentía confundida y extraña. Y sólo rezaba para que esos abrazos para hacer bebés, (y ahora sabía por qué eran abrazos ardientes) no trajera consecuencias todavía. La aterraba quedar encinta tan pronto.

***

Alaric llegó al castillo blanco cinco días después y supo que había llegado tarde. Elina se había casado con Tourenne. Y al interrogar al joven Philippe este aseguró haber consumado varias veces su matrimonio esos días.

No soportaba las bromas groseras de esos condes.

Elina compareció ante él, y la vio distinta, parecía avergonzada al oír las palabras de su esposo más que atemorizada.

—Necesito hablar con la dama Elina en privado por favor—pidió Alaric al joven Tourenne.

Este se acercó a su esposa y la besó con ardor.

—Gracias por raptar a la pequeñita De Harcourt, siempre soñé con tener una esposa hermosa cómo la doncella italiana—dijo el joven y besó su cuello con deseo.

La joven lo apartó ruborizándose y cuándo se alejó con su padrastro lloró. Su esposo no había dejado de hacerle el amor todos los días, durante las noches y a media tarde y nunca parecía saciarse y había intentado… Oh, había intentado besar sus partes pudendas. Casi muere del susto al comprender sus intenciones. Y ver a su padrastro la llenó de esperanzas.

—Elina ¿por qué lloras? ¿Ese joven te ha forzado o maltratado?—preguntó Alaric preocupado al ver tan afligida a la dama.

—Me raptó y me obligó a consumar mi matrimonio, ¡y lo odio! Yo no quería ser su esposa conde De Harcourt. Por favor, ayúdeme, quiero regresar a mi país señor, por favor. O lléveme a su castillo con mi madre, no quiero quedarme aquí.

—Elina te casaste con él, y el matrimonio se ha consumado, no puede deshacerse. Él es tu esposo ahora, deberás quedarte aquí, no puedo llevarte hija, entiéndelo. Lamento no haber llegado antes pero la tormenta de estos días hizo los caminos intransitables.

—¿Y si digo que no fue consumado?—preguntó ella de pronto.

—Harás un juramento falso Elina y además, podrías estar encinta. No puedes abandonar a tu esposo, le perteneces hija, lo lamento, creo que te he fallado a ti y a tu madre…Ella está muy afligida por tu rapto. Pero al menos se ha casado contigo Elina y estás a salvo.

De pronto él recordó algo y le preguntó:

—¿Le contaste a tu esposo del rapto Elina? ¿Sabe él tu verdadero nombre?

Ella asintió sin comprender por qué Alaric parecía tan molesto con ese hecho.

—¿Qué le dijiste exactamente?—quiso saber.

Elina le dijo la verdad sin titubeos.

—No debiste hacerlo Elina, nadie sabe qué estás aquí ni tu verdadero nombre. Tu boda podría arruinarse si ellos lo descubren.

—Philippe me prohibió decir mi verdadero nombre señor.

—Y eso debes hacer hija, ahora eres Elina de Tourenne, y antes fuiste De Harcourt, no lo olvides. Olvida que fuiste una Golfieri, esta es tu nueva patria ahora, tienes un esposo y una nueva familia. Nada te ata a Milán, acéptalo e intenta ser feliz Elina.

—¿Por qué me hizo esto signore? Pudo llevarse a mi madre, usted sólo la quería a ella, ¿por qué me llevó a mí también?—la damisela estaba a punto de llorar.

Alaric sabía por qué lo había hecho, pero no lo diría nunca a menos que fuera necesario.

—Pensé que no querrías separarte de tu madre, eras una cachorra cuándo viniste a De Harcourt, no podías estar sin ella.

—¡Pero yo no quería venir a este país ni casarme con un francés! Mis hermanos están en el castillo negro ahora y yo quiero regresar a mi país.

—Es el pasado hija, tu pasado y el de tu madre. El presente es Francia. Tienes un esposo, intenta quererle y ser una buena esposa para él. Ese joven está locamente enamorado de ti, no dejes que muera ese amor.

—Pero yo todavía quiero a Lucio, signore De Harcourt.

—Lucio es el pasado, Lucio no vendrá Elina. Tu vida ahora es Philippe de Tourenne, no lo olvides y no hables en italiano ni menciones tu apellido jamás. Promételo.

Elina secó sus lágrimas y lo prometió.

Alaric se alejó y habló con Philippe en privado en los jardines para que nadie pudiera escucharlos.

—Bueno muchacho, mis felicitaciones por el rapto y la boda.

El joven sonrió y miró a su alrededor buscando a su esposa cómo siempre hacía.

—Escucha Tourenne, debes olvidar lo que te contó mi hija sobre los Golfieri y no hables con nadie de ese asunto. Tu boda podría deshacerse si tus padres se enteran de la verdad. Habrás oído nombrar a los Golfieri ¿no es así?

Philippe asintió.

—Ella no debió contarte nada pero es muy ingenua, y escucha... Sus hermanos la buscan y tal vez la encuentren algún día. Y no dudarán en matarte si se enteran de que eres su esposo. No tengas piedad de ellos, sobre todo del mayor, Enrico. Es un rufián despiadado y un rival en la espada que no podrás vencer. Vendrán a rescatar a las damas Golfieri, querrán matarme a mí también, no me importa, no les temo, pero no puedo matarlos, son los hijos de mi esposa. Y temo mucho por Elina, es cómo si fuera mi hija aunque no lo sea y un día ellos vendrán y tú deberás saber la razón por la que la traje a Francia y le di mi nombre.

Y Alaric le contó la historia de un funesto secreto familiar y el joven palideció de horror.

—Tal vez no me creas hijo, ella no lo sabe y espero que nunca lo sepa, y también espero que puedas cuidarla de ese demonio. Durante años espié en ese castillo para raptar a Isabella y sabía todo lo que pasaba y hasta los secretos más horrendos cómo ya lo sabes. Y si está frente a ti no dudes en matarlo, no vaciles y pide a Dios que él no te mate primero. Espero que no hables a nadie de esto, ni menciones que te has casado con una dama Golfieri. Pasará el tiempo, viviréis felices y confiados, pero esa sombra estará siempre sobre esa pobre damisela hasta que ese monstruo muera. No podré matarlo, pero tal vez lo haga si cae en mis manos. Haz tú lo mismo hijo.

—Pobrecita, ella ni siquiera imagina ¿verdad? ¿Y si él viene y se la lleva señor? Creo que debo advertirle.

—Ahora no muchacho, algún día lo sabrá pero espero poder ahorrarle ese sufrimiento. Ella pudo ser mi hija, Tourenne, estaba encinta de Elina cuándo rapté a su madre la primera vez pero entonces yo era joven y atolondrado. Y hui a tiempo de que me mataran. Los Golfieri son despiadados pero yo amaba a esa mujer y esperé dieciséis largos años para tenerla conmigo. Mi esposa tampoco sabe nada de esto y espero que nunca lo sepa. Ahora regresa con tu esposa y sé paciente con ella, es muy inexperta. No esperes despertarla en poco tiempo, sólo hazle un bebé que eso la pondrá muy contenta, ya verás.

Philippe sonrió y se separaron.

Pero al reunirse luego con Elina durante la cena pensó en ese terrible secreto familiar y sintió pena por esa joven, tan hermosa y dulce, desconociendo por completo el peligro que aún corría. Debía protegerla y matar sin vacilar a ese infeliz cuándo apareciera ante él.

Y esa noche le hizo el amor y deseó también hacerle un bebé, imaginaba los hijos hermosos que le daría esa bella doncella italiana. Pero nadie podría saber su secreto ni su verdadero nombre…

Elina se entregó a él cómo siempre hacía: dejaba que ocurriera, que era lo que se esperaba de una esposa, sin embargo esa noche él le pidió que lo abrazara y besara y ella obedeció sorprendida.

—Esto debe ser placentero para ti pequeñita, sólo debes dejar de temer y dejar que te bese…

—No, nunca soportaré esa vergüenza Philippe, por favor—le rogó.

Él sonrió y le dijo al oído:—Te gustará mucho, déjame hacerlo.

—No, no—chilló la joven mirándolo con desesperación.

Él entró en ella con urgencia y comenzó el roce lento y firme y la obligó a subirse a él.

—Un día lo haré y no podrás detenerme bella doncella—dijo y le pidió que se moviera sobre él. No sabía hacerlo, no entendía, era tan dulce e ingenua.

—Así no puedo, me duele—se quejó Elina al sentir la penetración profunda y descubrió que era dolorosa para ella que seguía siendo estrecha.

Su esposo la llevó a otra posición y la apretó con su cuerpo diciéndole que debía moverse pero ella no sabía y se quedó mirándole confundida sin saber por qué le pedía esas cosas. No le interesaba tener placer ni disfrutar, no entendía nada del asunto. Se entregaba a él porque era su deber de esposa, nada más. Pero si intentaba ir más allá y besarla en sus partes lo mataría, jamás soportaría que hiciera eso. ¿Por qué no se conformaba con tocarla, con abrazarla?

****

La vida en el castillo blanco era similar a la del castillo De Harcourt sólo que ahora ella era la futura condesa de Tourenne y cómo tal había un montón de cosas que debía aprender y saber. Debía mejorar su francés, y conducirse cómo una gran dama.

Pero Elina no estaba interesada en ser una gran dama y pronto se encontró jugando al escondite con las hermanas de Philippe que eran menores que ella en edad pero se divertía mucho en su compañía. Se llamaban Madeleine y Dauphine, la primera de trece años era pelirroja y pecosa, delgada y su hermana castaña y de ojos muy oscuros y tenía once años. Y muy pronto les gustó tener una compañera de juegos y Elina llegó a jugar con sus muñecas un día de lluvia en que no podían salir afuera.

Con su suegra jugaba al acertijo y muy pronto la aceptaron cómo un miembro más de la familia.

Philippe observaba a su esposa jugando al escondite con las mejillas encendidas y parecía su hermana menor, disfrutaba mucho corriendo y escondiéndose. Era una niña, y sin embargo estaba loco por ella y sólo soñaba con verla crecer y convertirse en una amante apasionada en sus brazos.

—Hijo, no debe correr tanto, eso impide la concepción—dijo su madre un día.

El joven miró a su madre sorprendido.

—Además no puede pasar la tarde jugando, debe comportarse cómo una dama casada y usar velo en vez de jugar con tus hermanas pequeñas—insistió la condesa con expresión agria.

Pero a Philippe no le molestaba que su esposa jugara cómo niña, le divertía. Era feliz y pasaban mucho tiempo, juntos. En ocasiones sentía celos al ver cómo la miraban los otros caballeros que visitaban el castillo pero Elina jamás lo notaba, no era coqueta y su compañía preferida eran sus hermanas.

Ese día la sacó del juego y quiso llevarla a dar un paseo a caballos porque el día era hermoso, pero ella se negó.

—Juega con nosotros Philippe—le dijo su hermana Madeleine entusiasmada.

Él lo pensó y se negó.

—A la atrapada, cómo jugabas con las mozas—dijo su hermana menor.

Philippe sonrió tentado pero Elina no entendió qué juego era ese y él dijo que le enseñaría.

—Ustedes esperen aquí hermanitas, yo correré y atraparé a Elina y cuándo la traiga las correré a ustedes.

Ellas aceptaron el trato con entusiasmo.

—¿Y yo qué debo hacer?—preguntó Elina con inocencia.

Philippe la miró con intensidad.

—Sólo debes correr y yo debo atraparte y traerte de regreso.

La idea pareció entusiasmarla y corrió con entusiasmo. El dejó que lo hiciera para darle ventaja, además quería que corriera al bosque dónde nadie podría verlos.

Cuando la vio lejos corrió tras ella con todas sus fuerzas.

Sus hermanas lo miraron dando gritos de emoción.

Elina corrió por el bosque y mientras buscaba un escondite para que no la encontrara lo vio y gritó asustada. La alcanzaría pronto…

Y lo hizo cuándo buscaba salir de esa espesura. Elina gritó cuándo la atrapó y sintió una rara excitación al sentir que la atrapaba y no podía soltarse.

—Te atrapé doncella Elina, ahora me darás una prenda.

—¿Cuál prenda?—quiso saber la joven.

—Un beso.

Ella sonrió con picardía.

—¿Sólo un beso? —dijo y lo besó fugazmente en los labios.

—Eso no fue un beso esposa mía, bésame cómo amante no cómo una amiga—se quejó él.

Elina se acercó despacio y volvió a besarlo con timidez pero él la retuvo y abrió su boca con su lengua haciendo que se estremeciera con un beso tan ardiente. Y siguió besándola pese a sus protestas de que debían regresar y seguir jugando.

—Regresaremos cuándo cumplas tu prenda doncella—le respondió él.

Ella lo miró sorprendida y él le susurró que volviera a besarlo. La damisela se acercó con timidez, y de pronto tomó su rostro y lo besó casi cómo él lo hacía y él la atrapó y deseó hacerle el amor en esos momentos.

—Gracias por ese beso, pequeñita—le susurró y la llevó a la hierba.

Comprendiendo sus planes Elina se asustó.

—No aquí no, nos verán—dijo.

—Nadie nos verá, tengo un escondite.

Y tomando su mano la llevó a través del bosque y esa sensación de peligro la excitaba y asustaba a la vez. Se detuvieron en una cueva de plantas y allí la llevó despacio y comenzó a desvestirla.

—No, espera, alguien puede vernos, me moriré si eso ocurre.

—No temas mi amor, nadie nos verá, te lo prometo—dijo y besó su cuello y su escote provocándole un cosquilleo intenso.

Pero no la desnudó por completo y la acarició a través del vestido y ella se estremeció cuándo entró en ella y suspiró disfrutando por primera vez ese amorcito apurado, lleno de peligro y tensión. Y sintió ese goce de la penetración sin llegar al éxtasis, ese deleite primero que tienen las damiselas sin experiencia cuándo sólo disfrutan ese momento sin imaginar que pueden un día tener un placer mucho más intenso. La jovencita se movió a su ritmo y lo abrazó con fuerza cuándo sintió que él estallaba en placer y la mojaba con su simiente y se quedaron fundidos un buen rato sin decir palabra, besándose con suavidad, mirándose luego en silencio.

—¿Te gustó pequeñita?—preguntó él.

Ella asintió en silencio besándole, acurrucándose entre sus brazos. Él besó su cabeza con ternura.

—Philippe, debemos regresar—dijo Elina arreglando su vestido.

—Todavía no, quédate conmigo hermosa… Un rato más—dijo acariciando su cabello—Dime doncella, ¿cómo era tu vida en Italia? ¿Eras feliz en ese castillo?

Ella lo miró sorprendida.

—De niña sí, jugaba con mis hermanos y corríamos libres por los jardines pero luego… Mi padre me confinó a la torre secreta y nadie podía verme.

Esa revelación lo sorprendió.

—¿Por qué hizo eso?—quiso saber.

—Porque temía que me raptaran cuándo tuviera la edad casadera. Mi madre dijo que había dejado de ser una niña y los caballeros del castillo negro me miraban y eso enfureció a mi padre y a los doce años me confinó a esos aposentos. Antes de ello pasé un año en un convento para aprender lenguas y a escribir.

—¿Y tú estabas sola en ese lugar?

Elina asintió.

—Cuando cumplí catorce años mi padre quiso enseñarme a defenderme cómo una doncella guerrera. ¿Alguna vez has visto a una doncella guerrera Philippe? ¿Existen?

Su esposo sonrió.

—Sólo en los cuentos, preciosa, las damas no saben usar la espada ni tendrían fuerza para hacerlo.

—Mi padre quiso que aprendiera a defenderme de los bribones que intentaran besarme y él... Se dio por vencido porque yo no podía sostener una espada ni correr sin quedar exhausta.

—Y luego quiso enviarte a un convento.

—Sí pero... Yo no quería ir allí, estaba tan triste y cuándo Alaric envió a esos hombres a raptarnos me asusté y luego... Ese hombre se casó con mi madre luego de enterarse de que mi padre había muerto y yo me enfurecí con ella. No podía soportarlo. Y no quisiera llamarme De Harcourt, quiero ser Golfieri, soy una Golfieri—declaró.

—Ahora eres Tourenne esposa mía, Elina Tourenne.

Notó que se ponía triste y le preguntó si extrañaba su país.

—Quisiera ver a mi familia, pero no soportaría estar lejos de mi madre... Quisiera ir a visitarla un día, Philippe.

—Te llevaré pequeñita, iremos a visitar a tu madre muy pronto.

Ella empezaba a adaptarse, a querer a ese joven y comprendía que ahora era su esposa y no quería abandonarle. Su vida había cambiado, y en realidad su hermano Enrico nunca la había amado y Antonino aunque fuera bueno con ella, no le prestaba ninguna atención.

Sólo Lucio podría hacerla regresar, pero no lo mencionó, cómo si nunca hubiera existido y ella sabía que había sido su primer amor y a veces pensaba en él con tristeza sabiendo que tal vez nunca más volvería a verle.

Regresaron pero habían tardado tanto que las niñas habían entrado para jugar con la hija de un noble.

***

Isabella estaba preocupada por su hija, no dejaba de pensar en ella, había sido raptada por ese joven y a pesar de que su esposo le dijera que la vio bien, y nada asustada ella temía que su pobre niña no fuera feliz.

Un día habló con su esposo mientras caminaban por los jardines.

—Elina está bien, Isabella, Philippe es un joven bueno la cuidará. Y está locamente enamorado de ella, la conquistará, ya verás…

—Etienne está muy triste Alaric, ¿no lo has notado? Quería a Elina, él también la amaba. No puedo entender cómo se la llevó esa noche con un castillo lleno de guardias.

—Isabella no te atormentes, ya es tarde para lamentaciones.

—Quisiera ir a visitarla Alaric, por favor.

Él se detuvo y acaricio su rostro con suavidad.

—Iremos mañana si lo deseas. Es un viaje largo pero aprovecharemos el buen tiempo, ¿te agrada la idea?

La condesa sonrió y él la tomó entre sus brazos y la besó.

—¿Extrañas tu tierra Isabella?—le preguntó de pronto al recordar su conversación con Elina.

Ella lo miró con fijeza.

—No, sólo a mis hijos, quisiera saber que están bien, me preocupa mucho Enrico, temo que ser el nuevo líder de la casa Golfieri lo hará más cruel y…

Isabella lloró angustiada.

—Perdóname Alaric, es que la última vez que vi a mi hijo sentí que me odiaba y recuerdo cómo ayer el día que su padre lo llevó al castillo Ciliani para convertirlo en caballero y él lloraba.

Alaric asintió comprensivo.

—Los Golfieri siempre han sido muy crueles con sus primogénitos, Isabella. En realidad son una familia despiadada.

—Yo nunca me sentí una de ellos, lo fui por mi esposo y porque mi familia me abandonó a mi suerte. Nunca pude hacerle ver a Enrico que era demasiado duro con su hijo, me acusaba de consentirlo, y mimarlo. Tenía sólo cinco años y luego encerró a Elina… Y siempre debí soportarlo todo y sufrir en silencio sin poder hacer nada. Si la hubiera casado con Lucio…

—No te culpes Isabella, hiciste lo que pudiste por tus hijos pero los Golfieri tienen sus reglas y no permiten que nadie opine ni se oponga a ellas.

—En otro tiempo lo amé Alaric, era mi esposo y me tenía atrapada, pero ahora comprendo que siempre fui su cautiva y no quisiera sentirme así otra vez. Siento una extraña liberación, una rara paz cómo no había sentido en tiempo Alaric. El señor me perdone, pero creo que te amo esposo mío y que siempre te amé en silencio porque no podía amarte de otra forma—dijo Isabella y lloró.

Alaric la abrazó emocionado de oír sus palabras. Él también la amaba desde hacía tanto tiempo y había soñado tanto escuchar esas palabras…

La besó y atrapó entre sus brazos y habría deseado hacerle el amor en esos momentos pero no podía.

—Isabella, me has hecho tan feliz, pensé que nunca escucharía esas palabras…—dijo-

—Siento tristeza de pensar que viví tanto tiempo sin ser feliz, sólo porque no podía escapar de Enrico y creí amarle… Me habría gustado tanto darte un niño, que Elina o Antonino fueran tus hijos Alaric, tú habrías sido un buen padre con ellos, tan distinto… Ya no puedo engendrar esposo mío, luego de Elina algo me ocurrió pero no pude tener más niños y sé lo mucho que deseas un hijo.

Él acarició su rostro despacio sin dejar de mirarla.

—Eres joven Isabella, no pienses eso.

—Ya no soy joven para engendrar Alaric.

—No pienses eso bella dama, además me basta con tenerte conmigo cómo siempre soñé—dijo y tomando su mano la llevó a sus aposentos. Era temprano pero ¿qué importaba? Le demostraría que estaba equivocada, le haría un bebé muy pronto, estaba seguro de ello.

Ella se rindió a sus besos, dulce y apasionada una y otra vez sintiendo que debían disfrutar ese amor porque el mañana era incierto y habían pasado demasiado tiempo tristes y alejados. Alaric gimió mientras llenaba su cuerpo de besos y se detenía en su femineidad para deleitarse con su sabor dulce tan suave…

Isabella estalló poco después y gritó cuándo sintió su miembro atraparla y tomarla y pensó que nunca había sentido tanto placer y pasión en su anterior matrimonio. Porque su nuevo esposo era tierno y apasionado, tranquilo y compañero y aunque hacían el amor con frecuencia también pasaban mucho tiempo dando paseos o charlando.

Lo había hecho, ese día se había atrevido a decirle cuánto lo amaba y no se arrepentía…

Y mientras su cuerpo se estremecía en un éxtasis más intenso que el anterior, volvió a decirle que lo amaba, y él cubrió su boca con más besos mientras llenaba su cuerpo con su simiente y soñaba con que de esas noches de amor era engendrado un hijo, sólo uno, nada más pediría al señor…

***

Isabella comprendía que siempre había estado a merced de su raptor Golfieri, pero nunca más lo estaría, ahora sabía lo que era un marido tierno y dulce, tranquilo. No había intrigas ni odios en esas tierras, o si los había no afectaban a Henri De Harcourt. En ese condado estaba abocado a sus tierras y a ella. Pasaban mucho tiempo juntos, haciendo el amor, charlando, dando paseos por los alrededores.

Al día siguiente fueron de visita en el castillo blanco y Elina corrió a recibirles con alegría. Se encontraba jugando a la atrapada con las hermanas de Philippe y este la miraba sonriente a distancia.

—Madre, has venido—dijo abrazándola.

Isabella sonrió al ver a su hija feliz y radiante y miró de soslayo a su enamorado raptor.

La familia Tourenne se acercó al matrimonio De Harcourt para rendirles homenaje y agasajarles con un almuerzo, rogándoles que se quedaran unos días. El conde Tourenne estaba organizando un torneo y deseaba invitar a Henry De Harcourt para que diera una lección a los más jóvenes.

Elina dio un paseo con su madre por los jardines.

—Oh, hija, ¿eres feliz aquí con tu esposo?—quiso saber Isabella.

La joven se sonrojó.

—No fue sencillo, yo no sabía nada de esas cosas y al principio me asusté mucho cuándo me raptó y luego… Pero ahora estoy atrapada aquí, convertida en francesa y con un marido francés.

—No me has respondido hija.

Ella la miró con cierto recelo.

—Soy feliz sí pero… No he olvidado a Lucio madre, y a veces siento que volveré a verlo un día. Me casé obligada, yo no quería hacerlo y ahora debo ser esposa y tratar de ser feliz. No siempre lo consigo, a veces tengo la sensación de que toda mi vida he sido una prisionera, en el castillo negro, en De Harcourt y ahora en el castillo blanco. Nací en el hogar de los Golfieri pero no elegí ir a la torre secreta ni al castillo de tu esposo madre y tampoco quise venir aquí.

—¡Oh, hija, lo lamento, deseo tanto verte dichosa y feliz!

—No sientas pena por mí, los Tourenne son amables conmigo sólo que me pregunto… ¿Tú crees que Lucio venga a buscarme un día, madre? Tengo la sensación de que me busca. ¿Sabes si se casó con esa joven?

Isabella no lo sabía.

—Elina, estás casada con ese joven ahora, no puedes abandonarlo. Los franceses son muy orgullosos y sus esposas son sagradas, no soportará que lo dejes.

—No podrá retenerme por siempre, me raptó madre y yo siempre querré escapar. Y si Lucio viene a buscarme yo me iré con él, no he dejado de soñar con regresar a mi país y vivir con el hombre que amo.

—Elina no, no pienses esas cosas, te hace daño. No sé nada de Visconti pero creo que nunca sabrá que estás aquí hija. Ni siquiera lo imagina, ni sabe que Alaric es en realidad De Harcourt.

La joven estalló.

—Nunca le perdonaré a tu esposo que me trajera a esta tierra, no debió hacerlo, debió dejarme en el convento. Lucio iba a buscarme, me rescataría. Él me quería mamá, dijo que sería su esposa y se enfrentó a mi padre. ¿Crees que se olvidó de mí?— miró a su madre con expresión triste y anhelante.

Isabella no supo qué decirle.

—No lo sé, Elina.

—Alaric esperó mi edad madre, tal vez Lucio espere a que…

—Elina, no sufras esperando a Lucio, olvídale hija. Debes intentar ser feliz y amar a tu esposo, yo lo hice…

—Pero ahora amas al conde De Harcourt madre.

—Siempre lo amé Elina, sólo que también quería a tu padre y cuándo me raptó yo escogí a mi esposo. Tenía dos hijos y tú venías en camino, no habría podido abandonarlos nunca, hija.

Elina miró ese paisaje de bosques tan hermoso y permaneció en silencio un momento.

—Madre, ¿por qué no podemos casarnos con el hombre que escoge nuestro corazón? Todo habría sido tan distinto si mi padre hubiera aceptado a Lucio, yo no estaría aquí casada con Philippe, sintiendo nostalgia, sería feliz con mi esposo y no sería cautiva de un francés.

—Calla Elina por favor, podrían oírte, no lo llames así, puede escucharte y ofenderse, ellos son muy orgullosos de su linaje y de ser franceses—le advirtió su madre.

Ella se abrazó a su madre llorando.

—No quiero esta vida madre, quiero a Lucio Visconti, nunca amaré a mi esposo ni me someteré a él.

—Hija, nos miran, deja de llorar, tu esposo viene hacia aquí.

La joven secó sus lágrimas y se alejó. A veces le atacaba la melancolía, a veces era feliz en el castillo y disfrutaba jugando con sus cuñadas pero en ocasiones se sentía triste y nostálgica pensando en su amor y en esa felicidad arrebatada hacía ya tanto tiempo.

***

Dos meses después Alaric recibió un mensaje inquietante de sus espías: Enrico y Antonino Golfieri se dirigían a Provenza.

¿Cómo diablos lo habían sabido? Alguien debió delatarle, algún pariente o viejo amigo suyo. Maldita sea…

Irían en busca de Elina y a matarle a él tal vez. Debía estar preparado.

Habló con sus caballeros y fue al castillo blanco para avisarle a Philippe.

Lo encontró montado en su caballo.

—Están en Provenza amigo mío, los Golfieri vendrán por tu esposa y se la llevarán.

—¿Pero cómo lo supo señor De Harcourt?

Alaric sonrió.

—Tengo espías en Milán y en Toscana, hace años que me entero de lo que pasa en ese castillo ya lo sabes. Creo que debes ocultar a Elina, Philippe. Si se la llevan sabes bien lo que le harán.

Philippe se estremeció.

—Señor De Harcourt, no me quitarán a mi esposa y los mataré cómo a perros. No podrán tomar esta fortaleza.

—No necesitan hacerlo, sólo entrar entre los sirvientes y robarse a Elina. Dudo que tengan un ejército tan grande para entrar aquí, pero buscarán a tu esposa.

El caballo del joven movía la cabeza, nervioso y de pronto dijo.

—Elina está encinta caballero De Harcourt.

—¿Oh de veras? Felicitaciones amigo, siguió usted mi consejo.

Philippe pareció vacilar.

—Pero ella no está feliz señor Henri, no hace más que llorar todo el día y sentirse mal. Teme al parto y no quería tener bebés. Está tan furiosa que no me deja tocarla más de una vez `por semana señor.

—Bueno, es normal, las damas sufren malestares al principio y cambios de humor.

—Si ha tenido mareos y desmayos y dice que fue mi culpa, que durante dos meses no dejé de hacerle el amor y ahora me odia. —dijo con una sonrisa.

—Es una dama fértil, una bendición para ti y tu familia. No te sientas mal ya se le pasará, cuándo tenga a su bebé en brazos te amará.

—El señor lo escuche caballero, ella dijo que nunca me amará porque yo la convertí en mi cautiva.

—Ya se le pasará el enojo muchacho, ten fe.

—Es una niña consentida señor conde, nunca crecerá, y sufre berrinches cómo las niñitas caprichosas. Sus mejillas se encienden y sus ojos echan chispas.

Alaric rio.

—Bueno siempre ha sido pequeña y rabiosa. Ya crecerá, debes darle tiempo y ser paciente.

—¿Y usted cree que esos hombres se la lleven sabiendo que está encinta? Puede perder al bebé, me aterra que ocurra eso.

—No se detendrán ante nada, para ellos sólo cuenta que es una Golfieri y nada más. Si es necesario hijo, escóndela en la torre. Sé que se disgustará pero allí estará a salvo. Esta es una fortaleza invencible, y tú eres un caballero que sabe usar su espada por eso te ayudé a raptarla.

Philippe lo miró sorprendido, no esperaba semejante revelación.

—Usted dice que…

Alaric lo miró con fijeza.

—De no haber tenido mi consentimiento esa noche no habrías podido raptarla Tourenne. ¿Creéis que mis guardias se habrían dormido o embriagado? Su deber era cuidar a las damas de mi familia y lo habrían pagado con su vida por fallar. Pero no me arrepiento, mi hija está más segura aquí que en el castillo de Montfault y además, tú siempre tuviste más coraje y valor que ese hijo de caballero. Ahora espero que no defraudes la confianza que he puesto en ti, la vida de mi hija está en tus manos y su felicidad. Debes evitar que esa sombra la alcance un día porque si lo hace la destruirá para siempre.

Philippe se acercó a Tourenne y le dijo con expresión solemne:

—Así lo haré señor, con mi vida la defenderé.

Alaric se sintió satisfecho y fue a felicitar a Elina por su preñez.

Pero la joven se encontraba indispuesta en sus aposentos, sin querer ver a nadie, y se preguntó si estaría triste o asustada por su nuevo estado.

Conversó un momento con su viejo amigo el conde Tourenne y luego regresó a su castillo pues tenía prisa en regresar.

En sus aposentos Elina se durmió luego de llorar toda la mañana, tener náuseas, dolor de cabeza y sentirse fatal. Hacía días que se sentía así y enterarse de que estaba encinta la hizo sentir mucho peor.

No quería tener un bebé, la asustaba el parto, el dolor, y no podía creer que tres meses después de su boda ya estuviera encinta.

Su suegra dijo que seguramente tenía dos meses de embarazo o más lo que significaba que había quedado embarazada enseguida cómo tanto temía. Y sabía la razón, su ardiente esposo francés no había dejado de hacerle el amor todo el tiempo, todos los días, en la mañana, en la tarde y a veces en la noche. Nunca podía escapar de su apasionado abrazo, excepto ahora y eso era lo único que la hacía sentirse feliz.

Hacía dos semanas que no la tocaba y sabía que debía estar desesperado, pero ella no tenía obligación de entregarse a él, había quedado encinta que era la única finalidad de esos abrazos ardientes, así qué…

Sus malestares le dieron un descanso y aunque en la noche desaparecían ella se dormía temprano para evitar esa intimidad. Estaba furiosa con Philippe, debió esperar, en vez de dejarla encinta enseguida ahora estaría atada y no podría fugarse con Lucio cómo planeaba en sus sueños. No podría porque llevaba un niño en su vientre, y además se había casado con él, Lucio se sentiría defraudado…

Tenía la sensación de que Alaric le había mentido, que Lucio todavía la buscaba y no se había casado con esa joven de Ferrara. Le mintieron para que se casara con ese francés y se fuera lejos del castillo De Harcourt, así poder tener a su madre sin compartirla con nadie. Era un hombre egoísta y un antiguo enemigo de su padre, no podía amarle, nunca lo amaría cómo a un padre y nunca amaría a Philippe cómo a Lucio. Esa era la triste verdad.

Philippe se sentía feliz porque iba a tener un niño y al enterarse se había embriagado con su padre y sus caballeros.

Y todos los días iba a ver a su esposa sin tocarla, sabiendo que se sentía mal y sólo besaba su cabeza y acariciaba su cabello mirándola embelesado cómo un chiquillo contemplando a una dama hermosa y lejana. Adoraba a su doncella italiana y no podía creer que de esa familia perversa naciera una joven tan bella y dulce, y se dijo entonces que se parecía a su madre que era una dama muy buena y hermosa y a pesar de no ser joven cómo una doncella despertaba miradas encendidas en el castillo, entre los caballeros y amigos del conde De Harcourt. La dama en cuestión no le tenía demasiada simpatía y eso lo había notado, suponía que por haber raptado a su hija.

Con esos pensamientos entró en sus aposentos para saber cómo estaba Elina.

No parecía sentirse mal, sin embargo la vio triste con las mejillas y la nariz roja por haber llorado y se inquietó. ¿Por qué lloraba tanto? No podía entenderlo.

Avanzó con sus largas piernas y Elina lo miró y la pena que vio en sus ojos partió su corazón.

—¿Qué tienes pequeñita? ¿Por qué estás tan afligida?—le preguntó.

—Yo no quería un bebé, es muy pronto y tengo miedo… Sufriré mucho—dijo al fin.

Elina sabía por qué lloraba pero jamás se lo diría, había aprendido a callar, a guardar sus secretos porque temía a su esposo. Lo había visto pelear en las justas y sabía que podía ser muy cruel, no era tan bueno cómo su hermano Enrico con su espada, pero ella era su esposa y su cautiva, y él parecía quererla, no deseaba enfadarle ni despertar sus celos. Sus celos eran terribles, no soportaba que ningún caballero o escudero la mirara y estos habían recibido más de un golpe por hacerlo, su cuñada Madeleine se lo había dicho.

Él se acercó y besó su mejilla mientras la acariciaba, su mano parecía temblar mientras lo hacía y pensó, "hace tiempo que no me toca, ignoro cómo puede soportar no hacerlo…"

Y cómo si leyera sus pensamientos la besó despacio temiendo ser rechazado cómo siempre esos últimos días pero ella lo dejó porque necesitaba sus caricias, estaba triste y desanimada. Los malestares llegaban en la mañana y la atormentaban hasta el mediodía, a veces hasta la tarde.

—No temas pequeñita, todo saldrá bien, yo estaré contigo hasta que nazca nuestro bebé, te ayudaré a sacarlo de allí—le dijo con ternura acariciando su vientre.

La deseaba, estaba loco por ella, y no quería buscar a una moza cómo le sugirió su padre, nunca más había tenido otra mujer luego de casarse con la doncella pequeñita ni deseaba buscar otra.

Ella sintió sus besos y se estremeció.

—Bésame hermosa, cómo aquella vez, ¿lo recuerdas?—le pidió.

Elina se acercó y tomando su rostro lo besó con inesperada pasión. Era su esposo, su amante y él la había despertado a algo que no podía entender todavía.

Ese beso hizo que suspirara, que la atrapara contra su pecho y sujetara con fuerza mientras seguía besándola entrando en su boca con la misma urgencia que la poseía a veces. Y ese pensamiento la excitó y no se resistió cuándo comenzó a desnudarla, hechizada por un deseo intenso y desesperado que no sabía cómo había nacido en ella cuándo rato antes lloraba sobre su almohada sintiéndose tan desdichada.

—Eres hermosa pequeñita, déjame besarte, por favor…—le rogó mientras sus besos atrapaban sus pechos llenos y planeaban seguir más allá.

—No, no—dijo ella. Pero él la miró y decidió insistir un poco más hasta derribar la barrera de su timidez. Debía liberar a la mujer atrapada en esa doncella tímida y tomando sus caderas por asalto besó con suavidad su rincón femenino gimiendo al sentir su sabor un instante, antes de que ella lo apartara furiosa gritando.

—No tengas miedo, sólo voy a besarte, déjame hacerlo por favor—dijo él atrapándola nuevamente.

Pero Elina estaba asustada, no estaba preparada para soportar que besara sus partes más íntimas y él lo entendió pero no se dio por vencido y siguió besándola luchando por llegar a su femineidad que respondía a sus besos con pasión desatada. Se moría por sentir de nuevo su olor y esencia y lo conseguiría aunque tuviera que suplicarle o tomarla por asalto.

Ella cerró los ojos cuándo él se abrazó a su cadera y comenzó a lamerla despacio, quiso gritar y lloró porque sentir su boca en su monte la asustaba, era una invasión espantosa.

—No por favor, eso no—dijo pero de pronto deseó que lo hiciera y se rindió a sus caricias sin pensar en nada mientras la mujer sensual escondida en ella despertaba y su cuerpo se convulsionaba en sensaciones nuevas tan placenteras que no tuvo fuerzas para apartarle.

Philippe sintió que se rendía y gemía hundió aún más su boca en ella saboreándola, sabiendo dónde debía hacerlo y pensando que no querría soltarla nunca más. Era tan dulce y deliciosa, tan suaves eso labios que quería seguir besándolos toda la noche.

Pero ella lo apartó cuándo su cuerpo fue sacudido por un espasmo intenso y el volvió a su pubis para enloquecerla un poco más y sentir cómo convulsionaba en placer por primera vez. Oh, lo había conseguido, su hermosa doncella se había convertido en mujer en sus brazos, la había despertado a los deleites del amor, lo había conseguido…

Y sin perder tiempo la abrazó y entró en ella con pasión mientras la joven lo miraba confundida sin saber qué le había pasado en esos momentos pero de pronto se sintió feliz y exultante y una sensación de paz y bienestar la inundaba recorriendo cada fibra de su ser.

Ahora disfrutaba mucho más ese momento y mientras la besaba y le susurraba "te amo tanto pequeñita" volvió a estallar y su cuerpo atrapó a su miembro y lo atrapó con fuerza y se sentía fundida en ese abrazo, mareada y feliz, con ganas de reír y llorar, lo abrazó y besó sintiendo que estaba empezando a amarle. Philippe estalló poco después y ella también y se rindió exhausta pensando que era incapaz de moverse o dar un sólo paso más.

—Fue hermoso pequeñita, ahora sabes los deleites del amor, los sentiste en todo tu cuerpo…—dijo él mirándola con intensidad.

Elina se sonrojó sin entender demasiado lo que le había pasado, sin saber que una mujer podía disfrutar de ese momento ni tener un placer tan exultante cómo el que ella había sentido. Se acurrucó despacio en su pecho y sintió cómo latía su corazón y ardía su piel de amor y deseo, el suyo también latía pero estaba exhausta y se durmió poco después.

Philippe sonrió y la cubrió con la manta de pieles pensando que había valido la pena esperar, y aunque habría deseado hacerle el amor de nuevo la dejó dormir pensando que había quedado muy cansada su pequeñita. Además sabía que ahora no se resistiría y querría yacer en sus brazos más a menudo.

****

Al enterarse de que su hija estaba encinta Isabella quiso ir a visitarla pero cuándo planeaba hacerlo sufrió un desmayo y enfermó y permaneció una semana en la cama sintiéndose muy mal.

Alaric consternado llamó a un cirujano amigo suyo para que la viera.

Este examinó a su esposa a solas y palpó su vientre y miró sus labios y pupilas descartando que fuera un caso de envenenamiento. No imaginaba que en el castillo se sirviera carne en mal estado o tuviera enemigos que planearan matar a su esposa.

Ella aseguró que había comido lo de siempre pero un día cuándo iba a visitar a su hija se desmayó.

Las náuseas y malestares llegaban en la mañana y también una sensación de debilidad.

—Señora creo que usted está encinta. ¿Recuerda cuándo tuvo su última regla?

Isabella a diferencia de su hija se sintió feliz.

—Pero doctor yo creí que ya no podría engendrar, durante años no volví a concebir…

—Es usted joven señora, ¿qué edad tiene?

—Treinta y siete, doctor.

—Bueno, todavía puede engendrar niños, no tanto cómo antes por supuesto pero… Dudo que sea lo contrario, tiene usted cara de embarazada y su vientre está inflamado, ¿no lo ha notado?

Isabella se emocionó, era una noticia tan maravillosa, un milagro…

—¿Cree que pueda conservarlo doctor? Temo perderlo, mi hija menor tiene dieciséis años.

—Bueno, si pasa usted bien los primeros meses no habrá riesgo alguno sólo que debe cuidarse y no dar paseos ni caminatas. Mejor será que se quede en cama un tiempo más hasta que el niño esté firme en su vientre señora.

Isabella lloró emocionada, un bebé, un hijo de Alaric. Su esposo lo deseaba tanto y no había dejado de hacerle el amor esos meses y tal vez tuviera más tiempo de preñez del que pensaba... Pero sabía que en sus apasionados encuentros cuándo la llenaba de su placer él anhelaba engendrarle un niño y ahora lo había logrado... Años sin poder concebir y creyó que nunca más podría hacerlo.

—¿Quiere que le diga al conde señora o prefiere decírselo usted?—preguntó el cirujano.

Ella lo miró sonriente.

—Yo se lo diré doctor, por favor. Quiero darle yo misma esa noticia.

Alaric entró poco después, nervioso y desconcertado porque el doctor Gaillard no había querido decirle qué enfermedad tenía su esposa.

—Vaya con ella, su dama se lo dirá conde De Harcourt.

Isabella sonreía y tenía más colores que esa mañana y entonces lo supo de sus labios: iban a tener un hijo.

Intensamente emocionado corrió a sus brazos y la besó con ardor.

—Isabella, entonces esos malestares...

—Es un bebé Alaric, nuestro hijo y debo quedarme en cama un tiempo hasta que el bebé esté más firme en mi vientre. Temo que... Pensé que ya no podría engendrar esposo mío, no soy joven y temo...

De pronto lloró angustiada.

Él la abrazó con fuerza.

—Gracias por esta noticia Isabella, me haces muy feliz... No tengas miedo, eres una mujer fuerte y joven, nada malo pasará, estoy seguro.

—No podré ver a mi hija Alaric, debo quedarme en cama un tiempo más. ¿Le avisarás?

—Así lo haré mi bella dama—dijo y besó sus labios con ardor.

***

Cuándo Elina supo que su madre estaba encinta se sonrojó. Fue su esposo quien le dijo.

—Al parecer el conde todavía puede engendrar...

—¿Mi madre está encinta? Oh, qué extraño... Tendré un hijo y un hermano al mismo tiempo. Pero creí que mi madre ya no podía tener hijos, Philippe.

—Tu madre es joven Elina, además no creerás que Henri De Harcourt la desposó para mirarla en silencio ¿no es así?

Elina se enfureció y él la besó pensando en las últimas noches de amor apasionado en su compañía.

—No debió dejarla encinta Philippe, mi madre ya no es joven, puede ocurrirle algo—Elina parecía incómoda.

—¿Y cómo esperas que un caballero despose a una dama hermosa sin dejarla encinta? ¿Crees que puede evitarlo?

—Pudo abstenerse y tocarla una vez a la semana cómo aconseja la Iglesia—dijo ella con expresión inocente.

Philippe rio.

—¡Al demonio con esos curas! ¿Qué saben ellos de las pasiones que consumen a los hombres de carne y hueso cómo nosotros? Ningún hombre toca a su esposa una vez a la semana a menos que la dama sea muy fea o se niegue a sus brazos.

—Tú me tomabas igual Philippe, y por eso me dejaste encinta. Nunca me preguntabas si lo deseaba.

—Pero te gustaba ¿verdad? Y ahora te gusta mucho más pequeñita…Ven aquí, déjame convencerte de nuevo…

—No suéltame, no volverás a besarme de esa forma—dijo Elina espantada.

No lo había dejado invadir sus rincones íntimos desde aquella vez y no cedería ahora, no era correcto hacer esas cosas, estaba segura.

—Deja de luchar pequeñita, tu cuerpo grita por estallar de nuevo cómo esa noche, no te niegues al placer… —le dijo él.

Ella lloró desesperada.

—Me avergüenza pensar en lo que hice, en lo que sentí esa noche. No debe ser así, yo soy una mujer casada y casta Philippe y esas cosas… Sólo deben hacerlas las rameras—dijo entonces.

—¿Por qué piensas eso? No es verdad. Si disfrutas nuestros encuentros yo también disfrutaré y quiero que salgas del cascarón y seas una dama apasionada y casta a la vez. Hay mucho fuego en ti pequeñita, déjalo salir…

—¡Esto no está bien, es pura lujuria!—dijo al fin confundida.

Él sonrió acariciando su mejilla despacio sin dejar de mirarla.

—Oh mon amour, el amor es lujuria en su esencia, lujuria y pasión y yo no puedo olvidar la noche que caíste rendida en mis brazos, exhausta y feliz… Es el deleite de los amantes, los juegos de amor y placer, déjame arrastrarte al éxtasis de nuevo, ven aquí pequeñita.

—No, no, no volverás a hacer eso francés, no es correcto, me arrastrarás al pecado y el Señor me castigará por rendirme a ti.

—Un pecado delicioso doncella italiana, ya lo verás…

Ella lo apartó y quiso escapar pero él cayó sobre ella y apretó sus nalgas y comenzó a desnudarla y a llenarla de besos y caricias.

La joven se resistía y quería apartarlo pero el cansancio la venció y no pudo evitar que tomara su rincón por asalto y comenzara a besarla despacio mientras suspiraba. Cerró sus ojos mientras sentía cómo su lengua la abrazaba lamiéndola con una voracidad desesperada.

Quiso escapar de nuevo pero atrapó sus muñecas y ya no pudo hacer nada, no la soltaría hasta saciar su insoportable lascivia. Que sólo estaría satisfecha cuándo la escuchara gemir y retorcerse de un lado a otro. Era la señal para entrar en ella y Elina gimió cuándo sintió ese roce rudo y perdió la cabeza abrazando su cintura deseando que no se detuviera, que lo hiciera más fuerte…Y en esos momentos de éxtasis ella sentía que lo amaba pero jamás se lo diría, era su raptor y había jurado no amarle jamás y cumpliría su promesa aunque su corazón dijera lo contrario.

Tal vez su madre tuviera razón y pudiera intentar quererle y ser feliz. Lucio no era más que una ilusión, no volvería a verle y Philippe era su esposo y pronto le daría un hijo… Lentamente había dejado de ser una doncella Golfieri que vivía llorando cómo chicuela lamentando que Alaric la hubiera llevado a Francia. Era Elina Tourenne, la esposa del hijo de un conde de Provenza.

Y de pronto pensó, "ese tonto francés no sólo me ha raptado, me ha seducido y embarazado sino que ahora: ¡también me ha obligado a amarle!"

7. El hijo de Elina

Enrico Golfieri no esperaba encontrar al fin el castillo De Harcourt ni que fuera una fortaleza llena de diestros caballeros que portaban alabardas, ballestas y relucientes espadas.

Dejó escapar una maldición al comprender que jamás podría tomar ese castillo con la veintena de hombres que llevara. Sus mejores caballeros morirían y su muerte sería en vano porque no podrían penetrar en ese sombrío recinto y rescatar a las damas Golfieri cómo anhelaba.

No era tonto, había peleado y soportado un asedio en el castillo Ciliani hacía años, y supo que no podría entrar ni vencer, ni tener la cabeza del enemigo de su casa cómo anhelaba. Eran demasiados y conocía bien a esos franceses y también al caballero D'Alessi. Su padre le había hablado de él hacía tiempo y si invadía su castillo o intentaba rescatar a las damas lo mataría sin piedad.

Volvió sobre sus pasos, mudo de furia mientras pensaba qué hacer para rescatar a las damas Golfieri de allí.

—Enrico no puedes rendirte ahora, nuestra hermana y nuestra madre aguardan—dijo su hermano Antonino alcanzándole en su caballo.

—No seas imbécil Antonino, ¿has visto esa muralla y los hombres apostados a su alrededor? Esto no es un cuento de caballería hermano, es la fortaleza de uno de los caballeros más temibles de su tiempo.

—¿Y te rendirás? ¿Dejarás a nuestras mujeres a su merced? Yo no lo haré—exclamó Antonino dándole la espalda.

—Ven aquí, so palurdo estúpido, tengo un plan, espera. No estoy huyendo, no soy un cobarde, sólo que tampoco dejaré que me pillen y maten. Debemos averiguar cómo entrar en ese castillo sin usar armas, disfrazados de penitentes o algo así. D'Alessi no nos conoce.

Esa respuesta calmó a su hermano y a sus hombres.

—Sabia decisión Enrico, nunca creímos que ese malnacido prosperara tanto, pero supongo que espera nuestra visita y ha reforzado la vigilancia—dijo su tío Fulco.

Enrico lo miró sombrío.

—¿Y cómo demonios puede saber que vendremos?

—Tiene sus espías. ¿O cómo crees que supo que tu hermana y tu madre saldrían ese día al convento? Esos caballeros debieron esperar mucho tiempo antes para actuar. Eran franceses, de los más fieros que se han visto en años. Y deben estar allí en las murallas aguardando nuestra llegada. No es un castillo común: es la guarida del demonio.

Enrico regresó a los bosques y permaneció escondido con sus hombres algunas semanas y supo que su madre se había casado con D'Alessi y estaba en avanzado estado de preñez.

Esa noticia le causó odio y repugnancia. No sólo la había tomado sino que la había preñado y ahora su madre tenía un hijo del enemigo en su vientre.

—Maldita traidora, si mi padre viviera...—dijo Enrico furioso.

Antonino estaba disgustado pero no dijo nada.

Días después les aguardaba una noticia peor: Elina se había casado con el hijo del conde Tourenne y también estaba encinta.

Y todo esto lo habían averiguado por Antonino, que no tardó en encontrar una moza para retozar, una bonita francesa que fregaba los cuartos del castillo. Estaba loca por el joven y este llegó a decirle que se casaría con ella en un tiempo…

Pero Antonino comprendió que no podían vivir ocultos en ese lugar, las provisiones escaseaban y no podían hacer nada.

—Debemos rescatar a nuestra hermana Enrico, por favor, no la dejes con ese francés. Es una Golfieri.

Enrico no parecía nada conmovido.

—Su estado es delicado hermano, podría perder al bebé y morir, no podemos llevarla en un caballo. Dejemos que tenga a su bebé y se lo deje de recuerdo al francés o se lo traiga consigo. ¡Anímate hermano, seremos tíos en poco tiempo!

—No te burles Enrico, esto no tiene nada de gracioso. ¿Crees que nuestra pobre hermana se enamoró tan rápido de ese francés? Debió tomarla por la fuerza y debe estar sufriendo a su lado.

Enrico se puso muy serio.

—Sí, al parecer nuestro temible enemigo tramó una cruel venganza todo este tiempo y Elina formaba parte del plan.

—Pues lo mataré cuándo lo tenga frente a mí, un día tendré su cabeza en una pica Enrico te lo juro. ¿Qué clase de monstruo entrega a una damisela cómo Elina a un bruto francés de Provenza?—chilló Antonino.

—Alaric D'Alessi, al parecer esperó mucho para saciar su lujuria y nada le detendrá ahora. Pero no olvides que estamos en territorio enemigo, esta es su tierra y no la conocemos. Y tal vez encontremos a trenzas rubias y la boba no quiera regresar con nosotros.

—Elina no es así hermano, ella quería a Lucio, es una pena que no viniera con nosotros. Si él la busca estoy seguro de que ella regresará a nuestra tierra.

—¿Lucio Visconti? ¿Crees que ese doncel tan guapo pueda entrar en un castillo cómo ese y llevarse a Elina? Jamás podrá hacerlo. Y si observas a nuestro enemigo te diré algo: él tampoco se atrevió a asediar el castillo negro y esperó por años para raptar a las mujeres cuándo ellas abandonaron la fortaleza. No comprendo cómo mi padre fue tan tonto de dejarlas partir sin más escolta que esos caballeros.

Fulco intervino para defender a su hermano muerto.

—No hables con ligereza de tu padre Enrico, él quiso poner a Elina a salvo de Visconti.

—¿Y crees que Visconti habría podido raptarla? Necesitaba mi ayuda y yo no se la di por supuesto. Yo creo que quiso llevar a Elina porque no quería que el Duque lo obligara a aceptar esa boda.

—Debes rescatar a tu hermana, lo prometiste a tu padre antes de morir, y también a tu madre. No puedes dejarla a merced de ese enemigo, matarle será tu deber cómo un Golfieri.

—Parece sencillo decirlo tío, pero realmente ¿tú crees que podré hacerlo? ¿Y qué haré con mi madre? ¿Encerrarla en una torre? No estamos preparado para enfrentar a nuestro enemigo, no contábamos con esto, debemos regresar y pensar un plan mejor. Si nos espió durante años debemos hacer lo mismo para saber qué puntos débiles tiene esta fortaleza y dónde diablos está Elina. Y traeré al guapo doncel Visconti para que la convenza de regresar, porque tal vez la boba no quiera abandonar a su marido francés con el que la han casado. Nunca ha sido sensata. Tal vez el duque nos ayude con un ejército de caballeros bien entrenados. Si es que decide rescatarla puede cambiar de idea cuándo sepa que Elina se ha casado con otro hombre. Al menos ya sabemos dónde encontrar a nuestras mujeres—Enrico miró al grupo con ansiedad.

—Tú no quieres rescatar a mi hermana, siempre la has odiado y debe alegrarte que fuera raptada por nuestro enemigo y ahora deba soportar a un francés lascivo cómo esposo

—estalló Antonino.

Enrico lo golpeó furioso por ser insultado de esa forma.

—Todo fue tu culpa niño rubio, tú no cuidabas a nuestra hermana en la torre, sólo pensabas en hundir tu inmunda berga en las criadas, nunca te ha importado más que eso en la vida pero yo recibí los golpes de nuestro padre, mientras tú te divertías y reías de todo. Cuándo tú hacías guardia Lucio entraba a mirarla, jamás entró cuándo yo estaba y lo sabes bien. Pero mi padre pensó que había sido culpa mía, todo siempre fue mi culpa—estalló Enrico fuera de sí.

Antonino se levantó y lo golpeó y se agarraron a golpes de puño y Enrico no dudó en darle una paliza a su hermano para descargar la furia y frustración que sentía en esos momentos. Lo hubiera matado de no haber intervenido sus parientes separándolos.

—Déjalo Enrico, es tu hermano, tu sangre, ¿te has vuelto loco?—le dijo Fulco.

Enrico miró con odio a ese niño rubio y tonto que siempre había tenido el refugio de una falda mientras que él jamás tendría a la única mujer que había amado y amaría siempre.

****

Elina daba un paseo con su esposo cuándo comenzó a sentirse mal. Su estado era avanzado pero se sentía inquieta ese día y quiso caminar, no soportaba permanecer el día en cama por esa panza.

Philippe notó que se sentía mal y la llevó en brazos al castillo.

Las comadronas y criadas corrieron de un sitio a otro avisando que el niño iba a nacer.

Elina estaba tan asustada que no hacía más que rezar sintiendo que iba a morir. Los dolores la dejaban exhausta, sin darle un respiro mientras la comadrona le gritaba que pujara y ella no sabía qué demonios era eso.

La comadrona había viso las caderas estrechas de la joven y supo que no sería un parto fácil, el joven conde debió escogerse una dama más grande y no tan pequeña cómo esa. No era tan pequeña, tenía carne pero esas caderas no eran buenas para parir y eso lo había aprendido en los largos años cómo comadrona del castillo.

—Puje señora Tourenne, falta poco, aquí viene, tengo su cabecita…

Elina hizo fuerza cómo le decía la mujer varias veces mientras lloraba y maldecía a ese francés por haberla dejado encinta. ¡Nunca más volvería a tocarla! Si es que lograba sobrevivir a ese dolor tan espantoso…

Un bebé regordete y de gran tamaño salió de su vientre sorprendiendo a la partera de que una dama tan pequeñita pariera un niño tan grande.

—¡Es un varón! ¡Oh, qué contento se pondrá su esposo señora!—dijo la mujer.

El niño lloró furioso y Elina lo tuvo en brazos, y se emocionó al ver su naricita minúscula y esa boquita llorando desconsolada. Pero no era un francés, era un Golfieri y a pesar de ser tan pequeño vio el pecho ancho y la forma de ojo de su hermano Enrico.

Philippe reclamó al niño para enseñarlo a su familia y al tenerlo en brazos lo sostuvo con orgullo. Un varón, su primogénito, la doncella italiana le había dado un hermoso varón…

—¿Dónde está mi esposa?—preguntó inquieto al no verla por ningún lado.

La partera señaló el lecho.

—Está exhausta joven señor, y débil, debe dejarla descansar y esperar un tiempo antes de… Hacerle otro niño. Perdió mucha sangre y tardará en recuperarse pero es una dama fuerte a pesar de ser pequeñita, creo que resistirá.

Él se acercó consternado al lecho dónde dormía su esposa. Estaba pálida y el cabello y la frente mojada, dormía tan profundamente que no despertó hasta el día siguiente. Besó suavemente su frente y sus manos.

—Gracias por este bebé pequeñita, es hermoso—le susurró y la dejó descansar.

*****

Los festejos por el nuevo heredero Tourenne duraron una semana y los campesinos participaron del festejo desde el campo, brindando a la salud del hijo del conde y su esposa.

Elina sostuvo a su hijo en brazos y lloró emocionada. A pesar de los dolores que le había causado y lo asustada que estaba era su hijo, y era hermoso, con un genio vivo, no dejaba de llorar cuándo tenía hambre y hacía mucho ruido cuándo se prendía de sus senos para mamar.

Philippe no quería que lo alimentara, insistía en que estaba débil y no debía amamantarlo todavía. Pero el niño buscaba alimento cada vez que lo tenía en brazos y ella se sentía mal por no poder darle.

Su esposo entró en ese momento y le sonrió al ver a su esposa con su hijo dormido cómo un angelito.

—Elina, ¿estuviste llorando?—le preguntó inquieto.

—No, es que a veces me emociona ver a mi bebé, es tan pequeñito…

—Bueno, dentro de poco buscaremos otro y llenaremos la nursery de bebés—dijo besando fugazmente sus labios.

Faltaba poco para que volviera a sus brazos y ansiaba que llegara ese momento.

—Si me llenas de hijos me matarás Philippe, sufrí mucho para traer a este bebé al mundo.

Sus palabras lo asustaron.

—Moriría si algo te pasara pequeñita, no digas eso—dijo entonces.

—Entonces no me llenes de bebés—le reprochó ella y le entregó al pequeño Guillaume en brazos porque se sintió débil y con mucho sueño.

Habían pasado tres semanas pero todavía no estaba fuerte y la palabra quedar de nuevo encinta la espantaba.

"No volverá a tomarme todos los días cómo antes, no lo permitiré, sólo un día a la semana que no sea domingo ni día santo" pensó.

Dos semanas después supo que su madre había dado a luz mellizos, dos varones y en el castillo blanco todos hablaban de la hombría de Henri De Harcourt y de la fortaleza de su señora esposa para soportar un parto tan difícil.

Elina quedó consternada con la noticia y preocupada, jamás pensó que pudiera tener dos bebés en vez de uno, con todo lo que sufrió con uno sólo...

Y cuándo esa noche Philippe la atrapó entre sus brazos supo que las vacaciones de la cuarentena habían terminado, volvería a yacer con él y en un par de meses quedaría de nuevo encinta.

Philippe notó que estaba fría y asustada de quedar nuevamente preñada y mientras besaba su cuello y seguía por el escote le dijo:

—Tranquila pequeñita, no ocurrirá tan pronto…

No quería hacerlo y que en vez de un bebé le hiciera dos cómo su padrastro Alaric. ¡Ese hombre sí que era malvado! Pudo matar a su madre engendrándole dos hijos.

—No quiero, hoy no, por favor Philippe—le rogó mirándolo a los ojos.

Él sintió cómo todo su deseo ardiente se enfriaba con su rechazo, y por primera vez no insistió y se alejó de ella abandonando la habitación sin hacer ruido.

Elina lo vio irse aliviada, esa noche escaparía y podría descansar.

Philippe regresó al comedor y bebió hasta embriagarse, luego regresó más tranquilo y encontró a su esposa profundamente dormida. Permaneció parado en la puerta contemplando su figura durmiente y hermosa y deseó correr a su lado y hacerle el amor, despertarla con besos, que fuera una amante apasionada que lo esperaba con ansiedad en su lecho, pero la pequeñita no era así. Su corazón y su cuerpo estaban cerrados a él, cómo si no pudiera amarle, ni se atreviera a hacerlo.

Pero era su esposa y le había dado un hermoso hijo, tal vez con el tiempo ese pimpollo de mujer floreciera y lo amara, sólo un poco de lo que él amaba cada rincón de su ser, no pedía más que eso.

***

En el castillo De Harcourt reinaba la alegría con el nacimiento de los gemelos Henri y Louis De Harcourt.

Isabella alimentaba a sus mellizos y estos, aunque pequeñitos se alimentaban con fuerza casi al mismo tiempo. Henri era el más pequeño pero no dejaba de pedir comida y la pobre madre estaba exhausta.

Fue un alumbramiento difícil, Louis nació primero y luego la partera anunció que había otra cabeza asomada en su vientre, ¡otro bebé! Qué emocionada se sintió cuándo tuvo a sus dos varoncitos en brazos, tan pequeñitos los dos…

Alaric no se apartaba de su lado y había pasado horas de angustia temiendo perder a su esposa durante el parto. Contemplaba embelesado a Isabella con sus hijos y pensaba que era un milagro, una bendición del Señor tener esos niños y a su esposa…

"Es una dama fuerte señor De Harcourt, pero ha estado muy grave, no es prudente que tenga más niños" le había dicho la partera.

Pero ¿cómo haría para no volver a tocarla y hacerle el amor todas la noches como en los primeros tiempos? Sufría por no poder acercarse en esos momentos.

Sabía que debía dejar pasar un tiempo antes de acercarse a ella de nuevo, no sabía cómo lo soportaría…

La primera vez que tuvo a sus hijos en brazos sintió una emoción tan intensa y lamentaba no ser más joven para poder enseñarles a luchar con la espada y vencerles cuándo fueran hombres. Pero los vería crecer y convertirse en dos caballeros fuertes, estaba seguro de eso.

Isabella dejó a los bebés en la cuna y se acercó: dulce, voluptuosa y sensual y lo besó con suavidad. El hálito de sus cabellos dorados, de su piel lo enloquecieron en un instante.

No podía hacerlo, la partera había dicho... Abrió la boca para protestar pero ella ansiaba ese encuentro y tomó sus manos llevándola a sus senos llenos y él gimió desesperado luchando contra un deseo intenso que amenazaba con enloquecerle.

—¡Tómame Alaric, por favor!—gimió ella besándolo con ardor mientras lo arrastraba a la cama y sus besos recorrían su cuerpo buscando ese lugar que terminaría de hacerle perder el control.

—Isabella, no podemos, por favor, si algo te ocurre...—dijo él respirando agitado.

Ella se desnudó lentamente y él pensó que no podría resistir más esa tortura y se abalanzó sobre ella llenándola de besos y caricias, haciéndola gemir y reír de placer, devorándola por completo antes de entrar e inundarla con el simiente que no pudo controlar y la abrazó y se fundió en su cuerpo inmensamente feliz pero algo atormentado por no haber podido detenerse.

—Te amo Isabella, te amo tanto...—susurró sosteniéndola contra su pecho y comenzó a acariciarla de nuevo, con mucha suavidad, y a besar sus labios...

—Oh, Alaric, soy tan feliz, no me importa darte más niños—dijo ella—Es un milagro ser madre de nuevo, creí que ya no podría... Oh, bésame Alaric, por favor...

Era débil, la amaba demasiado y volvería a tomarla, lo sabía…

8. Un secreto funesto

Dos años después el pequeño Guillaume Tourenne jugaba con los mellizos Henri y Louis a la pelota en los jardines del castillo blanco mientras sus padres charlaban y los vigilaban a distancia.

El hijo de Elina era muy parecido a Enrico, tenía su temperamento y genio y a su abuela le hacía mucha gracia verlo enojar porque entonces veía cómo los ojos del niño se oscurecían cómo le había ocurrido a su esposo y luego a Enrico. También se parecía a su padre por supuesto, tenía sus piernas largas y su pecho ancho.

Los mellizos en cambio se parecían mucho a su padre y tenían un temperamento tranquilo. Eran muy unidos y siempre estaban juntos, hablaban sin parar en francés y lo hacían con claridad. Guillaume también, pero su madre estaba enojada porque su esposo no quería que aprendiera a hablar en italiano.

La astuta Elina no había vuelto a engendrar y eso lo había conseguido siguiendo el consejo de un médico-astrólogo llamado Achilles, quien estando de visita en el castillo blanco le leyó las manos y le auguró un futuro feliz con muchos niños.

Ella se había horrorizado y cuándo le vio días después le preguntó si conocía alguna poción para evitar los embarazos. No se lo preguntó abiertamente pero el hombre lo entendió perfectamente.

—Las pociones causan esterilidad señora, no las beba, puede usted envenenarse. No busque a las brujas para eso, yo conozco un método mejor, más sencillo… Sólo debe saber los días que debe evitar la intimidad con su esposo.

La cuenta era sencilla y Elina no olvidó nunca cuáles eran esos días peligrosos y hasta el momento le había resultado aunque su esposo estaba furioso porque no podía tocarla todos los días cómo antes. Ese había sido el precio.

Pero al menos no debía parir un niño tras otro y quedar exánime. Tenía la pequeño Guillaume, que era la viva estampa de su hermano mayor, y esperaba tener sólo otro más con el tiempo.

Lo difícil era mantener alejado a su marido esos días y no siempre había podido hacerlo pero al menos no había quedado encinta.

Ese día mientras daban un paseo por los jardines Isabella le preguntó a su hija si era feliz.

Ella sonrió con cierta reserva.

—Sí, estoy muy contenta aquí madre, creo que el bebé hizo que mi suegra me quisiera, está encantada con Guillaume y no deja de preguntarme cuándo le daré otro. Claro, ella no debe tenerlos… Pero yo esperaré un poco más.

—Elina, no puedes evitarlo, es la naturaleza—dijo su madre.

—Yo sí lo evito madre, un médico me enseñó cómo—declaró su hija mirándola con fijeza.

Isabella quiso saberlo, a ella también le interesaba, la partera le había dicho que no tuviera más hijos y desde entonces lo había evitado. Escuchó con atención y pensó que podría memorizarlo, sólo que no creía pasar tantos días sin buscar el apasionado abrazo de Alaric.

—¿Y Philippe tolera estar tantos días sin intimidad?...—Isabella se ruborizó intensamente pero su hija rio.

—Mi esposo se enfurece madre cuándo llegan esos días de abstinencia y dijo que un día me tomará esos días aunque yo no quiera—confesó la joven sin dejar de sonreír.

—Elina, es mucho tiempo para un hombre joven cómo él, además ya pasaron dos años deberías pensar en darle otro hijo.

Su hija la miró muy seria.

—Madre, no quiero morir en el parto o llenarme de niños, sufrí mucho cuándo tuve a Guillaume además, soy joven, quiero correr y jugar al escondite con mis amigas, y si tengo un bebé debo quedarme quieta por nueve meses—se quejó—Ese francés me raptó, me hizo un bebé enseguida y ahora quiere otro y nunca me dejará en paz.

—Él está loco por ti hija, lo he visto en sus ojos.

—Bueno, yo también lo quiero madre pero no cómo quise a Lucio y lo sabes. A veces me pregunto si mi vida será cómo la tuya madre, si luego de pasar tantos años secuestrada por mi esposo me reuniré con mi primer amor y seré feliz cómo tú lo eres. Yo nunca te había visto tan feliz antes, mi padre te encerraba cuándo lo contradecías y ahora sé qué ocurría luego...

Isabella miró a su hija espantada. ¿Cómo lo había sabido? ¿Acaso vio...?

—Hija, no pienses eso, él no te hace daño ¿verdad?

—No… Pero las primeras veces me atrapaba en la cama todo el día madre, no me dejaba escapar, era un infierno. Todo ocurrió tan rápido, me raptó, me convirtió en su esposa y luego… No he tenido tiempo de pensar si realmente quiero ser su esposa y su amante, sólo debí entregarme a él y aceptar este cautiverio. Y yo elegí a Etienne, no lo elegí a él. Pobre Etienne, oí que se marchó de Provenza.

—Es verdad, quedó muy triste y ofendido por lo que hizo Tourenne, sus familias eran amigas y él le robó a su prometida.

—Etienne habría sido distinto, me habría dado tiempo, era muy suave y gentil. Pero ya no puedo lamentarme, es mi esposo y creo que lo quiero. Ha pasado el tiempo y no ha sido malo conmigo, nunca me encerró en mis aposentos ni me gritó, ni se comportó cómo lo hizo mi padre contigo.

Isabella se marchó con los mellizos en el carruaje y Elina mordisqueaba un trozo de pastel dulce cuándo su esposo olvidando que estaban en los días peligrosos, quiso arrastrarla a sus aposentos con románticas intenciones.

Era media tarde y no se podía, había otros invitados, ¿qué pensarían ellos?

Sin oír sus protestas Philippe tomó su mano y la llevó a sus aposentos.

—No, no, hoy no podemos Philippe—insistió ella entrando temblorosa a la habitación.

Él cerró la puerta despacio.

—Durante casi dos años he cumplido tu calendario para evitar bebés madame, ¡estoy harto, quiero tenerte cuándo lo desee no cuándo tu astrólogo diga, maldición! Estoy harto de complacerte Elina, de hacer siempre lo que tú quieres. Tu deber es compartir mi lecho y darme niños y los harás. Ven aquí.

Elina enrojeció lentamente y lo miró con rabia.

—Actúas cómo mi padre, cómo un bárbaro italiano que encerraba a mi madre cuándo ella lo contradecía y luego la tomaba cómo si fuera una esclava, no harás lo mismo Philippe Tourenne. Me forzaste a esta boda y durante muchos meses jamás me negué a ti y me dejaste preñada y prisionera de este castillo para siempre. Pero no me tomarás cómo un vándalo, no lo harás, y si lo haces francés juro que lo lamentarás.

Nunca lo había enfrentado así, y él la observó furioso, se sintió amenazado, desafiado y profundamente ofendido.

—Yo nunca te he forzado doncella italiana, no soy un Golfieri, y agradezco al cielo no ser uno de ellos, pero tú te entregarás a mí porque es tu deber y lo harás ahora y dejarás de contar los días y de prohibirme acercarme a ti para evitar un embarazo. Ya es tiempo de que me des otro niño, para eso tomé cómo esposa—bramó.

—Pero yo no me casé contigo para que eso, yo ni siquiera te escogí Philippe Tourenne y no me entregaré a ti cómo una moza, cómo una campesina que tomas cuándo se te antoja, no lo haré. Y si eso hiere tu orgullo o te molesta puedes enviarme con mi madre a De Harcourt.

Ahora Philippe sí estaba furioso y se acercó con tres largas zancadas a la pequeñita insolente que lloraba y lo miraba con odio, y estremecida de rabia comenzó a alejarse de él y corrió,

corrió porque sabía que le haría algo. Y cuándo la atrapó gritó y se resistió mientras su marido le daba un beso salvaje lleno de deseo y la tendía en la cama cómo un vándalo Golfieri. Elina se resistió y lo mordió y arañó y él lo soportó todo sin quejarse, sólo esperaba que se rindiera a él para tomarla. Finalmente lo hizo porque estaba cansada y sabía que esa noche no escaparía. Pero su cuerpo estaba cerrado a Philippe y su corazón también y él lo sintió y luego de satisfacer ese deseo salvaje e indomable no tuvo la satisfacción que esperaba. Su esposa lloraba y lo miraba con rabia y tristeza. Y cómo si no soportara mirarle le dio la espalda y sollozó.

Él se acercó despacio y quiso acariciarla, no quería verla así. Quiso decirle, "perdóname pero no quiso mostrarse débil o sentimental"... Pero no lo hizo. Ella no lo amaba, no quería amarle. Tal vez si actuaba cómo hombre y la doblegaba la pequeñita perdería un poco de ese genio vivo italiano que tenía.

Pero Elina no lo perdonó y durante días evitó su compañía y no le habló, furiosa por lo que le había hecho esa noche.

Ella no era cómo su madre, no se sometería a un marido rudo y bárbaro ni "aprendería a amarle", no lo haría. Su corazón era de Lucio Visconti, y siempre lo sería. A pesar del tiempo y la distancia y de estar atrapada en ese castillo francés.

Y mientras caminaba por los jardines recordó su vida en el castillo negro, siempre encerrada, prisionera y pensó "bueno no lo amo, pero al menos puedo caminar con libertad". Y contempló ese paisaje de bosques y ese cielo azul límpido, sin una nube...

—Elina, Elina ven a jugar con nosotras—gritaron sus cuñadas acercándose a ella.

—Juguemos al escondite Elina, por favor.

—No, a la atrapada—dijo la otra.

Elina se sonrojó al recordar cómo había jugado a la atrapada con Philippe y lo que había ocurrido después, en el bosque y ese recuerdo en vez de hacerla sonreír le provocó tristeza, no sabía por qué.

—Estoy cansada, no quiero correr—dijo entonces.

Sus cuñadas se miraron sorprendidas.

—¿Estás triste Elina, qué pasó? ¿Reñiste con nuestro hermano?—preguntaron.

Elina las miró sorprendida de que hubieran notado que estaba desanimada.

—No, no es por Philippe—mintió y se alejó despacio.

Cuándo llegaba al castillo vio a Philippe y este la miró con intensidad. Elina corrió alejándose de él.

Su esposo adelantó su caballo y quiso atraparla pero no llegó a tiempo, y furioso dejó el caballo y fue a buscarla. Estaba harto de su que huyera de su presencia y no le hablara, que lo ignorara desde hacía días.

Elina se escabulló en la Iglesia y encontró al nuevo capellán hablando con un escudero en voz queda.

Al verla entrar pareció asustarse.

—Bonjour madame Tourenne—dijo—¿Necesita confesarse?

Elina era muy adepta a la confesión y a la misa pero en esos momentos sólo quería esconderse de su esposo y le rogó al capellán que la ayudara a esconderse.

El joven capellán se sorprendió con el pedido y le señaló el confesionario y la joven corrió con prisa hacia ese lugar.

La puerta se abrió con estrépito y apareció el hijo del conde con gesto airado.

—Elina, ven aquí—gritó furioso.

Al ver al capellán se detuvo indeciso.

—¿Y usted quién es?

—Soy el nuevo capellán señor, ¿no me recuerda usted?—dijo en un francés extraño.

Philippe lo miró con curiosidad un instante.

—¿Y qué pasó con el viejo capellán, el padre Anselmo?

—Tuvo que marcharse señor Tourenne, ¿no se lo dijo su padre?

Philippe observó a ese escudero y se preguntó qué diablos haría allí.

—Regresa a las murallas escudero, ¿desde cuándo vienes a misa a esta hora del día?—lo rezongó.

Luego se acercó al nuevo capellán y lo miró con desconfianza.

—¿Ha visto a mi esposa, monsieur capellán?—quiso saber.

El padre hizo un gesto hacia el confesionario mientras decía con voz altisonante:—No monsieur, no la he visto.

Philippe sonrió y avanzó con sigilo hacia ese rincón de la capilla y al descubrirla Elina gritó y lo apartó furiosa.

—Suéltame Philippe, no iré contigo—le dijo.

—Ven aquí eres mi esposa pequeñita, hasta que la muerte nos separe.

—Entonces desearé estar muerta pronto para no tener que ser tu prisionera Tourenne.

Ese forcejeo terminó en un momento apasionado y frente al capellán y al escudero (que había decidido quedarse para presenciar esa escena) la besó y apretó contra su pecho de forma muy indecorosa para un recinto sagrado.

El capellán apartó la vista turbado, no era correcto que ese hombre tratara así a su pobre esposa, y mucho menos en una capilla pero esos caballeros de la île de France eran muy ardientes y soberbios.

—Te atrapé pequeñita, ahora me darás una prenda—le dijo al oído besando su cuello con deseo.

Ella lloró furiosa y se resistió y cuándo llegaron a los aposentos Elina no quería besarle ni cumplir prenda alguna.

—Ven aquí pequeñita, sabes que no podrás escapar ni podrás evitar que te haga un bebé muy pronto.

La joven saltó de la cama y corrió a la puerta pero él la atrapó por detrás y ella lloró sabiendo que estaba perdida, era un hombre fuerte y la tomaría cómo un salvaje, lo haría de nuevo. Y lo peor no era eso, es que le haría un bebé, o tal vez dos cómo le ocurrió a su pobre madre. Cerró los ojos y lo soportó todo y fue suya más de una vez esa tarde y luego en la noche regresó dispuesto a llenarla de caricias y a tenerla de nuevo. Y esos días eran peligrosos, no podría escapar, muy pronto estaría nuevamente encinta.

Y cuándo al mes siguiente no llegaba su regla supo lo que había ocurrido y lloró furiosa porque sabía que estaba atrapada.

Volvieron las náuseas y malestares y la tristeza la invadió casi por completo.

Cuándo su esposo lo supo corrió a sus aposentos para felicitarla y besarla.

—Gracias pequeñita, no hay mayor bendición para un hombre que una esposa fértil y hermosa—dijo besándola con pasión.

Elina lo apartó furiosa y luego lloró de rabia. No quería que la tocara ni que viera que su rechazo por él era absoluto y en esos momentos sentía que lo odiaba con toda su alma.

Y mientras pasaba esos días abatida por las náuseas recibió la visita de sus cuñadas y también de su suegra, contenta de que estuviera nuevamente encinta y de su pequeño hijo, que corría por toda la habitación enloqueciendo a la nodriza.

Fue lo único que logró hacerle sonreír, su pequeñín crecía y era cada vez más parecido a su hermano mayor no sólo en apariencia sino con el mismo genio vivo.

Ese día sufrió una rabieta cuándo la nodriza le negó correr con un palo y se tiró al piso gritando rojo de ira y lo más gracioso fue ver cómo se oscurecían sus ojos índigos al enojarse cómo le ocurría a su hermano. Vaya herencia, tener un hijo igual al hermano que tanto la detestaba… Pensó Elina y de pronto se acercó a su niño y lo abrazó. Y ese gesto de cariño fue lo único que logró calmarlo. El niño se refugió en su pecho y la miró con intensidad. Sus ojos habían vuelto a tener ese raro tinte azul oscuro y de pronto comenzó a cerrarlos despacio al oír la canción de cuna que su madre le cantaba de bebé y se durmió poco después.

Era un angelito rabioso y rosado, era hermoso, su niñito…

La nodriza se acercó para llevarlo pero Elina le pidió que lo dejara. El niño pasaba con ella todo el día o con sus tías que lo consentían pero ella era su madre, debía tenerlo a su lado. Lo echaba de menos.

—Trae su cuna para que duerma cómodo Maroi—le dijo después.

Cuándo Philippe vio la cuna en sus aposentos se espantó y mirando a su esposa asustado preguntó quién había llevado esa cama a su cuarto.

Elina lo miró desafiante.

—Calla, lo despertarás. Se durmió en mis brazos y le pedí a Maroi que trajera la cuna.

—Pero no puede dormir aquí, debe ir a la nursery.

Ella enrojeció lentamente.

—¿Por qué no puede estar conmigo? Soy su madre, y todos disfrutan a mi hijo menos yo, tú lo apartas de mí, todos lo hacen. Sólo pude tenerlo unos meses aquí.

—Guillaume ya no es un bebé Elina, va a cumplir tres años. No es adecuado que duerma aquí, hoy se quedará pero mañana regresará a su habitación.

—Duerme con esa nodriza vieja que no es su madre, ni parienta suya, y tu madre se lo lleva y tu padre le enseña a manejar una espada y yo nunca lo tengo. Yo lo traje al mundo pero es cómo si no fuera mío sino de tu familia. Eso no es justo.

—A ti no te gusta tener bebés y prefieres pasar el tiempo jugando al escondite en vez de estar con tu hijo—dijo él con ruda franqueza.

—Eso no es verdad Philippe, estuvo conmigo de bebé pero luego me lo sacaron, lo sacaron de mi cuarto.

—Es un varón, debe hacerse hombre no puede vivir prendido a tus faldas. Si quieres un bebé que sea tuyo deberás tener una niña, pero no quiero otra pequeñita haciéndome rabiar en el castillo, prefiero que sean todos varones.

Cada palabra que decían los alejaba más y no lo sabían, sólo reñían y medían fuerzas y Elina sentía que siempre perdía, desde el principio había sido así. Y luego pensó, "si pudiera escapar lo haría contenta a mi país, no quiero vivir más con ese hombre, cómo si fuera una esclava que él raptó y sometió a sus deseos".

Y atormentada por sus acusaciones injustas buscó a su hijo y decidió pasar más tiempo en su compañía, cuándo le permitían hacerlo. Pero no podía correr con él por su estado sin embargo podían jugar con su espada de madera y el niño estaba contento de poder pasar más tiempo con su madre y ya no sufría esas rabietas.

Su vientre crecía lentamente y los malestares habían desaparecido y ese día se sentía bien por primera vez mientras caminaba de la mano de su hijo y lo veía correr de un sitio a otro

De pronto escuchó el relincho de un caballo y se asustó. Lo primero que hizo fue abrazar a su hijo porque ese sonido la asustó sin saber por qué. Un grupo de jinetes cubiertos con capas oscuras. Algo en ellos le fue familiar pero abrazó a su niño que miraba maravillado las relucientes espadas.

Esos hombres la miraban con deseo y Elina se estremeció al comprender que no eran hombres del castillo blanco sino de otro lugar. Y eran numerosos.

Quiso gritar pero uno de ellos se le acercó y quitándose la capucha vio a su antiguo enamorado Lucio mirándola embelesado.

—Elina—susurró y entonces vio al niño.

Ella avanzó sintiéndose cómo en trance, era él, había ido a buscarla, la había encontrado…

—Lucio…Tú has venido…—de pronto sintió deseos de llorar cuándo él abandonó su caballo y avanzó hacia ella con lentitud sin dejar de mirarla con ojos de enamorado.

—Prometí que te encontraría hermosa. ¿Ese niño es tu hijo?

Elina lloró cuándo el acarició su cabello con suavidad y la miró sorprendido.

—Estoy casada Lucio, él es mi hijo Guillaume y yo…

—No llores doncella, sé que ese enemigo te raptó y te entregó cómo esposa a ese francés, tu hermano me contó. Yo he venido a rescatarte Elina. No temas, llevaremos a tu niño y regresarás a tu hogar hermosa.

Lucio no… Mi esposo no debe verte aquí, no quiero que te haga daño, por favor… No puedo ir contigo, soy su esposa y estoy encinta de nuevo.

La joven volvió a llorar atormentada pero Lucio la abrazó despacio estrechándola contra su pecho.

—Un día dije que te raptaría bella doncella y que nada impediría que te hiciera mi esposa, ¿lo recuerdas? No temo a ese francés, he venido preparado para enfrentarle, para matarle si es necesario.

—No, no, no le mates por favor, es mi esposo… Yo te esperé Lucio, sabía que vendrías pero no quiero que cometas un horrible crimen por mi culpa. Él ha sido bueno conmigo no merece morir. Y yo no puedo abandonarle ahora, trata de entender. Le he dado un hijo y llevo otro en mi vientre.

Lucio la retuvo entre sus brazos, su amor por ella estaba intacto, a pesar del tiempo, verla le devolvió la vida y la esperanza. La había encontrado, era su princesa cautiva de la torre y no la dejaría ir de nuevo.

—¿Tú le amas Elina? ¿Amas a ese francés con el que te casaron?—preguntó.

Ella no supo qué responderle. Ese encuentro había sido tan inesperado y extraño. Era cómo una ráfaga fresca del pasado que llegaba ese día y una parte suya se moría por huir con Lucio, era lo que siempre había soñado pero no quería que mataran a Philippe.

—No lo sé, pero estoy atrapada Lucio, y no quiero que lo mates, que entres con tus hombres a ese castillo y siembres el terror. Han sido buenos conmigo y mi padrastro también, siempre ha cuidado de mi madre y de mí.

—Fuiste raptada por ese bandido Elina, ese traidor llamado D'Alessi. Ese hombre cambió tu nombre para que nunca pudiéramos encontrarte. Te apartó de mí y lo odio, sabes y quisiera matarlo, pero de eso se encargará tu hermano.

Elina palideció horrorizada.

—No por favor, no lo dejes Lucio, Enrico es cruel y malvado, y mi madre es feliz con su esposo, lo ama y ha tenido dos niños.

—Enrico no sabe que he venido Elina, jamás volveré a fiarme de él, intentó matarme hace tiempo cuándo quise venir a rescatarte. No temas, creo que estuvo en el castillo De Harcourt pero no pudo entrar en él.

Esas palabras le dieron alivio pero también la dejaron consternada.

—¿Enrico te traicionó?

—Pagó bien a sus hombres para que me mataran hace un año Elina y estuve gravemente herido y todos creyeron que moriría. Él me cree muerto en realidad. Pero no soy el primero que mata ¿sabes?

—Pero por qué, no logro comprender, tú eras su amigo.

Lucio sabía el horrible secreto de Golfieri pero no quiso decírselo.

—Elina, ven conmigo, si aún me quieres doncella, te ruego que vengas conmigo al castillo de mi familia, allí estarás a salvo con tu hijo. Anularé este matrimonio Elina, no tendrá valor, te casaste con un nombre que no es el tuyo por insistencia de tu padrastro. Tú eres Elina Golfieri no De Harcourt.

—Pero estoy casada con él, mi matrimonio es válido aquí, fue un sacramento Lucio. Yo no pude escapar entonces ni ahora puedo hacerlo, intenta entender amigo mío. Mi vida ha cambiado y no puedo abandonarlo es mi esposo. Este es mi hogar ahora, mi familia. Por favor entiéndelo no puedes llevarme ahora ni hacer daño a mi esposo porque jamás te lo perdonaré Lucio—Elina secó sus lágrimas y habló con firmeza, debía convencer a su antiguo enamorado de que recuperara la cordura. Ella no deseaba ser raptada de nuevo, y el pensamiento de que Philippe podía sufrir algún daño la horrorizó.

Los caballeros aguardaban impacientes, nerviosos. Eran demasiados y habían ido a buscarla, Elina vio que eran fuertes, feroces y se estremeció.

Lucio la tomó entre sus brazos y en un ademán desesperado la besó. Era su doncella del jardín secreto, la mujer que amaba y había esperado tanto tiempo no podía dejarla ir.

—Dije que un día serías mi esposa Elina, hice una promesa, no es justo que ese hombre te haya raptado y robado de mi lado y que ahora me rechaces. Yo te devolveré a tu tierra hermosa, y te salvaré de la perfidia de Enrico. Te llevaré conmigo ahora y tu vendrás ¡o juro que entraré a ese castillo y no dejaré a nadie con vida!—dijo Lucio.

Pero ella lo rechazó y lo apartó furiosa.

—No harás eso, no me forzarás a obedecerte amigo mío, toda mi vida he soportado el yugo de mi padre, de D'Alessi, pero no volveré a someterme a un raptor otra vez, no lo haré. Amo a Philippe, quiero vivir en paz con mis hijos y mi nueva familia, estoy en estado y si me llevas en tu caballo perderé a mi bebé y será una razón más para odiarte Lucio.

Él la miró muy serio, y maldijo en silencio a ese francés por haberla dejado encinta y haberse robado su corazón, porque lo amaba, y él había llegado tarde. No podía raptarla ni hacerle daño, la amaba demasiado para eso. Había creído que correría a sus brazos y lo besaría feliz pero comprendió que su dulce doncella había cambiado, ya no era ingenua ni estaba confundida con sus besos. Otro caballero la había atrapado. Odiaba y envidiaba a ese hombre con toda su alma. Pero no se resignaría a perderla para siempre, había sido su primer amor, y tal vez un día podría recuperar su corazón y hacerla suya de nuevo.

Elina se apartó con su niñito que no hacía más que dar saltos y grititos con su espada de madera y regresó con prisa al castillo sin volverse una vez. Y mientras se alejaba comprendió que su amor por Lucio había sido una ilusión de juventud, y que el terror a perder a su esposo la había hecho comprender cuánto lo amaba a pesar de sus riñas y diferencias. No quería más muertes en su familia, sólo quería vivir en paz con su familia y junto al hombre que amaba.

Philippe la vio correr con el niño y se asustó.

—Elina, aguarda, no debes correr—le gritó.

Ella se detuvo y lo miró, tenía los ojos llenos de lágrimas y de pronto se acercó y lo abrazó temblando.

—Qué te ocurre pequeñita, estás llorando—dijo su esposo.

Elina no le dijo lo cerca que había estado de perderle, y lo besó y él la estrechó contra su pecho y deseó llevarla a sus aposentos para disfrutar más besos cómo ese en la intimidad, pero algo ocurrió entonces: el grupo de caballeros que había visto avanzó hacia el castillo y ella lanzó un gemido lastimero.

Corrió la voz de alarma y Philippe llevó a su esposa, hijo y a las mujeres del castillo a un escondite secreto. Su padre le dio la orden a la distancia y se preparó para enfrentar la feroz invasión de esos intrusos.

Elina lloraba al comprender que Lucio no había respetado el trato y quería matar a su esposo y quiso retenerlo a su lado.

—Quédate Philippe, te matarán, por favor… Yo te amo francés, siempre te he amado pero estaba enojada contigo y no quise…

Sus palabras hicieron que su corazón latiera de prisa y la besara. Elina no quería dejarlo en paz, lloraba y le suplicaba que se quedara con ellas, que estarían indefensas si las encontraban.

—Elina tiene razón hijo—dijo su madre a la distancia.—Estaremos solas.

—No puedo quedarme madre, debo pelear con mi padre y defender este castillo y a mi familia de los invasores—y luego Philippe se acercó a su esposa y acariciando su rostro le dijo:—Escucha pequeñita, si muero ahora moriré feliz luego de escuchar tan dulces palabras.

—No digas eso por favor, te quiero vivo esposo mío, no te vayas ahora, aguarda…

Ella habría deseado retenerle pero no pudo hacerlo, era un caballero y debía pelear para defender su castillo.

—Volveré mi doncella pequeñita y te haré el amor toda la noche, te lo prometo—le susurró antes de besarla con ardor escandalizando a su madre que apartó la mirada escandalizada.

Elina lloró y se abrazó a su hijo y a sus cuñadas que lloraban al escuchar los gritos a su alrededor.

No hacían más que preguntar quiénes eran los invasores pero ella fue incapaz de responderle.

—Rezad todas por favor, rezad—dijo.

Y las mujeres unieron sus rezos, damas, criadas y sirvientas unieron sus manos para rezar para que los señores de Tourenne pudieran resistir la feroz invasión.

El combate duró horas y de pronto la puerta se abrió y una luz intensa y cegadora iluminó sus rostros.

Elina se acercó creyendo que era su esposo pero de pronto se llevó una sorpresa inesperada al ver a su hermano Enrico con otros caballeros.

—Trenzas rubias, al fin te encuentro. He venido a rescatarte de ese abominable francés hermanita—dijo.

La joven dama retrocedió espantada, ese hermano nunca la había querido y su presencia en el castillo sólo podía significar algo muy malo.

Las mujeres chillaron al ver a los hombres y estos las miraron con creciente lujuria pero Enrico les gritó que las dejaran en paz.

Sólo me llevaré a trenzas para eso he venido—declaró tomando su mano.

—No, no, yo no iré contigo Enrico, me quedaré aquí con las mujeres de mi familia esperando a mi esposo.

Esas palabras enfurecieron a su hermano.

—Arriesgué mi cuello por ti pequeña boba, y vendrás conmigo al castillo negro—bramó y la alzó en brazos y se la llevó ante la mirada aterrorizada de las mujeres que se quedaron inmóviles viendo cómo ese joven que hablaba una lengua extraña se llevaba a la dama Elina.

Ella quiso convencerlo de que la dejara.

—Suéltame Enrico no quiero regresar al castillo negro, este es mi hogar ahora, tengo un esposo, por favor…

—Ya no lo tienes hermanita, creo que está muerto y también el pobre Lucio me temo… Este día te has quedado sin pretendientes, pero no temas, te conseguiré un esposo cuándo regreses a tu hogar.

Elina lloraba y suplicaba observando la destrucción a su alrededor. Eran muchos hombres y había heridos y muertos en todas partes. No podía entenderlo, Lucio la había dejado ir, él no podía ser responsable de ese asedio.

Los hombres Golfieri aguardaban en el bosque y Enrico la subió a su caballo luego de forcejear con su hermana y decirle al oído que la ataría cómo un fardo de lana si seguía dando problemas.

No vio a Antonino ni a los otros Golfieri y buscó a su esposo con desesperación sin verlo por ningún lado. Quiso gritar pero Enrico cubrió su boca y volvió a amenazarla y ella tembló porque estaba a merced de su hermano y le haría daño, siempre la había odiado. Y si la llevaba al castillo negro sería para encerrarla, para atormentarla…

Elina lloró al ver el castillo blanco asediado y pensó en su hijito, en su esposo y en esa vida que en ocasiones no había sabido valorar, todo parecía desdibujarse cómo un sueño.

Alaric llegó con sus hombres horas después, al enterarse del asedio y pudo hacer rodar unas cuantas cabezas y terminar con la feroz invasión al castillo blanco.

El conde estaba herido pero se recuperaría, quien más le preocupaba era Philippe, tenía heridas en los brazos y piernas y había perdido mucha sangre.

Ordenó a sus hombres que quitaran los muertos del castillo y se hiciera una fosa para enterrarlos. Era necesario arreglar ese caos.

Uno de los escuderos dijo que eran italianos, y que portaban un estandarte rojo y amarillo, con un grifo en el centro.

—Golfieri, eran Golfieri—murmuró y luego pidió que una criada atendiera al heredero Tourenne.

—Las mujeres no están señor, fueron llevadas a la torre—le respondió un caballero.

—Traedlas de inmediato—ordenó y de pronto se preguntó dónde estaría su hijastra.

No estaba con las mujeres, y fueron ellas quienes le dijeron que Elina fue raptada por un joven muy alto que hablaba italiano.

No podía ser…

—Ella le dijo Enrico—dijo una de las hermanas de Philippe— Y se resistió pero ese hombre la llevó igual. Tenía cara de malvado señor conde.

Alaric dejó escapar una maldición.

—Criada, atienda a Philippe, está en su habitación, busquen a un cirujano, está malherido y necesita ser curado.

La criada de cara redonda elevó las manos al cielo murmurando "gracias al señor que está vivo, rezamos tanto por él" y corrió por agua y vendas llevando consigo a dos sirvientas para que la ayudaran.

Alaric se acercó al conde Tourenne, que estaba sentado en su poltrona, exhausto y furioso.

—¿Quiénes eran, amigo mío? ¿Por qué tanto odio y crueldad?—preguntó mirándolo con una expresión de desconcierto.

—Han raptado a mi hija conde de Tourenne, esa fue la razón de este feroz ataque, debo ir a rescatarla.

—¿Mi nuera raptada? ¿Y mis hijas, dónde están?—preguntó angustiado.

—Están a salvo en sus habitaciones, su esposa está con ella y con su nieto. Ahora debo irme, mi hija me necesita.

—Aguarde amigo, no podrá vencerles son un montón y pelean cómo demonios, nunca había visto algo igual. Necesitará refuerzos.

—Todavía me quedan hombres señor de Tourenne, y no regresaré sin Elina—respondió el caballero De Harcourt.

Y sin perder tiempo ese día gris y sombrío siguió el rastro de los invasores, sabiendo que se dirigirían a la costa para llevarse a la joven a Milán. Estaba furioso por ese ataque inesperado, nadie le había advertido... Pero sabía que un día llegarían los Golfieri para destruirlo todo y lo buscarían a él. Maldecía que no lo hubieran hecho, los habría enviado a sus mazmorras o matado... Y habría podido alertar a su hija y a su yerno... Malnacidos cobardes...

***

Enrico detuvo su caballo al anochecer, necesitarían buscar un refugio para pasar la noche. Descendió y ayudó a su hermana que no hacía más que llorar y suplicar que la dejara regresar al castillo blanco. Temblaba al verse a merced de su odioso hermano mayor, Antonino no estaba para controlarlo y le daría una zurra en cualquier momento.

Sin embargo no lo hizo y de pronto tomó sus trenzas y las olió despacio.

—Cálmate Elina, no me temas, no te haré daño hermanita. Pero no te regresaré con el francés, deja ya de llorar, tienes la nariz colorada y pareces un conejo—le dijo tocando su naricita y sus mejillas con ternura.

Había algo extraño en su mirada y Elina lo notó. No podía entender qué era pero no parecía el mismo y lo vio alejarse con expresión pensativa.

—Ven hermanita, sígueme—dijo de pronto.

La damisela obedeció temblorosa al sentir las miradas de esos rudos caballeros sobre ella. No le agradaban, eran brutos y despiadados y de no haber estado su hermano, no se atrevía a pensar lo que le habrían hecho.

Con las monturas Enrico improvisó un jergón y le hizo señas de que se acercara, Elina obedeció y él se tendió a su lado y pidió a uno de sus hombres que montara guardia.

—Esos hombres me asustan hermano—le susurró.

Él la miró con intensidad y de pronto la envolvió entre sus brazos y besó su cabeza con ternura.

—No temas trenzas, no te harán ningún daño, sabe que morirán si lo intentan—le respondió.

Ella lo miró sorprendida o asustada, ¿desde cuándo su hermano malo la protegía y acariciaba su cabeza con ternura? Eso no era normal, algo muy perverso debía estar tramando. Estaba demasiado exhausta para atormentarse pensando y se durmió poco después acurrucada en su pecho cómo un pajarillo, pero Enrico sólo dormitó y permaneció alerta por si acaso alguien los había seguido.

Llegaron al castillo negro sin percances un día después y Elina se estremeció al ver el edificio oscuro y sombrío.

Antonino no fue a recibirla, ni sus tíos y se preguntó dónde estaban.

—Antonino está en el castillo Ciliani con Fulco y los primos—respondió su hermano mientras la escoltaba a sus aposentos.

Un grupo de criadas le trajo sus antiguos vestidos y un enorme barril para que se diera un baño y perfumara. Lo necesitaba, el viaje había sido largo y agotador.

Debía tranquilizarse y pensar en su bebé, y ese día almorzó con su hermano y las esposas de sus primos en silencio, respondiendo a sus preguntas sin entusiasmo.

Enrico la observaba con gesto torvo y ella se estremeció al sentir sus miradas malignas. ¿Qué haría con ella ahora que estaba a su merced? Antonino no estaba para defenderla, ni los parientes de su padre que siempre la habían querido y cuidado…

Entonces pensó en su padre y quiso ir al mausoleo a visitarle y rezar por su alma. Había muerto cuándo ella estaba raptada en Francia y no había podido despedirse de él y mientras rezaba pensó "padre, deberías estar aquí para defenderme, tengo mucho miedo de Enrico, tal vez me ha traído para matarme. Ayúdame por favor, dónde quieras que estés…"

—Elina, no llores por nuestro padre, ya no está aquí para encerrarte en la torre secreta—dijo su hermano entrando en la Cripta.

Su rostro estaba lleno de oscuridad por la penumbra del lugar.

Elina sintió un frío intenso recorrer su espalda y se alejó de él lentamente.

—Enrico tú siempre me has odiado hermano, y yo nunca te hice mal alguno—dijo ella nerviosa atenta a todos sus movimientos.

Él sonrió de forma extraña.

—Yo no te odio trenzas, ¿cómo crees que podría odiarte? Eres mi hermana, mi sangre, y he cumplido la promesa hecha a mi padre de rescatarte de las garras del enemigo. Pero aún me queda por cumplir otra promesa querida Elina: la de cuidar de ti. De haberte cuidado jamás me habrían expulsado del castillo negro ni te habría raptado ese enemigo nuestro.

—No fue tu culpa hermano, Alaric esperó por muchos años para raptar a mi madre y se ha casado con ella.

El rostro de su hermano volvió a tener esa expresión cruel y notó cómo sus ojos se oscurecían de repente.

—Un día tendré la cabeza de mi enemigo en estos muros querida hermana y habré vengado la deshonra de nuestra madre trayendo al mundo a esos bastardos de nuestro enemigo.

—Oh, no hables así Enrico, D'Alessi fue bueno con nosotras, jamás sufrimos daño alguno.

—No te atrevas a defender a ese maledetto Elina Golfieri, ¿has olvidado quién eres? Eras una Golfieri y ese hombre siempre será nuestro pariente y lo mataré en cuanto tenga oportunidad.

—Enrico por favor, deja atrás ese pasado de odios y venganzas, yo no quiero estar en este castillo dónde viví confinada tantos años, quiero regresar con mi esposo y mi hijo. Este no es mi hogar ni siento que sea una Golfieri.

El joven conde avanzó hacia su hermana con torvo semblante.

—Pero eres una Golfieri, y este es tu hogar muchacha. Jamás regresarás con ese francés. Además debe estar muerto, no dejamos a ninguno con vida, trenzas, lo lamento. No sabía que te habías prendado de tu raptor, pero al parecer todas las damas se enamoran de sus raptores ¿no es así? Y no temas, no volverás a la torre secreta Elina, serás la señora de este castillo y no vivirás cautiva nunca más. Ahora salgamos de aquí, este lugar está helado.

Elina lo siguió y pensó, "sí soy una cautiva, no quiero vivir aquí, quiero regresar a Francia…"

Pasaron los días y Elina asistió a misa con sus criadas de antaño pidiendo auxilio al señor para soportar esa dura prueba. Su hermano no la había molestado con sus burlas sino que se mantuvo alejado y atareado con sus nuevas obligaciones cómo jefe de la casa Golfieri. Pero ella no se fiaba de ese nuevo Enrico tan amable y preocupado por su bienestar. Intuía que algo tramaba y ese día pidió al señor que la ayudara, que la salvara de ese nuevo cautiverio. Porque esta vez había sido su hermano quien la había raptado y lo sabía, y ella ya no era una Golfieri, no se sentía una de ellos ni le interesaba ser la dama de ese castillo.

No quería vestidos nuevos ni joyas, ni ser llamada condesa Golfieri, no lo era, su madre aún vivía. Tal vez su hermano debía buscarse una esposa y esa noche durante la cena se lo dijo.

—Enrico, deberías casarte con una dama de noble cuna. Este castillo se ve vacío sin niños.

Su hermano la miró con una expresión sombría, tal vez sabía que debía hacerlo pero la idea lo disgustaba, nunca había sido cómo su hermano Antonino que corría tras las mozas.

—No necesito una esposa gazmoña que pase todo el día rezando, trenzas—dijo al fin.

—Enrico, sí la necesitas, yo no soy condesa de esta casa y no comprendo por qué las criadas me llaman así, mi madre…

—Nuestra madre es una maldita ramera Elina, se entregó a la lujuria de nuestro enemigo y ¡nunca más será llamada condesa de esta casa!

estaba segura que haría) sino para acariciar sus mejillas y tomar su rostro redondo de mejillas rosadas.

Nunca la había mirado de esa forma, con tanto amor y ternura y de pronto la besó, cómo la habría besado un doncel atrevido y ardiente y ella lo apartó horrorizada. Pero su rechazo encendió aún más su deseo por ella y atrapó su cuerpo pequeñito pero hermoso y sensual y lo apretó contra el suyo.

Entonces Elina recordó aquella noche en la fiesta de esponsales cuándo un hombre la atrapó en la torre oscura y la besó y acarició su cuerpo cómo ahora hacía su hermano, olfateándola desesperado, extasiado con el hálito de su cabello y el olor de su piel.

—Elina, Elina, mi hermosa Elina no me rechaces por favor, yo te amo chiquita, siempre te he amado… Pero no lo supe hasta que vi después de tanto tiempo, cuándo mi padre me obligó a cuidarte, a ser uno de tus carceleros… Y yo te cuidé hermosa, lo hice, pero un deseo intenso se apoderó de mi alma y te espiaba cuándo dormías, cuándo las criadas te ayudaban a vestirte y verte y amarte sabiendo que jamás podría tenerte me volvió loco pequeñita… Porque te amaba y era un amor sin esperanzas, mi padre quiso matarme cuándo lo supo, cuándo le dije la verdad Elina… No tuvo valor para hacerlo pero me odió y maldijo y esas fueron sus últimas palabras antes de morir.

—Suéltame Enrico, mírame bien, soy tu hermana, tu odiada hermana menor, no puedes hablar así, es pecado hermano, es horrible...

Él la retuvo entre sus brazos y volvió a besarla con desesperación y ella sintió que moriría si se atrevía a tomarla cómo temía que hiciera.

—No, déjame hermano, por favor…

—No seré más tu hermano Elina, quiero que seas mi condesa, mi esposa Elina… No soy el único enamorado de su hermana, el conde Ruggieri está casado con su media hermana ¿sabes? Y nadie se escandaliza, aunque son pocos quienes saben la verdad.

—Es pecado Enrico, es un pecado mortal y yo nunca podré dejar de verte cómo mi hermano mayor y cruel enemigo, que tiraba de mis trenzas y se burlaba de mí.

—Perdóname hermanita, perdóname, nunca más volveré a reírme de ti ni a maltratarte, lo prometo, yo no quería hacerlo pero temí que mis miradas me delataran… Uno de esos estúpidos donceles me vio esa noche Elina, cuándo te atrapé en la torre, era yo mi amada doncella y sentí cómo te estremecías con mis besos y deseabas que te hiciera mía…

—Eso no es verdad, yo jamás respondí a tus besos Enrico, no sabía que eras tú…

—Ahora lo sabes hermosa, y sabes cuánto te he amado en silencio y sufrido por no poder tenerte a mi lado cómo mi dama, mi esposa. Nadie podrá apartarme de ti Elina, pero ya no temo a decírtelo, eres parte de mi sangre y de mi alma, hermosa.

Él acarició sus trenzas cómo nunca lo había hecho y se acercó sintiendo su olor cómo aquella vez en la torre, ese olor de su piel, tan suave, que lo volvía loco.

—Tú eras mi refugio Elina, y siempre te defendí y tiré de tus trenzas y te hice caer en el estanque aquella vez pero tú no eras esa niña de mis juegos de infancia. Eras una damisela distinta, hermosa, nunca pude verte cómo esa hermanita a quien molestaba. Me enamoré locamente de ti Elina, y mi padre me atormentó obligándome a cuidarte, a vivir cerca de ti todos los días, todo el tiempo y yo no quería hacerlo porque sabía que no era correcto, que nunca sería feliz amándote. Y durante dos años luché y sufrí, y te odiaba porque sabía que nunca serías mía Elina, nunca podría convertirte en mi amante ni en mi esposa. Y luché cómo un demonio para olvidarte, lo hice Elina pero esa noche que vi que serías de otro hombre no pude vencer los celos endemoniados que devoraban mi alma. Por eso maté a Ercole Strozzi y a su amigo Manfredo, ellos sabían mi secreto trenzas, y Lucio también… Ahora todos han muerto…

—Enrico, tú mataste a Lucio, a Ercole?

—Lo hice por ti Elina, no dejaría que mi padre te entregara a ese burdo rufián, además los oí conversar esa noche y les envié una ramera con una jarra de vino envenenado.

Al oír los detalles Elina se alejó horrorizada. Tenía una buena razón para matarlos, pero todo era tan tétrico… Su propio hermano actuando de esa forma…

Procuró serenarse sin saber cómo porque sabía que su hermano estaba loco y podía matarla o hacerle mucho daño.

—Enrico, yo siempre te querré cómo a un hermano. No puedes tomarme, ni tocarme, no lo hagas por favor. Despierta hermano, debes curarte, tomar una esposa que sea buena contigo y te dé hijos.

Él se negaba a soltarla y no la dejaba en paz.

—No quiero una esposa, no quiero a ninguna mujer, sólo a ti Elina, sólo a ti… Mía cómo mi esposa, mi mujer, para siempre… Nadie va a amarte cómo yo hermosa, y seré un buen esposo para ti, necesitas que te cuide. Yo lo haré mi amor te lo prometo, sólo déjame tenerte, no me rechaces, he esperado tanto este momento, te lo suplico Elina…No te haré daño, seré muy dulce contigo… Nadie lo sabrá Elina, seremos siempre hermanos y estaremos unidos para siempre cómo hermanos y amantes…

Ella lo miró horrorizada al escuchar una proposición semejante, jamás habría sido amante de ningún caballero y mucho menos de su hermano Enrico. Su odioso hermano, su sangre.

—No lo haré Enrico, yo no te amo cómo tú anhelas, jamás podré amarte ni me someteré a ti cómo tu cautiva, soy tu hermana, prometiste cuidarme y no quieres hacerlo, sólo quieres saciar tu abominable lujuria. Pégame si deseas, tira de mis trenzas o búrlate de mí cómo siempre has hecho, prefiero que me odies, porque tú me odias Enrico siempre has sentido celos del cariño de mi madre.

—Yo te amo Elina, y te rescaté de ese francés para que seas mía y no te entregaré a un hombre cómo hizo nuestro enemigo. ¿Has entendido?

Ella se apartó temblando.

—No Enrico por favor, aléjate de mí…

Él se detuvo.

—Será nuestro secreto hermanita, nadie debe saberlo y tú lo guardarán en tu corazón y en tu alma. Si le dices algo a nuestros parientes deberé matarles y tú serás la culpable.—dijo y volvió a atraparla, a besarla y le advirtió:— No lo haré esta noche hermosa, estás temblando y no quiero lastimarte, te demostraré cuanto te amo y te dejaré ir ahora. Pero un día te rendirás a mi hermosa, y serás mía para siempre—dijo.

Y sin decir más se marchó con paso ligero abrió la puerta y Elina lo vio irse cómo si el mismo diablo hubiera tomado el cuerpo de su hermano esa noche y planeara volverla loca. No podía ser él, no podía ser Enrico, la había besado con el ardor de un amante y había apretado el cuerpo contra suyo encendido de deseo por ella.

Elina lloró y quiso gritar para que alguien la salvara de esa sombra que se cerniría sobre ella en el castillo negro. Sabía que jamás la dejaría en paz, que no tendría respiro, ni tranquilidad. Ella nunca se rendiría a sus brazos, si esperaba eso estaba realmente loco, no era natural, era un enamoramiento trágico y desgraciado, sin futuro. Su hermano debió enloquecerse y nadie lo notó. No podría volver a mirarle a los ojos sabiendo ese secreto penosamente guardado.

Nadie la ayudaría en el castillo negro, sus parientes se habían marchado dejando allí a sus esposas, pero ella apenas las conocía ¿y quién se enfrentaría al perverso conde Golfieri para rescatarla?

Estaba acorralada y sólo pudo rezar y pedir ayuda al señor, nunca la había necesitado tanto en su vida. La aventura en

Francia, cuándo su querido loco Philippe la raptó, nada había sido tan grave cómo enterarse de ese triste y terrible secreto.

Luego de esa noche Elina decidió cerrar su cuarto con cerrojo y le rogó a las criadas que se lo recordaran porque en ocasiones se dormía tan cansada que olvidaba hacerlo.

Enrico no podía evitar acercarse a ella, pero al menos no había vuelto a besarla ni a intentar seducirla cómo esa noche de espanto.

Ella rezaba mientras su vientre crecía lentamente, aún no se notaba su preñez pero con el tiempo él lo vería...

9. En el castillo Blanco de Tourenne

Philippe se recuperó lentamente pero su humor era terrible.

No soportaba permanecer en cama, debía ir a buscar a su esposa, salvarla de ese demonio, le haría daño a ella y al hijo, era un demente…

Quería ir a matar a ese malnacido Golfieri, sus hermanas no se atrevían a salir de su cuarto a pesar de los días transcurridos, maldición…

Un día sin poder soportarlo se levantó y no hizo caso al dolor que tenía en la herida. Era un caballero y podía resistir mucho más.

—Señor no debe abandonar la cama, el cirujano dijo…

—Al demonio con ese cirujano, debo rescatar a mi esposa y a mi hijo de ese monstruo.

—El caballero De Harcourt ha partido para Toscana señor.

Esa noticia lo enfureció aún más.

—Lo ha hecho para rescatar a su hija, y dar muerte a los villanos italianos. Pero dijo que usted debe quedarse aquí porque si lo matan la dama Tourenne se quedará viuda para siempre— dijo el leal caballero Jean Baptiste—El señor De Harcourt me rogó que lo retuviera. Dijo que esto es una vendetta personal, que debe dar muerte a un tal Golfieri y traer a su hija de regreso con su nieto.

—Pero es mi esposa Jean, ¿cómo esperas que la deje a merced de ese perverso? El tiempo pasa, mi esposa está encinta, y mi hijo nacerá en tierra extraña…

—Usted no está fuerte para pelear, pudo morir, ya habrá oído la historia y si tuvo la fortaleza y la fortuna de sobrevivir no se enfrente a ellos, no podrá hacerlo sólo. Ha perdido mucha sangre y necesita más tiempo para recuperarse. ¿Quiere que se abra la herida de nuevo y se le infecte? Confíe en su suegro, es un caballero de antaño, y un temible adversario y no podrán vencerle. Es una vieja deuda que tiene, además sabe que ellos querrán matarlo un día.

—¿Y dejó a su esposa y a sus hijos, Jean? Ese hombre debe estar loco.

—Bueno, lo ha hecho por su hija—declaró el caballero.

Philippe sabía el infierno que le aguardaba a su pobre esposa cuándo su hermano quisiera tomarla cómo su amante. Y al pensar en el infierno que debía estar sufriendo la pequeñita se volvía loco de furia y horror. Se la había llevado ese depravado Golfieri. Enamorarse de su hermana y pretenderla cómo un hombre sin respetar la sangre.

—Henri puede necesitarme amigo mío, esos Golfieri son temibles pero todavía me quedan caballeros dispuestos a seguirme, ¿no es así?

Y sin oír más consejos Philippe se preparó para marchar al castillo negro, la guarida de los temibles Golfieri.

***

Alaric llegó a Milán y se reunió con sus hombres, sabía que una dura batalla le aguardaba pero rescataría a la hija de su esposa y daría muerte al perverso Golfieri. Aunque su muerte le pesara en su conciencia por ser hijo de Isabella, y el niño que él mismo ayudó a traer al mundo, no podía permitir que la piedad o la culpa lo dominaran en esos momentos.

—Señor De Harcourt, es una fortaleza de difícil acceso, deberemos sitiar el castillo y atacarlo con piedras y…

—No podemos destrozar sus muros amigo mío, mi hija está dentro y salvarla es mi objetivo. No me importa entrar allí sin ser visto cómo bandido, luego daré cuenta de ese rufián que la mantiene cautiva—dijo Alaric con gesto airado.

Permanecieron ocultos en la niebla de ese día listos para entrar por un lugar secreto que su líder conocía muy bien pues él mismo lo había tomado para raptar a Isabella hacía más de quince años…

*****

Elina se encontraba rezando en sus aposentos cuándo escuchó un ruido extraño en su puerta y atemorizada corrió a esconderse.

—Elina, no te escondas hermosa, ven aquí… Deja de huir, esta noche sabrás cuanto te amo—dijo Enrico entrando en la habitación.

Sus ojos la buscaron, y sus oídos percibieron un gemido ahogado. Se había escondido bajo la cama.

—Sal de allí doncella, nunca podrás escapar de mí, eres mi cautiva hermana pero no temas, no te lastimaré, seré muy dulce contigo esta noche…—dijo y asió su falda hasta atraparla y robarle un beso ardiente y desesperado mientras la tendía en el camastro cómo un rufián.

Ella se resistió, gritó y lloró pero su hermano tenía la fuerza de un demonio y la deseaba cómo un hombre, y podía sentir cómo ardían sus besos en su piel mientras abría su escote y acariciaba sus pechos.

La tomaría, nada lo detendría, no era su hermana, era la dama que tanto había atormentado sus sueños hacía tiempo mientras su corazón se rompía al comprender que nunca podría tenerla. Pero la tendría, sería suya esa noche y jamás se apartaría de su lado. Un deseo monstruoso y feroz lo consumía mientras destrozaba su vestido y escuchaba sus sollozos ahogados y su corazón palpitante.

La visión de su cuerpo pequeñito pero rollizo lo hizo gemir, era hermosa y podía tocarla, llenarla de caricias hasta que dejara de resistirse, hasta que pudiera verlo cómo hombre, cómo el hombre que más la había amado en el mundo, el hombre que más la amaría por todo lo que había sufrido por ese amor ardiente y sofocado.

Hasta que besó sus labios rojos y los sintió tibios, pero inertes, y sus ojos cerrados y su cuerpo inmóvil lo hicieron temer que estuviera muerta.

—No… Elina, despierta mi amor, despierta… Vuelve a mí Elina, Elina…—gritó desesperado pero la joven no se movía y yacía inmóvil y desnuda en la cama y horrorizado por lo que había hecho la vistió con prisa mientras intentaba despertarla.

Porque estaba desmayada, no podía estar muerta... Su corazón aún latía.

De pronto escuchó un estruendo y se estremeció, algo ocurría en el castillo pero no podía investigar, debía despertarla.

—Elina mi amor despierta, Elina...—gritó desesperado sacudiéndola, golpeando suavemente sus mejillas.

Pero alguien golpeaba la puerta con fuerza y deseaba entrar, desconcertado se alejó de su hermana y se vistió deprisa tomando su espada que estaba en el suelo.

Un grupo de caballeros entró en los aposentos y uno de ellos alto y fornido lo miró con una expresión de odio intenso.

—Enrico Golfieri, igual a tu padre sólo que infinitamente más depravado, ¿no es así? Al menos tu padre tenía honor y siempre cuidó y respetó a su hermanas—dijo Alaric extendiendo su espada mientras tres caballero entraban y rodeaban al joven conde apuntándole al pecho.

—¿Quién es usted?—preguntó Enrico dispuesto a defenderse con su espada.

—Alaric D'Alessi muchacho, el hombre al que le debes la vida, es una pena que ahora deba dejar que te maten.

—Usted no me matará bastardo traidor, yo le mataré—bramó Enrico y la emprendió primero contra los caballeros y los hirió sin esfuerzo para vérselas con el enemigo de su casa, el malnacido que había raptado a su madre y a su hermana.

Alaric vio que peleaba cómo un demonio y debió defenderse porque lo mataría si le daba ventaja.

—No podrás conmigo Golfieri, pero no puedo matarte ahora eres el hijo de mi amada esposa y no cargaré con el fardo de haberte mandado al infierno—dijo de pronto Alaric hiriéndolo en un costado.

Enrico sintió esa estocada y la de su brazo pero no iba a rendirse, mataría al enemigo de su casa.

—Pues yo sí lo mataré a usted y a sus bastardos cuándo vaya a visitar a mi madre y le enseñe su cabeza Signore D'Alessi— bramó Enrico.

Alaric comprendió que no podía evitar ese duelo y que era un combate a muerte, y era su vida o la de ese Golfieri depravado y cruel. Había ido a matarlo y a rescatar a su hijastra y lo haría.

Y sin dudarlo atravesó su pecho con su espada al tiempo que entraban otros caballeros para ayudarle.

Enrico cayó al piso y lo último que vio fue la imagen de Elina, dormida en la cama, pálida cómo una muerta y completamente inmóvil.

—Malnacido Golfieri, tu madre jamás sabrá que fui yo quien cegó tu vida este día ni las razones que me llevaron a hacerlo— dijo Alaric furioso mientras veía al joven moribundo en el piso.

Entonces vio a Elina en el camastro y corrió a su lado espantado y mientras sus hombres se llevaban al moribundo fuera de la habitación, el caballero notó que la joven respiraba a un ritmo muy lento y parecía profundamente dormida. Pero estaba viva… Sólo debía despertarla, hacerla volver en sí.

—Elina despierta por favor, soy yo, Alaric, tu padre Elina… Despierta… —dijo y volviéndose a los guardias ordenó que trajeran una criada para ayudarlo.

La joven volvió en sí poco después y al ver a su padrastro gritó aturdida, porque no lo veía a él sino a Enrico.

—Suéltame Enrico, déjame en paz por favor…—dijo.

—Enrico está muerto Elina, soy yo Alaric D'Alessi, tu padre.

Ella lo miró aturdida, aún temblaba sin comprender.

—Cálmate, jamás podrá hacerte daño Elina, ha muerto esta noche y yo te llevaré de regreso a Tourenne con tu esposo y tu hijo.

Elina permaneció muda, hasta que de pronto de sus labios salió un sollozo agudo y desesperado.

Alaric ordenó que trajeran una copa de vino especiado y la joven lo bebió temblando. No hacía más que llorar y balbucear que su hermano la había raptado y había intentado…

—Descansa ahora Elina, pronto regresaremos a casa hija…

La joven estaba demasiado emocionada para hablar, D'Alessi la había salvado de la perversidad de su hermano y no podía creer que estuviera a salvo.

Durante días tuvo pesadillas y Alaric debió enfrentar a la familia Golfieri, a los dos primos vivos de su antiguo enemigo y al hermano de este, que llegaron para reclamar el castillo, avisados de que había sido tomado por su enemigo.

Y presentándose ante ellos les dijo la cruda verdad, que al parecer no sorprendió a nadie.

—Enrico Golfieri tenía cautiva a su propia hermana, intentó tomarla y convertirla en su amante. Y la pobre dama Elina casi se ha vuelto loca de miedo.

Ellos se miraron y exigieron ver a su hermana y saber dónde estaba Isabella Golfieri.

—Isabella Golfieri es mi esposa ahora, y me ha dado dos hermosos hijos—anunció Alaric con orgullo.—Podéis ver a vuestra hermana Antonino, no os guardo ningún rencor ni a vos ni a vuestros parientes.

—Robasteis a la esposa de mi primo traidor D'Alessi, ¿creéis que no clamaremos venganza contra vos?—dijo uno de ellos.

Alaric miró al primo Galeazzo, y a sus hermanos y notó que habían muy pocos de la antigua casa Golfieri.

—Es verdad, pero no creo que sea prudente enfrentarse a un enemigo que os dobla en número, este castillo ha sido tomado por mis hombres, no tendréis oportunidad de escapar con vida si me desafiáis. Porque temo que vuestro sobrino ha mermado a vuestros parientes… Seguramente a los que sospechaban de sus inclinaciones incestuosas.

Todos se miraron furiosos entre sí, tenía razón.

Antonino, cómo heredero de la casa Golfieri dio un paso enfrente y tomó la palabra.

—Veré a mi hermana, y a ella preguntaré por sus acusaciones malvadas y luego exigiré ver a mi madre para saber si desea permanecer a su lado. Si nos ha mentido tenga por seguro que no escapará a nuestra venganza conde D'Alessi.

Alaric aceptó el trato.

Los caballeros Golfieri visitaron a la dama Elina y la notaron muy pálida y demacrada. Ella confirmó las horribles acusaciones del conde. Había sido su hermano Enrico, quien la raptó y mantuvo cautiva en el castillo negro con intenciones incestuosas.

Antonino abrazó a su hermana y lloró con ella. No estaba su padre ni Enrico para insultarle o acusarle de llorar cómo niñita.

—Perdóname hermana, te he fallado. Enrico dijo que él te rescataría, no quiso que lo acompañara y luego… Creo que envenenó a Fulco porque sospechaba algo y a nuestro primo Giaccomo… Y a los que quedamos vivos nos envió al castillo Ciliani.

Elina secó sus lágrimas y lo miró.

—No fue tu culpa Antonino, nadie sabía, él mató a mis dos pretendientes, mató a Ercole y a Lucio… Creo que lo mató hermano… Lucio fue a buscarme, quería llevarme de Tourenne y luego apareció Enrico con sus hombres y me llevó a la fuerza… Sólo agradezco que no matara a mi esposo. Estaba loco Antonino, no podía verme cómo a su hermana y yo no podía odiarlo, pero estaba tan asustada… No quise su muerte, te lo juro hermano, yo quería a Enrico, a pesar de su maldad y crueldad…

—Eres un ángel Elina y me alegro que tengas un esposo y un hogar al que regresar, si es que realmente deseas hacerlo…

Elina miró a su hermano menor con expresión atormentada.

—Quiero volver a Francia y ver a nuestra madre, ven con nosotros Antonino, ella ha estado muy preocupada por ti y Alaric, él ha sido muy bueno con nosotras. La ama hermano, y ella también. Te ruego que no le hagas daño, esta querella debe terminar, el conde D'Alessi era el enemigo de nuestro padre, no nuestro. Además fue él quien me rescató de este horror, estuve a punto de perder el juicio esa noche Antonino…

El nuevo conde Golfieri se incorporó y procuró poner en orden sus pensamientos, lo necesitaba. No era cómo su hermano ni cómo el resto de los Golfieri, tal vez nunca sería bueno con la espada, pero acababa de aprender una lección que no olvidaría jamás. Había vivido de forma de irresponsable, corriendo tras las mozas, sin cuidar a su hermana ni a su madre… Su pobre hermana sufriendo ese calvario y él… Y de pronto acercándose a su hermana le dijo:

—Elina, debes abandonar esta tierra y este castillo, regresa con tu esposo. Eres joven y el tiempo sanará tus heridas. Yo iré con vosotros, y visitaré a mi madre y a mis nuevos hermanos. Quiero paz Elina, paz… Este horror casi nos destruye a todos por completo. Yo jamás habría tolerado esto y tal vez mi hermano me habría matado pero él me quería ¿sabes? Conocía mis debilidades y mi gran egoísmo, pero no quería matarme.

La conversación se vio bruscamente interrumpida por la llegada de Philippe Tourenne al castillo negro con un séquito de escuderos y caballeros.

Al ver a su esposa charlando con un joven caballero sufrió unos celos feroces y creyendo que era Enrico le apuntó con su espada.

—No Philippe por favor, es mi hermano Antonino—chilló Elina presenciando la escena horrorizada.

El caballero francés se detuvo vacilante y fue Alaric quien entró en esos momentos en los aposentos confirmando que Enrico estaba muerto y aquel era su hermano Antonino.

Este no había llegado a tocar su espada y aturdido no llegó a comprender por qué ese hombre quería matarlo.

—Es mi esposo francés hermano, se llama Philippe Tourenne—dijo Elina incómoda.

Antonino notó que se parecía al joven Lucio Visconti pero no dijo palabra y aceptó la mano que el recién llegado le extendía y la estrechó mientras intentaba esbozar una sonrisa.

Philippe vio a su esposa y se acercó despacio y la abrazó con fuerza.

—¿Cómo estás pequeñita, estás bien?—quiso saber.

Al sentir su calor y sus besos Elina lloró incapaz de decir nada. Jamás hablaría del horror que había vivido cautiva de su hermano, no deseaba hacerlo, sólo olvidar… Había salvado su vida, y también la de ese bebé que crecía en su vientre. Pero su hermano tenía razón, debía regresar con su esposo y ser feliz, dejar atrás ese castillo sombrío y también esa tierra. Su hogar ahora era el castillo blanco de Tourenne, junto al hombre que amaba y su pequeño hijo.

Y mientras regresaban al día siguiente en procesión no se volvió ni una vez para mirar el castillo negro, comprendiendo que no había sido su hogar sino una prisión no sólo para ella sino también para su madre.

Pero su bebé nacería en Francia, en un hogar feliz, con sus padres y el pequeño Guillaume y una familia unida.

Su esposo había estado gravemente herido y casi al borde de la muerte, por fortuna ni sus suegros ni cuñadas sufrieron daño alguno.

Viajaron al castillo de Alaric, pues ambos querían ver a su madre y a los niños.

Isabella los recibió llorando emocionada y los abrazó y besó y luego preguntó por su hijo Enrico.

Fue Antonino quien debió darle la triste noticia.

—OH, hija, ¿y Lucio? ¿Fue él quien te raptó?—preguntó la dama incómoda por la mirada de sorpresa de su yerno.

Este iba a decir la verdad pero Alaric le hizo un gesto de que guardara silencio.

—Murió Isabella, pero Elina está a salvo y no sufrió daño alguno—anunció y lentamente se acercó a su bella dama y la abrazó.

Antonino conoció a los mellizos y se quedó una semana en el castillo De Harcourt.

Pudo ver con sus ojos que su madre era feliz y que el caballero D'Alessi era un buen esposo con ella y quería mucho a Elina también.

No tenía nada que objetar, y a la semana regresó al castillo negro prometiéndole a su madre que tomaría una esposa y dejaría de correr tras las criadas, y sería un hombre bueno y justo para su casa, dejando atrás oscuras rencillas y querellas.

—Hijo, debes hablar con el capellán para que rece veinte misas por el alma de tu hermano—dijo su madre.

—Así lo haré madre, te lo prometo—respondió Antonino antes de marcharse.

***

De regreso a Tourenne Elina corrió a abrazar y besar a su hijo pequeño. Este gritaba y reía contento. Más atrás se acercaban sus suegros y cuñadas. Todos estaban contentos de volver a verla y las mujeres no dejaban de llorar.

Había escapado del infierno pero en ocasiones tenía sueños extraños y sabía que le llevaría tiempo sanar las heridas de su corazón. Tal vez nadie pudiera entenderlo pero ella pidió al capellán del castillo que diera diez misas por el alma de su hermano y rezó mucho por él porque temía que fuera al infierno por sus crímenes. Y ella lo quería, era su hermano, su sangre, no cómo él quería que lo amara por supuesto, pero se sentía triste y atormentada. Había escapado, estaba de nuevo en Tourenne pero su hermano había muerto. Elina nunca había deseado que muriera pero Alaric le había dicho durante el viaje: —Estaba enfermo hija, nunca habría sanado su corazón, y te habría hecho mucho daño en el futuro.

Ella sabía que tenía razón, pero se sentía culpable sin serlo en realidad.

Un día su esposo le preguntó por Lucio Visconti.

—Ese joven estaba muerto en mi castillo el día que tu hermano lo invadió—dijo de pronto—¿Tú lo habías visto?—sus celos y una horrible duda lo estaban devorando.

¿Quién demonios era ese Lucio?

Elina lo miró atormentada.

—Lucio fue el joven que me robó mi primer beso Philippe, cuándo estaba cautiva en la torre secreta. Quería casarse conmigo pero mi padre no dio su consentimiento y decidió enviarme a un convento para evitar que me raptara—le explicó.

—¿Y acaso vino a buscarte ese día, intentó raptarte de nuevo?

—No, no me raptó, yo hablé con él, lo vi en los jardines y le dije que era tu esposa y estaba encinta y no quería ir con él. Lucio se enfureció y dijo que te mataría pero al final logré convencerlo y yo… Cuándo entendí que podían matarte yo…

Elina sollozó despacio.

—Yo no quería quererte francés, mi amor era Lucio y no me avergüenza ser honesta y confesártelo. Pero mi padrastro me raptó y supe que Lucio jamás me encontraría y luego… Tú me raptaste y me tomaste y yo… No fui una buena esposa, temía quedar encinta y me resistía… Hasta que Lucio vino a rescatarme y descubrí que sólo había sido una ilusión de juventud, ya no lo amaba. Él lo entendió y se alejó… Te amo Philippe y no debes sentir celos de ese joven, viví encerrada durante años, y yo quería vivir, ser besada y amada y creí que Lucio me rescataría de mi prisión. —Elina lo miró anhelante y su esposo se acercó y la abrazó besándola con suavidad.

—Yo te amo pequeñita y no tengo nada que perdonarte, yo sabía que un día te rendirías a mi amor, sólo debía ser paciente y mi paciencia no tenía límites. Sólo lamento no haber llegado a tiempo para haber matado a ese bastardo.

—No digas eso por favor, era mi hermano Philippe, yo nunca desee su muerte y… Yo lo quería, él era malo conmigo es verdad pero de niños me defendía ¿sabes? Y él estaba enfermo, mi padre fue muy malo con él y también conmigo, ahora lo comprendo. Pero Alaric me ayudó, dos veces me salvó del mal y yo no lo sabía, siempre tuve celos, siempre le reproché que me raptara junto a mi madre pero él me confesó que conocía el secreto de Enrico y por eso lo hizo.

—Él me lo dijo luego de nuestra boda Elina, yo no podía creerlo y prometí que te cuidaría pero me pidió que no te dijera una palabra. Esperaba que nunca tuvieras que enterarte—Philippe acarició su rostro y volvió a besarla. Se moría por hacerla suya pero no se atrevía.

—Tómame Philippe, por favor... Quiero volver a ser tu esposa, quiero que me ayudes a olvidar este dolor que carcome mi alma.

Pero él tenía miedo de su rechazo.

—Puedo esperar mi doncella pequeñita—dijo él vacilante.

Entonces ella recordó ese juego llamado prenda y besó suavemente sus labios hasta que su beso fue apasionado y él gimió y la arrastró al lecho y ella lo abrazó y dejó que la amara y besara cómo nunca lo había hecho. Amaba a ese loco francés y quería ser una buena esposa y complacerle, y ser feliz en sus brazos. Eran jóvenes y tenían toda una vida por delante, para amarse y ser felices...

Printed in Germany
by Amazon Distribution
GmbH, Leipzig